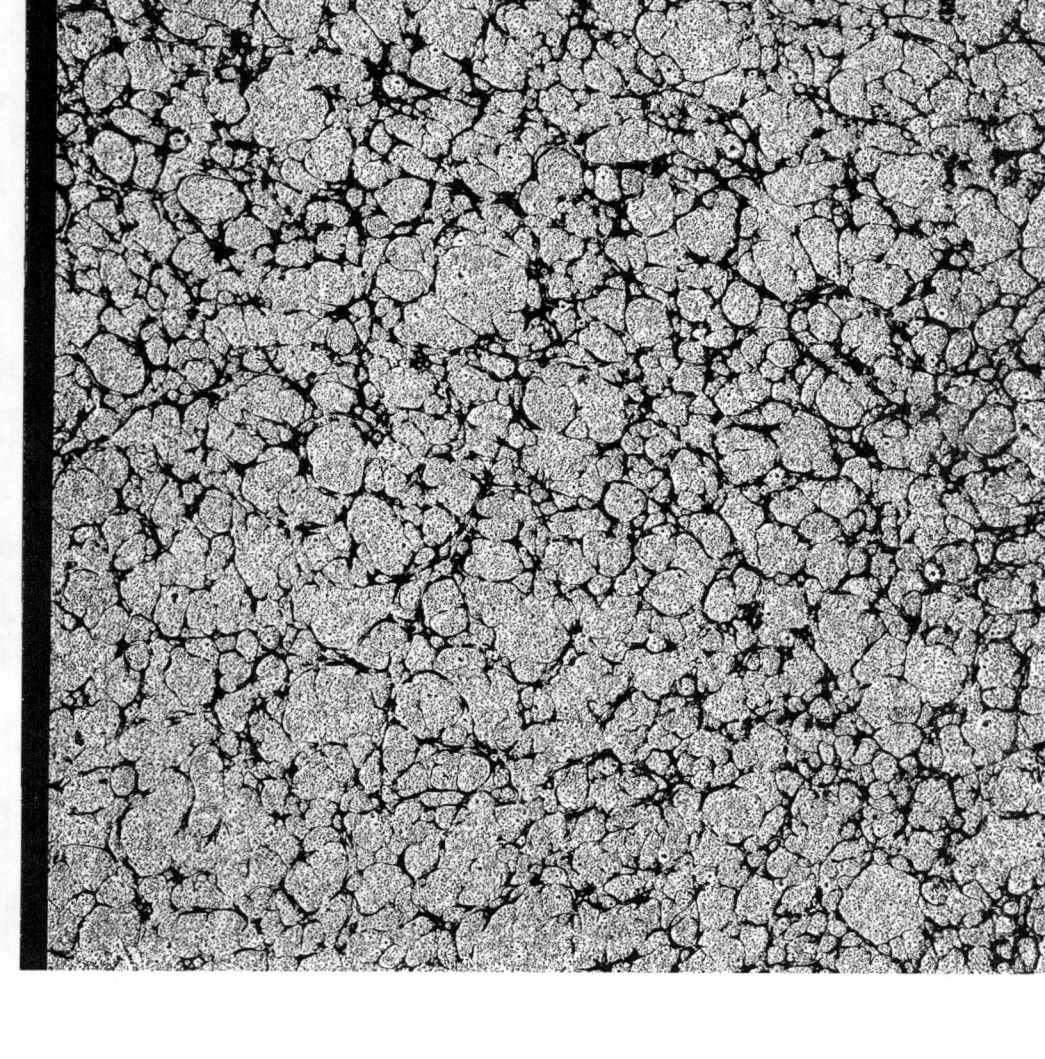

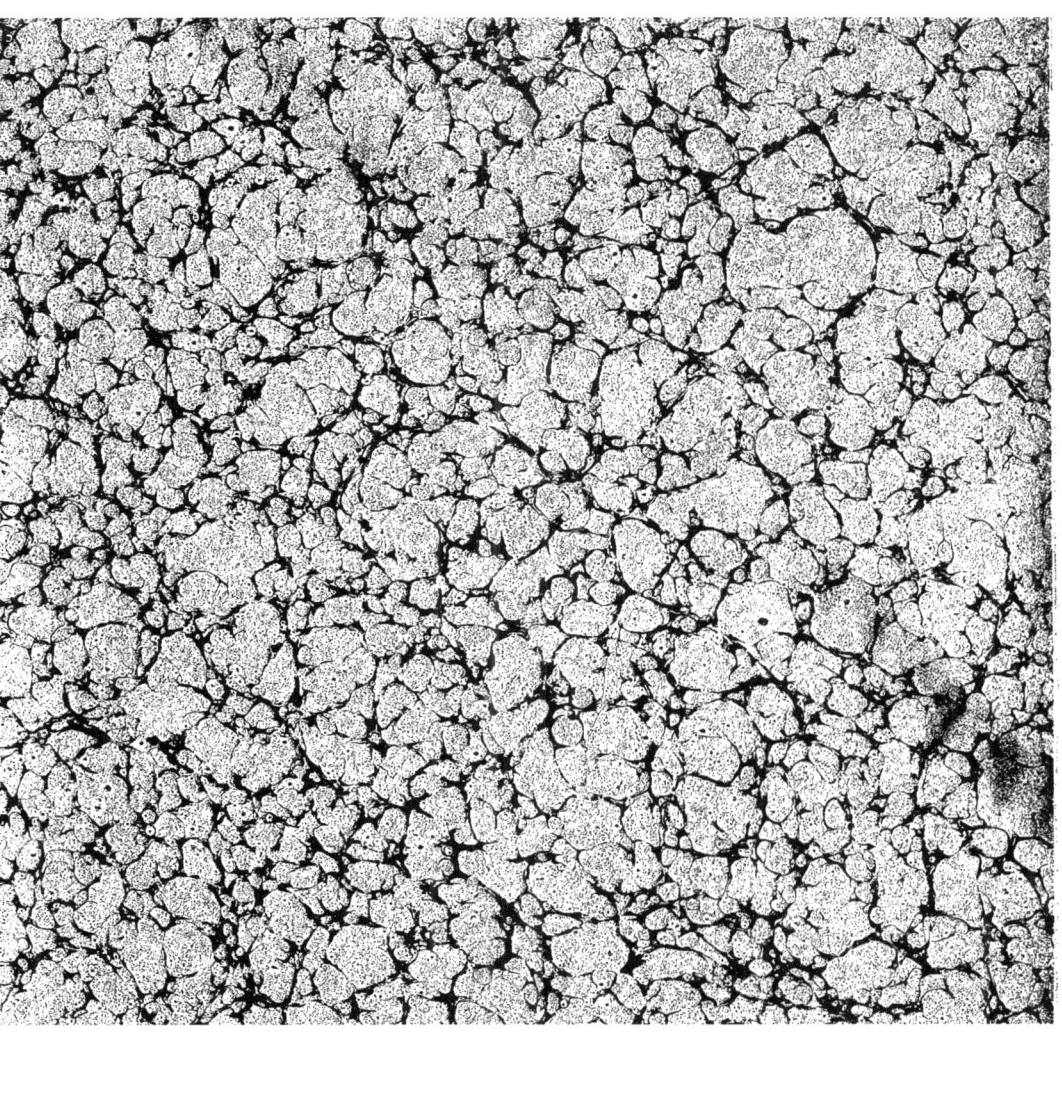

Napoléon, en 1811, ...

a inspiré / désiré . . . prescrit la publication de cet ouvrage,

Sur les devoirs de la morale, d'après divers écrits

des maîtres de l'éloquence française.

un portrait de l'Empereur figure en tête de chaque volume.

ESSAI

D'INSTRUCTION MORALE.

DE L'IMPRIMERIE DE FAIN.

ESSAI

D'INSTRUCTION SUR LES

LES DEVOIR

TOME PR

BRUNOT
LE NORM
DELAUNAY

ESSAI

D'INSTRUCTION MORALE,

OU

LES DEVOIRS

ENVERS DIEU, LE PRINCE ET LA PATRIE,
LA SOCIÉTÉ ET SOI-MÊME;

A L'USAGE DES JEUNES GENS ÉLEVÉS DANS UNE MONARCHIE,
ET PLUS PARTICULIÈREMENT DES JEUNES FRANÇAIS.

> Gratum est, quòd patriæ civem populoque dedisti,
> Si facis, ut patriæ sit idoneus, utilis agris,
> Utilis et bellorum et pacis rebus agendis.
> Plurimùm enim intererit, quibus artibus et quibus hunc tu
> Moribus instituas.   JUVÉNAL.

TOME PREMIER.

A PARIS,

BRUNOT-LABBE, libraire de l'Université, quai des Augustins.
LE NORMANT, libraire, rue de Seine, n°. 8.
DELAUNAY, libraire, Palais-Royal, galerie de bois, n°. 243.

1812

PRÉFACE.

Je sais que, dès l'enfance élevé dans les armes,
Abner a le cœur noble, et qu'il rend à la fois
Ce qu'il doit à son Dieu, ce qu'il doit à ses rois.

Toute l'intention de notre ouvrage est expliquée par ces beaux vers de Racine. Ils indiquent ce que doivent être les jeunes gens formés pour une monarchie et élevés par les bienfaits de ce gouvernement. Amour pour sa religion, dévoûment à son roi, sentimens généreux, caractère guerrier, voilà ce qu'il faut admirer dans le portrait d'Abner et ce qui le rend un modèle des plus rares qualités. Le soin de les inspirer a toujours occupé les plus sages législateurs de l'antiquité. Tous ont pensé qu'il étoit d'une nécessité indispensable, pour tout gouvernement, de s'occuper de l'éducation de la jeunesse comme de l'objet le plus essentiel. Platon, dans sa république imaginaire où, malgré un petit nombre d'erreurs échappées à la foiblesse humaine, on trouve les idées les plus lumineuses et les vérités les plus importantes, Platon, à qui l'on n'a pas fait difficulté de donner le nom de *Divin*, reconnoît que c'est de l'éducation de la jeunesse que dépend le sort des empires. Il établit comme une base principale de l'éducation ce grand principe, que l'on doit élever les jeunes gens dans l'esprit et l'amour de la constitution et des lois de l'état, dans la pureté et la simplicité des mœurs antiques, en un mot, dans les maximes qui doivent à jamais régler leurs vertus, leurs opinions, et leurs sentimens; d'où l'on peut conclure cet autre principe fondamental, que l'éducation, les lois et les mœurs ne doivent jamais être en contradiction.

Tout porte à croire que Rome et Athènes n'eurent jamais un système complet d'éducation publique. Elles ne donnèrent, du moins, aucune loi pour la régler; et sans doute les grands hommes que produisirent ces deux villes célèbres se formèrent davantage par l'exemple des Aristides et des Fabricius, ou à la vue des trophées des Miltiades, des Thémistocles et des Scipions, que par les leçons et les différentes méthodes que l'on suivoit dans les écoles de quelques maîtres particuliers. Mais à Sparte et dans d'autres villes l'éducation étoit publique; tous les jeunes gens étoient élevés ensemble et d'une manière propre à atteindre le but que s'étoient proposé les Lycurgues, les Charondas, les Zaleucus et d'autres législateurs, plus sages en cela que Solon qui avoit restreint le bienfait de l'éducation publique aux enfans des guerriers morts aux champs de la gloire, en combattant courageusement pour leur patrie. Le système d'éducation donné par Lycurgue offre plusieurs principes, dont il nous seroit possible de retirer une grande utilité. Le respect pour les magistrats et pour la vieillesse, le dévoûment à la patrie, le mépris de tout ce qui peut affoiblir le corps et l'âme font partie des lois qu'il prescrit. Mais tout le reste, et malheureusement c'est le plus grand nombre, n'étoit propre qu'à une république et même qu'à la république de Sparte. L'éducation pu-

blique, telle qu'on la donnoit dans l'île de
Crète, et plus encore celle qu'on donnoit chez
les Perses, convenoit beaucoup plus à une
monarchie, et à ce titre, elle mérite davantage
nos regards et notre attention. Les rois de
Perse avoient coutume de placer auprès de
leurs fils quatre hommes d'un mérite distingué, pour veiller à leur éducation, ainsi qu'à
celle des autres enfans avec lesquels les jeunes
princes étoient toujours instruits. Cet usage
ne se pratiquoit point à Sparte où les héritiers
des rois étoient seuls élevés en particulier. La
coutume étoit donc chez les Perses, de donner
quatre maîtres à ces jeunes gens: un savant qui
leur enseignât les sciences; un homme prudent
qui corrigeât leurs affections; un homme juste
qui formât leur esprit à l'équité; et enfin, un
homme brave qui leur apprît l'art militaire,
et qui les mît dans le chemin de la gloire.

Que les jeunes gens seroient heureux, s'ils
trouvoient toutes ces qualités réunies dans les
personnes qui sont chargées de leur éducation! Mais cette réunion seroit une espèce de

prodige; on ne doit point se flatter de la ren-
contrer dans un seul maître. La multiplicité
des connoissances actuelles et les progrès que
quelques-unes ont faits de nos jours, y met
un obstacle invincible. C'est donc en vain que
plusieurs pères de famille oseroient préférer
l'éducation particulière à l'éducation publique. Nous ne parlerons pas ici des avantages
de cette dernière, et de sa supériorité sur l'é-
ducation qui se donne, pour ainsi dire, à l'ombre du toit paternel. On peut cependant conclure, dès à présent, qu'il est plus facile de
trouver dans des maîtres séparés ce que l'on ne
trouvera jamais dans un seul, et c'est déjà un
puissant préjugé en faveur de l'éducation
commune. Ajoutons aussi que la sagesse du
gouvernement prend tous les jours les mesures les plus efficaces, pour que cette éducation
offre tous les avantages qu'on ne lui a jamais
contestés, et pour remédier aux inconvéniens
et aux dangers qu'on a pu lui reprocher quelquefois.

Nous ne manquons point d'ouvrages, et

même d'excellens ouvrages, qui peuvent diriger les maîtres chargés d'instruire la jeunesse
dans les établissemens publics, et, quelques
reproches qu'on ait faits dans ces derniers
temps à la méthode que l'on suivoit dans les
colléges, on est forcé de convenir que les défauts qu'on lui prête ne sont pas en aussi grand
nombre qu'on l'a prétendu; il faut avouer que
des instituteurs vertueux et éclairés, qui ont
le bon esprit de se laisser guider par les sages
conseils des Rollins et des autres grands
maîtres dans l'art d'élever la jeunesse, ne sont
pas bien éloignés de cette perfection, digne
objet des vœux de tout homme qui aime la
vertu, la religion, son prince et la patrie. Tels
sont en effet les objets sacrés de toute éducation. C'est ce que reconnoît le bon prince
qui donna en 1600 des règlemens pour
l'Université de Paris : « Le bonheur des
» peuples, dit Henri IV, et la félicité des
» royaumes, et surtout d'un état chrétien,
» dépendent de la bonne éducation de la jeu-
» nesse, dont le but principal est d'adoucir les

» mœurs, de disposer les jeunes gens à rem-
» plir dignement les différentes places qui leur
» sont destinées, sans quoi ils seroient inutiles
» à l'état; enfin de leur apprendre ce qu'ils
» doivent à la divinité, l'attachement inviola-
» ble qu'ils doivent à leurs parens et à leur
» patrie; et l'obéissance et le respect qu'ils
» sont obligés de rendre aux princes et aux
» magistrats. ».

Pour atteindre entièrement le but que l'on doit se proposer dans l'instruction publique, et pour entrer davantage dans les vues du grand législateur, qui ne s'est pas moins occupé du rétablissement des bonnes études que de celui des autres administrations, il suffiroit peut-être d'éviter le reproche assez fondé que l'on a fait souvent à l'ancienne éducation. On pouvoit se plaindre en effet que dans la plupart des ouvrages, ou composés, ou choisis pour la jeunesse, on ne s'étoit pas assez occupé de former des sujets fidèles, en un mot, des Français destinés à vivre sous le gouverne-ment monarchique. Les livres de l'antiquité que l'on expliquoit dans les colléges sembloient indiquer, par leur nature même, qu'il ne s'agissoit que de faire des républicains. Il est vrai que de sages instituteurs ont su de tout temps prémunir leurs élèves contre le danger d'imiter et même d'admirer, sans aucune restriction, la conduite et les principes de certains personnages trop vantés par les historiens de la Grèce et de Rome; mais il faut convenir qu'il s'est trouvé des maîtres, qui n'ont pas eu toujours cette sagesse nécessaire; et qu'ils ont plus pensé à l'instruction qu'à l'éducation. Ces réflexions deviennent plus importantes, si on fait attention que les livres qui paroissent aujourd'hui sur l'éducation doivent convenir principalement aux élèves de l'Université impériale.

L'ouvrage que nous publions a été composé dans cette intention. Nous espérons qu'il sera de quelque utilité pour les maîtres et pour leurs disciples. Nous ne craignons même pas d'en faire l'éloge, puisque, à l'exception de quelques remarques très-rares que nous nous sommes permises parce qu'elles étoient néces-

saires, nous ne présentons que les conseils des
plus grands écrivains tant anciens que modernes. Nous avons recueilli ce qui nous a paru le
mieux pensé, le mieux senti, le mieux exprimé dans leurs immortels ouvrages. Cette
réunion forme un corps complet de morale, et
prouve invinciblement qu'il ne peut y avoir
de véritable vertu, si elle n'est fondée, 1°. sur
la croyance de l'existence d'un Dieu et de
l'immortalité de l'âme; 2°. sur l'amour de la
patrie et l'obéissance que l'on doit à son chef
qui ne peut être distingué, ni séparé d'elle
dans un état monarchique; 3°. sur la pratique
des vertus sociales, et sur la fidélité à remplir
les devoirs de père, de fils, d'époux, d'ami, de
maître, d'élève, de supérieur, d'égal et d'in-
férieur, etc.; 4°. sur l'exactitude à remplir nos
devoirs à l'égard de nous-mêmes et à ne point
nous écarter de tout ce qu'exigent la prudence, la justice, la force et la tempérance. Telle
est à peu près la division de cet ouvrage; voilà
tout ce qu'il renferme, et, sans doute, si on
cherche à se pénétrer de tant de sages maximes,

et à imiter les grands exemples dont nous
avons cru devoir les appuyer, on en trouvera
assez pour se rendre capable de remplir avec
honneur tous les devoirs que peuvent imposer
les différentes conditions de la vie. Ce qui regarde l'éducation sera développé dans un article particulier ; et comme la connoissance de
l'histoire est une des parties les plus essentielles des bonnes études, nous nous sommes
attachés, en la recommandant en général, à
faire aimer de préférence non-seulement celle
de notre pays ; mais principalement celle qui
se rapproche de nous, et qu'il est le moins
permis d'ignorer. Encouragés à cet égard par
l'opinion de Mallebranche et du chancelier de
l'Hôpital, nous avons essayé, parmi quelques
citations de faits héroïques, de mettre en parallèle avec les traits les plus connus et les plus
vantés de l'histoire ancienne un petit nombre
de belles actions des modernes. Tous ces exemples serviront à rappeler qu'il faut, semblable
à Caton, chercher plutôt à être vertueux qu'à
le paroître. On distinguera aussi le faux hon-

neur du véritable, qui ne peut exister sans la pureté de l'âme et sans une disposition habituelle à tout ce qui est bien.

C'est ce que les Romains semblent nous avoir indiqué par un emblème sublime, en faisant construire, auprès du Capitole, deux temples voisins l'un de l'autre, et disposés de manière qu'on ne pouvoit arriver à celui de l'*Honneur*, sans passer par celui de la *Vertu*.

Nous finirons par une imitation de l'ingénieux Sadi, le plus renommé des poëtes persans. Il termine à peu près, comme nous allons le faire connoître, la préface de son Gulistan, ou Jardin des Roses; ouvrage historique et moral qu'il acheva l'an de l'hégire 656 (1258). Son plan s'est trouvé si conforme au nôtre, que c'est retracer nos idées et nos sentimens que le traduire. Voici comme il s'exprime dans son style oriental que nous avons dû conserver et qui n'est pas dépourvu d'un certain charme.

Je m'étois retiré dans une profonde solitude, pour vaquer plus tranquillement à la con-

templation de la nature, et à l'étude de mes
devoirs envers Dieu et envers les hommes. Un
de mes amis qui avoit fait avec moi le voyage
de la Mecque, vint me voir, et fit tous ses
efforts pour m'engager à rompre le silence
auquel je m'étois voué : nous sortîmes pour
nous récréer l'esprit. On étoit au printemps,
l'hiver avoit disparu avec ses frimas, et toutes
les roses étoient en fleurs. Mon ami me fit entrer dans un superbe jardin. Le jardin étoit
entrecoupé de ruisseaux dont l'eau étoit aussi
salutaire que le nectar. Le ramage des oiseaux
égaloit par sa douceur les plus beaux airs de
la poésie la plus mélodieuse. Le jardin étoit
rempli de toutes sortes de fleurs, le verger
étoit chargé de fruits de toute espèce. Au
pied des arbres, le zéphir agitoit mollement
un tapis nuancé de mille couleurs. Lorsque
nous fûmes sur le point de sortir, je vis mon
ami remplir le pan de sa robe d'un grand nombre de fleurs, de myrtes, de jacinthes et de
roses. Que faites-vous là? lui dis-je : ces
roses, vous le savez, ne sont pas de longue

durée, et la saison qui les voit naître passe
bien vite. Ignorez-vous que les sages ont dit :
Il est honteux d'appliquer son esprit à des
choses passagères. « Que faire donc? me dit-
il. Je lui répondis : Je puis composer pour
les hommes de lettres un ouvrage agréable, et
pour les savans un recueil d'érudition variée;
c'est à dire, que je puis donner un livre sous
le nom de Jardin des Roses. Le vent même
d'automne ne pourra faire tomber ses feuilles,
et aucune vicissitude des saisons ne pourra
changer ses beautés printannières, en un hiver
stérile et dépouillé de toute espèce de parure.
Lorsque j'eus ainsi parlé, il laissa tomber les
roses qu'il avoit cueillies, et me prenant par la
main : « Un homme libéral, me dit-il, donne
» ce qu'il a promis. » C'est alors que je mis
la dernière main à mon ouvrage, dont j'avois
déjà composé un ou deux chapitres.

Il y avoit encore quelques roses dans les
jardins, lorsqu'il fut terminé; mais il ne sera
vraiment parfait et achevé, que lorsqu'il aura
reçu un accueil favorable dans la cour de ce

grand prince qui est le refuge des mortels, l'ombre du Tout-Puissant, le soutien et l'appui de ses sujets, le roi des rois, l'empereur des nations. Que le Dieu très-bon et très-grand le conserve, et qu'il fasse réussir toutes ses entreprises ! Mon livre sera parfait s'il daigne jeter sur lui un regard de bienveillance. Alors il deviendra précieux comme ces riches cabinets de la Chine, et comme les peintures du fameux livre Ersengi. Mon Jardin des Roses sera bien reçu de tout le monde, puisque son frontispice est orné par le plus illustre de tous les noms, par celui de ce prince que le ciel favorise, par le vainqueur des ennemis de l'état, le refuge et l'appui des malheureux et des étrangers, le protecteur éclairé des savans, l'ami des hommes vertueux, les délices de la Perse; que Dieu protège sa vie et augmente sa puissance! .

Quiconque repose à l'ombre de sa bienveillance n'a plus de malheur à craindre, et n'a point d'ennemis qui ne s'empressent de se réconcilier avec lui. Sa gloire va toujours en

croissant, et il n'a pas besoin de nos vaines
louanges. Un flambeau approché du soleil ne
rend plus aucune lumière ; la tour la plus
élevée, placée au pied du mont Elvend, paroît
toujours petite.

J'ai donc commencé par méditer et ensuite
j'ai composé mon ouvrage; car celui qui veut
élever un mur, doit commencer par en poser
le fondement. J'ai amassé des fleurs, mais je
ne les ai point cueillies dans un jardin. J'ai pris
un chemin plus court, j'ai recueilli les choses
les plus rares et les plus dignes de mémoire, les
belles maximes des sages, les vers les plus
estimés et les grandes actions des rois. C'est à
la composition de ce livre que j'ai consacré
une partie de cette vie qui est si précieuse.
Puisse-t-il me survivre long-temps et conserver dans les siècles à venir la mémoire de mon
nom ! donner aux hommes des leçons salu-
taires, c'est l'unique but que je me sois proposé
en le publiant.

ESSAI

D'INSTRUCTION MORALE.

LIVRE PREMIER.

DEVOIRS ENVERS DIEU.

CHAPITRE PREMIER.

De l'existence de Dieu.

§ Ier. *Tout annonce l'existence de Dieu.*

Tout annonce d'un Dieu l'éternelle existence;
On ne peut le comprendre, on ne peut l'ignorer.
La voix de l'univers atteste sa puissance,
Et la voix de nos cœurs dit qu'il faut l'adorer.
VOLTAIRE.

§ II. *Preuves de l'existence de Dieu, tirées des anciens philo-*
sophes. Leurs réponses à quelques objections.

S'il existoit une nation qui n'eût aucune idée de la
divinité, et qu'un étranger, paroissant tout à coup dans
une de ses assemblées, lui adressât ces paroles : Vous
admirez les merveilles de la nature sans remonter à leur
auteur; je vous annonce qu'elles sont l'ouvrage d'un

I.

être intelligent qui veille à leur conservation, et qui vous regarde comme ses enfans. Vous comptez pour inutiles les vertus ignorées, et pour excusables les fautes impunies; je vous annonce qu'un juge invisible est toujours auprès de nous, et que les actions qui se dérobent à l'estime ou à la justice des hommes, n'échappent point à ses regards. Vous bornez votre existence à ce petit nombre d'instans que vous passez sur la terre, et dont vous n'envisagez le terme qu'avec un secret effroi; je vous annonce qu'après la mort, un séjour de délices ou de peines sera le partage de l'homme vertueux ou du scélérat. Ne pensez-vous pas que les gens de bien, prosternés devant le nouveau législateur, recevroient ses dogmes avec avidité, et seroient pénétrés de douleur, s'ils étoient dans la suite obligés d'y renoncer? Ils auroient les regrets qu'on éprouve au sortir d'un rêve agréable. Si vous le dissipiez ce beau rêve, n'auriez-vous pas à vous reprocher d'ôter au malheureux l'erreur qui suspendoit ses maux? Lui-même, ne vous accuseroit-il pas de le laisser sans défense contre les coups du sort, et contre la méchanceté des hommes?

Vous m'opposerez l'exemple de quelques philosophes qui ont supporté la haine de leurs semblables, la pauvreté, l'exil, tous les genres de persécution, plutôt que de trahir la vérité. Ils combattoient en plein jour, sur un grand théâtre, en présence de l'univers et de la postérité. On est bien courageux avec de pareils spectateurs. C'est l'homme qui gémit dans l'obscurité, qui pleure sans témoins, qu'il faut soutenir [1].

[1] Platon.

Non, non, l'amour de l'ordre, la beauté de la vertu,
l'estime de soi-même ne suffisent pas aux hommes
pour les retenir et les consoler. Si ces motifs respectables ne sont pas animés par un principe surnaturel,
qu'il est à craindre que de si foibles roseaux ne se
brisent sous la main qu'ils soutiennent! Eh quoi! vous
croiriez-vous fortement lié par des chaînes que vous
auriez forgées vous-même? Vous sacrifiez à des abs-
tractions de l'esprit, à des sentimens factices, votre
vie et tout ce que vous avez de plus cher au monde!
Dans l'état de dégradation où vous êtes réduit, ombre,
poussière, insecte, sous lequel de ces titres prétendez-
vous que vos vertus sont quelque chose, et que le
maintien de l'ordre dépend du choix que vous allez
faire? Non, vous n'agrandirez jamais le néant en lui
donnant de l'orgueil. Que notre petitesse nous cache
au sein de la terre, que notre puissance nous élève jusqu'aux cieux [1], nous sommes environnés de la présence
d'un juge dont les yeux sont ouverts sur nos actions
et sur nos pensées [2], et qui seul donne une sanction à
l'ordre, des attraits puissans à la vertu, une dignité réelle
à l'homme, un fondement légitime à l'opinion qu'il a
de lui-même. Je respecte les lois positives, parce qu'elles
découlent de celles que Dieu a gravées au fond de mon
cœur [3]; j'ambitionne l'approbation de mes semblables,
parce qu'ils portent, comme moi, dans leur esprit, un
rayon de sa lumière, et dans leur âme, les germes des
vertus dont il leur inspire le désir; je redoute enfin mes
remords, parce qu'ils me font déchoir de cette gran-

[1] Platon. = [2] Xénophon. = [3] Archytas, dans Stobée.

deur que j'avois obtenue en me conformant à sa volonté. Ainsi les contre-poids qui vous retiennent sur les
bords de l'abîme, je les ai tous; et j'ai de plus une force
supérieure qui leur prête une plus vigoureuse résistance [1].

Vous demandez quel monument atteste ce principe
surnaturel, l'existence de la divinité. Je réponds : L'univers, l'éclat éblouissant et la marche majestueuse des
astres, l'organisation des corps, la correspondance de
cette innombrable quantité d'êtres, enfin cet ensemble
et ces détails admirables, où tout porte l'empreinte
d'une main divine, où tout est grandeur, sagesse, proportion et harmonie; j'ajoute le consentement des
peuples, non pour vous subjuguer par la voie de l'autorité, mais parce que leur persuasion, toujours entretenue par la cause qui l'a produite, est un témoignage
incontestable de l'impression qu'ont toujours faite sur
les esprits les beautés ravissantes de la nature [2].

La raison, d'accord avec mes sens, me montre aussi
le plus excellent des ouvriers dans le plus magnifique
des ouvrages.

On supposa dès la naissance des sociétés que des
génies, placés dans les astres, veilloient à l'administration
de l'univers : comme ils paroissoient revêtus d'une
grande puissance, ils obtinrent les hommages des mortels; et le souverain fut presque partout négligé pour
les ministres.

Cependant son souvenir se conserva toujours parmi
tous les peuples. Vous en trouverez des traces sen-

[1] Platon. = [2] Platon.

sibles, plus ou moins, dans les monumens les plus anciens; des témoignages plus formels, dans les écrits des philosophes modernes. Voyez la prééminence qu'Homère accorde à l'un des objets du culte public : Jupiter est le père des dieux et des hommes. Parcourez la Grèce : vous trouverez l'être unique, adoré depuis long-temps en Arcadie [1], sous le nom du Dieu bon par excellence ; dans plusieurs villes, sous celui du Très-Haut, ou du Très-Grand.

Écoutez ensuite Timée, Anaxagore, Platon : C'est le Dieu unique qui a ordonné la matière et produit le monde.

Écoutez Antisthène [2], disciple de Socrate : Plusieurs divinités sont adorées parmi les nations, mais la nature n'en indique qu'une seule.

Écoutez enfin ceux de l'école de Pythagore [3] : Tous ont considéré l'univers comme une armée qui se meut au gré du général ; comme une vaste monarchie, où la plénitude du pouvoir réside dans le souverain.

Vous qui niez son immensité, avez-vous jamais réfléchi sur la multiplicité des objets que votre esprit et vos sens peuvent embrasser? Quoi! votre vue se prolonge sans effort sur un grand nombre de stades, et la sienne ne pourroit pas en parcourir une infinité! Votre attention se porte, presqu'au même instant, sur la Grèce, sur la Sicile, sur l'Égypte ; et la sienne ne pourroit s'étendre sur tout l'univers [4]!

Si l'univers, osez-vous dire, est en effet l'objet de son attention, pourquoi tant de crimes et de malheurs

[1] Pausanias. = [2] Cicéron. = [3] Archytas, dans Stobée. [4] Xénophon.

sur la terre? Où est sa puissance, s'il peut les empêcher? sa justice, s'il ne le veut pas? Je m'attendois à
cette attaque.

Foibles mortels! cessez de regarder comme des
maux réels, la pauvreté, la maladie et les malheurs qui
vous viennent du dehors. Ces accidens, que votre résignation peut convertir en bienfaits, ne sont que la
suite des lois nécessaires à la conservation de l'univers.
Vous entrez dans le système général des choses, mais
vous n'en êtes qu'une portion. Vous fûtes ordonnés
pour le tout, et le tout ne fut pas ordonné pour
vous [1].

Ainsi tout est bien dans la nature. Les corps inani-
més suivent, sans résistance, les mouvemens qu'on leur
imprime. Les animaux, privés de raison, se livrent sans
remords à l'instinct qui les entraîne. Les hommes seuls
se distinguent autant par leurs vices que par leur intelligence. Obéissent-ils à la nécessité, comme le reste de
la nature? Pourquoi peuvent-ils résister à leurs penchans? Pourquoi reçurent-ils ces lumières qui les
égarent; ce désir de connoître leur auteur; ces notions
du bien; ces larmes précieuses que leur arrache une
belle action; ce don le plus funeste, s'il n'est pas le plus
beau de tous, le don de s'attendrir sur les malheurs de
leurs semblables?

Oui, s'il y a des vertus sur la terre, il y a une providence et une justice dans le ciel [2].

[1] Platon. — [2] Platon.

§ III. *Sentimens des anciens sur la divinité, ou dialogue extrait de Platon, d'Aristote et de Plutarque, etc., par lequel on laisse à juger, si la raison abandonnée à elle-même pouvoit concevoir une théorie plus digne de la divinité et plus utile aux hommes.*

PHILOCLÈS.

Dites-moi, Lysis, qui a formé le monde?

LYSIS.

Dieu.

PHILOCLÈS.

Par quel motif l'a-t-il formé?

LYSIS.

Par un effet de sa bonté [1].

PHILOCLÈS.

Qu'est-ce que Dieu?

LYSIS.

Ce qui n'a ni commencement ni fin [2]; l'être éternel, nécessaire, immuable, intelligent.

PHILOCLÈS.

Pouvons-nous connoître son essence?

LYSIS.

Elle est incompréhensible et ineffable [3]; mais il a parlé clairement par ses œuvres, et ce langage a le caractère des grandes vérités, qui est d'être à la portée de tout le monde. De plus vives lumières nous seroient inutiles, et ne convenoient, sans doute, ni à son plan ni à notre foiblesse. Qui sait même si l'impatience de nous élever jusqu'à lui ne présage pas la destinée qui

---

[1] Platon. == [2] Thalès, Timée, Aristote. == [3] Platon.

noùs attend? En effet, s'il est vrai, comme on le dit, qu'il est heureux par la seule vue de ses perfections, désirer de le connoître [1], c'est désirer de partager son bonheur.

PHILOCLÈS.

Sa providence s'étend-t-elle sur toute la nature?

LYSIS.

Jusques sur les plus petits objets [2].

PHILOCLÈS.

Pouvons-nous lui dérober la vue de nos actions?

LYSIS.

Pas même celle de nos pensées.

PHILOCLÈS.

Dieu est-il l'auteur du mal?

LYSIS.

L'Être bon ne peut faire que ce qui est bon.

PHILOCLÈS.

Quels sont vos rapports avec lui?

LYSIS.

Je suis son ouvrage, je lui appartiens, il a soin de moi.

PHILOCLÈS.

Quel est le culte qui lui convient?

LYSIS.

Celui que les lois de la patrie ont établi; la sagesse humaine ne pourroit savoir rien de positif à cet égard.

[1] Aristote. = [2] Platon.

PHILOCLÈS.

Suffit-il de l'honorer par des sacrifices et par des cérémonies pompeuses ?

LYSIS.

Non.

PHILOCLÈS.

Que faut-il encore ?

LYSIS.

La pureté du cœur. Il se laisse plutôt fléchir par la vertu que par les offrandes ; et comme il ne peut y avoir aucun commerce entre lui et l'injustice, quelques-uns pensent qu'il faudroit arracher des autels les méchans qui y trouvent un asile [1].

PHILOCLÈS.

Cette doctrine, enseignée par les philosophes, est-elle reconnue par les prêtres ?

LYSIS.

Ils l'ont fait graver sur la porte du temple d'Épidaure : *L'entrée de ces lieux,* dit l'inscription, *n'est permise qu'aux âmes pures* [2]. Ils l'annoncent avec éclat dans nos cérémonies saintes, où après que le ministre des autels a dit : *Qui est-ce qui est ici ?* les assistans répondent de concert : *Ce sont tous gens de bien* [3].

PHILOCLÈS.

Vos prières ont-elles pour objet les biens de la terre ?

LYSIS.

Non. J'ignore s'ils ne me seroient pas nuisibles, et je

[1] Euripide. = [2] Clément d'Alexandrie. = [3] Aristophane.

craindrois qu'irrité de l'indiscrétion de mes vœux, Dieu ne les exauçât.

PHILOCLÈS.

Que lui demandez-vous donc ?

LYSIS.

De me protéger contre mes passions ; de m'accorder la vraie beauté, celle de l'âme [1] ; les lumières et les vertus dont j'ai besoin ; la force de ne commettre aucune injustice [2], et surtout le courage de supporter, quand il le faut, l'injustice des hommes [3].

PHILOCLÈS.

Que doit-on faire pour se rendre agréable à la divinité ?

LYSIS.

Se tenir toujours en sa présence ; ne rien entreprendre sans implorer son secours [4] ; s'assimiler en quelque façon à elle par la justice et par la sainteté ; lui rapporter toutes ses actions [5] ; remplir exactement les devoirs de son état, et regarder comme le premier de tous celui d'être utile aux hommes [6] ; car, plus on opère le bien, plus on mérite d'être mis au nombre de ses enfans et de ses amis [7].

PHILOCLÈS.

Peut-on être heureux en observant ces préceptes ?

LYSIS.

Sans doute, puisque le bonheur consiste dans la sagesse, et la sagesse dans la connoissance de Dieu.

[1] Zaleucus. = [2] Platon. = [3] Plutarque. = [4] Xénophon. = [5] Platon. = [6] Bias. = [7] Platon.

PHILOCLÈS.

Mais cette connoissance est bien imparfaite.

LYSIS.

Aussi notre bonheur ne sera-t-il entier que dans une autre vie.

PHILOCLÈS.

Est-il vrai qu'après notre mort nos âmes comparoissent dans le champ de la vérité, et rendent compte de leur conduite à des juges inexorables; qu'ensuite les unes, transportées dans des campagnes riantes, y coulent des jours paisibles au milieu des fêtes et des concerts; que les autres sont précipitées par les Furies dans le Tartare, pour subir à la fois les rigueurs des flammes et la cruauté des bêtes féroces [1]?

LYSIS.

Je l'ignore. La divinité ne s'est point expliquée sur la nature des peines et des récompenses qui nous attendent après la mort. Tout ce que j'affirme, d'après les notions que nous avons de l'ordre et de la justice, d'après le suffrage de tous les peuples et de tous les temps, c'est que chacun sera traité suivant ses mérites [2], et que l'homme juste, passant tout à coup du jour ténébreux de cette vie, à la lumière pure et brillante d'une seconde vie, jouira de ce bonheur inaltérable dont ce monde n'offre qu'une foible image.

BARTHÉLEMY.

[1] Platon. = [2] Platon.

§ IV. *Horreur des anciens pour l'athéisme.*

Un philosophe né dans l'île de Mélos, témoin des maux dont elle étoit affligée, crut que les malheureux, n'ayant plus d'espoir du côté des hommes, n'avoient plus rien à ménager par rapport aux dieux. C'est Diagoras, à qui les Mantinéens doivent les lois et le bonheur dont ils jouissent [1]. Son imagination ardente, après l'avoir jeté dans les écarts de la poésie dithyrambique, le pénétra d'une crainte servile à l'égard des dieux; il chargeoit son culte d'une infinité de pratiques religieuses [2], et parcouroit la Grèce pour se faire initier dans les mystères. Mais sa philosophie, qui le rassuroit contre les désordres de l'univers, succomba sous une injustice dont il fut la victime. Un de ses amis refusa de lui rendre un dépôt, et appuya son refus d'un serment prononcé à la face des autels [3]. Le silence des dieux sur un tel parjure, ainsi que sur les cruautés exercées par les Athéniens dans l'île de Mélos, étonna le philosophe, et le précipita du fanatisme de la superstition dans celui de l'athéisme. Il souleva les prêtres en divulguant dans ses discours et dans ses écrits les secrets des mystères [4], le peuple en brisant les effigies des dieux, la Grèce entière en niant ouvertement leur existence [5]. Un cri général s'éleva contre lui; son nom devint une injure [6]. Les magistrats d'Athènes le citèrent à leur tribunal, et le poursuivirent de ville en ville : on promit un talent à ceux qui apporteroient sa

[1] Élien. = [2] Sextus Empiricus. = [3] Hesychius. = [4] Lysias. = [5] Cicéron. = [6] Aristophane.

tête, deux talens à ceux qui le livreroient en vie ; et pour perpétuer le souvenir de ce décret, on le grava sur une colonne de bronze. Diagoras, ne trouvant plus d'asile dans la Grèce, s'embarqua et périt dans un naufrage [1].

BARTHÉLÉMY.

§ V. *Combien l'accusation d'impiété est redoutable.*

L'accusation d'impiété est d'autant plus redoutable, et on doit éviter avec d'autant plus de soin de se l'attirer, qu'elle enflamme aisément la fureur du peuple, dont le zèle est rarement guidé par la raison.

Nous citerons les principaux jugemens que les tribunaux d'Athènes ont prononcés contre le crime d'impiété.

Le poëte Eschyle fut dénoncé pour avoir, dans une de ses tragédies, révélé la doctrine des mystères. Son frère Aminias tâcha d'émouvoir les juges, en montrant les blessures qu'il avoit reçues à la bataille de Salamine. Ce moyen n'auroit peut-être pas réussi, si Eschyle n'eût prouvé clairement qu'il n'étoit pas initié. Le peuple l'attendoit à la porte du tribunal pour le lapider [2].

Protagoras, un des plus illustres sophistes de son temps, ayant commencé un de ses ouvrages par ces mots : « Je ne sais s'il y a des dieux ou s'il n'y en a point, » fut poursuivi criminellement, et prit la fuite. On rechercha ses écrits dans les maisons des particuliers, et on les fit brûler dans la place publique [3].

Prodicus de Céos fut condamné à boire la ciguë,

---

[1] Athénée. == [2] Aristote. Élien. == [3] Diogène Laërce.

pour avoir avancé que les hommes avoient mis au rang des dieux les êtres dont ils retiroient de l'utilité, tels que le soleil, la lune, les fontaines, etc. [1].

La faction opposée à Périclès, n'osant l'attaquer ouvertement, résolut de le perdre par une voie détournée. Il étoit ami d'Anaxagore, qui admettoit une intelligence suprême. En vertu d'un décret porté contre ceux qui nioient l'existence des dieux, Anaxagore fut traîné en prison. Il obtint quelques suffrages de plus que son accusateur, et ne les dut qu'aux prières et aux larmes de Périclès, qui le fit sortir d'Athènes. Sans le crédit de son protecteur, le plus religieux des philosophes auroit été lapidé comme athée [2].

Lors de l'expédition de Sicile, au moment qu'Alcibiade faisoit embarquer les troupes qu'il devoit commander, les statues de Mercure, placées en différens quartiers d'Athènes, se trouvèrent mutilées en une nuit [3]. La terreur se répand aussitôt dans Athènes. On prête des vues plus profondes aux auteurs de cette impiété, qu'on regarde comme des factieux. Le peuple s'assemble ; des témoins chargent Alcibiade d'avoir défiguré les statues, et de plus célébré avec les compagnons de ses débauches les mystères de Cérès dans des maisons particulières.

Cependant, comme les soldats prenoient hautement le parti de leur général, on suspendit le jugement : mais à peine fut-il arrivé en Sicile, que ses ennemis reprirent l'accusation ; les délateurs se multiplièrent, et les prisons se remplirent de citoyens que l'injustice

[1] Cicéron. = [2] Diogène Laërce. = [3] Plutarque.

poursuivoit. Plusieurs furent mis à mort; beaucoup
d'autres avoient pris la fuite [1].

Il arriva, dans le cours des procédures, un incident
qui montre jusqu'à quel excès le peuple porte son aveuglement. Un des témoins, interrogé comment il avoit
pu reconnoître pendant la nuit les personnes qu'il dé-
nonçoit, répondit : « Au clair de la lune. » On prouva
que la lune ne paroissoit pas alors. Les gens de bien
furent consternés [2]; mais la fureur du peuple n'en devint que plus ardente.

Alcibiade, cité devant cet indigne tribunal, dans le
temps qu'il alloit s'emparer de Messine, et peut-être
de toute la Sicile, refusa de comparoître, et fut condamné à perdre la vie. On vendit ses biens; on grava
sur une colonne le décret qui le proscrivoit et le rendoit infâme. Les prêtres de tous les temples eurent
ordre de prononcer contre lui des imprécations ter-
ribles. Tous obéirent, à l'exception de la prêtresse
Théano, dont la réponse méritoit mieux d'être gravée
sur une colonne, que le décret du peuple. « Je suis
» établie, dit-elle, pour attirer sur les hommes les
» bénédictions, et non les malédictions du ciel [3]. »

Alcibiade, ayant offert ses services aux ennemis de sa
patrie, la mit à deux doigts de sa perte. Quand elle se
vit forcée de le rappeler, les prêtres de Cérès s'oppo-
sèrent à son retour [4] : mais ils furent contraints de l'ab-
soudre des imprécations dont ils l'avoient chargé. On
remarqua l'adresse avec laquelle s'exprima le premier

[1] Andocide. = [2] Plutarque. = [3] Plutarque. = [4] Thucydides.

des ministres sacrés : « Je n'ai pas maudit Alcibiade,
» s'il était innocent [1]. »

Quelque temps après, arriva le jugement de Socrate,
dont la religion ne fut que le prétexte.

Les Athéniens ne sont pas plus indulgens pour le
sacrilége. Les lois attachent la peine de mort à ce crime,
et privent le coupable des honneurs de la sépulture.
Cette peine que des philosophes, d'ailleurs éclairés, ne
trouvent pas trop forte, le faux zèle des Athéniens l'é-
tend jusqu'aux fautes les plus légères. Croiroit-on qu'on
a vu des citoyens condamnés à périr, les uns pour avoir
arraché un arbrisseau dans un bois sacré, les autres
pour avoir tué je ne sais quel oiseau consacré à Escu-
lape ? Je rapporterai un trait plus effrayant encore. Une
feuille d'or étoit tombée de la couronne de Diane ; un
enfant la ramassa : il étoit si jeune qu'il fallut mettre
son discernement à l'épreuve ; on lui présenta de nouveau la feuille d'or avec des dés, des hochets et une
grosse pièce d'argent ; l'enfant s'étant jeté sur cette
pièce, les juges déclarèrent qu'il avoit assez de raison
pour être coupable, et le firent mourir [2].

*Exemples tirés de l'Écriture Sainte. — Baltazar roi de
Babylone.*

« Baltazar fit un grand festin, et, déjà échauffé par
» le vin, il fit apporter les vases d'or et d'argent, que
» son père Nabuchodonosor avoit enlevés du temple
» de Jérusalem (comme si le vin y eût été meilleur,

[1] Plutarque. = [2] Élien.

» et que la profanation y ajoutât un nouveau goût).
» Le roi donc, ses femmes, ses maîtresses et les grands
» de sa cour buvoient de ce vin, et louoient leurs
» dieux d'or et d'argent, d'airain et de fer, de bois et
» de pierre ; quand tout à coup il parut, vis-à-vis d'un
» chandelier, deux doigts (en l'air), comme d'une
» main humaïne, qui écrivoient sur la muraille de la
» salle du banquet. A ce spectacle de la main qui écri-
» voit, le visage du roi changea, et ses pensées se trou-
» bloient ; ses reins furent séparés, ses genoux s'ébran-
» lèrent, et se brisèrent l'un contre l'autre ; il fit un
» grand cri ; toute la cour fut effrayée ; on appela les
» devins (selon la coutume).
» Mais tous ces devins ne purent lire cette écriture.
» On fit venir Daniel, comme un homme qui avoit
» l'esprit des dieux, et ce fidèle interprète fit cette ré-
» ponse : O roi, le Très-Haut avoit élevé Nabuchodo-
» nosor votre père : il fit en son temps tout ce qu'il
» voulut sur la terre. Quand son cœur s'enfla, et que
» son esprit s'enorgueillit, il fut frappé, et sa gloire
» fut éteinte. La raison lui fut ôtée, et déposé de son
» trône il se vit rangé parmi les bêtes broutant l'herbe
» comme un bœuf, et battu par les eaux du ciel, jus-
» qu'à ce qu'il eût connu que le Très-Haut donnoit les
» royaumes à qui il vouloit. Vous donc, ô roi Bal-
» tazar son fils, qui savez toutes ces choses, vous n'en
» avez point profité, et ne vous êtes point humilié
» devant le Seigneur ; mais vous avez profané les
» vaisseaux sacrés de son temple, et avez loué vos dieux
» de bois et de métal ; c'est pour cela que le doigt de la

I.   3

» main (qui a paru en l'air) vous est envoyé, et en
» voici l'écriture : *Mané*, le Seigneur a compté les
» années de votre règne, et en a marqué la fin. *Thecel*,
» vous avez été mis dans la balance, et on ne vous a
» pas trouvé du poids qu'il falloit. *Pharez*, votre
» royaume a été divisé, et a été donné aux Mèdes et
» aux Perses ».

En cette nuit Baltazar fut tué, et Darius le Mède fut
mis sur le trône.

*Autre exemple. Antiochus (surnommé l'Illustre), roi de
Syrie.*

« Antiochus marchoit dans les provinces supé-
» rieures de la grande Asie, et il apprit les richesses
» d'Elymaïde, ville de Perse, et de son temple, où
» Alexandre, fils de Philippe, roi de Macédoine qui
» avoit commencé l'empire des Grecs, avoit déposé
» les riches dépouilles de tant de royaumes vaincus, et
» il s'approcha de la ville qu'il vouloit surprendre ; mais
» l'entreprise fut découverte, et battu par ses ennemis
» il revenoit en fuite avec honte.

» Plongé dans une profonde tristesse, il apprit au-
» près d'Ecbatanes, l'une des capitales de son royaume,
» là défaite de ses généraux (Nicanor et Lysias), qu'il
» avoit laissés en Judée pour la subjuguer. Et emporté
» de colère, il crut pouvoir réparer sur les Juifs l'op-
» probre où l'avoient jeté ceux qui l'avoient contraint
» à prendre la fuite : menaçant Jérusalem, dans son or-
» gueil, de n'en faire plus qu'un sépulcre de ses
» citoyens.

» Pendant qu'il ne respiroit plus que feu et sang
» contre les Juifs, poursuivi par la vengeance divine,
» il précipitoit le cours de ses chariots, et reçut en
» versant de rudes coups. Les nouvelles qui lui venoient
» coup sur coup, du mauvais succès de ses desseins
» en Judée l'effrayèrent, et le mirent en trouble. Dans
» l'excès de la mélancolie où l'avoient jeté ses espérances
» trompées, il tomba malade : la tristesse se renou-
» veloit dans une longue langueur, et il se sentoit
» défaillir ». Au milieu de ses discours menaçans,
Dieu le frappa d'une plaie cachée qui lui causa d'insup-
portables tourmens : ce qui étoit le juste supplice de
ceux qu'il avoit inventés contre les autres. Celui qui
croyoit pouvoir commander aux flots de la mer, et se
croyoit au-dessus des astres, porté sur un brancard,
rendoit témoignage de la puissance de Dieu, dont le
bras l'atterroit. Il sortit des vers de son corps ; l'armée
n'en pouvoit souffrir la puanteur, qui lui devint insupportable à lui-même.

Alors, il appela ses serviteurs les plus affidés, et leur
dit : Je ne connois plus le sommeil, je suis abîmé dans
la tristesse, moi dont les joies étoient si emportées. Le
souvenir des maux que j'ai faits sans raison dans Jérusalem, et le pillage injuste de tant de richesses, ne me
laissent pas de repos. Et je meurs sans consolation dans
une terre éloignée.

Alors, il commença à se réveiller comme d'un profond assoupissement, et dans le continuel accroissement
de ses maux rentrant enfin en lui-même : Il est juste,
s'écria-t-il, d'être soumis à Dieu, et qu'un mortel ne

s'égale pas à sa puissance. Il imploroit la miséricorde
qui lui étoit refusée. Il protestoit d'affranchir Jérusalem
qui avoit été l'objet de sa haine. Il promettoit d'égaler
aux Athéniens les Juifs, qu'auparavant il vouloit donner
en proie, grands et petits, aux oiseaux et aux bêtes ravissantes. Il ne parloit que des beaux présens qu'il des-
tinoit au temple saint ; et promettoit de se faire juif,
et d'aller de ville en ville publier la gloire et la puissance de Dieu. Mais il ne reçut point la miséricorde
qu'il vouloit acheter, et non fléchir : ni aucun fruit
d'une conversion que Dieu, qui lit dans les cœurs, con-
noissoit trompeuse et forcée.

Ainsi mourut d'une mort misérable, sur des montagnes éloignées, cet homicide et ce blasphémateur :
ainsi reçut - il le traitement qu'il avoit fait à tant
d'autres.

C'est assez d'avoir rapporté ces tristes exemples : et
nous nous taisons du nombre infini qui reste.

BOSSUET.

§ VI. *Définition que Platon donne de Dieu.*

Dieu est la mesure de chaque chose ; rien de bon
ni d'estimable dans le monde que ce qui a quelque
conformité avec lui. Il est souverainement sage, saint
et juste : le seul moyen de lui ressembler et de lui
plaire est de se remplir de sagesse, de justice et de
sainteté.

Appelé à cette haute destinée, placez-vous au rang
de ceux qui, comme le disent les sages, unissent par

leurs vertus les cieux avec la terre, les dieux avec les hommes. Que votre vie présente le plus heureux des systèmes pour vous, le plus beau des spectacles pour les autres, celui d'une âme où toutes les vertus sont dans un parfait accord.

Dieu, comme on l'a dit avant nous, parcourt l'univers tenant dans sa main le commencement, le milieu et la fin de tous les êtres. La justice suit ses pas, prête à punir les outrages faits à la loi divine. L'homme humble et modeste trouve son bonheur à la suivre : l'homme vain s'éloigne d'elle, et Dieu l'abandonne à ses passions. Pendant un temps il paroît être quelque chose aux yeux du vulgaire ; mais bientôt la vengeance fond sur lui, et si elle l'épargne dans ce monde, elle le poursuit avec plus de fureur dans l'autre. Ce n'est donc point dans le sein des honneurs, ni dans l'opinion des hommes, que nous devons chercher à nous distinguer ; c'est devant ce tribunal redoutable qui nous jugera sévèrement après notre mort.

BARTHÉLEMY.

§ VII. *Sur Dieu.*

Si du Dieu qui nous fit l'éternelle puissance
Eût à deux jours au plus borné notre existence,
Il nous auroit fait grâce, il faudroit consumer
Ces deux jours de la vie à lui plaire, à l'aimer.

VOLTAIRE.

§ VIII. *Sentiment naturel de la Divinité.*

Sur son Dieu, sur sa fin, sur sa cause première,
L'homme est-il sans secours à l'erreur attaché?
Quoi! le monde est visible, et Dieu seroit caché?
Quoi! le plus grand besoin que j'aie en ma misère
Est le seul qu'en effet je ne puis satisfaire!
Non : le Dieu qui m'a fait ne m'a point fait en vain:
Sur le front des mortels il mit son sceau divin.
Je ne puis ignorer ce qu'ordonna mon maître;
Il m'a donné sa loi puisqu'il m'a donné l'être.
La morale uniforme en tout temps, en tout lieu,
A des siècles sans fin parle au nom de ce Dieu.
Sa redoutable voix partout se fait entendre.
Pensez-vous en effet que ce jeune Alexandre,
Aussi vaillant que vous, mais bien moins modéré,
Teint du sang d'un ami trop inconsidéré,
Ait pour se repentir consulté des augures?
Ils auroient dans leurs eaux lavé ses mains impures;
Ils auroient à prix d'or absous bientôt le roi.
Sans eux de la nature il écouta la loi:
Honteux, désespéré d'un moment de furie,
Il se jugea lui-même indigne de la vie.
Cette loi souveraine, à la Chine, au Japon,
Inspira Zoroastre, illumina Solon.
D'un bout du monde à l'autre elle parle, elle crie :
« Adore un Dieu, sois juste, et chéris ta patrie. »
Jamais un parricide, un calomniateur,
N'a dit tranquillement dans le fond de son cœur :
« Qu'il est beau, qu'il est doux d'accabler l'innocence,
» De déchirer le sein qui nous donna naissance!
» Dieu juste, Dieu parfait, que le crime a d'appas! »
Voilà ce qu'on diroit, mortels, n'en doutez pas,
S'il n'étoit une loi terrible, universelle,
Que respecte le crime en s'élevant contre elle.

Est-ce nous qui créons ces profonds sentimens?
Avons-nous fait notre âme? avons-nous fait nos sens?
L'or qui naît au Pérou, l'or qui naît à la Chine,
Ont la même nature et la même origine:
L'artisan les façonne, et ne peut les former.
Ainsi l'Être éternel, qui nous daigne animer,
Jeta dans tous les cœurs une même semence.
Le ciel fit la vertu; l'homme en fit l'apparence.
Il peut la revêtir d'imposture et d'erreur;
Il ne peut la changer; son juge est dans son cœur.

VOLTAIRE.

§ IX. *Preuves que donne Fénélon de l'existence de Dieu.*

Je ne puis ouvrir les yeux, dit M. de Fénélon, sans admirer l'art qui éclate dans toute la nature : le moindre coup d'œil suffit pour apercevoir la main qui fait tout. Que les hommes accoutumés à méditer les vérités abstraites et à remonter aux premiers principes, connoissent la divinité par son idée; c'est un chemin sûr pour arriver à la source de toute vérité. Mais plus ce chemin est droit et court, plus il est rude et inaccessible au commun des hommes qui dépendent de leur imagination. C'est une démonstration si simple qu'elle échappe par sa simplicité aux esprits incapables des opérations purement intellectuelles. Plus cette voie de trouver le premier être est parfaite, moins il y a d'esprits capables de la suivre. Mais il y a une autre voie moins parfaite, et qui est proportionnée aux hommes les plus médiocres. Les hommes les moins exercés au raisonnement, et les plus attachés aux pré-

jugés sensibles, peuvent d'un seul regard découvrir celui qui se peint dans tous ses ouvrages. La sagesse et la
puissance qu'il a marquées dans tout ce qu'il a fait, se
font voir comme dans un miroir à ceux qui ne le peuvent
contempler dans sa propre idée.

M. de Fénélon commence donc par tirer du spectacle de l'univers les preuves de l'existence de Dieu. Il
entre dans quelques détails, et il fait voir les traces de la
divinité, ou, pour mieux dire, le sceau de Dieu même,
dans tout ce qu'on appelle les ouvrages de l'art. Les
cieux, la terre, les astres, les plantes, les animaux, nos
corps, nos esprits, tout, selon lui, marque un ordre,
une mesure précise, un art, une sagesse, un esprit supérieur à nous, qui est comme l'âme du monde entier,
et qui mène tout à ses fins avec une force douce et in-
sensible mais toute-puissante. Nous avons vu, pour
ainsi dire, ajoute-t-il, l'architecture de l'univers, la
juste proportion de toutes ses parties; et le simple coup
d'œil nous a suffi pour trouver dans une fourmi, encore plus que dans le soleil, une sagesse et une puissance qui se plaît à éclater en façonnant ses plus vils
ouvrages. Voilà ce qui se présente d'abord sans discus-
sion aux hommes les plus ignorans. Que seroit-ce, si
nous entrions dans les secrets de la physique, et si nous
faisions la dissection des parties internes des animaux,
pour y trouver la plus parfaite méchanique !

Mais, pour apercevoir Dieu dans ses ouvrages, ajoute
Fénélon, il faut au moins y être attentif; et la plupart
des hommes, enivrés par leurs passions, vivent toujours
distraits. Les passions aveuglent à un tel point, nou-

seulement les peuples sauvages, mais encore les nations
qui semblent les mieux policées, qu'elles ne voient pas
la lumière même qui les éclaire. A cet égard, les
Égyptiens, les Grecs et les Romains n'ont pas été
moins aveuglés et moins abrutis que les sauvages les
plus grossiers; ils se sont ensevelis comme eux dans les
choses sensibles, sans remonter plus haut, et ils n'ont
cultivé leur esprit que pour se flatter par de plus douces
sensations, sans vouloir remarquer de quelle source elles
venoient. Ainsi vivent les hommes sur la terre : ne leur
dites rien; ils ne pensent à rien, excepté à ce qui flatte
leurs passions grossières ou leur vanité : leurs âmes s'ap-
pesantissent tellement qu'ils ne peuvent plus s'élever à
aucun objet incorporel : tout ce qui n'est point palpable
et qui ne peut être ni vu, ni goûté, ni entendu, ni
senti, ni compté, leur semble chimérique. Cette foiblesse
de l'âme, se tournant en incrédulité, leur paroît une
force, et leur vanité s'applaudit de résister à ce qui
frappe naturellement le reste des hommes.... C'est
comme si un aveugle né triomphoit de ce qu'il seroit
incrédule pour la lumière et pour les couleurs que le
reste des hommes aperçoit. O mon Dieu! si tant
d'hommes ne vous découvrent point dans ce beau spectacle que vous leur donnez de la nature entière, ce n'est
pas que vous soyez loin de chacun de nous : chacun de
nous vous touche comme avec la main; mais les sens et
les passions qu'ils excitent, emportent toute l'applica-
tion de l'esprit. Ainsi, Seigneur, votre lumière luit dans
les ténèbres, et les ténèbres sont si épaisses qu'elles ne
la comprennent pas : vous vous montrez partout, et par-

I.   4

tout les hommes distraits négligent de vous apercevoir. Toute la nature parle de vous et retentit de votre saint nom ; mais elle parle à des sourds dont la surdité vient de ce qu'ils s'étourdissent toujours eux-mêmes. Vous êtes auprès d'eux et au-dedans d'eux ; mais ils sont fugitifs et errans hors d'eux-mêmes. Ils vous trouveroient, s'ils vous cherchoient au-dedans d'eux-mêmes ; mais les impies ne vous perdent qu'en se perdant. Hélas ! vos dons, qui leur montrent la main d'où ils viennent, les amusent jusqu'à les empêcher de la voir ! Ils vivent de vous, et ils vivent sans penser à vous ; ou plutôt ils meurent auprès de la vie, faute de s'en nourrir ; car quelle mort n'est-ce point de vous ignorer ! Ils s'endorment dans votre sein tendre et paternel ; et, pleins des songes trompeurs qui les agitent pendant leur sommeil, ils ne sentent pas la main puissante qui les porte. Si vous étiez un corps stérile, impuissant et inanimé, tel qu'une fleur qui se flétrit, une rivière qui coule, une maison qui va tomber en ruine, un tableau qui n'est qu'un amas de couleurs pour frapper l'imagination, ou un métal inutile qui n'a qu'un peu d'éclat, ils vous apercevroient et vous attribueroient follement la puissance de leur donner quelque plaisir, quoique, en effet, le plaisir ne puisse venir des choses inanimées qui ne l'ont pas, et que vous en soyez l'unique source. Si vous n'étiez donc qu'un être grossier, fragile et inanimé, qu'une masse sans vertu, qu'une ombre de l'être, votre nature vaine occuperoit leur vanité ; vous seriez un objet proportionné à leurs pensées basses et brutales. Mais parce que vous êtes trop au-dedans d'eux-mêmes, où ils ne rentrent jamais, vous leur êtes un Dieu caché; car ce fond intime d'eux-mêmes est le lieu le plus éloigné de leur vue, dans l'égarement où ils sont. L'ordre et la beauté que vous répandez sur la face de vos créatures sont comme un voile qui vous dérobe à leurs yeux malades. Quoi donc! la lumière qui devroit les éclairer les aveugle! et les rayons du soleil même empêchent qu'ils ne l'aperçoivent! Enfin, parce que vous êtes une vérité trop haute et trop pure pour passer par les sens grossiers, les hommes rendus semblables aux bêtes ne peuvent vous concevoir : comme si l'homme ne concevoit pas tous les jours la sagesse et la vertu dont aucun de ses sens néanmoins ne peut lui rendre témoignage, car elles n'ont ni son, ni couleur, ni odeur, ni goût, ni figure, ni aucune qualité sensible. Pourquoi donc, ô mon Dieu! douter plutôt de vous que de ces autres choses très-réelles et très-manifestes dont on suppose la vérité certaine dans toutes les affaires les plus sérieuses de la vie, et lesquelles, aussi bien que vous, échappent à nos foibles sens? O misère ! ô nuit affreuse qui enveloppe les enfans d'Adam! O monstrueuse stupidité! ô renversement de tout l'homme! l'homme n'a des yeux que pour voir des ombres, et la vérité lui paroît un fantôme : ce qui n'est rien, est tout pour lui ; ce qui est tout ne lui semble rien. Que vois-je dans toute la nature? Dieu, Dieu partout, et encore Dieu seul.

Nous ne parlerons point des preuves métaphysiques que Fénélon donne ensuite de l'existence de Dieu, comme 1°. de l'idée de l'être qui existe par lui-même ; 2°. de l'idée de l'être infini ; 3°. enfin de l'idée de l'être nécessaire. Quelque parfaites que soient ces preuves, ou plutôt à cause de leur perfection même, le commun des hommes n'est pas capable de les suivre; mais les preuves tirées du spectacle de la création sont à la portée de tous les hommes, pourvu qu'ils fassent taire la voix des passions, et qu'ils n'écoutent point les faux préjugés qui naissent des passions et qui ferment leur yeux à ce grand spectacle.

Fénélon.

§ X. *Différence des ouvrages de l'art et des ouvrages du Créateur.*

Que font nos Phidias lorsqu'ils donnent une forme à la matière brute? A force d'art et de temps ils parviennent à faire une surface qui représente exactement les dehors de l'objet qu'ils se sont proposé : chaque point de cette surface qu'ils ont créée leur a coûté mille combinaisons ; leur génie a marché droit sur autant de lignes qu'il y a de traits dans leur figure ; le moindre écart l'auroit déformée. Ce marbre si parfait qu'il semble respirer, n'est donc qu'une multitude de points auxquels l'artiste n'est arrivé qu'avec peine et successivement, parce que l'esprit humain ne saisissant à la fois qu'une seule dimension, et nos sens ne s'appliquant qu'aux surfaces, nous ne pouvons pénétrer la matière et ne savons que l'effleurer : la nature au contraire sait la brasser et la remuer à fond; elle produit ses formes par des actes presque instantanés; elle les développe en les étendant à la fois dans les trois dimensions ; en

même temps que son mouvement atteint à la surface,
les forces pénétrantes dont elle est animée opèrent à
l'intérieur ; chaque molécule est pénétrée ; le plus petit
atome, dès qu'elle veut l'employer, est forcé d'obéir ;
elle agit donc en tout sens, elle travaille en avant, en
arrière, en bas, en haut, à droite, de tous côtés à la
fois, et par conséquent elle embrasse non-seulement la
surface mais le volume, la masse et le solide entier
dans toutes ses parties.

BUFFON.

§ XI. *Paraphrase des psaumes* VIII *et* XVIII.

L'impie a beau se vanter qu'il ne connoît pas Dieu,
et qu'il ne trouve en lui-même aucune notion de son
essence infinie ; c'est qu'il le cherche dans son cœur
dépravé et dans ses passions, plutôt que dans sa raison.
Mais qu'il regarde du moins autour de lui, il retrouvera
son Dieu partout ; toute la terre le lui annoncera. Il verra
les traces de sa grandeur, de sa puissance et de sa sagesse, imprimées sur toutes les créatures ; et son cœur
se trouvera seul dans l'univers, qui n'annonce et ne reconnoisse pas l'auteur de son être.

Dieu a gravé si visiblement dans tous les ouvrages de
ses mains la magnificence de son nom, que les plus
simples même ne sauroient l'y méconnoître. Il ne faut
pour cela ni des lumières sublimes, ni une science orgueilleuse ; il ne faut qu'une âme qui porte encore en
elle ces traits primitifs de lumière que Dieu a mis en elle
en la créant, et qui ne les a pas encore obscurcis ou
éteints par les ténèbres des passions.

Qu'est-il besoin de nouvelles recherches, et de spéculations pénibles, pour connoître ce qu'est Dieu? Nous
n'avons qu'à lever les yeux en haut. Nous voyons l'immensité des cieux qui sont l'ouvrage de ses mains ; ces
grands corps de lumière qui roulent si régulièrement et
si majestueusement sur nos têtes, et auprès desquels la
terre n'est qu'un atome imperceptible.

Les peuples les plus grossiers et les plus barbares entendent le langage des cieux. Dieu les a établis sur nos
têtes comme des hérauts célestes qui ne cessent d'annoncer à tout l'univers sa grandeur : leur silence majestueux parle la langue de tous les hommes et de toutes
les nations ; c'est une voix entendue partout où la terre
nourrit des habitans. Qu'on parcoure jusqu'aux extrémités les plus reculées de la terre, et les plus désertes ; nul
lieu dans l'univers, quelque caché qu'il soit au reste des
hommes, ne peut se dérober à l'éclat de cette puissance
qui brille au-dessus de nous dans les globes lumineux
qui décorent le firmament. Voilà le premier livre que
Dieu a montré aux hommes pour leur apprendre ce qu'il
était : c'est à la vue de ces grands objets, que, frappés
d'admiration et d'une crainte respectueuse, ils se pros-
ternoient pour en adorer l'auteur tout-puissant. Il ne
leur falloit pas de prophètes pour les instruire de ce
qu'ils devoient à sa majesté suprême, la structure admirable des cieux et de l'univers le leur apprenoit assez.
Quel est l'ouvrier dont la toute-puissance a pu opérer
ces merveilles, où tout l'orgueil de la raison éblouie se
perd et se confond ? Quel autre que le Créateur de l'u-
nivers pourroit les avoir opérées ? Seroient-elles sorties

d'elles-mêmes du sein du hasard et du néant ; et l'impie sera-t-il assez désespéré pour attribuer à ce qui n'est pas une toute-puissance qu'il ose refuser à celui qui est essentiellement, et par qui tout a été fait ?

MASSILLON.

§ XII. *Même sujet.*

Nous ne pouvons nous refuser le plaisir de montrer M. Diderot aux prises avec un athée. Vous le verrez triomphant, et d'autant plus que, grâces à la nature de sa thèse, sa démonstration est aussi lumineuse qu'énergique.

Convenez qu'il y auroit de la folie à refuser à vos semblables la faculté de penser. — Sans doute ; mais que s'ensuit-il de là ? — Il s'ensuit que si l'univers, que dis-je l'univers ? si l'aile d'un papillon m'offre des traces mille fois plus distinctes d'une intelligence que vous n'avez d'indices que votre semblable a la faculté de penser, il est mille fois plus fou de nier qu'il existe un Dieu, que de nier que votre semblable pense. Or, que cela soit ainsi, c'est à vos lumières, c'est à votre conscience que j'en appelle. Avez-vous jamais remarqué dans les raisonnemens, les actions et la conduite de quelqu'homme que ce soit, plus d'intelligence, d'ordre, de sagacité, de conséquence que dans le mécanisme d'un insecte ? La divinité n'est-elle pas aussi clairement empreinte dans l'œil d'un ciron, que la faculté de penser dans les écrits du grand Newton ? Quoi ! le monde

formé prouveroit moins une intelligence que le monde
expliqué? quelle assertion ! L'intelligence d'un premier
être ne m'est-elle pas mieux démontrée par ses ouvrages
que la faculté de penser dans un philosophe par ses
écrits ? Songez donc que je ne vous objecte que l'aile
d'un papillon quand je pourrois vous écraser du poids
de l'univers.

DIDEROT.

§ XIII. *Preuve de l'existence de Dieu par le spectacle de*
l'univers.

Le spectacle de la création est une des preuves les
plus claires et les plus sensibles de l'existence et de la
grandeur de Dieu[1]. Les herbes de la vallée et les cèdres
de la montagne le bénissent, l'insecte bourdonne ses
louanges, l'éléphant le salue au lever du jour, l'oiseau
le chante dans le feuillage, la foudre fait éclater sa puissance, et l'océan déclare son immensité[2]. Bornons-nous
aux traits les plus frappans de ce tableau magnifique et
empruntons-les du récit que nous en fait la sagesse
éternelle qui s'est jouée en faisant le monde, comme
elle le dit elle-même : *ludens in orbe terrarum.* Avant
cette parole féconde et toute-puissante qui tira toutes
choses du néant, où étoient l'homme et ce nombre
infini de créatures si diversifiées et si parfaites qui parurent en foule à chaque parole du créateur? L'homme
enfin auroit-il été instruit de l'ouvrage des six jours, si
Dieu ne le lui eût appris, si son esprit ne nous eût,

---

[1] Châteaubriand. = [2] Duguet.

pour ainsi dire, transportés à la naissance du monde? En nous instruisant de ce qu'il fit alors, ne semble-t-il pas exiger de nous les mêmes louanges, et les mêmes actions de grâces que lui rendirent les esprits célestes qui assistèrent à l'origine de l'univers?

Où étiez-vous, dit-il à Job, lorsque je posois les fondemens de la terre? qui en a réglé toutes les proportions et les mesures? dites-le moi, si vous le savez; sur quel appui ses fondemens sont-ils établis, ou qui en a posé la pierre angulaire, lorsque les astres du matin me louoient d'un commun accord, et que tous les enfans de Dieu, les esprits célestes, poussoient des cris de joie?

Où étiez-vous, lorsque je couvrois d'un nuage *la mer*, et que je l'environnois dans sa naissance d'un brouillard ténébreux, comme on emmaillotte un enfant avec des langes et des bandelettes; lorsque j'ai fixé ses bornes, et que je lui ai donné des portes et des barrières; et lorsque je lui ai dit : Tu viendras jusqu'ici, tu n'iras pas plus loin, et ici se brisera l'orgueil de tes flots?

« Les eaux avoient surpassé les montagnes; mais votre voix menaçante les a mises en fuite : au bruit de votre tonnerre, elles se sont retirées avec empressement et frayeur. »

C'est ce qui arriva lorsque Dieu ayant séparé les eaux en deux parties, et n'ayant laissé sur la terre que la quantité qui convenoit à ses desseins, et à l'usage qu'il en vouloit faire, commanda qu'elles se réunissent dans un même lieu et que la terre devînt visible. Le commandement, qui n'étoit au moment de la création qu'une simple parole, étoit alors une menace terrible et un tonnerre, selon le prophète. Au lieu de s'écouler tranquillement, elles prirent la fuite avec épouvante ; et elles parurent prêtes non-seulement à abandonner la terre, mais à sortir même de l'univers ; tant elles se hâtèrent de se précipiter, et de s'entasser les unes sur les autres, pour laisser libre l'espace qu'elles avoient, ce semble, usurpé : partout où elles se débordèrent, une main invisible les gouverna.

« Qui est donc celui qui a mesuré les eaux dans le creux de sa main, en la tenant étendue ? Qui a mesuré les cieux ? Qui soutient de trois doigts toute la masse de la terre ? Qui pèse les montagnes et met les collines dans la balance ? »

Toutes ces merveilles du créateur furent exécutées par sa parole et par sa sagesse. C'est elle qui a tout créé, et qui nous l'apprend elle-même en disant : « J'étois présente lorsqu'il préparoit les cieux, lorsqu'il environnoit les abîmes, et qu'il leur prescrivoit une loi inviolable ; lorsqu'il affermissoit l'air au-dessus de la terre, lorsqu'il dispensoit dans leur équilibre les eaux des fleuves et des fontaines, et lorsqu'il renfermoit la mer dans ses limites, j'étois avec lui, et je réglois avec lui toutes choses. »

« C'est à sa parole que les cieux ont été créés, et la disposition des étoiles a été ordonnée par le souffle de sa bouche. »

« Est-ce vous, depuis que vous êtes au monde, qui

avez donné des ordres à l'étoile du matin, et qui avez indiqué à l'aurore le lieu où elle doit paroître?

« Savez-vous par quelle voie la lumière descend du ciel, et la chaleur se répand sur la terre?

« Commanderez-vous aux tonnerres et partiront-ils à l'instant; et en revenant ensuite vous diront-ils : Nous voici. »

A cette seule parole : Que la terre produise l'herbe verte! une surface sèche et stérile devient tout à coup un paysage diversifié de prairies, de riches vallons, d'agréables collines, de montagnes couvertes de forêts, semé de fleurs de toute espèce, et chargé de fruits de tout genre et de toute sorte de goûts.

La première chose qui me frappe est le choix que Dieu a fait de la couleur générale, qui embellit toutes les *plantes*, qu'il vient de produire. Le *vert* naissant dont il les a revêtues a une telle proportion avec les yeux, qu'on voit bien que c'est la même main qui a coloré la nature, et qui a formé l'homme pour en être le spectateur. S'il eût teint en blanc ou en rouge toutes les campagnes, qui auroit pu en soutenir l'éclat, ou la dureté? S'il les eût obscurcies par des couleurs plus sombres, qui auroit pu faire ses délices d'une vue si triste et si lugubre? Une agréable verdure tient le milieu entre ces deux extrémités; et elle a un tel rapport avec la structure de l'œil, qu'elle le dilate au lieu de le tendre, et qu'elle le soutient et le nourrit au lieu de l'épuiser.

Mais ce que je croyois d'abord n'être qu'une couleur, est une diversité de teintures qui m'étonne; c'est du vert partout, mais ce n'est nulle part le même. Aucune plante n'est colorée comme une autre. Je les approche, je les compare, et en les comparant je trouve que la différence est sensible. Cette surprenante variété, qu'aucun art ne peut imiter, se diversifie encore en chaque plante, qui est dans son origine, dans son progrès et dans sa maturité, d'une espèce de vert différent ; et je suis moins surpris après cette observation, qui augmente mon admiration, que les nuances innombrables d'une même couleur m'attirent toujours et ne me rassasient jamais.

Arrêtons-nous un moment à considérer dans chaque plante la manière dont elle s'épanouit, à moins que nous ne préférions d'abord la vue générale d'une campagne fleurie. Quel émail! Quelles couleurs! Quelles richesses! Mais quelle harmonie et quelle douceur dans leur mélange, et dans la nuance qui les tempère ! Quel tableau, et par quel maître! avec quelle profusion les ornemens sont-ils prodigués !

Passons de cette vue générale à la considération de chaque fleur en particulier, et cueillons au hasard la première qui nous tombera sous la main, sans nous mettre en peine du choix. Elle ne vient que d'éclore; elle a encore toute sa beauté, son éclat, sa fraîcheur. Y a-t-il parmi les hommes des teintures si vives et en même temps si douces? L'art a-t-il pu inventer des étoffes aussi déliées, et d'un tissu si uni et si délicat? Approchez des feuilles que je tiens, la pourpre même de Salomon ; quel cilice grossier en comparaison! Quelle rudesse, quelle interruption dans le tissu! Quelle dif-

férence dans le coloris ! Mais quand cette fleur seroit
moins belle dans chaque partie, peut-on imaginer une
plus admirable symétrie dans son tout, une plus régu-
lière ordonnance dans ses feuilles, une plus grande
justesse dans ses proportions ? . . . . .

Avec quelle pompe le soleil commence sa course !
de quelles couleurs il embellit la nature, et de quelle
magnificence il est lui-même revêtu en s'élevant sur
l'horizon ! Dieu l'a placé dans une juste distance de
la terre. Un plus grand éloignement laisseroit la
terre glacée; elle seroit brûlée si l'éloignement étoit
moindre.

' Réunissez dans un même moment, par la pensée,
les plus beaux accidens de la nature ; supposez que vous
voyez à la fois toutes les heures du jour et toutes les
saisons, un matin du printems et un matin d'automne,
une nuit semée d'étoiles et une nuit couverte de nuages; vous aurez alors une idée juste du spectacle de
l'univers. Tandis que vous admirez ce soleil qui se
plonge sous les voûtes de l'occident, un autre observateur le regarde sortir des régions de l'aurore. A chaque
moment de la journée le soleil se lève, brille à son zé-
nith et se couche sur le monde; ou plutôt nos sens nous
abusent, et il n'y a ni orient, ni midi, ni occident vrai.
Les ténèbres et la lumière, les saisons, la marche des
astres qui varient la décoration du monde, ne sont suc-
cessifs qu'en apparence, et sont permanens en réalité !
La scène qui s'efface pour nous se colore pour un autre

_____
' Châteaubriand.

peuple : ce n'est pas le spectacle, c'est le spectateur qui change.

[1] C'est la main de celui qui a tout fait, qui a établi un ordre qui conserve tout; et cet ordre, arbitraire à son égard, est immuable pour la nature.

Si tous les jours étoient égaux, et qu'il n'y eût qu'une saison dans l'année, le cours du soleil ne nous découvriroit qu'imparfaitement la sagesse de Dieu, et son attention à conduire l'univers : mais aucun jour, à proprement parler, n'est égal à celui qui l'a précédé, ni à celui qui le suit; et, selon l'expression de l'écriture, *le jour porte l'ordre au jour suivant, et la nuit le déclare à la nuit.*

Qui a dit au soleil : Ne commencez pas demain le jour où vous l'avez commencé aujourd'hui; ne le finissez pas aujourd'hui où vous le finîtes hier? Qui lui a ordonné de revenir sur ses pas, lorsqu'il a touché certaines bornes? Où sont ces barrières dans un espace liquide et où tout paroît égal?

Qui de nous auroit pensé qu'un soleil unique ait pu suffire à la nature et qu'il éclairât tout d'un coup d'œil; qu'il s'avançât de l'orient au couchant sans guide visible, sans appui, sans char, sans machine; qu'il n'ait en rien diminué; que son diamètre soit égal aujourd'hui aux plus anciennes observations; que sa lumière soit aussi vive, aussi abondante; et qu'après un grand nombre de siècles il fût aussi brillant et aussi parfait que le premier?

D'où vient que la lune, obscure par elle-même, devient

[1] Duguet.

lumineuse à notre égard par la forte réflexion des rayons
du soleil ; qu'elle a plus de liberté que lui, mais à condition de ne jamais passer la largeur du zodiaque et
qu'il faut attendre la nuit pour distinguer ses beautés
qu'un astre souverain avoit effacées ?

Quelles merveilles dans les autres étoiles ! Brillantes
par elles-mêmes, elles sont, comme le soleil, une source
inépuisable de lumière. Mais pouvons-nous découvrir
leur usage et leur destination ? pourquoi elles observent
si constamment la place qui leur a été marquée ? quel
est l'ordre qui a fixé leur rang ? et à qui obéit cette
armée du ciel, dont les sentinelles sont si vigilantes ?
Dieu seul connoît leur ordre et leur nom : il nous a
caché sur cela les mystères de sa providence. Mais c'est
pour nous qu'il a rendu le firmament si majestueux et
si éclatant ; et c'est pour nous montrer sa magnificence
et le fond intarissable de lumière qui est en lui, qu'il l'a
répandue avec tant de profusion sur le pavillon qui
couvre la terre.

Le ciel a donc tout son éclat, la terre toute sa parure ;
les plantes et les fruits, une variété et une profusion
qu'on ne se lasse point d'admirer.

Dieu commande de nouveau, et les eaux produisent
des animaux vivans. J'examine ces animaux : leur tête
même n'a point de mouvement libre ; et, si je n'étois
attentif qu'à la figure, je les croirois privés de tout ce
qui est nécessaire à la conservation de leur vie. Mais,
avec si peu d'organes extérieurs, ils sont plus agiles,
plus prompts, plus remplis d'artifices que s'ils avoient
plusieurs mains et plusieurs pieds ; et l'usage qu'ils font

de leurs nageoires et de leur queue, est tel, qu'ils les poussent comme des traits, et semblent les faire voler. Mais où prendront-ils de quoi se nourrir ? Ils ne peuvent sortir de l'eau où il ne croît rien, pour venir chercher sur la terre les biens dont elle est remplie. Ils sont cependant très-voraces, et, par la manière dont ils s'attaquent, je crains que la famine ne les oblige à se manger mutuellement ; et si cela est, ce peuple nouveau ne subsistera pas long-temps. Dieu y a pourvu en le multipliant d'une manière si prodigieuse que sa fécondité surpasse son ardeur naturelle à se dévorer, et que ce qui s'en détruit, est toujours au-dessous de ce qui sert à le renouveller.

Pourquoi parmi ces habitans des mers les meilleurs et les plus propres à l'homme, s'approchent-ils de nos côtes, pour s'offrir en quelque sorte à lui, pendant que beaucoup d'autres, qui sont inutiles, affectent de s'éloigner ? Pourquoi ceux qui se sont tenus dans des lieux inconnus pendant qu'ils se multiplioient, et qu'ils acquéroient une certaine grandeur, viennent-ils en foule dans un temps marqué inviter les pêcheurs et se jeter eux-mêmes dans leurs filets, et, pour ainsi dire, dans leurs barques ? Pourquoi plusieurs d'entre eux, et des meilleures espèces, s'empressent-ils d'entrer dans les embouchures des fleuves et les remontent-ils jusqu'à leur source, pour communiquer les avantages de la mer aux pays qui en sont éloignés ?

Après avoir considéré dans les eaux, loin de la lumière et de l'air, loin du commerce des hommes, des animaux qui s'entredévorent, qui ne forment aucune société, qui vivent sans discipline et sans loi, et qui demeurent muets toute leur vie, j'en observe d'autres à qui vous avez donné des ailes, Seigneur, qui s'élèvent jusques dans les nues, qui font retentir l'air d'agréables concerts, qui vous louent, qui vous bénissent chacun dans leur langage, dont plusieurs ont des inclinations douces et cherchent même l'habitation des hommes. Je m'applique à considérer le vol de tant d'oiseaux, et j'admire en combien de manières il est diversifié, quoiqu'il semble d'abord que deux ailes ne puissent se remuer dans l'air et le diviser que d'une manière uniforme.

Dans les uns, le vol est précipité, et dans d'autres, il est plus continué et plus égal. Les uns s'élèvent par bonds, et les autres paroissent ne faire que glisser, et se servir seulement de leurs ailes, comme de contrepoids; les uns s'élèvent fort haut et s'y soutiennent, les autres ne font que voltiger et se contentent de raser la terre.

Examinons la sagesse étonnante qui paroît dans le vol d'un oiseau particulier; dans celui d'une hirondelle, par exemple. Ce n'est point sa rapidité ni sa durée qui font le principal objet de mon admiration; c'est la liberté de ses mouvemens, c'est le dessein qui la conduit, c'est le nombre infini d'inflexions, d'écarts, de détours; c'est la dextérité avec laquelle elle évite ce qui se trouve sur sa route; c'est son attention à la proie qu'elle poursuit, son adresse à enlever, sans s'arrêter, les moucherons qui sont sur son passage; c'est l'esprit, au-dessus même de l'humain, avec lequel elle sait allier tant de

choses à la fois , sans jamais s'y méprendre. Quand une
âme intelligente seroit renfermée dans un si petit corps ,
et qu'elle lui ordonneroit les mêmes choses, elle ne
pourroit les exécuter avec tant de prudence et d'adresse.
Aussi, Seigneur, vous êtes la cause secrète de ces merveilles ; et une telle imitation de la raison , sans la
posséder, est un témoignage assuré qu'elle vient de
vous.

Cette imitation de la raison est encore plus visible et
plus impénétrable, dans l'industrie des oiseaux à faire
leurs nids. Quel maître leur a d'abord appris qu'ils en
avaient besoin? Qui a pris le soin de les avertir qu'il
faut les préparer à temps, et ne point se laisser prévenir
par la nécessité ? Qui leur a dit comment il falloit le
construire ? Quel mathématicien leur en a donné la figure? Quel architecte leur a enseigné à choisir un lieu
fermé, et à bâtir sur un fondement solide? Quelle mère
tendre leur a conseillé d'en couvrir le fond d'une matière
molle et délicate, telle que le duvet et le coton? et
quand ces matières manquent, qui leur a suggéré cette
ingénieuse charité, qui les porte à s'arracher avec le bec
autant de plumes de l'estomac qu'il en faut, pour préparer un berceau commode à leurs petits?

Qui a commandé à l'hirondelle, le plus adroit de
tous les oiseaux, de s'approcher de l'homme, et de choisir sa maison pour y établir son nid à ses yeux? Ce n'est
point, comme les autres oiseaux, avec de petites branches et du foin qu'elle bâtit; elle emploie le ciment et le
mortier, et d'une manière si solide, qu'il faut une espèce
d'effort pour démolir son ouvrage. Elle n'a cependant,

pour tout instrument, que le bec; elle n'a rien pour puiser de l'eau, elle ne peut mouiller que son estomac, en tenant ses ailes élevées, et c'est de la rosée qu'elle fait rejaillir sur la poussière qu'elle détrempe, qu'elle humecte sa maçonnerie, et qu'elle l'ordonne ensuite et l'arrange avec le bec. Réduisez, s'il est possible, le plus habile architecte au petit volume de cette hirondelle, conservez-lui toutes ses connoissances, et voyez s'il aura la même adresse et le même succès avec de si foibles moyens. Qui a fait comprendre à tous les oiseaux qu'ils devoient faire éclore leurs œufs en les couvant; que cette nécessité étoit indispensable; que le père et la mère ne pouvoient quitter en même temps, et que si l'un alloit chercher de la nourriture, l'autre devoit attendre son retour? Qui leur a marqué dans le calendrier le nombre précis des jours de cette rigoureuse assiduité? Qui les a avertis d'aider aux petits à sortir de l'œuf, en rompant les premiers la coque? et qui les a instruits si exactement du moment qu'ils ne préviennent jamais? enfin qui a fait des leçons à tous les oiseaux du soin qu'ils doivent prendre de leurs petits, jusqu'à ce qu'ils fussent élevés et en état de se servir eux-mêmes? qui leur a enseigné cette merveilleuse industrie, de retenir dans leur gorge ou l'aliment ou l'eau, sans avaler l'un et l'autre, et de les conserver pour leurs petits, à qui cette première préparation tient lieu de lait?

Nous connoissons la tendresse des mères parmi les hommes, et la sollicitude des nourrices. Mais je ne sais si l'on connoît parmi elles rien de si parfait. Cette tendresse maternelle si admirable et si vive est cependant moins forte dans certains oiseaux que la vocation qu'ils ont reçue du créateur. Plusieurs d'entre eux ne sont-ils pas sûrs qu'ils ne risquent rien en se jetant à l'eau, tandis que beaucoup d'autres n'ont jamais la témérité de s'y exposer. Donnez à couver des œufs de cane à une poule : elle est trompée par son affection naturelle, elle prend pour sa famille des enfans étrangers ; ils courent à l'eau en sortant de la coque, sans que leur prétendue mère puisse les en empêcher par ses avis ; elle demeure sur le bord, très-étonnée de leur témérité, et plus encore de ce qu'elle leur réussit. Elle se sent violemment tentée de les suivre, elle en témoigne sa vive impatience ; mais rien n'est capable de la porter à une indiscrétion que Dieu lui a défendue.

Portons nos regards sur les animaux domestiques. Entre ceux qui ne sont utiles à l'homme que par leur force et par leur travail, Dieu nous oblige dans le livre de Job à considérer avec attention le *cheval*, sa docilité, sa prompte obéissance, son zèle pour son maître, dont les ennemis sont les siens, son courage à s'exposer au péril pour lui, son intrépidité au milieu du tumulte et du bruit, son impatience dans l'attente du signal du combat, sa fierté à mépriser ce qui étonne les plus fermes.

« Est-ce vous qui avez donné au cheval la force et le courage, et qui l'avez rendu terrible par un frémissement semblable au tonnerre ? est-ce vous qui avez orné son cou d'une superbe crinière ? le ferez-vous bondir comme la sauterelle ? ferez-vous frémir ses narines d'un mouvement qui inspire la terreur ? Il creuse du pied la

terre, il est plein de confiance dans sa force et il va au-
devant des hommes armés. Il se rit de la peur et il ne
recule point à la vue de l'épée. Le bruit du carquois se
fait entendre auprès de lui, et il voit briller à ses yeux
la lance et le javelot. Impétueux, ardent de colère, il
frappe la terre, il est animé par le son de la trompette,
et lorsqu'il l'entend, il dit : *allons !* il distingue de loin
comme par l'odorat que le combat va se donner. Il
entend la voix des chefs et le bruit confus de l'armée ».

Admirons aussi dans d'autres animaux jusqu'où Dieu
étoit assez puissant pour donner à la matière tous les
dehors de l'esprit, de la fidélité, de la reconnoissance,
sans lui en donner le principe. On comprend bien que
c'est du *chien* que je veux parler. Quoique rien ne soit
plus connu, qu'il me soit permis de m'y arrêter un moment. Supposons que le maître a été absent quelques
jours, et qu'il revienne ; y a-t-il dans toute la famille
quelqu'un qui lui témoigne une joie plus vive que son
chien ; qui le caresse d'une manière plus animée; qui
diversifie les témoignages de son admiration et de sa
surprise en plus de façons ; qui imite mieux les mouvemens passionnés du cœur par ceux qu'il se donne ;
et qui, avec la liberté de parler, dise autant de choses,
et d'une manière si touchante, que cette pauvre bête,
à qui la parole est refusée? Qu'on mène le même chien
à la chasse, quel étonnement ne nous donnera pas son
savoir et sa prudence ! il bat les buissons et les champs;
mais à une juste distance de son maître. Il indique le
gibier, et, au lieu de le pousser, il l'arrête ; il court à celui
qui est tué, le cherche et l'apporte. Il entend tout jus-

qu'au moindre signe, et le maître, souvent mécontent
des amis qui chassent avec lui avec peu. d'ordre, est
charmé de la capacité et de l'intelligence de son chien..
Si le maître a perdu quelque chose, son chien le comprend au moindre mot : il fait une enquête si exacte ,
que, si la chose n'est qu'égarée, il la trouve sûrement.
Que le maître parte pour la campagne, au moindre pré-
paratif le chien est averti ; il se tient sur les avenues, et,
de crainte d'être oublié, il prend les devans. Que si,
par malheur, on lui défend de suivre, il obéit avec
peine, et après bien des souplesses, qui ressemblent à
des remontrances, sa consolation alors est de s'affliger
jusqu'au retour. Est-il possible qu'en tout cela on puisse
méconnoître la main de Dieu, et ne paroît-il pas plus
difficile de faire imiter si parfaitement tous les sentimens
d'un cœur tendre et toute l'industrie d'un bon esprit,
sans donner ni cœur, ni esprit, que d'en donner le principe et la vérité?

Toutes choses étant préparées et l'univers ayant sa
perfection, le ciel et la terre étant dans l'attente de celui à qui ils étoient destinés, Dieu pensa à leur donner
un maître qui, par l'obéissance qu'il lui rendra, aura
droit de commander à tout, et qui sera comme l'âme
de tout ce qui est animé, l'intelligence de tout ce qui
en est privé, l'interprète de tout ce qui n'a pas reçu la
parole, le prêtre et le pontife de tout ce qui n'est pas
capable de rendre à Dieu les actions de grâces qui lui
sont dues.

Il ne convenoit pas que le prince et le maître parût
avant les choses sur lesquelles il devoit régner ; mais il

étoit de l'ordre que le roi ne fût proclamé, qu'après que son empire auroit été formé. Sans lui la nature est muette, la fin de tout ce qui l'embellit est ignorée; le centre, qui doit tout réunir, laisse par son absence le désordre dans tous les êtres; et, sans la création de l'homme, il nous sembleroit que tout cet appareil qui a précédé est comme un édifice imparfait, ou comme un palais où règne la solitude, comme un état sans chef et sans roi, comme un temple sans sacrificateur. *Faisons l'homme à notre image et à notre ressemblance.* Quoi! un mot a tiré du néant le ciel et la terre; à une seule parole la lumière est sortie des ténèbres; tous les corps organisés, soit plantes, soit animaux, ont été produits par un commandement général peu circonstancié et prononcé comme avec une espèce de négligence! D'où vient maintenant ce conseil et cette réflexion? Quand il n'étoit question que de produire des créatures qui doivent être à l'usage de l'homme, un mot suffisoit pour les appeler; le commandement convenoit aux esclaves destinés à le servir; mais, quand il s'agit du maître qui doit leur commander, Dieu change de langage; et, pour rendre l'homme respectable à l'univers, Dieu lui-même commence à l'honorer, en le traitant presque d'égal, et ne voulant pas le confier à d'autres mains qu'aux siennes. Les autres créatures, comme des esclaves, s'étoient présentées sur un simple ordre et sur un seul commandement; au contraire, l'homme leur maître a été formé par la main de Dieu même, afin que le glorieux privilége d'être fait par le Seigneur, le rendît digne d'être seigneur lui-même. *Il le forma du li-*

mon de la terre , et il répandit sur son visage un souffle de vie. Que l'homme reconnoisse donc sa dignité ! Quelle noblesse dans lui! quelle origine céleste! quelle dignité communiquée à la poussière ! C'est sur la tradition de cette vérité capitale, que l'homme a été regardé, malgré les ténèbres du paganisme, comme ayant une origine céleste, comme étant de race divine , comme allié à la nature de Dieu même ; et ces expressions ont été approuvées par saint Paul , bien loin d'en être censurées, comme trop hardies : *car nous sommes de la race de Dieu.*

Qu'on explique comme on voudra ce souffle sorti du cœur de Dieu, et de son amour autant que de sa puissance, on ne pourra s'empêcher de mettre une distance presqu'infinie entre la vie de l'homme et celle des animaux ; entre son âme et la leur ; entre leur destination et la sienne ; entre ses liaisons avec Dieu, et celles de tous les êtres visibles ; entre le soin que Dieu prend de lui, et la manière dont il conduit les autres créatures inanimées ; l'homme seul étant comme l'ombre de l'âme de Dieu, le souffle de son esprit, et l'ouvrage de sa bouche.

Par le moyen des sensations, Dieu a mis entre l'homme et l'univers une correspondance intime : depuis le firmament où sont les étoiles les plus éloignées de nous, jusqu'à la surface de la terre, tout ce qui est visible est pour l'œil, toutes les beautés sont pour lui ; c'est à lui à user de toutes les diversités de la nature. Tous les sons diversifiés en tant de manières sont pour les oreilles ; toutes les odeurs sont pour l'odorat ; tous les fruits et toutes les plantes utiles pour sa nourriture sont pour le goût. Ainsi le monde entier est réduit à l'usage de l'homme. Il est l'abrégé de l'univers, il tient au ciel et à la terre. Il est le pontife placé entre les choses visibles et invisibles. Ce roi du monde corporel, et qui n'a au-dessus de lui que Dieu seul, remplit seul dans toute son étendue la fin que Dieu s'est proposée dans la création du monde. Il est chargé solidairement de la part de toutes les créatures de s'acquitter en leur nom de tout ce qu'elles doivent à celui qui leur a donné l'être; il est leur âme et leur intelligence; il est leur voix et leur député; et moins elles peuvent être religieuses par elles-mêmes, plus elles lui imposent la nécessité d'être religieux pour elles.

Vous voyez, lui dit le Seigneur, de quelles richesses j'ai rempli la terre; c'est pour vous que je l'ai rendue si fertile; je l'ai chargée de toutes sortes de fruits, que j'ai diversifiés selon vos besoins, et j'ai voulu qu'elle fût à votre égard comme une table magnifiquement servie. N'attribuez pas une telle abondance, ni à la terre ni à vos mérites. Avant ma parole elle n'avoit encore que son aridité, et vous n'étiez pas encore, lorsque je lui ai commandé de produire ce qui devoit servir à votre nourriture et à vos délices. Je vous le donne, mais en me réservant le droit de vous l'ôter si votre ingratitude m'y oblige! Vous avez, dans le présent d'un seul jour, l'espérance et le gage de tous les siècles à venir. Chaque plante peut se perpétuer par sa graine. Chaque arbre peut être éternel par les moyens que j'ai mis en lui pour le rendre fécond. Comprenez, par cette espèce d'immortalité, combien je suis préparé à vous rendre immortel vous-même! et lisez, dans le livre de la nature que j'ouvre à vos yeux, ce que peut ma parole, ce que donne ma libéralité, ce qu'attend ma justice.

§ XIV. *Grandeur de Dieu dans ses plus petites créations.*

Au second livre de la Nature des Dieux, Cicéron rapporte la fausse maxime des stoïciens : les dieux prennent soin des grandes choses et négligent les petites. (*Magna dii curant, parva negligunt*). Cet axiome est si révoltant, si absurde, et si contraire aux observations que des enfans même peuvent faire en considérant le spectacle de l'univers, qu'il est à peine digne d'une réfutation sérieuse. Certes ! ces froids calculateurs, qui à l'égard de Dieu distinguent les grandes et les petites choses, prouvent qu'ils se sont fait de la divinité une idée bien étroite ; comme si dans les sphères de la création, il y avoit quelque chose de petit ou de grand, relativement à l'immensité ? Oui, je ne crains pas de le dire, le dogme d'une providence qui s'étend à tout sans exception, à la chute d'un cheveu comme à celle des empires, au vol du passereau comme au cours des astres, ne peut être contesté que par des êtres vils qui, formés d'une orgueilleuse poussière, veulent stupidement circonscrire l'essence divine dans les bornes de leur propre intelligence. Anthropomorphites grossiers, le dieu matériel qu'ils se forgent seroit à peine un homme de génie. Ils n'oseroient lui prêter des moyens capables de suffire à une perpétuelle vigilance, et ils le plaindroient, comme surchargé de petits soins, s'il pourvoyoit à toutes choses. Hommes aveugles, formez-vous donc une idée exacte de la divinité, et concevez enfin que l'infinie puissance qui, en se jouant, a créé les mondes avec tout ce qui les compose, peut bien veiller sans relâche, comme sans peine, sur ses moindres ouvrages. Entendez la voix de l'univers entier; révélation, raison, sentiment, expérience, tout vous annonce, tout vous atteste une providence universelle à qui rien n'échappe.

Que la pensée de Pline le naturaliste est supérieure à celle des stoïciens! « La nature, dit-il, n'est jamais si entière que dans les petites choses...... et sa majesté, comme resserrée à l'étroit, n'en devient que plus admirable ». (*Natura nusquàm magis quàm in minimis tota.... in arctum coarctata naturæ majestas, nullá sui parte mirabilior*). Idée sublime, et à laquelle, pour être parfaitement exacte, il ne manque que de substituer à un mot vague et insignifiant (la nature) le nom de celui qui a créé l'univers et qui le conserve.

Entre les différens êtres animés qu'on peut apporter en preuve de cette vérité, arrêtons-nous à la fourmi. Plutarque, dans son Traité : *Quels sont les animaux qui sont les plus avisés?* rapporte, d'après le philosophe Cléanthe, témoin oculaire, l'histoire d'une fourmi morte, dont le corps fut racheté par une fourmilière, en échange d'un ver qui fut donné à une autre fourmilière, près de laquelle cette fourmi étoit morte.

Voici le passage de Plutarque, d'après la traduction d'Amyot : « Le philosophe Cléanthe, encore qu'il maintienne que les bestes n'ont point l'usage de raison, raconte néanmoins qu'il s'est trouvé présent à un tel spectacle : il dit qu'il y avoit un nombre de *formis* qui alloient à une autre formilière que la leur, portant le corps *d'un formi mort;* quelques-uns de la formilière sortirent au-devant d'eux, comme pour parler à eux : lesquels un peu après redescendirent dedans, et puis remontèrent, et firent cela par deux ou trois fois, jusques à ce que finalement ils apportèrent *d'abas* un *verm* (ver), comme pour rançon du mort, que les autres chargèrent dessus leurs épaules, après avoir rendu le mort, et s'en retournèrent chez eux ».

Un savant avocat de nos jours (Beaucousin) avoit été témoin d'un fait qui n'est pas moins merveilleux. « L'anecdote, dit-il, pourroit figurer dans l'histoire naturelle de ce laborieux insecte, si je savois la narrer avec les grâces du père Bougeant, la dialoguer avec l'aisance de l'abbé Pluche, ou la peindre avec le coloris de M. le comte de Buffon ».

« J'étois dans les basses classes, au collége des chanoines réguliers de Saint-Vincent de Senlis, à cet âge où l'on ne réfléchit pas encore beaucoup sur ce que l'on voit, mais du moins où l'on commence à voir assez clairement, pour se souvenir un jour que l'on a vu. Durant l'heure de la récréation, pour laquelle on nous abandonnoit une vaste cour en gazon, j'aperçus dans la muraille, environ à deux pieds d'élévation de la terre, une petite ouverture par où alloient et venoient des fourmis en très-grande affluence. Je jugeai bien que c'étoit l'entrée d'une fourmilière établie dans les cavités du mur, et j'avoue que, mû par la disposition originelle, par le malin vouloir d'écolier, je songeois à former un mortier de salive et de sable pour mastiquer le passage. Cependant je composai avec mon premier mouvement : au lieu d'être méchant, je ne fus qu'espiègle ; et, sans me permettre d'ensevelir tout à coup l'essaim de ces inno-centes créatures dans leur habitation, je me contentai de poser légèrement à l'orifice une petite pierre de la grosseur du pouce, et de forme inégale, qui laissoit tant à droite qu'à gauche d'étroites issues. Toute com-munication n'étoit donc pas interceptée entre les four-mis demeurées en dedans, et celles qui tenoient la cam-pagne ; mais grandes alarmes pour les unes comme pour les autres, à l'aspect du corps étranger qui obstruoit l'a-bord de la cité. C'étoit une course perpétuelle et alter-native, par les deux petits coins restés ouverts ; de ma-nière à pouvoir dire avec Virgile, lorsqu'il peignoit aussi nos insectes en action :

. . . . *Opere omnis semita fervet.*

(Tout travaille, tout est en mouvement sur la route.)

Ma petite pierre se trouvoit par moment toute couverte de fourmis, qui l'ébranloient et la secouoient sensible-ment, sans qu'elles pussent se débarrasser de l'obstacle. Je jouis, pendant quelques minutes, du désordre que

j'apportois dans la république fourmillante; plus con-
tent peut-être que ne le fut Catilina quand il eut troublé
Rome. Mais que va devenir notre Formicopolis assiégée? Sans doute il s'y tint de sérieuses délibérations
sur la calamité commune, et les états généraux furent
convoqués pour aviser au remède. C'est du moins ce
que je dois conjecturer d'après le dénoûment que
voici. Je vis se former le long du mur, depuis l'entrée
du nid jusqu'à terre (ce qui faisoit, comme j'ai dit,
la hauteur d'environ deux pieds), une double chaîne de
fourmis qui se tenoient accrochées graduellement l'une
à l'autre par leurs antennes supérieures et inférieures.
La petite pierre étoit embrassée par plusieurs cordons
d'autres fourmis qui s'accrochoient aussi entre elles par
leurs mutuelles antennes, et se tenoient liées de la même
façon avec les fourmis formant la tête des deux chaînes.
Tout à coup, et sur un signal dont il ne me fut pas
donné de m'apercevoir, tout l'attelage tira à la fois, mais
avec tant d'harmonie et tant de force, que la maudite
pierre d'achoppement en fut renversée par terre , entraî-
nant dans sa chute une partie des travailleurs. Je ne
puis dire si, dans le nombre, il y eut des Décius et des
Curtius demeurés victimes du salut de la patrie, car,
l'heure de l'étude ayant sonné , je n'examinai point l'état
du champ de bataille, ou plutôt de l'arêne ; et le lendemain, occupé peut-être de l'essai d'un bilboquet ou
d'une nouvelle toupie, je ne retournai plus à mon observation de naturaliste. Mais le souvenir m'en est resté
distinctement dans l'esprit, et j'ai senti depuis que ce

fait était bon à conserver, comme une marque de la sagacité départie aux moindres animaux par la providence
paternelle qui les dirige; providence que nous pouvons
regarder comme une création continuelle, ou qui, du
moins, est bien certainement une perpétuelle action du
suprême ouvrier sur son œuvre ».

CHAPITRE II.

De la spiritualité et de l'immortalité de l'âme.

§ 1ᵉʳ. *Théologie des anciens; leur idée sur l'immortalité de l'âme.*

De quelque côté que nous tournions nos pas, nous sommes en présence des dieux; nous les trouvons au-dehors, au-dedans de nous; ils se sont partagé l'empire des âmes, et dirigent nos penchans : les uns président à la guerre ou aux arts de la paix ; les autres nous inspirent l'amour de la sagesse ou celui des plaisirs ; tous chérissent la justice et protègent la vertu : trente mille divinités, dispersées au milieu de nous, veillent continuellement sur nos pensées et sur nos actions [1]. Quand nous faisons le bien, le ciel augmente nos jours et notre bonheur; il nous punit quand nous faisons le mal [2]. A la voix du crime, Némésis et les noires Furies sortent en mugissant du fond des enfers; elles se glissent dans le cœur du coupable et le tourmentent jour et nuit par des cris funèbres et perçans; ces cris sont les remords [3]. Si le scélérat néglige, avant sa mort, de les appaiser par les cérémonies saintes, les Furies, attachées à son âme comme à leur proie, la traînent dans les gouffres du Tartare : car les anciens

[1] Hésiode. — [2] Homère. — [3] Cicéron.

Grecs étoient généralement persuadés que l'âme est
immortelle.

Et telle étoit l'idée que, d'après les Égyptiens, ils se
faisoient de cette substance si peu connue : l'âme spirituelle, c'est-à-dire l'esprit ou l'entendement, est enveloppée d'une âme sensitive, qui n'est autre chose
qu'une matière lumineuse et subtile, image fidèle de
notre corps, sur lequel elle s'est moulée, et dont elle
conserve à jamais la ressemblance et les dimensions.
Ces deux âmes sont étroitement unies pendant que
nous vivons; la mort les sépare [1]; et, tandis que l'âme
spirituelle monte dans les cieux, l'autre âme s'envole,
sous la conduite de Mercure, aux extrémités de la
terre, où sont les enfers, le trône de Pluton et le tribunal de Minos. Abandonnée de tout l'univers, et
n'ayant pour elle que ses actions, l'âme comparoît devant ce tribunal redoutable, elle entend son arrêt, et se
rend dans les Champs-Élysées ou dans le Tartare.

Le Tartare est le séjour des pleurs et du désespoir;
les coupables y sont livrés à des tourmens épouvanta-
bles. L'imagination qui les inventa avoit épuisé tous
les raffinemens de la barbarie, pour préparer des châtimens au crime; tandis qu'elle n'accordoit pour récompense à la vertu qu'une félicité imparfaite, et empoisonnée par des regrets. Seroit-ce qu'on eût jugé plus
utile de conduire les hommes par la crainte des peines
que par l'attrait du plaisir; ou plutôt qu'il est plus aisé
de multiplier les images du malheur que celles du
bonheur ?

[1] Homère.

I.   8

Ce système informe de religion enseignoit un petit
nombre de dogmes essentiels au repos des sociétés :
l'existence des dieux, l'immortalité de l'âme, des récompenses pour la vertu et des châtimens pour le
crime.

BARTHÉLEMY.

----

§ II. *Sur la spiritualité de l'âme.*

(Réponse de M. Henri-François-de-Paule d'Aguesseau, fils aîné du
chancelier, aux ouvrages de la Mettrie et à l'approbation qu'y avoit donnée
le roi de Prusse.

Est-ce là le progrès de l'humaine raison,
　　D'égaler l'esprit raisonnable
　　A la matière périssable?
Pourquoi confondre l'hôte et sa frêle maison?
　　Que l'on raffine la matière,
　　Et qu'on l'amasse toute entière,
Jamais on n'en verra sortir la volonté,
　　La justice ni la bonté,
　　Ni cette politique habile
Qui distingue un grand prince entre les potentats.
Est-ce le feu secret d'une poudre subtile
Qui composa ces lois qu'il donne à ses états?
Frédéric, tes travaux vivront tous dans l'histoire ;
　　Et dans ce noble mouvement
　　Qui conduit tes pas vers la gloire
De l'immortalité je vois le sentiment.
L'esprit dans ton palais reçoit plus d'un hommage ;
Pourroit-il sous tes yeux, dégradé de son rang,
Du Dieu qui l'a créé cesser d'être l'image?
　　C'est par l'âme que l'homme est grand :
　　Elle pense, elle juge, elle aime,
Elle porte ses vœux jusqu'à l'éternité ;

Et trouve ainsi dans elle-même
La preuve et le portrait de la divinité.
    Au corps cet âme fut unie
    Par une admirable harmonie:
Elle veut, et soudain se meuvent les ressorts
    Qui font agir les organes du corps.
    Lorsque sa fragile machine,
Succombant sous les ans, penche vers sa ruine,
Ou qu'à des maux cruels ses membres sont livrés,
L'esprit ne peut mouvoir des ressorts altérés;
Tel que le nautonier dont la rame est brisée,
Ou qu'un docte graveur dont la planche est usée.
Rameau, sans clavecin, ne rend point ses accords.
Tout art, sans instrument, fera de vains efforts;
Mais l'instrument n'est pas celui qui le dirige.
L'édifice s'écroule, et l'âme s'en afflige.
Ne lui ravissons pas, au temps de sa douleur,
Le consolant espoir d'un immense bonheur.
Le coupable troublé craint une autre patrie,
Et dans son désespoir il voudroit n'être plus;
Le juste attend alors le prix de ses vertus,
    Quoi qu'en ait pensé la Mettrie.

Cette pièce inédite a été copiée sur l'original de la propre main de l'auteur, qui étoit conseiller d'état depuis 1729, et qui est mort en 1765.

* * *

§ III. *L'auteur du poëme de la Religion, avant de parler de l'immortalité de l'âme, commence par établir sa spiritualité.*

Je pense, la pensée éclatante lumière
Ne peut sortir du sein de l'épaisse matière.

J'entrevois ma grandeur. Ce corps lourd et grossier
N'est donc pas tout mon bien, n'est pas moi tout entier.
Quand je pense, chargé de cet emploi sublime,
Plus noble que mon corps, un autre être m'anime.
Je trouve donc qu'en moi, par d'admirables nœuds,
Deux êtres opposés sont réunis entre eux :
De la chair et du sang, le corps, vil assemblage ;
L'âme rayon de Dieu, son souffle, son image.
Ces deux êtres, liés par des nœuds si secrets,
Séparent rarement leurs plus chers intérêts :
Leurs plaisirs sont communs aussi-bien que leur peines.
L'âme, guide du corps, doit en tenir les rênes ;
Mais, par des maux cruels quand le corps est troublé,
De l'âme quelquefois l'empire est ébranlé.
Dans un vaisseau brisé, sans voile, sans cordage,
Triste jouet des vents, victime de leur rage,
Le pilote effrayé, moins maître que les flots,
Veut faire entendre en vain sa voix aux matelots,
Et lui-même avec eux s'abandonne à l'orage :
Il périt ; mais le nôtre est exempt du naufrage.
Comment périroit-il ? le coup fatal au corps
Divise ses liens, dérange ses ressorts ;
Un être simple et pur n'a rien qui se divise,
Et sur l'âme la mort ne trouve point de prise.
Que dis-je ? tous ces corps dans la terre engloutis,
Disparus à nos yeux, sont-ils anéantis ? »

Le poëte prouve ensuite que les corps mêmes ne
font que changer de forme, et qu'ils ne rentrent point
dans le néant. Il continue ainsi :

Qu'est-ce donc que l'instant où l'on cesse de vivre ?
L'instant où de ses fers une âme se délivre.
Le corps né de la poudre à la poudre est rendu ;
L'esprit retourne au ciel dont il est descendu.

Le désir que nous avons de toujours exister lui sert
à prouver l'immortalité de l'âme :

Que ne puis-je prétendre à votre illustre sort,
O vous dont les grands noms sont exempts de la mort!
Eh ! pourquoi, dévoré par cette folle envie,
Vais-je étendre mes vœux au-delà de ma vie ?
Par de brillans travaux je cherche à dissiper
Cette nuit dont le temps me doit envelopper ;
Des siècles à venir je m'occupe sans cesse ;
Ce qu'ils diront de moi m'agite et m'intéresse ;
Je veux m'éterniser, et dans ma vanité
J'apprends que je suis fait pour l'immortalité!
De tout bien qui périt mon âme est mécontente.
Grand Dieu, c'est donc à toi de remplir mon attente.
Si je dois me borner aux plaisirs d'un instant,
Falloit-il pour si peu m'appeler du néant?
Et si j'attends en vain une gloire immortelle,
Falloit-il me donner un cœur qui n'aimât qu'elle ?
Que dis-je? libre en tout, je fais ce que je veux.
Mais dépend-t-il de moi de vouloir être heureux?
Pour le vouloir, je sens que je ne suis plus libre.
C'est alors qu'en mon cœur il n'est plus d'équilibre,
Et qu'aspirant toujours à la félicité,
Dans mon ambition je suis nécessité.
Quoi! l'homme n'est-il pas l'ouvrage d'un bon maître?
Puisqu'il veut être heureux, il est donc fait pour l'être.
Sur la terre, il est vrai, je vois dans le malheur
La vertu gémissante et le vice en honneur ;
Mais j'élève mes yeux vers ce maître suprême,
Et je le reconnois dans ce désordre même.
S'il le permet, il doit le réparer un jour.
Il veut que l'homme espère un plus heureux séjour.
Oui, pour un autre temps, l'être juste et sévère
Ainsi que sa bonté réserve sa colère.

Essayons de développer toute la force que j'aperçois dans ce nouvel argument.

Comment peut-on s'imaginer qu'une âme douée de tant de perfections, et capable d'en acquérir de nouvelles pendant tout le cours de l'éternité, que cette âme retombe dans le néant presque aussitôt qu'elle en est sortie? Seroit-ce donc en vain que le Créateur lui auroit donné cette capacité merveilleuse d'être perfectionnée à l'infini? Une brute arrive à un certain point de perfection qu'elle ne pourra jamais passer, elle acquiert en peu d'années tout l'accomplissement dont elle est susceptible; et, vécût-elle encore dix mille ans, ce ne sera jamais que la brute que nous voyons. S'il en étoit de même de notre âme; si, telles que des fleurs entièrement épanouies, ses facultés devenoient incapables d'un développement ultérieur, j'imaginerois peut-être qu'arrivée à cet état, notre âme pourroit en déchoir, dépérir peu à peu, et finir par l'anéantissement. Mais qui peut croire qu'un être pensant, qui aspire et qui parvient sans cesse à un nouveau degré de perfection, ne fera que quelques pas dans la carrière immense que Dieu lui ouvre; qu'après un coup d'œil jeté sur les merveilles de l'univers, qu'après avoir entrevu la bonté, la sagesse et la puissance infinie du Créateur, une créature si noble ne sera plus rien, et que Dieu lui-même finira pour elle?

Dans l'ordre présent des choses, l'homme ne semble venir en ce monde que pour y perpétuer son espèce. Il naît, il succède à son père; et à peine s'est-il pourvu d'un successeur qu'il disparoît à son tour.

M. Racine prouve avec la même éloquence et avec une poésie aussi animée l'existence de Dieu et la révélation, dont il commence par établir la nécessité.

·············

§ IV. *Pensées d'Adisson sur l'immortalité de l'âme.*

Je méditois sur l'immortalité de l'âme, sur ce dogme important, la base de toute la morale, et la source de toute la joie qu'une créature raisonnable peut goûter ou se promettre. Je considérois la nature de l'âme humaine, et d'abord sa spiritualité, dont elle n'a pas besoin, dit-on, pour être immortelle, et qu'en tout cas je regarde comme démontrée. J'observois ensuite ses passions et ses sentimens, l'amour de l'existence, l'horreur de l'anéantissement, voix intérieure qui lui annonce l'immortalité, le plaisir qu'elle sent à faire le bien, et le remords qui la trouble quand elle a commis le mal. M'élevant enfin jusqu'à la nature de l'Être suprême, je concevois que sa sagesse et sa sévérité, sa justice et sa bonté, l'intéressent, en quelque sorte, à faire durer autant que lui cette âme qu'il n'a créée que pour lui.

Mais, indépendamment de toutes ces preuves, et de quelques autres également convaincantes, j'en ai trouvé une que personne, à ce que je crois, ne s'est avisé de faire valoir. C'est la perfectibilité de l'âme humaine, c'est ce progrès perpétuel qu'elle peut faire vers sa perfection absolue, sans qu'elle puisse jamais y parvenir.

Tel un flot chasse un flot, et fuit devant un autre.

. . . . *Hæres*
Hæredem alterius, velut unda supervenit undam.
H o r.

L'homme, en un mot, ne semble pas né pour jouir
de la vie ; mais pour la transmettre à sa postérité. Il en
est à peu près de même des animaux , et à cet égard
rien ne paroît plus sage et mieux ordonné. Les animaux sont faits pour nous, ils ont assez d'une vie
aussi courte, et plus courte encore que la nôtre. Un
ver à soie file sa tâche, dépose ses œufs, et meurt bientôt après ; il a fait tout ce qu'il avoit à faire. Mais
l'homme se sent appelé à vaincre et à régler ses passions,
à faire constamment le bien, à acquérir des connoissances, des vertus, des perfections presque infinies.
Or, il est impossible que tout cela s'accomplisse en ce
monde, où l'homme ne fait, pour ainsi dire, que se
montrer. S'il n'en sort donc que pour tomber dans le
néant, conçoit-on que l'être infiniment sage ait pu former une créature si distinguée, pour une fin si peu
digne d'elle et de lui-même ? Comment s'est-il plu à
produire une espèce d'avorton, un esprit qui ne vivra
qu'un instant ? Pourquoi lui a-t-il donné des facultés
qui ne se développeront point, des désirs qui ne seront
jamais satisfaits ? Comment l'a-t-il créé capable tout à
la fois et incapable de bonheur ? Ah ! si l'on veut retrouver dans la formation de l'homme cette sagesse infinie qui éclate dans toutes les œuvres du Créateur, il
faut nécessairement supposer que tant de créatures raisonnables qui se succèdent si rapidement, ne paroissent

ici-bas que pour y faire le noviciat de leur existence. La vie présente n'est qu'un cours d'éducation qui nous prépare à une meilleure vie ; ou, si l'on veut une autre image, ce monde n'est qu'une pépinière d'où nos âmes seront transplantées dans un climat plus favorable et plus doux ; et c'est là qu'elles fleuriront, qu'elles fructifieront pendant toute l'éternité.

Quelle perspective pour nous, que ces progrès éternels de l'âme humaine vers la perfection !

Quoi de plus propre à satisfaire dignement l'ambition qui nous est naturelle ? Mais quel spectacle pour Dieu lui-même, de voir sa créature s'embellir continuellement à ses yeux et de leurs regards, de la voir toujours plus voisine du bien suprême où elle tend, toujours plus ressemblante au souverain modèle qu'elle contemple !

§ V. *Imitation d'Adisson par Voltaire.*

Oui, je n'en doute pas, notre âme est immortelle :
C'est un Dieu qui lui parle, un Dieu qui vit en elle.
Et d'où viendroit sans lui ce grand pressentiment,
Ce dégoût des faux biens, cette horreur du néant ?
Vers des siècles sans fin je le sens qui m'entraîne ;
Du monde et de mes sens il va briser la chaîne,
Et m'ouvrir, loin d'un corps dans la fange arrêté,
Les portes de la vie et de l'éternité.

§ VI. *Sur l'immortalité de l'âme par Pascal.*

L'immortalité de l'âme, dit Pascal dans ses Pensées, est une chose qui nous importe si fort, et qui nous touche si profondément, qu'il faut avoir perdu tout sentiment pour être dans l'indifférence de savoir ce qui en est. Toutes nos actions et toutes nos pensées doivent prendre des routes si différentes selon qu'il y aura des biens éternels à espérer ou non, qu'il est impossible de faire une démarche avec sens et jugement, qu'en la réglant par la vue de ce point, qui doit être notre dernier objet.

§ VII. *Dithyrambe sur l'immortalité de l'âme.*

D'où me vient de mon cœur l'ardente inquiétude ?
En vain je promène mes jours
Du loisir au travail, du repos à l'étude;
Rien n'en sauroit fixer la vague incertitude,
Et les tristes dégoûts me poursuivent toujours.
  Des voluptés essayons le délire;
Couronnez-moi de fleurs, apportez-moi ma lyre;
Grâces, Plaisirs, Amours, Jeux, Ris, accourez tous.
      Que le vin coule,
      Que mon pied foule
      Les parfums les plus doux.
Mais, quoi! déjà la rose pâlissante
Perd son éclat, les parfums leur odeur,
Ma lyre échappe à ma main languissante,
Et les tristes ennuis sont rentrés dans mon cœur.

      Volons aux plaines de Bellone;
      Peut-être son brillant laurier

A mon cœur va faire oublier
Le noir chagrin qui l'environne.
Marchons : déjà la charge sonne,
Le fer brille, la foudre tonne ;
J'entends hennir le fier coursier ;
L'acier retentit sur l'acier ;
L'olympe épouvanté résonne
Des cris du vaincu, du vainqueur ;
Autour de moi le sang bouillonne :
A ces tableaux mon cœur frissonne,
Et la pitié plaintive a crié dans mon cœur.

D'un air moins turbulent l'ambition m'appelle,
Sublime quelquefois, et trop souvent cruelle :
Pour commander, j'obéis à sa loi ;
Puissant dominateur de la terre et de l'onde,
Je dispose à mon gré du monde,
Et ne puis disposer de moi.
Ainsi, d'espérances nouvelles
Toujours avide et toujours dégoûté,
Vers une autre félicité
Mon âme ardente étend ses ailes ;
Et rien ne peut calmer, dans les choses mortelles,
Cet indomptable soif de l'immortalité.

Lorsqu'en mourant le sage cède
Au décret éternel dont tout subit la loi,
Un Dieu lui dit : « J'ai réservé pour moi
» L'éternité qui te précède ;
» L'éternité qui s'avance est à toi. »

Ah ! que dis-je ? écartons ce profane langage.
L'éternité n'admet point de partage :

Toute entière en toi seul Dieu sut la réunir;
Dans lui ton existence à jamais fut tracée,
    Et déjà ton être à venir
    Étoit présent à sa vaste pensée.

    Sois donc digne de ton auteur;
    Ne ravale point la hauteur
    De cette origine immortelle!
    Et qui peut mieux t'enseigner qu'elle
A braver des faux biens l'éclat ambitieux?
Que la terre est petite à qui la voit des cieux!
Que semble à ses regards l'ambition superbe?
C'est de ces vers rampans, dans leur humble cité
Vils tyrans des gazons, conquérans d'un brin d'herbe,
    L'invisible rivalité.
    Tous ces objets qu'agrandit l'ignorance,
    Que colore la vanité,
Que sont-ils, aperçus dans un lointain immense,
Des célestes hauteurs de l'immortalité?

C'est cette perspective en grands pensers féconde;
C'est ce noble avenir, qui, bien mieux que ces loix
Qu'inventa de l'orgueil l'ignorance profonde,
Rétablit en secret l'équilibre du monde;
Aux yeux de l'Éternel égale tous les droits,
Nos rires passagers, nos passagères larmes;
Ote aux maux leur tristesse, aux voluptés leurs charmes;
De l'homme vers le ciel élance tous les vœux.
Absent de cet atome, et présent dans les cieux,
Voit-il, daigne-t-il voir s'il existe une terre,
S'il est là des héros, des grands, des potentats,
Si l'on y fait la paix, si l'on y fait la guerre,
Si le sort y ravit ou donne des états,
S'il y brille un soleil, s'il y gronde un tonnerre?

Eh! qui, du sommet d'un coteau
Voyant le Nil au loin rouler ses eaux pompeuses,
Détourneroit les yeux de ce riche tableau
    Et de ces eaux majestueuses,
Pour entendre à ses pieds murmurer un ruisseau?

Silence, êtres mortels! vaines grandeurs, silence!
L'obscurité, l'éclat, le savoir, l'ignorance,
        La force, la fragilité,
    Tout, excepté le crime et l'innocence,
    Et le respect d'une juste puissance,
Près du vaste avenir, courte et frêle existence,
Aux yeux désenchanteurs de la réalité,
        Descend de sa haute importance
        Dans l'éternelle égalité.

Tel, le vaste Apennin, de sa cime hautaine,
Confondant à nos yeux et montagne et vallon,
    D'un monde entier ne forme qu'une plaine,
Et rassemble en un point un immense horizon.

Ah! si ce noble instinct, par qui du grand Homère,
Par qui des Scipions l'esprit fut enfanté,
        N'étoit qu'une vaine chimère,
        Qu'un vain roman par l'orgueil inventé;
        Aux limites de sa carrière,
        D'où vient que l'homme épouvanté,
A l'aspect du néant, se rejette en arrière?
        Pourquoi, dans l'instabilité
        De cette demeure inconstante,
        Nourrit-il cette longue attente
        De l'immuable éternité?

Non, ce n'est point un vain système;
C'est un instinct profond vainement combattu;
Et, sans doute, l'Être suprême
Dans nos cœurs le grava lui-même,
Pour combattre le vice et servir la vertu.

Dans sa demeure inébranlable,
Assise sur l'éternité,
La tranquille Immortalité,
Propice au bon, et terrible au coupable,
Du temps, qui sous ses yeux marche à pas de géant,
Défend l'ami de la justice,
Et ravit à l'espoir du vice
L'asile horrible du néant.

Oui : vous, qui de l'olympe usurpant le tonnerre,
Des éternelles lois renversez les autels;
Lâches oppresseurs de la terre,
Tremblez, vous êtes immortels!

Et vous, vous, du malheur victimes passagères,
Sur qui veillent d'un Dieu les regards paternels,
Voyageurs d'un moment aux terres étrangères,
Consolez-vous, vous êtes immortels!

§ VIII. *Preuves morales de l'immortalité de l'âme.*

« Si tout doit finir avec nous, si l'homme ne doit
rien attendre après cette vie, et que ce soit ici notre
patrie, notre origine, et la seule félicité que nous pouvons nous promettre, pourquoi n'y sommes-nous pas
heureux ? Si nous ne naissions que pour les plaisirs des

sens , pourquoi ne peuvent-ils nous satisfaire , et laissent-ils toujours un fond d'ennui et de tristesse dans notre cœur? Si l'homme n'a rien au-dessus de la bête, que ne coule-t-il ses jours comme elle, sans souci, sans inquiétude , sans dégoût , sans tristesse , dans la fé-licité des sens et de la chair? Si l'homme n'a point d'autre bonheur à espérer qu'un bonheur temporel, pourquoi ne le trouve-t-il nulle part sur la terre? D'où vient que les richesses l'inquiètent, que les honneurs le fatiguent, que les plaisirs le lassent, que les sciences le confondent et irritent sa curiosité , loin de la satis-faire ; que la réputation le gêne et l'embarrasse , que tout cela ne peut remplir l'immensité de son cœur , et lui laisse encore quelque chose à désirer? Tous les autres êtres, contens de leur destination, paroissent heu-reux dans leur manière, dans la situation où l'auteur de la nature les a placés. L'homme seul est inquiet et mé-content; l'homme seul est en proie à ses désirs, se laisse déchirer par dés craintes , trouve son supplice dans ses espérances , devient triste et malheureux au milieu de ses plaisirs; l'homme seul ne rencontre rien ici-bas où son cœur puisse se fixer. D'où vient cela? ô homme! ne seroit-ce point parce que vous êtes ici-bas déplacé, que vous êtes fait pour le ciel, que votre cœur est plus grand que le monde, que la terre n'est pas votre patrie, et que tout ce qui n'est pas Dieu n'est rien pour vous ? »

MASSILLON.

« Fuyez ceux qui, sous prétexte d'expliquer la nature, sèment dans les cœurs des hommes de désolantes
doctrines, et dont le scepticisme apparent est cent fois
plus affirmatif et plus dogmatique que le ton décidé de
leurs adversaires ; sous le hautain prétexte qu'eux seuls
sont éclairés, vrais, de bonne foi, ils nous soumettent
impérieusement à leurs décisions tranchantes, et prétendent nous donner, pour les vrais principes des
choses, les inintelligibles systèmes qu'ils ont bâtis dans
leur imagination. Du reste, renversant, foulant aux
pieds tout ce que les hommes respectent, ils ôtent
aux affligés la dernière consolation de leur misère, aux
puissans et aux riches le seul frein de leurs passions ;
ils arrachent du fond des cœurs le remords du crime,
l'espoir de la vertu, et se vantent encore d'être les
bienfaiteurs du genre humain. Jamais, disent-ils, la
vérité n'est nuisible aux hommes : je le crois comme
eux, et c'est, à mon avis, une grande preuve que
ce qu'ils enseignent n'est pas la vérité ».

J.-J. Rousseau.

§ IX. *Sur les hommes à système.*

Il est des hommes qui renversent tous les fondemens de la raison, en suivant impétueusement toutes
les saillies de leur imagination. Leur génie est de ne
regarder jamais comment les choses sont en effet, mais
comment ils désireroient qu'elles fussent ; de n'avoir
aucun égard à la vérité ni même à la vraisemblance ; de

disposer des histoires et des événemens réels avec bien plus de liberté qu'on ne dispose des aventures chimériques des romans; de bâtir sur le vide de leur imagination comme sur le fondement le plus réel et le plus solide; de ne se mettre pas en peine de faire parler et penser toute la terre d'une manière insensée, pourvu qu'elle parle conformément à leurs désirs et à leurs prétentions; de préférer les plus petites raisons aux preuves les plus fortes et les plus claires; et de proposer tout cela d'une manière fière, hardie, méprisante, insultante, en se donnant à eux-mêmes les applaudissemens qu'ils voudroient bien recevoir des autres.

ARNAULD.

§ X. *Devoirs envers Dieu.*

Comment ma raison pourra-t-elle se former une idée de mes devoirs envers Dieu? Je ne connois point d'autres moyens pour y parvenir, que de considérer ce que je suis, et ce que Dieu est; de tourner mes premiers regards vers mon être borné, pour les élever ensuite vers l'Être infini. C'est ce qui peut mieux me faire connoître mes devoirs par rapport à Dieu, et j'espère trouver, dans ce double regard, la source de toutes les règles que je dois suivre à l'égard de l'Être suprême.

Au premier coup d'œil que je jette sur moi-même, je vois qu'il a donné à l'homme deux facultés différentes par lesquelles il a bien voulu imprimer sur lui quelques traits de ressemblance avec son auteur.

La première est une intelligence ou un entendement capable de connoître ;

La seconde est une volonté faite pour aimer.

L'objet de l'une et de l'autre est infini.

L'œil ne se rassasie point de voir ; l'esprit a un désir de connoître, qui n'a point de bornes, qui croît, qui se multiplie avec ses connoissances mêmes, parce que tout ce qu'il découvre étant borné, il veut toujours voir au-delà de ce qu'il a vu.

La volonté de l'homme, aussi insatiable que son intelligence, et peut-être encore plus, éprouve également que tout ce qui est fini ne fait qu'irriter sa faim bien loin de l'appaiser ; dégoûtée bientôt des objets qu'elle possède, elle en cherche toujours de nouveaux, sans en trouver jamais aucun qui remplisse ce vide immense qu'elle sent au fond de son être.

Si j'ose élever ensuite mes foibles yeux vers l'Être suprême qui a allumé en moi cette soif ardente et continuelle du vrai et du bien, je sens d'un côté qu'un Dieu souverainement juste ne sauroit avoir formé en moi ce désir éternel et inépuisable qui est le fond de mon être imparfait, pour ne le contenter jamais ; et je ne sens pas moins de l'autre que lui seul peut satisfaire pleinement ce désir, parce qu'il n'y a qu'un objet infini dont la possession puisse remplir la capacité d'une intelligence et d'une volonté qui, quoique finies dans leur nature, sont cependant infinies dans leurs désirs.

J'en tire plusieurs conséquences.

1°. Comme mon intelligence ne peut être satisfaite que par la connoissance de l'Être infini, ma première règle ou mon premier devoir à l'égard de Dieu, sera de travailler à développer toujours en moi cette première idée qu'il lui a plu de me donner de lui même, et que le spectacle admirable de l'univers, qui publie si hautement la gloire de son auteur, retrace continuellement dans mon esprit.

Je sais en général que c'est un Être souverainement parfait ; mais ma foiblesse m'obligeant à séparer dans mon esprit ce qui est essentiellement un, pour l'envisager plus facilement, en distinguant ce que l'on appelle les propriétés ou les attributs de l'Être divin, qui portent tous également le caractère de sa perfection infinie, je tâcherai de me former l'idée la plus étendue qu'il me sera possible de sa science, de sa sagesse, de sa puissance, de sa justice, de sa bonté infinie ; et les réunissant ensuite, comme elles le sont en effet dans l'Être suprême, je parviendrai par là, autant que la mesure bornée de mon intelligence me le permet, à remplir mon premier devoir, qui est de faire tous mes efforts pour connoître celui qui m'a fait.

2°. Mais ma volonté n'a pas moins besoin de règles que mon intelligence, et j'ai remarqué qu'elle ne peut être rassasiée que par la possession d'un bien infini : ainsi ma seconde règle sera de tendre constamment par tous mes désirs, par toutes les affections, par tous les mouvemens de mon âme, à m'unir autant qu'il m'est possible à l'Être suprême qui est l'unique et inépuisable source de ma félicité.

3°. Ma troisième règle sera, que si je m'aime moi-même, comme je ne saurois m'en empêcher; si je ne m'aime véritablement qu'autant que je crois approcher de la perfection de mon être; enfin, si je ne peux la trouver que dans Dieu, je suis obligé de l'aimer, je ne dis pas autant, mais plus que moi-même; ou, pour parler plus correctement, je sentirai que je ne peux m'aimer raisonnablement qu'en lui; ou, pour exprimer encore mieux ma pensée, je dirai que c'est Dieu que j'aime véritablement, en m'aimant moi-même comme je le dois, puisque ce *moi* n'est aimable qu'autant qu'il est uni à l'Être souverainement parfait dans lequel il se confond, pour parler ainsi, et en devenant un avec lui, comme les sages mêmes du paganisme l'ont senti par les seules lumières de la raison naturelle.

4°. Ma quatrième règle sera de me représenter toujours Dieu comme le seul être qui soit véritablement aimable, le seul qui puisse soutenir ma foiblesse, suppléer à mon indigence, et donner à mon âme toute espèce de satisfaction; et il est non-seulement mon bien, mais mon unique bien. Ce qui me flatte même dans les autres êtres à qui je prodigue ce nom, ne consiste que dans ce sentiment agréable, qu'il plaît à Dieu de me donner à leur occasion. Malheur à moi si j'en abuse pour m'attacher à des biens indignes de mon amour, et incapables de le satisfaire! Mais si je le fais, c'est moi seul qui deviens mauvais, et Dieu demeure toujours souverainement bon, parce qu'il ne me donne un pareil sentiment que pour me faire tendre à celui qui en est l'auteur.

5°. Il est le maître de m'affliger par des sentimens douloureux, comme de me faire goûter une douce satisfaction : arbitre suprême des biens et des maux, il les tient également en sa main et il les dispense comme il lui plaît suivant les règles de sa bonté et de sa justice. Ma cinquième règle sera donc de craindre souverainement de lui déplaire, et de le craindre d'autant plus que je l'aimerai davantage. La crainte du mal naît en moi de l'amour du bien ; et ces deux sentimens sont naturellement la mesure l'un de l'autre.

6°. Ainsi en regardant Dieu comme disposant de tout ce qui me paroît aimable, et de tout ce que je trouve redoutable, j'en tirerai cette conséquence, qui sera ma sixième règle : que l'homme est naturellement obligé d'invoquer et d'implorer continuellement le secours divin. Je reconnoîtrai que c'est lui que je dois supplier de m'accorder les vrais biens et de détourner de moi les véritables maux, quand bien même je serois assez aveugle pour demander comme un bien ce qui doit être regardé comme un mal, ou pour craindre comme un mal ce qui est en effet un bien véritable : prière dont les poëtes profanes de l'antiquité nous ont laissé le modèle, tant ils ont senti, par les seules lumières de la raison, que cette prière est une suite nécessaire de la nature de l'homme, comparée avec l'être de Dieu.

7°. Mais il est évident que l'être infiniment parfait ne peut se rendre favorable ni s'unir qu'à ceux qui lui ressemblent : vérité qui n'a pu aussi être obscurcie par les ténèbres du paganisme ; et les philosophes mêmes de l'antiquité en ont conclu que l'homme devoit travailler continuellement à retracer, à perfectionner en lui cette image du souverain être qu'il trouve dans sa nature. Ma septième règle sera donc de joindre à l'invocation de cet être, l'imitation de ses diverses perfections; et elle ne peut consister que dans la conformité de mes pensées et de ma volonté avec les pensées et la volonté de mon auteur. On demandera, sans doute, comment ma foible raison pourra parvenir à pénétrer, pour ainsi dire, dans le secret de l'intelligence et de la volonté d'un être qui surpasse infiniment toutes mes connoissances. Mais nous avons déjà remarqué qu'au milieu même des ténèbres qui nous environnent, nous apercevons au fond de notre âme un rayon de lumière qui nous éclaire assez pour nous faire connoître au moins que Dieu est un être infiniment parfait, en science, en sagesse, en puissance, en justice, en bonté; et c'est en travaillant à nous former l'idée la plus sublime et la plus étendue de ces perfections, que nous pouvons parvenir à connoître, quoique imparfaitement, comment nous devons nous conduire, pour conformer notre intelligence et notre volonté à celles de Dieu. C'est par cette *révélation naturelle* appelée quelquefois *religion naturelle,* que Dieu fait connoître à l'homme ce qu'il exige d'un être raisonnable qu'il n'a créé que pour l'élever à lui et le rendre aussi parfait et aussi heureux qu'il le peut être par la connoissance, par l'invocation, par l'imitation de son auteur. Mais j'éprouve tous les jours que, soit par foiblesse de ma raison, soit par les nuages des passions qui en obscurcissent souvent la lumière, ou qui lui font perdre de vue la lumière, ou qui lui font perdre de vue son véritable objet, mes connoissances sont comme enveloppées d'une obscurité qui m'afflige. Je dois donc désirer de savoir s'il n'a pas plu à l'être souverainement bon de joindre à cette révélation naturelle et imparfaite, une révélation plus expresse, plus lumineuse, plus étendue, dans laquelle il ait daigné nous parler lui-même; venant ainsi au secours de notre raison impuissante, pour nous révéler ce que nous devons connoître de son intelligence et de sa volonté, sur la vraie perfection, sur le bonheur solide et durable de notre être, sur la voie qui y conduit, sur le culte par lequel il veut être honoré, en un mot, sur tous nos devoirs par rapport à lui.

S'il y a eu une révélation de cette nature, ma raison doit m'exciter à faire tous mes efforts pour la bien connoître. Si Dieu a bien voulu parler lui-même à l'homme, il aura sans doute accompagné sa parole de tant de signes éclatans, et de prodiges évidemment surnaturels, que tout esprit raisonnable et attentif dût être convaincu que c'est Dieu en effet qui avoit parlé. C'est la révélation surnaturelle sur laquelle nous ne pouvons nous étendre ici.

D'AGUESSEAU.

~~~~~~

CHAPITRE III.

De la religion chrétienne.

§ Ier. *Des mystères.*

CIEL, ô ciel! quel objet vient de frapper ma vue!
Je reconnois le Christ puissant et glorieux ;
  Auprès de lui dans une nue
L'étendard de sa mort, la Croix, brille à mes yeux.
Sous ses pieds triomphans la Mort est abattue ;
Des portes de l'enfer il sort victorieux :
Son règne est annoncé par la voix des oracles,
Son règne est cimenté par le sang des martyrs.
Tous les pas de ses saints sont autant de miracles ;
Il leur promet des biens plus grands que leurs désirs ;
Ses exemples sont saints, sa morale est divine ;
Il console en secret les cœurs qu'il illumine :
Dans les plus grands malheurs il leur offre un appui.
Heureux l'humble de cœur, soumis à sa doctrine,
Qui met son espérance et son amour en lui!
        VOLTAIRE.

§ II. *Caractères de la religion chrétienne.*

Jésus-Christ naît, et la face du monde se renouvelle. La loi de Moïse, ses miracles, ceux des prophètes, n'avoient pu servir de digue contre le torrent de l'idolâtrie, et conserver le culte du vrai Dieu chez un seul peuple resserré dans un coin du monde : mais celui qui

vient d'en haut est au-dessus de tout ; à Jésus est réservé de posséder toutes les nations en héritage. Il les
possède, vous le voyez. Depuis qu'il a été élevé sur la
croix, il a attiré tout à lui. Dès l'origine du christianisme, saint Irénée et Tertullien ont montré que l'é-
glise étoit déjà plus étendue que cet empire même qui
se vantoit d'être lui seul tout l'univers. Les régions sauvages et inaccessibles du Nord, que le soleil éclaire à
peine, ont vu la lumière céleste. Les plages brûlantes
d'Afrique ont été inondées des torrens de la grâce. Les
empereurs mêmes sont devenus les adorateurs du nom
qu'ils blasphémoient, et les nourriciers de l'église dont
ils versoient le sang. Mais la vertu de l'Évangile ne doit
pas s'éteindre après ces premiers efforts, le temps ne
peut rien contre elle ; Jésus-Christ, qui en est la source,
est de tous les temps ; il étoit hier, il est aujourd'hui, et
il sera aux siècles des siècles. Aussi vois-je cette fécondité qui se renouvelle toujours ; la vertu de la croix ne
cesse d'attirer tout à elle.

Regardez ces peuples barbares qui firent tomber
l'empire romain. Dieu les a multipliés et tenus en réserve sous un ciel glacé pour punir Rome païenne et
enivrée du sang des martyrs : il leur lâche la bride, et le
monde en est inondé. Mais, en renversant cet empire,
ils se soumettent à celui du Sauveur ; tout ensemble
ministres des vengeances et objets des miséricordes sans
le savoir, ils sont menés comme par la main au-devant
de l'Évangile, et c'est d'eux qu'on peut dire à la lettre
qu'ils ont trouvé le Dieu qu'ils ne cherchoient pas.

Mais que vois-je depuis deux siècles ? Des régions

I.   11

immenses qui s'ouvrent tout à coup, un nouveau monde inconnu à l'ancien, et plus grand que lui. Gardez-vous bien de croire qu'une si prodigieuse découverte ne soit due qu'à l'audace des hommes. Dieu ne donne aux passions humaines, lors même qu'elles semblent décider de tout, que ce qu'il leur faut pour être les instrumens de ses desseins : ainsi l'homme s'agite, mais Dieu le mène. La foi plantée dans l'Amérique, parmi tant d'orages, ne cesse pas d'y porter des fruits.

Que reste-t-il? Peuples des extrémités de l'Orient! votre heure est venue. Alexandre, ce conquérant rapide, que Daniel dépeint comme ne touchant pas la terre de ses pieds, lui qui fut si jaloux de subjuguer le monde entier, s'arrêta bien loin au-deçà de vous ; mais la charité va plus loin que l'orgueil. Ni les sables brûlans, ni les déserts, ni les montagnes, ni la distance des lieux, ni les tempêtes, ni les écueils de tant de mers, ni l'intempérie de l'air, ni le milieu fatal de la ligne où l'on découvre un ciel nouveau, ni les flottes ennemies, ni les côtes barbares, ne peuvent arrêter ceux que Dieu envoie. Qui sont ceux-ci qui volent comme les nuées? Vents, portez-les sur vos ailes. Que le Midi, que l'Orient, que les îles inconnues les attendent et les regardent en silence venir de loin. Qu'ils sont beaux les pieds de ces hommes qu'on voit venir du haut des montagnes apporter la paix, annoncer les biens éternels, prêcher le salut, et dire : O Sion! ton Dieu régnera sur toi! Les voici, ces nouveaux conquérans, qui viennent sans armes, excepté la croix du Sauveur. Ils viennent, non pour enlever les richesses et répandre le sang des vaincus , mais pour offrir leur propre sang , et communiquer le trésor céleste.

Peuples qui les vîtes venir , quelle fut d'abord votre surprise , et qui peut la représenter ? Des hommes qui viennent à vous sans être attirés par aucun motif ni de commerce, ni d'ambition , ni de curiosité ; des hommes qui , sans vous avoir jamais vus , sans savoir même où vous êtes , vous aiment tendrement , quittent tout pour vous, et vous cherchent au travers de toutes les mers avec tant de fatigues et de périls , pour vous faire part de la vie éternelle qu'ils ont découverte ! Nations ensevelies dans l'ombre de la mort, quelle lumière sur vos têtes !

FÉNÉLON.

§ III. *Idée plus parfaite que la religion nous donne de Dieu.*

Ce Dieu, maître absolu de la terre et des cieux,
N'est point tel que l'erreur le figure à vos yeux.
L'Éternel est son nom, le monde est son ouvrage.
Il entend les soupirs de l'humble qu'on outrage,
Juge tous les mortels avec d'égales lois,
Et du haut de son trône interroge les rois.
Des plus fermes états la chute épouvantable,
Quand il veut, n'est qu'un jeu de sa main redoutable.

Que peuvent contre lui tous les rois de la terre?
En vain ils s'uniroient pour lui faire la guerre:
Pour dissiper leur ligue, il n'a qu'à se montrer ;
Il parle, et dans la poudre il les fait tous rentrer.

Au seul son de sa voix la mer fuit, le ciel tremble;
Il voit comme un néant tout l'univers ensemble,
Et les foibles mortels, vains jouets du trépas,
Sont tous devant ses yeux comme s'ils n'étoient pas.

RACINE.

§ IV. *Réflexions sur le style de l'Écriture-Sainte.*

On trouve dans l'Écriture-Sainte un style simple
sans bassesse, riche sans superfluité, élevé sans enflure.
Jamais Homère, Virgile, Horace, n'ont approché de
la sublimité qui règne dans les cantiques de Moïse,
dans les psaumes de David, et dans les ouvrages des
autres prophètes. Jamais ils n'ont égalé la haute idée
qu'Isaïe nous donne de la majesté et de la grandeur de
Dieu, devant qui toutes les nations ne sont que comme
une goutte d'eau, la terre qu'un grain de poussière, et
l'univers que comme un poids léger qu'il tient dans
le creux de sa main.

Qu'y a-t-il dans Hésiode, dans Thucidide, et dans
Tite-Live, de si bien écrit que les histoires de la création du monde, et le récit de la vie des patriarches?
Qu'y a-t-il de si noblement exprimé, que le combat
de David, la gloire de Salomon, et ce tissu de prodiges
que Dieu a opérés en faveur de son peuple?

Mais, si la lecture de l'Ancien Testament est si capable
d'élever l'esprit et d'animer un cœur chrétien, quel
effet ne doit pas produire la lecture de l'Évangile, qui
contient d'une manière plus marquée tout ce que notre
religion a de plus noble, de plus excellent et de plus
parfait! Jésus-Christ y parle comme la sagesse éter-

nelle doit parler. On voit que la grandeur est son partage ; mais qu'il tempère l'éclat et la sublimité de sa doctrine pour la proportionner à toutes sortes d'esprits.

Ici se présente un nouvel ordre de choses. Les prophéties s'accomplissent. Les mystères, qui avoient été comme enveloppés dans les anciennes Écritures, sont dévoilés dans l'Évangile. Le dogme de l'immortalité de l'âme, qui jusqu'alors n'avoit été pour ainsi dire qu'entrevu, et qui n'étoit point universellement reçu dans la synagogue, est posé pour fondement de la nouvelle loi. On connoît les récompenses qui sont préparées à la vertu après cette vie, et les châtimens qui sont destinés à punir le vice.

On comprend que, pour être parfait, on n'a qu'à étudier la doctrine de notre divin législateur, qui est lui-même notre modèle, notre guide et notre appui : doctrine céleste, qui pourvoit à tous les besoins de l'âme, qui assure le repos de la société, qui corrige les erreurs et les préjugés du monde, qui introduit parmi les hommes une fidélité et une droiture à l'épreuve des passions, qui ennoblit et perfectionne les lumières de l'esprit, qui retire le cœur des vils attachemens de la terre, pour le tourner à la recherche des biens éternels : doctrine, enfin, qui a soumis à son empire les empereurs, les rois, les peuples, les philosophes, les orateurs et les plus grands génies.

§ V. *Idée sublime que l'Écriture nous donne de Dieu.*

Sa colère a monté comme un tourbillon de fumée ;
son visage a paru comme la flamme, et son courroux
comme un feu ardent. Il a abaissé les cieux, il est descendu, et les nuages étoient sous ses pieds. Il a pris son
vol sur les ailes des chérubins ; il s'est élancé sur les
vents ; les nuées amoncelées formoient autour de lui
un pavillon de ténèbres : l'éclat de son visage les a dis-
sipées, et une pluie de feu est tombée de leur sein. Le
Seigneur a tonné du haut des cieux ; le Très-Haut a
fait entendre sa voix ; sa voix a éclaté comme un orage
brûlant. Il a lancé ses flèches et dissipé mes ennemis ;
il a redoublé ses foudres qui les ont renversés. Alors les
eaux ont été dévoilées dans leurs sources, les fondemens
de la terre ont paru à découvert, parce que vous les
avez menacés, Seigneur, et qu'ils ont senti le souffle
de votre colère.

§ VI. *Comment l'Écriture nous peint la ruine de Tyr et celle
de Ninive.*

Criez et hurlez, vaisseaux de la mer ; parce que le
lieu d'où les navires avoient accoutumé de faire voile, à
été détruit : sa ruine viendra de la terre de Cethim.

Demeurez dans le silence, habitans de l'île : les marchands de Sidon passoient la mer, pour venir remplir
vos ports.

Les semences que le Nil fait croître par le déborde-
ment de ses eaux, les moissons que l'Égypte doit à ce

fleuve, étoient la nourriture de Tyr ; et elle est devenue comme la ville de commerce de toutes les nations.

Traversez les mers, poussez des cris et des hurle-
mens, habitans de l'île.

N'est-ce pas là cette ville que vous vantiez tant, qui
se glorifioit de son antiquité depuis tant de siècles ?
Ses enfans sont allés à pied bien loin dans des terres
étrangères.

Qui a prononcé cet arrêt contre Tyr, autrefois la
reine *des villes* , dont les marchands étoient des
princes, dont les trafiquans étoient les personnes les
plus éclatantes de la terre ?

C'est le Seigneur des armées qui a résolu de la traiter
de la sorte, pour renverser toute la gloire des superbes,
et pour faire tomber dans l'ignominie tous ceux qui
paroissoient dans le monde avec tant d'éclat.

Le Seigneur a étendu sa main sur la mer : il a
ébranlé les royaumes.

Considérez l'empire des Chaldéens ; il n'y eut *jamais*
un tel peuple ; les Assyriens l'avoient fondé : *cependant*
on a emmené captifs les plus grands d'entre eux, on a
renversé leurs maisons, et on les a entièrement ruinés.

Criez, hurlez, vaisseaux de la mer, parce que toute
votre force est détruite.

Vous donc, fils de l'homme, faites une plainte lugubre sur la chute de Tyr ;

Vous direz à cette ville qui est située près de la mer,
qui est le siége du commerce et du trafic des peuples
de tant d'îles différentes : Les *peuples* voisins qui vous
ont bâtie n'ont rien oublié pour vous embellir.

Ils ont fait tout le corps et les divers étages de votre vaisseau de sapins de Sanir. Ils ont pris un cédre du Liban pour vous faire un mât.

Ils ont mis en œuvre les chênes de Basan pour faire vos rames. Ils ont employé l'ivoire des Indes pour faire vos bancs, et ce qui vient des îles vers l'Italie, pour faire vos chambres et vos magasins.

Les habitans de Sidon et d'Arad ont été vos rameurs : les vieillards de Gebal, les plus habiles d'entre eux ont donné leurs mariniers pour vous servir dans tout l'équipage de votre vaisseau ; tous les navires de la mer et tous les mariniers ont été engagés dans votre commerce et votre trafic.

Les Perses, ceux de Lydie et ceux de Lybie étoient vos gens de guerre dans votre armée.

Les Arcadiens avec leurs troupes étoient tout autour de vos murailles.

Les Carthaginois trafiquoient avec vous, en vous apportant toutes sortes de richesses, et remplissoient vos marchés d'argent, de fer, d'étain et de plomb.

Les peuples de Juda et d'Israël ont entretenu aussi leur commerce avec vous, et ils ont apporté dans vos marchés le plus pur froment, le baume, le miel, l'huile et la résine.

Damas trafiquoit avec vous, et, en échange de vos ouvrages si différens, il vous apportoit de grandes richesses, du vin excellent et des laines d'une couleur vive et éclatante.

Dan, la Grèce et Mosel ont exposé en vente dans

vos marchés des ouvrages de fer poli, et vous avez fait un trafic de casse et de cannes d'excellente odeur.

L'Arabie et tous les princes de Cedar étoient aussi engagés dans votre commerce, et ils venoient vous amener leurs agneaux, leurs béliers et leurs boucs.

Saba et Rema venoient aussi vendre et acheter avec vous, et exposoient dans vos marchés tous les plus excellens parfums, les pierres précieuses et l'or.

Saba, Assur et Chelmad entretenoient un grand trafic avec vous, et ils vous apportoient des balles d'hyacinthe, d'ouvrages en broderie, et de meubles précieux qui étoient enveloppés et liés de cordes, et ils trafiquoient encore avec vous pour des bois de cédre.

Les vaisseaux ont entretenu votre principal commerce : vous avez été comblée de biens, et élevée dans la plus haute gloire au milieu de la mer.

Vos rameurs vous ont conduite sur les grandes eaux; mais le vent du midi vous a brisée au milieu de la mer.

Vos richesses, vos trésors, votre équipage si grand et si magnifique, vos mariniers et vos pilotes qui disposoient de tout ce qui servoit à votre grandeur et à votre usage; vos gens de guerre qui combattoient pour vous, avec toute la multitude de peuple qui étoit au milieu de vous, tomberont tous ensemble au milieu de la mer, au jour de votre ruine.

Les cris et les plaintes de vos pilotes épouvanteront les flottes *entières*.

Ils déploreront vos maux avec de grandes plaintes,

12

ils crieront dans leur douleur, ils se jetteront de la poussière sur la tête, ils se couvriront de cendre.

Où trouvera-t-on une ville semblable à Tyr, qui est devenue muette, *et qui a été ensevelie* au milieu de la mer ?

O Tyr! la mer maintenant vous a brisée, vos richesses sont au fond de ses eaux; et toute cette multitude de peuple qui étoit au milieu de vous, est tombée et périe avec vous.

Ninive renversée.

Voici celui qui doit renverser vos murailles à vos yeux, et vous assiéger de toutes parts.

Voici celui qui doit vous détruire : le bouclier de ses braves jette des flammes; ses gens d'armes sont couverts de pourpre; ses chariots étincellent lorsqu'ils marchent au combat.

Pillez l'argent, pillez l'or : ses richesses sont infinies; ses vases et ses meubles précieux sont inépuisables.

Où est maintenant cette caverne de lions? où sont ces pâturages de lionceaux, cette caverne où le lion se retiroit avec ses petits, sans que personne les y vînt trouver ?

L'épée dévorera vos jeunes lions. Je vous arracherai tout ce que vous aviez pris aux autres; et on n'entendra plus la voix *insolente* des ambassadeurs que vous envoyiez.

Malheur à toi, ville de sang, qui es toute pleine de

fourberie, et qui te repais sans cesse de tes rapines et de tes brigandages !

J'entends déjà les fouets qui retentissent de loin, les roues qui se précipitent avec un grand bruit, les chevaux qui hennissent fièrement, les chariots qui courent comme la tempête, et la cavalerie qui s'avance à toute bride.

Je viens à vous, dit le Seigneur des armées; je vous dépouillerai de tous vos vêtemens. J'exposerai votre nudité et votre ignominie à tous les royaumes.

Je ferai retomber vos abominations sur vous, je vous couvrirai d'infamie et je vous rendrai un exemple de *mes vengeances*.

Tous ceux qui vous verront se retireront en arrière, et diront : *Ninive est détruite*. Qui sera touché de votre malheur? Où trouverai-je un homme qui vous console ?

Êtes-vous plus considérable que la ville d'Alexandrie, si pleine de peuples, située au milieu des fleuves, et toute environnée d'eaux, dont la mer est le trésor, et dont les eaux font les murailles et les remparts ?

L'Éthiopie étoit sa force, aussi-bien que l'Égypte et une infinité d'autres peuples; il lui venoit des secours de l'Afrique et de la Lybie :

Et cependant elle a été elle-même emmenée captive dans une terre étrangère. Ses petits enfans ont été écrasés au milieu de ses rues; les plus illustres de son peuple ont été partagés au sort, et tous ses plus grands seigneurs ont été chargés de fers.

Vous serez donc enivrée du même vin de la colere de

Dieu; vous tomberez dans le mépris, et vous serez réduite à demander des secours à votre propre ennemi.

§ VII. *Rapidité des conquêtes de Judas Machabée.*

Alors Àpollonius assembla les nations, et leva de Samarie une grande et puissante armée pour combattre contre Israël.

Judas, en ayant été averti, marcha contre lui et le défit.

Il en rapporta les dépouilles, et il prit l'épée d'Apollonius, et s'en servit dans les combats toute sa vie.

Ce fut lui qui accrut la gloire de son peuple : il se revêtit de la cuirasse comme un géant ; il se couvroit de ses armes dans les combats, et son épée étoit la protection de tout le camp.

Il devint semblable à un lion dans ses grandes actions, et à un lionceau qui rugit en voyant sa proie.

Il poursuivit les méchans en les cherchant de tous côtés, et il brûla ceux qui troubloient son peuple.

La terreur de son nom fit fuir ses ennemis devant lui ; tous les ouvriers d'iniquité furent dans le trouble, et son bras procura le salut du peuple.

Il parcourut les villes de Juda ; il en chassa les impies, et il détourna la colère de dessus Israël.

Son nom devint célèbre jusqu'aux extrémités du monde, et il rassembla ceux qui étoient prêts à périr.

§ VIII. *Portrait admirable des premiers chrétiens, par l'auteur de la lettre à Diognète qui vivoit au premier siècle.*

Les chrétiens ne sont point un peuple à part, que le pays, le langage et les coutumes distinguent du reste des hommes. Ils n'habitent point des villes qui leur soient propres. Ils ne parlent point une langue particulière. Leur genre de vie n'a rien qui se fasse remarquer par sa singularité. Leur école n'a point de doctrine qui doive sa naissance aux spéculations et aux efforts d'esprit d'hommes curieux. On ne les voit point se passionner pour quelqu'opinion humaine, et se mettre à la tête de ceux qui la soutiennent, comme font quelques-uns de vos philosophes. Répandus dans les villes grecques et barbares, selon que la providence les a placés, et observant les usages des lieux pour les vêtemens, la nourriture et le reste de la vie commune, ils forment néanmoins entr'eux une société régie par des lois vraiment admirables et sublimes, à la pratique desquelles on n'auroit jamais pensé que des hommes pussent atteindre. Ils habitent leurs propres patries, mais comme des hôtes qui ne font que passer. Ils ont part à tout comme citoyens, et ils souffrent tout comme s'ils étoient étrangers. Toute terre étrangère leur tient lieu de patrie, et toute patrie est pour eux comme une terre étrangère. Ils se marient comme le reste des hommes; comme eux ils ont des enfans de leurs mariages, mais ils ne les exposent point. La table est commune entr'eux et offerte à tous. Ils demeurent sur la terre, mais ils sont citoyens du ciel. Ils obéissent

aux lois établies, et par la sainteté de leurs mœurs ils
surpassent la sagesse des lois. Ils aiment tous les hommes, et ils souffrent persécution de la part de tous. On
ne les connoît point, et on les condamne. On les fait
mourir, et on leur procure la vie. Ils sont réduits à
une extrême pauvreté, et ils enrichissent une multitude d'hommes. Ils sont dénués de tout, et ils vivent
dans l'abondance de toutes choses. On les couvre
d'ignominie, et ils trouvent la gloire dans le sein
même des opprobres. On les déchire par des calomnies atroces, et leur innocence n'en brille qu'avec
plus d'éclat. Accablés d'injures, ils y répondent par
des bénédictions. Aux outrages ils opposent des témoignages d'honneur et de respect. Ils ne font que du
bien, et ils sont exposés aux supplices comme des mal-
faiteurs; mais ces supplices eux-mêmes les comblent de
joie, parce qu'ils y trouvent une source de vie. Les
Juifs leur font la guerre comme à un peuple étranger;
les Grecs les persécutent; et nul de ceux qui les haïssent
ne peut alléguer les raisons de la haine qu'il leur porte.
Pour tout dire en un mot, ce que l'âme est dans le
corps, les chrétiens le sont dans le monde.

§ IX. *La vertu portée jusqu'à l'héroïsme et au-dessus même*
des forces de l'humanité.

La Bruyère termine ainsi son chapitre du mérite
personnel :

« Celui-là est bon qui fait du bien aux autres; s'il
» souffre pour le bien qu'il fait, il est très-bon; s'il

» souffre de ceux à qui il a fait ce bien, il a une si
» grande bonté, qu'elle ne peut être augmentée que
» dans le cas où ses souffrances viendroient à croître;
» et, s'il en meurt, sa vertu ne sauroit aller plus loin,
» elle est héroïque, elle est parfaite. »

De qui La Bruyère veut-il parler dans ce *caractère ?*
Son commentateur a soupçonné avec raison qu'il s'agit
ici de quelqu'un qui est au-dessus de Socrate même;
mais il n'a osé le nommer, « *de peur,* dit-il, *que*
quelqu'un n'en prît occasion mal à propos de
mettre en parallèle deux personnes qui n'ont en
effet rien de commun entre elles. » Un philosophe
de nos jours a cependant entrepris avec succès de faire
cette comparaison, et il n'a pas eu de peine à prouver
que l'avantage ne pouvoit appartenir à celui qui n'étoit
qu'un homme.

§ X. *Même sujet.*

J'avoüe que la majesté des Écritures m'étonne, la
sainteté de l'Évangile parle à mon cœur. Voyez les livres
des philosophes avec toute leur pompe, qu'ils sont petits près de celui-là! Se peut-il qu'un livre, à la fois si
sublime et si simple, soit l'ouvrage des hommes! se
peut-il que celui dont il fait l'histoire ne soit qu'un
homme lui-même? Est-ce là le ton d'un enthousiaste
ou d'un ambitieux sectaire? Quelle douceur! quelle
pureté dans ses mœurs! quelle grâce touchante dans ses
instructions! quelle élévation dans ses maximes! quelle
profonde sagesse dans ses discours! quelle présence

d'esprit ! quelle finesse et quelle justesse dans ses réponses! quel empire sur ses passions ! Où est l'homme,
où est le sage qui sait agir, souffrir et mourir sans foiblesse et sans ostentation ? Quand Platon peint son
juste imaginaire couvert de tout l'opprobre du crime
et digne de tous les prix de la vertu, il peint trait pour
trait Jésus-Christ : la ressemblance est si frappante,
que tous les pères l'ont sentie, et qu'il n'est pas possible
de s'y tromper. Quels préjugés, quel aveuglement ne
faut-il point avoir pour comparer le fils de Sophro-
nisque au fils de Marie? Quelle distance de l'un à
l'autre !

Socrate mourant sans douleur, sans ignominie, soutint aisément jusqu'au bout son personnage; et, si cette
facile mort n'eût honoré sa vie, on douteroit si Socrate, avec tout son esprit, fut autre chose qu'un so-
phiste. Il inventa, dit-on, la morale ; d'autres avant
lui l'avoient mise en pratique : il ne fit que dire ce-
qu'ils avoient fait, il ne fit que mettre en leçons leurs
exemples. Aristide avoit été juste avant que Socrate eût
dit ce que c'étoit que justice ; Léonidas étoit mort pour
son pays avant que Socrate eût fait un devoir d'aimer
la patrie ; Sparte étoit sobre avant que Socrate eût loué
la sobriété ; avant qu'il eût défini la vertu, la Grèce
abondoit en hommes vertueux. Mais où Jésus avoit-il
pris chez les siens cette morale élevée et pure dont
lui seul a donné les leçons et l'exemple ? Du sein du
plus furieux fanatisme la plus haute sagesse se fit entendre, et la simplicité des plus héroïques vertus
honora le plus vil de tous les peuples. La mort de

Socrate philosophant tranquillement avec ses amis, est la plus douce qu'on puisse désirer ; celle de Jésus expirant dans les tourmens, injurié, raillé, maudit de tout un peuple, est la plus horrible qu'on puisse craindre. Socrate, prenant la coupe empoisonnée, bénit celui qui la lui présente et qui pleure ; Jésus, au milieu d'un supplice affreux, prie pour ses bourreaux acharnés. Oui, si la vie et la mort de Socrate sont d'un sage, la vie et la mort de Jésus sont d'un Dieu. Dirons-nous que l'histoire de l'Évangile est inventée à plaisir ? Ce n'est pas ainsi qu'on invente ; et les faits de Socrate, dont personne ne doute, sont moins attestés que ceux de Jésus – Christ. Au fond, c'est éluder la difficulté, sans la détruire. Il seroit plus inconcevable que plusieurs hommes d'accord eussent fabriqué ce livre, qu'il ne l'est qu'un seul en ait fourni le sujet. Jamais des auteurs juifs n'eussent trouvé ni ce ton, ni cette morale ; et l'Évangile a des caractères de vérité si grands, si frappans, si parfaitement inimitables, que l'inventeur en seroit plus étonnant que le héros.

§ XI. *Courage et résignation de la légion thébaine.*

L'exemple le plus célèbre de la patience et de la *non-résistance* des premiers chrétiens, est celui de la légion thébaine. Elle étoit de 6,566 soldats tous chrétiens. Comme l'empereur Maximien ordonna à l'armée, près de Martigny en Savoie, de sacrifier aux

13

faux dieux, les soldats chrétiens prirent d'abord le chemin d'Agaune en Suisse. L'empereur y envoya un
ordre exprès pour les faire venir sacrifier. Ils refusèrent
d'obéir : il les fit décimer et passer la dixième partie
par les armes ; ce que les gardes exécutèrent, sans
qu'aucun des chrétiens résistât.

Rien n'est plus beau ni plus grand que ce que dit
à ses soldats Maurice, premier tribun de cette légion :
« Que j'ai eu peur, chers compagnons, que quelqu'un
» de vous, sous prétexte de se défendre, ne se mît
» en état de repousser par la violence une mort si
» heureuse! J'étois déjà sur le point de faire, pour vous en
» empêcher, ce que fit Jésus-Christ notre maître, lors-
» qu'il commanda de sa propre bouche à saint Pierre
» de remettre dans le fourreau l'épée qu'il avoit à la
» main, nous apprenant que la vertu d'abandon et de
» la confiance chrétienne est bien plus puissante que
» toutes les armes, et que personne ne doit s'opposer,
» avec des mains mortelles, à une entreprise mor-
» telle. »

Exupère, enseigne de la légion, tint à peu près le
même discours aux soldats : « Vous me voyez, braves
» compagnons, porter l'étendard des troupes de la
» terre; mais ce n'est pas à ces sortes d'armes que je
» veux avoir recours; ce n'est pas à cette sorte de
» guerre que je veux animer votre courage et votre
» vertu. Vous devez choisir un autre genre de combat;
» car vous ne pouvez pas aller par ces épées au royaume
» du ciel. »

Telle fut la conduite de tous les héros du christia-

nisme dans les premiers siècles. Durant sept cents ans
on ne voit pas un seul exemple de révolte contre les
empereurs, sous prétexte de religion.

§ XII. *Portrait des premiers chrétiens.*

SÉVÈRE, à FABIAN.

. . . .

La secte des chrétiens n'est pas ce que l'on pense :
On les hait, la raison? je ne la connois point;
Et je ne vois Décie injuste qu'en ce point.
Par curiosité j'ai voulu les connoître.
On les tient pour sorciers, dont l'enfer est le maître ;
Et sur cette croyance on punit du trépas
Des mystères secrets que nous n'entendons pas.
Mais Cérès, Éleusine, et la bonne déesse
Ont leurs secrets comme eux, à Rome et dans la Grèce.
Encor impunément nous souffrons en tous lieux,
Leur Dieu seul excepté, toutes sortes de dieux;
Tous les monstres d'Égypte ont leurs temples dans Rome :
Nos aïeux à leur gré faisoient un dieu d'un homme ;
Et, leur sang parmi nous conservant leurs erreurs,
Nous remplissons le ciel de tous nos empereurs.
Mais, à parler sans fard de tant d'apothéoses,
L'effet est bien douteux de ces métamorphoses.
Les chrétiens n'ont qu'un Dieu, maître absolu de tout,
De qui le seul vouloir fait tout ce qu'il résout :
Mais, si j'ose entre nous dire ce qui me semble,
Les nôtres bien souvent s'accordent mal ensemble ;
Et, me dût leur colère écraser à tes yeux,
Nous en avons beaucoup pour être de vrais dieux.
Peut-être qu'après tout, ces croyances publiques
Ne sont qu'inventions de sages politiques,

Pour contenir un peuple, ou bien pour l'émouvoir,
Et dessus sa foiblesse affermir leur pouvoir.
Enfin chez les chrétiens les mœurs sont innocentes,
Les vices détestés, les vertus florissantes;
Jamais un adultère, un traître, un assassin;
Jamais d'ivrognerie et jamais de larcin.
Ce n'est qu'amour entre eux, que charité sincère;
Chacun y chérit l'autre et le secourt en frère.
Ils font des vœux pour nous qui les persécutons;
Et depuis tant de temps que nous les tourmentons,
Les a-t-on vus mutins, les a-t-on vus rebelles?
Nos princes ont-ils eu des soldats plus fidèles?
Furieux dans la guerre ils souffrent nos bourreaux;
Et lions au combat, ils meurent en agneaux.
J'ai trop de pitié d'eux, pour ne les pas défendre.
Allons trouver Félix, commençons par son gendre;
Et contentons ainsi, d'une seule action,
Et Pauline, et ma gloire, et ma compassion.

Corneille, Polyeucte, acte 4, scène 6e.

•••••••••••••

§ XIII. *Progrès de la religion chrétienne.*

La plume éloquente de M. de Bonald trace ainsi l'accroissement merveilleux et les conquêtes du christianisme naissant :

« La religion chrétienne faisoit des progrès rapides;
» et cette religion, sans temples et presque sans autels,
» riche de vertus, heureuse de souffrances, éloquente
» de prodiges, cette religion qui prêchoit une morale
» si sévère à des peuples si corrompus, qui faisoit bril-
» ler des vertus si pures au sein d'une dépravation si

» générale ; cette religion qui interdisoit les désirs à des
» hommes à qui les lois permettoient jusqu'aux actes
» extérieurs, se répandoit dans tout l'univers, et, au
» scandale de *cette* philosophie qui veut que la reli-
» gion soit une loi du climat, elle établissoit la tempé-
» rance dans les climats glacés, la chasteté sous le ciel
» le plus brûlant, et le modèle de la vie la plus austère
» chez le peuple le plus voluptueux. Elle pénétroit
» jusques dans le palais des Césars, qui s'obstinoient à la
» méconnoître. Elle arrive ainsi, entre une persécu-
» tion déclarée et une tolérance équivoque, jusqu'au
» règne de Constantin. La foi chrétienne étoit, à cette
» époque, celle du plus grand nombre des membres
» de la société ; mais il lui manquoit d'être celle du
» corps social lui-même, ou de se réunir à la société
» politique. En vain le sénat de Rome veut soutenir
» les autels chancelans du paganisme ; le gouverne-
» ment est entraîné, et la religion chrétienne s'asseoit
» avec Constantin sur le trône des Césars.

» Les destinées de l'empire romain touchoient à
» leur fin : cette société politique s'affoiblissoit par ses
» divisions, tandis que la société religieuse, l'église
» chrétienne s'affermissoit par les hérésies mêmes.
» Toutes les erreurs qui s'élevoient lui donnoient oc-
» casion de développer ses dogmes et d'affermir sa dis-
» cipline. La société religieuse se perfectionne, elle
» perfectionne en même temps la société politique.
» Elle abolit tous les crimes sociaux, l'exposition pu-
» blique *des enfans,* l'esclavage, les combats des gla-
» diateurs, l'imposture des oracles, l'apothéose de

» l'homme , etc. Ici des hommes de mauvaise foi ob-
» servent avec une minutieuse malignité ce vaste spec-
» tacle ; ils aperçoivent les passions des princes, les in-
» trigues de quelques courtisans , les fautes de quelques
» évêques , les disputes de quelques cénobites , la nais-
» sance de quelques sectes; ils aperçoivent de petits
» effets : l'œil malade de l'envie ne peut se fixer que
» sur quelques détails peu importans. Mais les grandes
» causes, mais l'ordonnance du tableau échappent à
» tous les regards ».

§ XIV. *Triomphe de la religion chrétienne.*

Chose étrange et digne d'une longue considération !
on ne voit rien qui ne semble plus que naturel dans la
naissance et les progrès de la religion chrétienne. Les
ignorans l'ont persuadée aux philosophes; de pauvres
pêcheurs ont été érigés en docteurs des rois et des nations , en professeurs de la science du ciel ; ils ont pris
dans leurs filets les orateurs, les poëtes, les jurisconsultes
et les mathématiciens.

C'étoit dans la joie et dans les plaisirs que les premiers
chrétiens disoient à Dieu : *C'est assez* , et qu'ils lui demandoient des trèves et du relâche, et non pas dans les
supplices et dans les tourmens. L'extrême douleur et la
dernière infamie attiroient les hommes au christianisme.
C'étoient les appâts et les promesses de cette nouvelle
religion; ceux qui la suivoient et qui avoient faveur à
la cour avoient peur d'être oubliés dans la commune
persécution ; ils s'alloient accuser eux-mêmes , s'ils

manquoient de délateurs. Le lieu où les feux étoient allumés et les bêtes déchaînées, s'appeloit, en la langue de la primitive église, la place où l'on donne les couronnes.

Voilà le style de ces grandes âmes qui méprisoient la mort, comme si elles eussent eu des corps de louage et une vie empruntée. Si c'eût été le sang d'autrui et non pas le leur, ils n'en eussent pas fait si bon marché, car la charité les eût retenus.

Nous sommes descendus de ces gens-là, quoiqu'apparemment ils ne dussent point laisser de postérité; quoiqu'ils fissent tout ce qu'il faut faire, pour ne pas durer. De leurs cendres et de leurs ruines s'est élevée la grandeur et la souveraineté de notre église. Le corps s'est trouvé entier dans la dissipation de ses membres.

Je ne m'étonne point que les Césars aient régné, et que le parti qui a été le victorieux ait été le maître; mais si c'eût été le vaincu à qui l'avantage fût demeuré; si les déroutes eussent fortifié Pompée, et rétabli sa fortune; si les proscriptions eussent grossi le parti d'un mort, et lui eussent fait naître des partisans; si un mort lui-même, si une tête coupée eût donné des lois à toute la terre, véritablement il y auroit de quoi s'étonner d'un succès si éloigné du cours ordinaire des choses humaines. Je trouverois étrange qu'après la bataille de Pharsale, et plusieurs autres batailles décisives de l'empire, les amis de Pompée eussent été empereurs de Rome, à l'exclusion des héritiers de César. J'aurois de la peine à croire, quand le plus véritable et le plus religieux historien de Rome me le diroit, que des gens eussent triomphé, autant de fois qu'ils furent battus ; qu'une cause si souvent perdue, eût toujours été suivie ; au moins me semble-t-il que ce n'est pas bien le droit chemin pour arriver à l'empire, et que d'ordinaire on se sert de tout autre moyen pour obtenir le triomphe. Ce n'est pas la coutume des choses du monde que les bons succès ne servent de rien ; que la victoire soit décréditée, et que le gain aille au malheureux.

Nous voyons pourtant ici cet événement irrégulier, et directement opposé à la coutume des choses du monde. Le sang des martyrs a été fertile et la persécution a peuplé le monde de chrétiens. Les premiers persécuteurs voulant éteindre la lumière qui naissoit, et étouffer l'église au berceau, ont été contraints d'avouer leur foiblesse après avoir épuisé leurs forces ; les autres qui l'attaquèrent depuis ne réussirent pas mieux en leur entreprise ; et, bien qu'on lise encore dans les inscriptions qu'ils ont laissées : *Pour avoir purgé la terre de la nation des chrétiens ; pour avoir aboli le nom chrétien en toutes les parties de l'empire;* l'expérience nous fait voir qu'ils ont triomphé à faux, et leurs marbres ont été menteurs. Ces superbes inscriptions sont aujourd'hui des monumens de leur vanité, et non pas de leur victoire. L'ouvrage de Dieu n'a pu être défait par la main des hommes ; et disons hardiment à la gloire de notre Seigneur, et à la honte de leur Dioclétien : *Les tyrans passent, mais la vérité demeure.*

J'ai lu l'original des inscriptions dont je vous parle ; elles se conservent en une ville d'Espagne, et sont gravées en gros caractères, sur une colonne parfaitement

belle ; et, puisque vous en voudriez savoir les paroles et
qu'il m'en souvient, il ne faut pas vous faire languir
davantage ; tout présentement votre curiosité sera satisfaite :

Diocletianus. jovius. et. Maximianus. herculeus.
Cæsares. Augusti. amplificato. per. orientem. et.
occidentem. imperio. romano. et. nomine. christia-
norum. deleto. qui. rempublicam evertebant , etc.
Diocletianus. Cæsar. Augustus. Galerio. in.
oriente. adoptato. superstitione. christianorum.
ubique. deletá. et. cultu. deorum. propagato , etc.

Vous voyez par là le mécompte des persécuteurs :
vous voyez l'imposture de Rome païenne, et la fausseté
de ses victoires. Cette superstition abolie est maintenant
la religion dominante ; non-seulement elle a survécu à
ses bourreaux ; mais elle règne sur le trône de ses ennemis. Dioclétien et Maximien ne sont plus de grands et
de redoutables princes : ce sont de fabuleux et de ridi-
cules historiens ; ce sont des fanfarons sur du marbre.

Mais il n'y aura point de mal d'ajouter encore un
mot à l'histoire du christianisme, sous l'empire de Dioclétien. Cet ennemi du peuple de Dieu, ce Pharaon de
son siècle n'employa pas toujours le fer et le feu contre
les fidèles , non plus que le premier Pharaon. Il s'avisa
de faire périr d'une autre façon les chrétiens de Rome,
il les traita comme des bêtes de charge, qu'on tue à
force de les faire travailler ; il voulut qu'ils mourussent,
mais de telle sorte qu'ils se sentissent mourir, et qu'il
pût tirer du service de leur mort. Pour cet effet, vous
savez qu'il en consuma une multitude infinie à la struc-

ture de certaines étuves, dont la place se nomme encore aujourd'hui les *Thermes dioclétiennes*, et dont les ruines sont si grandes qu'elles étonnent la vue, et font peur à l'imagination de ceux qui les considèrent.

Dioclétien se fût-il jamais imaginé que ces ruines dussent être un jour sanctifiées par la religion qu'il persécutoit ; qu'elles dussent être dédiées au culte du dieu qu'il avoit proscrit ; de ce dieu dont il haïssoit si fort le nom, la doctrine et les partisans ? eût-il cru que dans les Thermes dioclétiennes on eût chanté jour et nuit des hymnes à Jésus-Christ ; qu'on lui eût rendu des vœux ; qu'on lui eût présenté des sacrifices jusqu'à la fin du monde ? Il ne l'eût pas cru, même sur la parole de tous ses devins.

Quand il faisoit travailler les pauvres chrétiens à ses étuves, ce n'étoit pas son dessein de bâtir des églises à leurs successeurs ; il ne pensoit pas être fondateur, comme il a été, d'un monastère de pères chartreux, et d'un autre de pères feuillans : car, à prendre la chose dans son principe, c'est lui qui a jeté les fondemens de ces deux maisons religieuses, et qui a fourni les matériaux dont on s'est servi pour leur fabrique ; c'est aux dépens de Dioclétien, de ses pierres et de son ciment qu'on a fait des autels et des chapelles à Jésus-Christ, des dortoirs et des réfectoires à ses serviteurs. La providence de Dieu se joue de cette sorte des pensées des hommes, et les événemens sont bien éloignés des intentions, quand la terre a un dessein et le ciel un autre.

BALZAC.

§ XV. *Vérité de la religion chrétienne.*

Si ma religion étoit fausse, je l'avoue, voilà le piége
le mieux dressé qu'il soit possible d'imaginer, il étoit
inévitable de ne pas donner tout au travers et de n'y
être pas pris : quelle majesté, quel éclat des mystères !
quelle suite et quel enchaînement de toute la doctrine !
quelle raison éminente ! quelle candeur, quelle innocence de mœurs ! quelle force invincible et accablante
des témoignages rendus successivement et pendant trois
siècles entiers par des milliers de personnes les plus
sages, les plus modérées qui fussent alors sur la terre,
et que le sentiment d'une même vérité soutient dans
l'exil, dans les fers, contre la vue de la mort et du dernier supplice ! Prenez l'histoire, ouvrez, remontez
jusqu'au commencement du monde, jusques à la veille
de sa naissance, y a-t-il eu rien de semblable dans tous
les temps ? Dieu même pouvoit-il jamais mieux ren-
contrer pour me séduire ? Par où échapper ? Où aller,
où me jeter, je ne dis pas pour trouver rien de meilleur, mais quelque chose qui en approche ? S'il faut
périr, c'est par là que je veux périr. Il m'est plus doux
de nier Dieu, que de l'accorder avec une tromperie
si spécieuse et si entière : mais je l'ai approfondi, je
ne puis être athée ; je suis donc ramené et entraîné
dans ma religion, c'en est fait.

La Bruyère.

§ XVI. *Secours et consolations que la religion chrétienne offre dans tous les âges de la vie.*

Ouvrons le livre respectable qui renferme les rits et les cérémonies de la religion chrétienne, étudions ce code de bienveillance et de charité, et voyons s'il est quelque âge, quelque époque, quelque circonstance dans la vie humaine, où il ne nous montre la religion, les yeux ouverts sur l'homme, lui tendant une main secourable, faisant briller devant lui le flambeau de la vérité et de la vertu, s'occupant avec tendresse de ses besoins, et l'enrichissant de ses bienfaits.

A peine est-il sorti du sein maternel, qu'elle se hâte de le placer au nombre de ses enfans; et que, répandant sur sa tête l'eau salutaire qui le régénère, elle lui rend, avec la grâce sanctifiante, tous ses droits aux biens dont l'avoit privé le péché de notre premier père.

Son âme commence-t-elle à se dégager des enveloppes de l'enfance : la religion semble épier cet heureux moment pour diriger utilement les premiers rayons de sa raison naissante. Elle l'initie à ses mystères; elle le confirme dans sa foi; elle veille sur son innocence; et, le marquant, par l'imposition des mains de ses premiers ministres, du second sceau des enfans de Dieu, elle l'arme pour les combats qu'il doit livrer à l'esprit de mensonge et à ses passions.

Parvenu à l'âge où son âme s'essaie et se mesure, pour ainsi dire, avec les charges et les devoirs de la vie civile, il trouve, dans le pain céleste que la religion lui présente, un principe de force toujours renaissant; il

puise au pied des autels, et dans son union intime
avec le Dieu des vertus, cette sagesse, cette pureté de
mœurs, cette constance qui le maintiendra dans la foi
de ses pères, et dans les sentiers de la justice.

Le ciel et le bien de l'état l'appellent-ils à la société
conjugale : c'est sous les yeux et les auspices de la religion, c'est dans ses temples, au milieu de ses saints
mystères, qu'il en forme les nœuds sacrés : la religion
les bénit et les sanctifie ; elle en éloigne les vues profanes et les mœurs corrompues ; elle y attache l'empreinte de la vertu et le sceau même de la divinité.

Si notre foiblesse est entraînée dans le sentier du
vice, la religion se hâte de mettre sous nos yeux les
suites cruelles de nos égaremens, et nous présentant,
d'une main, le tableau des miséricordes du Seigneur,
et, de l'autre, les abîmes creusés par sa justice, elle
brise, elle purifie, elle change nos cœurs ; elle leur
rend cette douce paix que le péché en avoit bannie ; elle
nous réconcilie avec Dieu et avec nous-mêmes.

L'homme est-il parvenu à cet âge de foiblesse et
d'infirmité, où le tombeau s'ouvre chaque jour sous ses
pieds ; une maladie cruelle, après l'avoir enchaîné sur
un lit de douleur, menace-t-elle de terminer sa triste
carrière : la religion se hâte d'adoucir ses maux et de
calmer ses alarmes ; elle le prépare, par degrés, à ce moment redoutable, qui doit décider de son sort éternel.

Tandis qu'elle répand, sur ses membres languissans,
l'onction sainte, elle fait passer dans son âme le courage
de la foi, et la joie de l'espérance chrétienne ; elle le
soutient ; elle l'anime dans ce combat douloureux que

la nature et la mort vont se livrer ; elle recueille ses derniers soupirs ; elle le porte, pour ainsi dire, entre ses mains, dans le sein d'Abraham, et dans la société des bienheureux, dont elle implore pour lui la protection.

Voyez cette religion sainte auprès du malheureux qu'elle console, du foible qu'elle protège, de l'ignorant qu'elle instruit, du pauvre qu'elle soulage, de la veuve et de l'orphelin dont elle défend la cause ; elle pénètre dans les réduits les plus obscurs ; elle descend avec la misère dans les cachots ; elle monte sur l'échafaud avec le criminel ; partout elle trouve le moyen de porter des secours et des consolations.

C'est la mère commune des fidèles. Eh ! quel est le genre de bien qu'elle ne s'efforce pas de leur procurer ! Ses solennités offrent un repos salutaire après de longs travaux ; et ce repos est employé à la prière et à l'instruction. Ses bénédictions appellent l'abondance dans nos campagnes, la victoire dans nos armées, des succès heureux dans toutes nos entreprises ; et si des calamités publiques ou particulières, si des fléaux destructeurs menacent nos fortunes et nos vies, vous la verrez élever des mains suppliantes vers le ciel, pour apaiser sa justice et désarmer sa vengeance.

La mort même n'est pas le terme de sa tendresse maternelle ; elle nous suit jusqu'aux pieds du souverain juge, pour nous y protéger par ses prières et ses sacrifices ; elle se plaît à bénir et à honorer nos froides cendres. Elle les garantit des outrages des méchans ; elle les regarde comme un dépôt précieux que le Seigneur lui confie, jusqu'au jour où il lui plaira de les ranimer, et de leur faire partager le bonheur destiné aux âmes justes.

C'est ainsi que le chrétien est comme sous la tutelle d'une religion sainte et bienfaisante, depuis le berceau où repose son enfance, jusqu'au tombeau où la maladie et la vieillesse viennent le précipiter.

Le cardinal DE BRIENNE.

§ XVII. *Même sujet.*

Le plus beau droit de l'art est d'orner les autels,
Ces asiles ouverts aux fragiles mortels,
Où, fatigué du choc des passions fatales,
L'homme vient reposer du moins par intervalles :
Offre nous, Raphaël, dans le séjour divin
Les héros de la foi les armes à la main ;
Ou, si tu veux montrer quel fut leur sacrifice,
Peins-les devant leur juge, et non dans le supplice !

LEMIERRE.

Sans doute, s'écrie un homme célèbre, et c'est M. Diderot, il y a des spectacles d'horreur, des spectacles proscrits par le goût, la décence et l'humanité. Le poëte peut me faire entendre les os du compagnon d'Ulysse craquant sous les dents de Polyphême ; je ne le permettrai pas au peintre. Mais le gladiateur expirant n'est-il pas une belle chose ? Est-ce que le fils de la Lacédémonienne exposé mort sur son bouclier, aux pieds de sa mère, ne seroit pas une belle chose ? Est-ce que la férocité tranquille du prêtre païen qui présente son idole au martyr étendu sur un chevalet, n'est pas une belle chose ? Si je m'adresse à la religion, elle me fournira des imitations sublimes et de courage et d'héroïsme. Cette troupe d'hommes flagellés, déchirés, est bien faite pour marcher à la suite d'un Dieu couronné d'épines, le côté percé d'une lance, les pieds et les mains cloués sur le bois. Ces victimes de notre foi sont devenues les objets de notre culte ; et quoi de plus capable de me réconcilier avec les maux de la vie, la misère de mon état, que le tableau des tourmens et de la constance par lesquels les martyrs ont obtenu la couronne que tout chrétien doit ambitionner ? L'homme est-il sous l'infortune, je lui dirai, en lui montrant son Dieu : *Tiens, regarde, et plains-toi, si tu l'oses.* Quelle est la femme dont l'aspect du Christ, nu, étendu sur les genoux de sa mère, n'arrête le désespoir de la perte de son fils ? Je lui dirai : *Vaux-tu mieux que celle-ci ? Ton fils valoit-il mieux que celui-là ?* Le christianisme est la religion de l'homme souffrant : le Dieu du chrétien est le Dieu du malheureux.

§ XVIII. *Respect pour les puissances, inspiré par la religion.*

S'agit-il de l'ordre civil et politique ? l'église n'a garde d'ébranler les royaumes de la terre, elle qui tient dans ses mains les clefs du royaume du ciel. Elle ne désire rien de tout ce qui peut être vu ; elle n'aspire qu'au royaume de son époux qui est le sien. Elle est pauvre et jalouse du trésor de sa pauvreté ; elle est paisible, et c'est elle qui donne, au nom de l'époux, une paix que le monde ne peut ni donner ni ôter ; elle est patiente, et c'est par sa patience jusqu'à la mort de la croix qu'elle est invincible ; elle n'oublie jamais que son époux s'enfuit sur la montagne dès qu'on voulut le faire roi ; elle se ressouvient qu'elle doit avoir en commun avec son époux la nudité et la croix, puisqu'il est *l'homme de douleurs*, l'homme *écrasé dans l'infirmité*, l'homme *rassasié d'opprobres*. Elle ne veut qu'obéir ; elle donne sans cesse l'exemple de la soumission et du zèle pour l'autorité légitime ; elle verseroit tout son sang pour la soutenir. Ce seroit pour elle un second martyre après celui qu'elle a enduré pour sa foi. Princes, elle vous aime ; elle prie nuit et jour pour vous ; vous n'avez point de ressource plus assurée que sa fidélité. Outre qu'elle attire sur vos personnes et sur vos peuples les célestes bénédictions, elle inspire à vos peuples une affection à toute épreuve pour vos personnes qui sont les images de Dieu ici-bas.

Si l'église accepte les dons pieux et magnifiques que les princes lui font, ce n'est pas qu'elle veuille renoncer à la croix de son époux et jouir des richesses trompeuses : elle veut seulement procurer aux princes le mérite de s'en dépouiller ; elle ne veut s'en servir que pour orner la maison de Dieu, que pour faire subsister modestement les ministres sacrés, que pour nourrir les pauvres qui sont les sujets des princes. Elle cherche, non les richesses des hommes, mais leur salut ; non ce qui est à eux, mais eux-mêmes. Elle n'accepte leurs offrandes périssables que pour leur donner les biens éternels. FÉNÉLON.

§ XIX. Le Prisme, *ou les objets considérés avec les yeux de la foi.*

La diversité de nos sentimens sur un nombre infini d'objets ressemble à l'effet que produit sur les yeux un prisme de verre. Il est regardé fort différemment par trois sortes de personnes. Si on le donne à un enfant, il s'en divertira tout un jour et même plusieurs jours.

Si on le donne à un philosophe, il trouvera la matière d'un grand nombre de spéculations sur la nature des couleurs.

Si on le donne à des gens du monde qui ne se mêlent point de philosophie, ils le regarderont négligemment comme un amusement d'enfant.

On voit donc, par la manière dont on le regarde, à quelle classe on appartient.

Les gens du monde méprisent intérieurement et les enfans et les philosophes. Les philosophes méprisent et les gens du monde et les enfans. Les enfans ne méprisent personne : ils jouissent sans réflexion de la beauté de l'objet qui les attire; et je pense que, bien que ces trois dispositions soient défectueuses, celle des enfans l'est moins que les autres.

Il est certain que ce que l'on voit par ces prismes est plus beau en soi que tout ce que les hommes peuvent faire par leur industrie, et qu'elle ne sauroit égaler l'éclat que cet instrument donne un moment à tous les corps. Il est donc certain que, s'il n'y avoit au monde qu'un de ces *prismes*, et qu'on n'en pût faire d'autres, tous les diamans ensemble n'en égaleroient pas le prix.

Un seul prisme rendroit heureux dans l'opinion des hommes celui qui en seroit possesseur. Mais, parce qu'il n'y a rien de si facile que d'en avoir un, cet instrument si précieux est réduit, par l'opinion des hommes, à servir d'amusement aux enfans, et il y a quelque honte aux personnes âgées de s'y arrêter et d'en faire état.

Le plaisir de la plupart des hommes est de jouir de ce dont les autres ne jouissent pas. Rendez leur bonheur commun, il leur devient méprisable. La rareté en fait le prix, et il faut, afin qu'ils se croient heureux, qu'ils en voient d'autres qui se trouvent malheureux. Cette préférence qu'ils se donnent à eux-mêmes dans leur idée, fait toute leur joie et tout leur plaisir.

Si tout le monde avoit des palais, personne ne se trouveroit heureux d'en avoir. Qui est-ce qui compte, entre les avantages de sa condition, de voir le soleil, les étoiles, les nuées, les campagnes, les montagnes? Toutes les beautés de la nature ne nous sont rien, parce qu'elles sont communes à tous; et l'envie qu'ont les hommes de se distinguer les a portés à attacher leur plaisir à des parterres, à des allées, à des lambris, à des vases, à quelques ornemens qui sont infiniment moins beaux que les objets communs qui sont exposés à tout le monde, et cela parce que les pauvres ne jouissent pas de ces objets, et qu'on loue les riches de les avoir.

Le plaisir des hommes est donc un plaisir de vanité et de malice. Ils se dégoûtent de tous les autres; mais ils ne se lassent jamais de ceux-là: ils en sont insatiables, parce qu'il y a des bornes dans les plaisirs des sens, et qu'il n'y en a point dans ceux de l'orgueil.

Cependant il est certain qu'il y a quelque chose de plus réel dans ce qui est indépendant de notre imagination que dans ce qui en dépend absolument; et par-conséquent les enfans, étant remués fortement par les objets des sens et prenant grand plaisir à regarder avec un instrument qui leur représente cette diversité de couleurs , ils sont plus raisonnables en cela que les hommes plus avancés en âge qui les méprisent, parce qu'ils n'y voient pas la nourriture de leur orgueil, et que la passion pour ces plaisirs d'imagination et de vanité les rend insensibles à toutes les beautés plus réelles, plus solides et plus innocentes.

Ainsi l'âge ne fait que nous rendre moins raisonnables. Ce que nous appelons accroissement de raison, en est l'obscurcissement. En sortant de l'ignorance simple des enfans, nous tombons dans l'erreur et dans l'illusion, qui est beaucoup pire que l'ignorance. Nous étouffons les passions naturelles par des passions plus vaines et plus malignes, et nous ne cessons de nous plaire à ce qui divertit les enfans, que parce que nous avons le cœur plus gâté et plus corrompu que les enfans.

Les objets des passions permanentes, perpétuelles, communes, nous paroissent raisonnables, sérieux, importans. Nous ne nous défions jamais de nous y tromper : mais quand les passions sont extraordinaires, nous sentons bien qu'il y a de l'erreur, de la folie et de l'illusion dans l'attache que nous y avons. Ce gentilhomme va se faire casser la tête à un assaut sans aucune vue de son devoir, et par une pure ambition : il est sage, brave, généreux. Cet autre demeure à la maison : c'est un fou

et un esprit bas selon le monde. Car l'opinion commune
tient lieu de vérité, et l'action commune tient lieu de
grandeur. Quiconque s'en éloigne, tombe dans la folie
et dans la bassesse, au jugement des hommes.

C'est ainsi que, pour voir les objets renversés par le
moyen d'un prisme, il ne faut que les regarder d'une
autre manière que celle qui nous les fait voir colorés.
Le seul changement des rayons de notre vue bouleverse
à notre égard toute la nature. C'est une assez belle image
de ce que produit en nous la vue de la foi. Sans qu'il
arrive rien de nouveau dans le monde, elle le renverse
aux yeux de notre esprit. Elle nous fait voir les grands
petits, et les petits grands; les riches pauvres, et les
pauvres riches; les heureux misérables, et les misérables heureux. Chaque degré qui nous paroissoit s'élever
pour monter au comble de la félicité et de l'honneur,
nous paroît un degré qui descend dans l'abîme des
misères.

Les objets extérieurs ne sont colorés, que quand les
rayons qui nous les font voir passent par le prisme. C'est
le milieu par où ils passent qui leur donne cet éclat.
Rien de même ne paroît vif et agréable à notre esprit,
que ce qui passe par notre cœur. Et comme un prisme
colore toutes sortes d'objets, et aussi-bien les plus
difformes que les plus beaux ; que rien n'est affreux
quand on le voit par ce milieu qui change la boue en
pierres précieuses; de même les plus indignes objets,
passant par notre cœur, y peuvent recevoir un éclat
et une couleur trompeuse, qui nous les rend plus
agréables.

Quand on voit les objets renversés par un prisme, on
ne les voit plus colorés. Quand on regarde le monde
par la vue de la foi, il nous paroît sans éclat, et sans
l'agrément qui n'étoit pas dans les choses mêmes,
mais qu'elles empruntoient de la corruption de notre
cœur.

NICOLE.

§ XIX. *Les bienfaits de la religion chrétienne.*

Plusieurs savans théologiens de nos jours, quoique
divisés entr'eux de communion, se sont accordés à prouver les bienfaits et l'heureuse influence du christianisme
sur la félicité temporelle du genre humain. Ils ont
commencé par réfuter ce que les adversaires du christianisme ont soutenu, avec plus de chaleur que de raison,
et plus de préjugé que de justesse, savoir que la révélation chrétienne, en s'introduisant dans le monde, y avoit
amené un esprit de cruauté et d'intolérance qui devoit
produire des guerres, des persécutions et des massacres
continuels. Ils n'ont pas eu de peine à renverser cette
assertion absurde, en prouvant que l'Évangile désavoue
tout autre moyen de conviction que ceux de la persuasion et de la douceur, et que, si quelques-uns de ses
disciples, égarés par un zèle mal entendu, se sont laissé
entraîner à des mesures sanguinaires, c'est sur eux et
non sur la religion de Jésus-Christ, que doit en retomber le blâme. Ils vont plus loin, ils démontrent de la
manière la plus satisfaisante, que c'est à l'Évangile que le
genre humain est redevable d'un grand nombre de bienfaits, et que son sort a été singulièrement amélioré par

les progrès de l'Évangile, soit sous les rapports domestiques d'où dépendent le bonheur ou le malheur parmi
les hommes, particulièrement l'état conjugal, les rapports
du père aux enfans, et la condition des esclaves; soit
dans les grands et importans intérêts de la vie civile et
sociale. Nous avons prouvé que, pour ce qui regarde le
gouvernement, la religion, loin de porter atteinte aux
droits des souverains, leur donne, pour ainsi dire, une
sanction divine, en les établissant sur la plus solide de
toutes les bases, l'ordre de Dieu même. Nous n'entre-
rons point dans toutes les preuves que donnent ces auteurs pour attribuer à la religion chrétienne cette heureuse révolution qui s'est faite parmi les hommes à
mesure que la loi de l'Évangile a fait des progrès parmi les différens peuples de la terre; il suffira de tra-
cer ici un tableau raccourci de tous les bienfaits dont
l'humanité lui est redevable.

1°. Les deux plus grands obstacles qui s'opposoient,
et qui s'opposent encore chez les païens au bonheur des
familles, étoient la polygamie et le divorce. Le christianisme est parvenu à anéantir entièrement la polygamie,
cette grande source du malheur domestique, et il a
restreint la dangereuse liberté du divorce au seul et
unique motif qui puisse justifier la dissolution d'un
nœud non moins étroit que sacré. Cette religion a
pourvu tout à la fois, à la sûreté et à la consolation du
plus foible des deux époux, et à l'autorité et au pouvoir
du plus fort. Elle a établi précisément autant d'autorité
d'un côté et autant de sujétion de l'autre qu'il en faut,
pour prévenir ce conflit éternel qui eût été le résultat

inévitable d'une parfaite égalité de pouvoir. Elle ménage et elle pose en même temps une base pour augmenter la bonne intelligence et la tendresse par des obligations mutuelles.

2°. Elle a pourvu au sort malheureux des enfans soit dans leur premier âge, soit dans un âge plus avancé. On connoît cette barbare coutume long-temps établie chez les peuples qui se vantoient d'être les plus civilisés de tous les peuples, et qui l'est encore chez un grand peuple de l'Orient qu'on veut faire passer pour le plus sage de tous les peuples. Je parle de cette coutume d'exposer, c'est-à-dire, de condamner à une mort presque certaine les enfans foibles ou difformes, ce qui est regardé aujourd'hui chez tous les peuples chrétiens comme le crime le plus atroce. Un âge plus avancé ne mettoit pas encore les enfans à l'abri d'une tyrannie qui étoit le fruit d'une puissance illimitée accordée aux pères, qui pouvoient disposer de leur liberté et même de leur vie. Cet abus affreux, cette inhumanité n'existent plus. Rien n'est comparable à la tendresse que les pères témoignent à leurs enfans, depuis le berceau jusqu'au moment où ils les établissent. Dans les contrées soumises au joug si doux de l'Évangile, le gouvernement est si éloigné d'autoriser les individus à détruire leurs enfans, qu'il a pourvu au cas où ils seroient assez dénaturés pour les abandonner, et qu'il en devient alors le père. La puissance paternelle n'a plus que l'étendue qu'il lui faut pour l'avantage de l'éducation, qui ne conserve de sévérité que ce qu'exige la culture de l'esprit et de la raison.

3°. *L'esclavage.* == Avoir la conduite que la plupart

des païens tenoient à l'égard de leurs esclaves, il sembloit que ceux-ci ne fussent point d'une nature semblable à celle de leurs maîtres. Ils les achetoient et les vendoient comme un vil bétail ; ils pouvoient les punir à leur gré, et même les mettre à mort, sans être obligés de rendre compte de leur conduite. Un maître se trouvoit-il massacré dans sa maison, tous ses esclaves, leur nombre se montât-il à plusieurs milliers, étoient mis à mort, même ceux dont on reconnoissoit l'innocence. Les apôtres ne commencèrent point par défendre expressément l'esclavage, c'eût été armer les esclaves contre leurs maîtres, et on eût eu raison de les regarder comme des perturbateurs de la paix et de l'ordre de la société. Ce n'étoit point là l'esprit qui les animoit. Loin de se montrer en opposition avec aucune forme particulière de gouvernement, aucune institution civile, aucune autorité même domestique, ils inculquoient au contraire une soumission tranquille et respectueuse pour tous les supérieurs. Ils se contentèrent de poser des règles générales qui devoient corriger tranquillement et en silence, mais d'une manière efficace, les abus qui pouvoient s'être glissés dans toute espèce de puissance arbitraire que ces principes devoient insensiblement et graduellement affoiblir, et ils aimoient mieux améliorer et réformer les nations et les individus par la douceur, que de renverser et de détruire les abus, tout à coup, par la violence et la force ouverte. Cette conduite étoit conforme aux principes de leur divin maître, qui exigeoit de ses disciples une soumission d'agneau et une résignation parfaite aux maux, aux souffrances et aux persécutions

J.   16

de toute espèce, quoique non mérités, non provoqués et injustes. *Je vous le dis : ne résistez point au mal; bénissez ceux qui vous maudissent, faites du bien à ceux qui vous haïssent, et priez pour ceux qui vous maltraitent et qui vous persécutent.* Mais en même temps que la religion chrétienne fournissoit à l'esclave des motifs d'acquiescement et de soumission, elle donnoit au maître les raisons d'user avec modération de son pouvoir; et il étoit aisé de prévoir qu'en commençant par adoucir les misères de l'esclavage, on parviendroit à le supprimer entièrement. Quand l'empire devint chrétien, on fit des lois en faveur des esclaves, et le gouvernement entrant dans l'esprit du christianisme prépara peu à peu l'extinction totale de l'esclavage en Europe, qui eut lieu aux douzième et treizième siècles. Le pape Alexandre III, qui présida en 1179 au troisième concile général de Latran, déclara au nom du concile que tous les chrétiens devoient être exempts de servitude. Cette seule loi, dit, dans son histoire universelle, un historien qu'on n'accusera certainement pas de partialité en faveur des chefs du christianisme, doit suffire pour faire bénir son nom par tous les peuples de la terre.

4°. *Lois moins sanguinaires et plus conformes à la morale et à la raison.*══Les plus sages législateurs de l'antiquité ont donné plusieurs lois, que personne n'entreprendroit aujourd'hui de justifier. On a dit des lois de Dracon, qu'elles étoient écrites avec du sang. Les Égyptiens avoient une loi qui récompensoit le vol. Les lois de Licurgue encourageoient ce même crime, et d'autres actions plus condamnables. Elles ordonnoient

même le meurtre des enfans foibles, malades ou contre-
faits. Les lois de Solon ne sont pas à l'abri de tout reproche du côté de la morale. Romulus autorisoit aussi
le meurtre des enfans. Les lois des Douze Tables
étoient sanguinaires et cruelles, surtout par rapport
aux débiteurs insolvables. Nous ne nous étendrons pas
davantage sur cet article, nous n'opposerons point la
sagesse et la douceur des lois qui ont été données depuis qu'il y a eu des empereurs chrétiens; nous croyons
seulement pouvoir assurer, sans crainte d'être démentis,
que la supériorité de nos lois modernes est due, en
grande partie, à l'influence de l'esprit du christianisme
sur la législation. Cette influence s'est fait sentir jusques dans la conduite des juges, des magistrats, des
gouverneurs de provinces. Elle les a empêchés de passer, dans l'exercice de leurs fonctions et dans leur administration, les bornes de l'équité et de l'humanité. Elle a
imprimé dans leur esprit un sentiment profond de ce
qu'ils doivent à Dieu, aux hommes et à leur patrie; un
respect profond pour l'équité et la justice, qui les rend
incorruptibles, et qui leur inspire des sentimens de
probité et cette impartialité qui assure à chaque classe
de la société le bienfait égal des lois, et qui étend la
protection de ces mêmes lois jusqu'aux plus foibles individus.

5°. *L'entière abolition des sacrifices humains.* = Il
ne faut point croire que cette horrible cruauté n'existât
que chez les Chananéens et d'autres peuples barbares
qui, sur ce point et sur plusieurs autres, sembloient
avoir effacé de leur cœur les premiers principes de l'hu-

manité et de la loi naturelle. On a des preuves incontestables que ces sacrifices ont existé chez les Égyptiens, les Syriens, les Perses, les Phéniciens, et même chez toutes les nations de l'Orient. Les Grecs et les Romains, quoique moins coupables, n'ont pas su s'en garantir entièrement. Cet usage horrible jeta de plus profondes racines chez des nations encore moins civilisées, chez les Scythes, les Thraces, les Gaulois, les Germains, les Anglais ou Bretons. Dans le temps de la découverte du Nouveau Monde, on trouva que ce crime y étoit encore plus commun, et il n'est pas encore détruit dans les plus grands royaumes de l'Afrique, et dans cette multitude d'îles nouvellement découvertes dans la vaste étendue de l'Océan Pacifique. Ce que la raison seule et privée des secours de la révélation, ce que cette raison dont l'homme est si fier, n'avoit pu détruire entièrement, est inconnu aujourd'hui dans tout le monde chrétien. Quel sentiment profond de reconnoissance n'en devons-nous pas à la loi de l'Évangile, qui nous a délivrés de cette abomination, ainsi que d'une foule d'autres cruautés et de crimes énormes que le paganisme ne punissoit pas et qu'il inspiroit même! Je ne parlerai point ici de cet esprit d'humanité, qui règne jusques dans la punition des scélérats, et que l'on écoute à l'égard de ceux même qui semblent avoir dépouillé toute d'humanité. Le premier empereur chrétien abolit l'horrible supplice de la croix, et en même temps il porta le premier édit contre les combats de gladiateurs, et cet affreux spectacle fut entièrement supprimé sous ses successeurs. Il n'y a pas même jusqu'aux siècles que nous appelons *de ténèbres,* qui ne se soient ressentis, dit Robertson, de l'heureuse influence de la religion chrétienne : on y voit les guerres des princes et les contestations des seigneurs puissans fréquemment réprimées, ainsi que l'esprit cruel de ce temps-là singulièrement adouci par les représentations et par l'influence du clergé, entre autres par ce qu'on appeloit *la trève de Dieu* (plusieurs jours de la semaine où il étoit défendu de se battre en duel), et d'autres mesures bienveillantes de cette nature.

Montesquieu reconnoît que l'influence propre au christianisme, cette influence si pure, peut être remarquée dans ses effets bienfaisans, quoique d'une manière imparfaite, sur les barbares prosélites du nord ; et qu'à la chute de l'empire romain, elle adoucit évidemment le caractère féroce des hordes qui le conquirent. Bolingbrooke, lui-même, reconnoît que Constantin se conduisit en politique judicieux, lorsqu'il accorda du soutien et de la protection à la religion chrétienne, parce qu'elle tendoit non-seulement à donner de la solidité à son empire, mais encore à adoucir la férocité des armées, et à réformer la licence des provinces ; en y répandant un esprit de modération et d'obéissance au gouvernement, à étouffer ces fermens et ces germes d'avarice et d'ambition, d'injustice et de violence, qui avoient fait naître tant de factions, et par lesquels la paix de l'empire avoit été troublée si fréquemment, et d'une manière si fatale.

On dira peut-être que c'est la culture des lettres et

la sagesse humaine qui ont produit tant d'heureux chan-
gemens; mais nous avons vu que ce n'est pas dans les
lieux où les lettres ont le plus fleuri que l'humanité
a été le mieux pratiquée, tandis qu'une foule d'actes
de bonté et de bienfaisance ont été inspirés par l'Évangile; et l'auteur de l'Émile, après avoir dit : La philosophie (la sagesse humaine) ne peut faire aucun bien que
la religion ne le fasse encore mieux, ajoute : « La religion
» en fait beaucoup que la philosophie ne sauroit faire ».

§ XXI. *Religion chrétienne.*

Nos gouvernemens modernes doivent incontestable-
ment au christianisme leur plus solide autorité et leurs
révolutions moins fréquentes. Il les a rendus eux-mêmes
moins sanguinaires; cela se prouve par le fait, en les
comparant aux gouvernemens anciens : la religion
mieux connue, écartant le fanatisme, a donné plus
de douceur aux mœurs chrétiennes. Ce changement
n'est point l'ouvrage des lettres ; car partout où elles
ont brillé, l'humanité n'en a pas été plus respectée ;
les cruautés des Athéniens, des Égyptiens, des empereurs de Rome, des Chinois en font foi. Que d'œuvres de miséricorde sont l'ouvrage de l'Évangile ! Que
de restitutions, de réparations la confession ne fait-elle
point faire chez les catholiques ? Combien les approches
des temps de communion n'opèrent-elles point de ré-
conciliations et d'aumônes !

ROUSSEAU.

Une famille vertueuse est un vaisseau tenu, pendant la tempête, par deux ancres, la religion et les mœurs.

Chose admirable! la religion chrétienne, qui ne semble avoir d'objet que la félicité de l'autre vie, fait encore notre bonheur dans celle-ci.

On trouve plus haut dans l'Esprit des Lois :

Dire que la religion n'est pas un motif réprimant, parce qu'elle ne réprime pas toujours, c'est dire que les lois civiles ne sont pas un motif réprimant non plus. C'est mal raisonner contre la religion, de rassembler dans un grand ouvrage une longue énumération des maux qu'elle a produits, si l'on ne fait de même celle des biens qu'elle a faits. Si je voulois raconter tous les maux qu'ont produits dans le monde les lois civiles, la monarchie, le gouvernement républicain, je dirois des choses effroyables. Quand il seroit inutile que les sujets eussent une religion, il ne le seroit pas que les princes en eussent, et qu'ils blanchissent d'écume le seul frein que ceux qui ne craignent pas les lois humaines puissent avoir.

Un prince qui aime la religion et qui la craint, est un lion qui cède à la main qui le flatte ou à la voix qui l'apaise : celui qui craint la religion et qui la hait, est comme les bêtes sauvages qui mordent la chaîne qui les empêche de se jeter sur ceux qui passent : celui qui n'a point du tout de religion, est cet animal terrible qui ne sent sa liberté que lorsqu'il déchire et qu'il dévore.

Pendant que les princes mahométans donnent sans

cesse la mort ou la reçoivent, la religion chez les chrétiens rend les princes moins timides, et par conséquent
moins cruels. Le prince compte sur ses sujets, et les
sujets sur le prince.

MONTESQUIEU, *Esprit des Lois.*

§ XXII. *La religion commande toutes les vertus que le monde
respecte.*

On fait souvent comme deux classes ou deux ordres
de vertus, dont les unes sont utiles au gouvernement
public, et nécessaires à la société civile, telles que la
générosité, la valeur, l'amour de la patrie, la libéralité,
le secret : les autres sont intérieures ou moins publiques, telles que la prière, l'humilité, la patience, la fidélité à de certains exercices. On abandonne ces der-
nières à la piété, mais on en sépare les autres ; et, par
cette injuste division, on relègue la piété dans une obscure retraite, on la met comme hors du commerce, et
en lui ôtant toutes les vertus que le monde respecte
avec raison, on lui fait perdre aussi la vénération que
l'on auroit pour elle, si l'on savoit que ces vertus lui
appartiennent, et que c'est elle qui les commande.

Tous les devoirs dépendent de la religion ; et c'est
elle qui les règle tous. On apprend d'elle à être bon
citoyen, bon ami, bon officier de guerre, bon magistrat. C'est elle qui fait une obligation étroite du secret.
C'est elle qui commande non-seulement l'aumône,
mais la libéralité ; qui veut qu'on prête généreusement,
quand on le peut ; qu'on récompense les services reçus ;

qu'on en rende d'effectifs et de réels à ceux qui le méritent, quand on a du crédit et de l'autorité; qu'on ré-
ponde à la confiance qu'on prend en nous, par une
exacte sincérité; qu'on observe religieusement ses paroles; qu'on ne se serve jamais dans aucune affaire que
des voies d'honneur; qu'on ne demeure point inutile
dans sa maison, quand, par sa naissance et par l'état de
son bien, on peut servir son prince et sa patrie; qu'on
le fasse alors avec cœur et avec dignité, et qu'on évite
avec soin tout ce qui donneroit un juste soupçon de lâcheté ou de foiblesse.

La religion ne détruit aucun des motifs légitimes qui
portent les hommes à ces devoirs. Les sentimens naturels, l'attention aux bienséances, la sensibilité à la réputation et à l'honneur, ne lui sont point contraires.
Elle y joint seulement des motifs supérieurs : elle s'en
rend maîtresse ; elle les soumet à une plus noble
fin ; et, au lieu que ces devoirs n'auroient eu sans elle
que de foibles appuis, elle leur en donne de plus
fermes, qui subsistent, lorsque tous les autres sont chancelans.

On fait par religion, sans avoir de témoins, les
mêmes choses, et avec la même exactitude, que si l'on
avoit le monde entier pour spectateur. On ne se relâche
point par la coutume, ou par l'exemple des autres. On
n'attend point que l'on rende justice à nos services. On
n'examine point si d'autres nous sont préférés. On ne
se plaint point inutilement. On ne perd jamais le respect pour ses maîtres. On n'autorise jamais le mécon-
tentement des autres. On sait à qui l'on obéit et à qui

l'on veut plaire ; et la vue de Dieu , dont on respecte en tout la volonté, console de tout.

On ne juge point de la vertu par l'événement, et l'on ne se repent jamais de l'avoir suivie, quoiqu'elle paroisse malheureuse. On ne change point de senti-mens, quoique les temps changent ; et moins on est bien traité ici, plus on s'assure que la récompense sera grande ailleurs.

Il n'en est pas de même des vertus dont la religion n'est pas la racine, elles ont besoin d'approbateurs et de témoins. C'est la louange qui les nourrit : c'est la vue des hommes qui les fait croître : c'est le succès qui les entretient. Dès qu'il ne répond pas à l'espérance qu'on avoit eue, elles se sèchent et se flétrissent ; et si elles se conservent un moment dans l'adversité, c'est le spec-tacle même qui les fortifie : car la patience qui n'a plus d'admirateurs, ne va pas loin.

On fait effort alors pour trouver dans soi-même les ressources qui manquent d'ailleurs. Mais qu'est-ce qu'un homme seul que la religion ne console point ? Que peut-il se dire à soi-même, qui lui tienne lieu du silence de toutes les créatures ? et quel remède peut-il apporter aux maux réels de cette vie , s'il n'espère rien dans une autre ? Aussi l'on voit évanouir, comme une ombre, la probité purement humaine quand elle a perdu ses ap-puis. La vertu n'est alors qu'un nom, la vérité et la justice ne sont plus que des préjugés ; et si l'on peut, en les abandonnant, rétablir ses affaires, on ne délibère pas long-temps entre sa fortune et son devoir.

La valeur, dont on fait tant d'état, et avec raison ,

que devient-elle , quand elle n'est plus soutenue ou par
l'exemple , ou par la honte , ou par l'espérance, ou par
l'honneur ? On peut sacrifier sa vie à l'un de ces motifs , ou à tous ensemble : mais qui , sans les motifs
supérieurs qu'inspire la religion, voudra perdre la vie ,
le plus grand des biens temporels , lorsqu'il peut la
conserver sans être vu, et qu'il n'a rien à perdre en
l'exposant ?

L'expérience fait voir tous les jours que le courage
est plus fondé sur la crainte de passer pour lâche, que
sur aucun solide principe , et qu'il diminue , à proportion de ce que cette crainte diminue. La chose même
ne peut être autrement ; car l'homme ne donne point
sa vie pour rien : il faut, quand il l'expose , qu'il espère
quelque chose qui mérite d'entrer en comparaison
avec le danger , ou qui passe pour le mériter. Si toute
espérance lui est ôtée, l'amour de la vie reprend sa
place naturelle et le courage s'évanouit.

Il n'y a que la religion qui rende les hommes braves,
patiens, intrépides par conscience. Il n'y a qu'elle qui
attache à la lâcheté et à l'indifférence pour son prince
et pour sa patrie, non-seulement la honte, mais le crime
et la punition éternelle. Ces motifs subsistent après
tous les autres. Ils demeurent lorsque tout s'alarme et
s'ébranle. Ils rappellent même les autres sentimens, et
s'en servent avec avantage; et, si l'on étoit fidèle à la religion, l'on seroit invincible.

Ce que j'ai dit de la valeur n'est que pour servir
d'exemple; car il faut penser la même chose de toutes
les vertus estimées avec justice par les hommes, et de

toutes les grandes actions. C'est la religion seule qui les rend véritables et parfaites; et, quand elle manque, elles n'ont presque qu'une vaine apparence.

Le désintéressement, la fidélité, la chasteté, la délicatesse sur le bien d'autrui, ne sont si rares, et ne sont si fragiles dans le danger, que parce que la religion n'a jeté dans le cœur de la plupart des hommes que de foibles racines; et que, lorsque la conscience ne les défend pas, les autres motifs les défendent mal.

Duguet.

FIN DU LIVRE PREMIER.

~~~~~~

LIVRE SECOND.

CE QUE L'ON DOIT A LA PATRIE, QUI N'EST POINT
DISTINGUÉE DU PRINCE.

CHAPITRE PREMIER.

De l'amour de la patrie en général.

§ I.ᵉʳ *Il faut être bon citoyen et sacrifier à sa patrie, dans le besoin, tout ce qu'on a, et sa propre vie.*

Si l'on est obligé d'aimer tous les hommes, et qu'à vrai dire, il n'y ait point d'étranger pour le chrétien, à plus forte raison doit-il aimer ses concitoyens. Tout l'amour qu'on a pour soi-même, pour sa famille, et pour ses amis, se réunit dans l'amour qu'on a pour sa patrie, où notre bonheur et celui de nos familles et de nos amis, est renfermé.

C'est pourquoi les séditieux qui n'aiment pas leur pays et y portent la division, sont l'exécration du genre humain. La terre ne les peut pas supporter et s'ouvre pour les engloutir. C'est ainsi que périrent Coré, Dathan et Abiron. « S'ils périssent, dit Moïse, comme » les autres hommes; s'ils sont frappés d'une plaie ordi- » naire, le Seigneur ne m'a pas envoyé; mais, si Dieu » fait quelque chose d'extraordinaire, et que la terre

» ouvre sa bouche pour les engloutir eux et tout ce qui
» leur appartient, ensorte qu'on les voie entrer tout
» vivans dans les enfers, vous connoîtrez qu'ils ont blas-
» phémé contre le Seigneur ». A peine avoit-il cessé
de parler que la terre s'ouvrit sous leurs pieds, et les
dévora avec leur tente, et tout ce qui leur appartenoit.

Ainsi méritoient d'être retranchés ceux qui mettoient
la division parmi le peuple. Il ne faut point avoir de
société avec eux : en approcher c'est approcher de la
peste. « Retirez-vous, dit Moïse, de la tente de ces im-
» pies, et ne touchez rien de ce qui leur appartient, de
» peur que vous ne soyez enveloppés dans leur péché
» et dans leur perte. »

BOSSUET.

§ II. *On doit au prince et à la patrie le service militaire.*
Exemples tirés des livres saints.

On ne doit point épargner ses biens quand il s'agit de
servir la patrie. Gédéon dit à ceux de Soccoth : « Donnez
» de quoi vivre aux soldats qui sont avec moi parce qu'ils
» défaillent, afin que nous poursuivions les ennemis ». Ils
refusent, et Gédéon en fait un juste châtiment. Qui
sert le public sert chaque particulier. Il faut même, sans
hésiter, exposer sa vie pour son pays. Ce sentiment est
commun à tous les peuples, et surtout il paroît dans le
peuple de Dieu. Dans les besoins de l'état, tout le monde
sans exception étoit obligé d'aller à la guerre, et c'est
pourquoi les armées étoient si nombreuses.

La ville de Jabés en Galaad, assiégée et réduite à l'extrémité par Naas, roi des Ammonites, envoie exposer

son péril extrême à Saül , « Qui aussitôt fait couper un
» bœuf en douze morceaux qu'il envoya aux confins de
» chacune des douze tribus avec cet édit : Qui ne sortira
·» pas avec Saül et Samuel, ses bœufs seront ainsi mis
» en pièces : et aussitôt tout le peuple s'assembla com-
» me un seul homme : et Saül en fit la revue à Besech ,
» et ils se trouvèrent d'Israël trois cent mille, et trente
» mille de Juda : et ils dirent aux envoyés de Jabés ,
» demain vous serez délivrés.

Ces convocations étoient ordinaires , et il faudroit
transcrire toute l'histoire du peuple de Dieu pour en rapporter tous les exemples.

« C'étoit un sujet de plainte à ceux qui n'étoient pas
» appelés , et ils le prenoient à affront. Ceux d'Ephraïm
» dirent à Gédéon : Quel dessein avez-vous eu de ne
» nous point appeler quand vous alliez combattre con-
» tre Madian ? Ce qu'ils dirent d'un ton de colère, et en
» vinrent presque à la force; et Gédéon les appaisa en
» louant leur valeur ».

Ils firent la même plainte à Jephté, et la chose alla
jusqu'à la sédition; tant on se piquoit d'honneur d'être
convoqué dans ces occasions. Chacun exposoit sa vie
non-seulement pour tout le peuple , mais pour sa seule
tribu. « Ma tribu, dit Jephté, avoit querelle contre les
» Ammonites; ce que voyant , *j'ai mis mon âme en*
» *mes mains* (noble façon de parler qui signifioit ex-
» poser sa vie) et j'ai fait la guerre aux Ammonites ».

C'est une honte de demeurer en repos dans sa maison, pendant que nos citoyens sont dans le travail et
dans le péril pour la commune patrie. David envoya Urie

se reposer chez lui, et ce bon sujet répondit : « L'arche
» de Dieu et tout Israël et Juda sont sous des tentes,
» monseigneur Joab, et tous les serviteurs du roi mon
» seigneur couchent sur la terre : et moi j'entrerai dans
» ma maison pour y manger à mon aise, et y être avec
» ma femme ! Par votre vie je ne ferai point une chose
» si indigne ».

Il n'y a plus de joie pour un bon citoyen quand sa
patrie est ruinée.

Bossuet.

§ III. *Exemples tirés de l'histoire des Perses, des Grecs et*
des Romains.

Cyrus avoit introduit dans ses armées une discipline
que ses premiers successeurs eurent soin d'entretenir.

A l'âge de vingt ans, chez les Perses, on étoit obligé
de donner son nom à la milice ; et, sur le premier ordre
du souverain, tous ceux qui étoient destinés à faire la
campagne devoient, dans un terme prescrit, se trouver
au rendez-vous. Les lois à cet égard étoient d'une extrême sévérité.

Les Athéniens étoient tenus de servir dès l'âge de
dix-huit ans. On employoit rarement les citoyens d'un
âge avancé ; et, quand on les prenoit au sortir de l'enfance, on avoit soin de les tenir éloignés des postes les
plus exposés. Quelquefois le gouvernement fixoit l'âge
des nouvelles levées ; quelquefois on les tiroit au sort.

Ceux qui tenoient à ferme les impositions publiques,
ou qui figuroient dans les chœurs aux fêtes de Bacchus,
étoient dispensés de ce service. Ce n'étoit que dans les

besoins pressans qu'on faisoit marcher les esclaves, les étrangers établis dans l'Attique, èt les citoyens les plus pauvres. On les enrôloit très-rarement, parce qu'ils n'avoient pas fait le serment de défendre la patrie, ou parce qu'ils n'avoient aucun intérêt à la défendre : la loi n'en confioit le soin qu'aux citoyens qui possédoient quelque bien, et les plus riches servoient comme simples soldats.

L'infamie, qui prive un citoyen de ses droits, étoit attachée à celui qui refusoit de servir, et qu'on étoit obligé de contraindre par la voie des tribunaux. Elle l'étoit aussi contre le soldat qui fuyoit à l'aspect de l'ennemi, ou qui, pour éviter ses coups, se sauvoit dans un rang moins exposé. Dans tous ces cas, le coupable ne devoit assister, ni à l'assemblée générale, ni aux sacrifices publics; et, s'il y paroissoit, chaque citoyen avoit le droit de le traduire en justice. On décernoit contre lui différentes peines; et, s'il étoit condamné à une amende, il étoit mis aux fers jusqu'à ce qu'il eût payé.

La trahison étoit punie de mort. La désertion l'étoit de même; parce que déserter, c'est trahir l'état.

Nous rapporterons ici les détails d'un spectacle touchant qui, d'après Thucydide, se trouve raconté dans le voyage d'Anacharsis.

« Les troupes assistèrent aux fêtes de Bacchus, dont
» le dernier jour amenoit une cérémonie, que les cir-
» constances rendirent très-intéressante. Elle eut pour
» témoins le sénat, l'armée, un nombre infini de ci-
» toyens de tous états, d'étrangers de tous pays. Après
» la dernière tragédie, nous vîmes paroître sur le théâ-

I.   18

» tre un héraut suivi de plusieurs jeunes orphelins
» couverts d'armes étincelantes. Il s'avança pour les
» présenter à cette auguste assemblée, et, d'une voix
» ferme et sonore, il prononça lentement ces mots :
» Voici des jeunes gens dont les pères sont morts à la
» guerre, après avoir combattu avec courage. Le peu-
» ple, qui les avoit adoptés, les a fait élever jusqu'à
» l'âge de vingt ans. Il leur donne aujourd'hui une ar-
» mure complète, il les renvoie chez eux ; il leur assigne
» les premières places dans nos spectacles. Tous les
» cœurs furent émus. Les troupes versèrent des larmes
» d'attendrissement et partirent le lendemain. »

Les sentimens de la nature et de l'amour se réveil-
loient avec plus de force, dans les cœurs des mères et des
épouses. Pendant qu'elles se livroient à leurs craintes, des
ambassadeurs, récemment arrivés de Lacédémone, nous
entretenoient du courage, que les femmes spartiates
avoient fait paroître en cette occasion. Un jeune soldat
disoit à sa mère, en lui montrant son épée : « Elle est
» bien courte ! — Eh bien ! répondit-elle, vous ferez
» un pas de plus. » Une autre Lacédémonienne, en
donnant le bouclier à son fils, lui dit : « Ou dessus, ou
» avec. »

Quand il s'agissoit à Sparte de lever des troupes, les
éphores, par la voix du héraut, ordonnoient aux citoyens, âgés depuis vingt-cinq ans jusqu'à l'âge porté
dans la proclamation, de se présenter pour servir dans
l'infanterie pesamment armée, ou dans la cavalerie : la
même injonction étoit faite aux ouvriers destinés à suivre l'armée.

Au-delà du terme indiqué dans la proclamation, les Spartiates étoient dispensés du service militaire, à moins que l'ennemi n'entrât dans la Laconie.

Les principales armes du fantassin étoient la pique et le bouclier. C'étoit sur la pique qu'il fondoit ses espérances ; il ne la quittoit presque point tant qu'il étoit à l'armée. Un étranger disoit au vaillant Agésilas : « Où fixez-vous donc les bornes de la Laconie ? — » Au bout de nos piques, » répondit-il.

Ils couvroient leur corps d'un bouclier d'airain. Chaque soldat étoit obligé, sous peine d'infamie, de rapporter son bouclier : il faisoit graver dans le champ le symbole qu'il s'étoit approprié. Un d'entr'eux s'étoit exposé aux plaisanteries de ses amis, en choisissant pour emblème une mouche de grandeur naturelle. « J'ap- » procherai si fort de l'ennemi, leur dit-il, qu'il dis- » tinguera cette marque. »

Pour tout homme, c'étoit une honte de prendre la fuite ; pour les Spartiates, d'en avoir seulement l'idée. Cependant, au plus fort de la mêlée, entendoit-il le signal de la retraite, tandis qu'il tenoit le fer levé sur un soldat abattu à ses pieds : il s'arrêtoit aussitôt, et disoit que son premier devoir étoit d'obéir à son général.

Bias, qui commandoit un corps de troupes, s'étant laissé surprendre, ses soldats lui dirent : « Quel parti » prendre ? — Vous, répondit-il, de vous retirer ; » moi, de combattre et mourir. »

A Rome, tout citoyen étoit soldat. Les chevaliers n'étoient obligés qu'à dix ans de service, parce qu'il

étoit important pour la république que les principaux
citoyens parvinssent de bonne heure aux dignités.

Personne ne pouvoit posséder un emploi civil, à
moins qu'il n'eût dix ans de service. On vouloit que
les plus riches allassent à la guerre, comme étant plus
intéressés que les autres au bien commun de la patrie.
On commença, du temps de Polybe, à enrôler ceux
qui avoient seulement la valeur de 4000 fr. de fonds :
quatuor millia æris. Les esclaves ne servoient jamais,
à moins que la république ne fût réduite à une grande
extrémité. Ceux qui refusoient de s'enrôler, y étoient
forcés par la confiscation de leurs biens.

La dignité de magistrat et de préteur dispensoit du
service. Cette exemption pouvoit être accordée par le
sénat ou par le peuple. Au jour indiqué pour procéder
au choix des soldats, on arboroit un drapeau sur le Capitole, et tout ce qui se trouvoit en état de porter les
armes s'empressoit de s'y réunir.

Le nom de chaque soldat étoit sans retard porté sur
un registre. Quand cette opération étoit terminée, les
soldats juroient en présence de leur chef de lui obéir
en tout ce qu'il leur ordonneroit, autant que leur per-
mettroit leur force ; de ne rien dérober dans le camp,
ni à dix milles à la ronde, et s'ils trouvoient quelqu'objet égaré de le rapporter aux tribuns. La fin de la guerre
ne livroit point le soldat romain à l'oisiveté. C'étoit un
principe adopté, de les familiariser sans cesse avec des
travaux, qui entretenoient leur courage et leur audace.
On vit Flaminius, afin d'occuper son armée, faire ouvrir un chemin de Bologne à Arezzo, et presque toutes

les belles routes de l'empire furent l'ouvrage des soldats. Scipion Nasica, pour tenir les siens en activité,
leur faisoit construire des vaisseaux dont il n'avoit pas
besoin. C'est ainsi qu'on les préparoit à la guerre par
de continuels exercices[1].

« [2] Les lois de cette milice étoient dures, mais nécessaires. La victoire étoit périlleuse, et souvent mortelle
à ceux qui la gagnoient contre les ordres. Il y alloit de
la vie, non-seulement à fuir, à quitter ses armes, à
abandonner son rang, mais encore à se remuer, pour
ainsi dire, et à branler tant soit peu, sans le commandement du général. Qui mettoit les armes bas devant
l'ennemi, qui aimoit mieux se laisser prendre que de
mourir glorieusement pour sa patrie, étoit jugé indigne de toute assistance. Pour l'ordinaire, on ne
comptoit plus les prisonniers parmi les citoyens, et
on les laissoit aux ennemis comme des membres retranchés de la république.

» Dans la guerre d'Annibal, et après la perte de la
bataille de Cannes, c'est-à-dire, dans le temps où
Rome, épuisée par tant de pertes, manquoit le plus
de soldats, le sénat aima mieux armer contre sa coutume huit mille esclaves que de racheter huit mille
Romains, qui ne lui auroient pas plus coûté que la
nouvelle milice qu'il fallut lever.

» Aussi les armées romaines, quoique défaites et rom-
pues, combattoient et se rallioient jusqu'à la dernière
extrémité; et, comme remarque Salluste, il se trouve
parmi les Romains plus de gens punis pour avoir com-

[1] Barthélemy. = [2] Bossuet.

142

battu sans en avoir ordre, que pour avoir lâché le pied et quitté leur poste : de sorte que le courage avoit plus besoin d'être réprimé, que la lâcheté n'avoit besoin d'être excitée ».

Barthélemy, Bossuet.

Réponse de Boileau sur une armée française.

Dans la campagne de 1673, on mena Despréaux au camp du grand Condé. Le prince qui aimoit les lettres lui fit un accueil distingué, lui montra son armée, et lui demanda ce qu'il en pensoit. *Je crois, monseigneur*, répondit le poëte, *qu'elle sera fort bonne, quand elle sera majeure.* Le plus âgé des soldats avoit à peine dix-huit ans.

L'éclat et la constance de nos succès militaires feront trouver bien peu de justesse aujourd'hui, dans la réponse du mordant Despréaux. Il faut avouer que l'âge de la majorité n'est pas nécessaire à nos jeunes guerriers. On doit convenir, au moins, qu'ils sont glorieusement émancipés par la victoire.

§ IV. *On doit s'attacher à la forme de gouvernement qu'on trouve établie dans son pays.*

« Que toute âme soit soumise aux puissances su-
» périeures : car il n'y a point de puissance qui ne
» soit de Dieu ; et toutes celles qui sont, c'est Dieu
» qui les a établies : ainsi, qui résiste à la puissance,
» résiste à l'ordre de Dieu ».

Il n'y a aucune forme de gouvernemens, ni aucun établissement humain qui n'ait ses inconvéniens ; de sorte qu'il faut demeurer dans l'état, auquel un long temps a accoutumé le peuple. C'est pourquoi Dieu prend en sa protection tous les gouvernemens légitimes, en quelque forme qu'ils soient établis : qui entreprend de les renverser, n'est pas seulement ennemi public; mais encore ennemi de Dieu.

Bossuet.

§ V. *Les apôtres et les premiers fidèles ont toujours été des bons citoyens.*

Leur maître leur avoit inspiré ce sentiment. Il les avoit avertis qu'ils seroient persécutés par toute la terre, et leur avoit dit en même temps : « Qu'il les envoyoit » comme des agneaux au milieu des loups, c'est-à- » dire, qu'ils n'avoient qu'à souffrir sans murmure et » sans résistance ».

Les Juifs persécutoient saint Paul avec une haine implacable. Il fit une quête pour ceux de sa nation, et apporta lui-même à Jérusalem les aumônes qu'il avoit ramassées pour eux dans toute la Grèce. « Je suis venu, dit-il, pour faire des aumônes à ma » nation. »

Durant trois cents ans de persécution impitoyable, les chrétiens ont toujours suivi la même conduite.

L'empire n'avoit point de meilleurs soldats : outre qu'ils combattoient vaillamment, ils obtenoient par leurs prières ce qu'ils ne pouvoient faire par les armes. Témoin la pluie obtenue par la légion fulminante, et le miracle attesté par les lettres de Marc-Aurèle.

Il leur étoit défendu de causer du trouble, de renverser les idoles, de faire aucune violence. L'église ne tenoit pas pour martyrs ceux qui s'attiroient la mort, par quelque violence semblable et par un faux zèle.

Nous voyons même dans les actes de quelques martyrs, qu'ils faisoient scrupule de maudire les dieux ; ils devoient reprendre l'erreur sans aucune parole emportée. Saint Paul et ses compagnons en avoient ainsi usé, et c'est ce qui faisoit dire au secrétaire de la communauté d'Éphèse : « Messieurs, il ne faut pas ainsi » vous émouvoir. Vous avez ici amené ces hommes » qui n'ont commis aucun sacrilége, et qui n'ont » point blasphémé votre déesse ». Ils ne faisoient point de scandale, et prêchoient la vérité, sans altérer le repos public, autant qu'il étoit en eux.

Combien soumis et paisibles étoient les chrétiens persécutés ! Ces paroles de Tertullien l'expliquent admirablement. « Outre les ordres publics par lesquels » nous sommes poursuivis, combien de fois le peuple » nous attaque-t-il à coups de pierres, et met-il le » feu dans nos maisons dans la fureur des bacchana- » les ! On n'épargne pas les chrétiens même après » leur mort : on les arrache du repos de la sépul- » ture, et comme de l'asile de la mort ; et cependant » quelle vengeance recevez-vous de gens si cruelle- » ment traités ? Ne pourrions-nous pas, avec peu de » flambeaux, mettre le feu dans la ville, si parmi nous » il étoit permis de faire le mal pour le mal ? Et quand » nous voudrions agir en ennemis déclarés, man- » querions-nous de troupes et d'armées ? Les Maures,

» ou les Marcomans, et les Parthes mêmes, qui sont
» renfermés dans leurs limites, se trouveront-ils en
» plus grand nombre que nous qui remplissons toute
» la terre? Il n'y a que peu de temps que nous parois-
» sons dans le monde, et déjà nous remplissons vos
» villes, vos îles, vos châteaux, vos assemblées, vos
» camps, les tribus, les décuries, le palais, le sénat, le
» barreau, la place publique : nous ne vous laissons
» que les temples seuls. A quelle guerre ne serions-
» nous pas disposés, quand nous serions en nombre
» inégal au vôtre, nous qui endurons si résolument la
» mort, n'étoit que notre doctrine nous prescrit d'être
» tués plutôt que de tuer ? Nous pourrions même,
» sans prendre les armes et sans rébellion, vous punir
» en vous abandonnant : votre solitude et le silence du
» monde vous feroit horreur : les villes vous paroî-
» troient mortes, et vous seriez réduits au milieu de
» votre empire à chercher à qui commander. Il vous
» demeureroit plus d'ennemis que de citoyens; car
» vous avez maintenant moins d'ennemis, à cause de la
» multitude prodigieuse des chrétiens.

» Vous perdez, dit-il encore, en nous perdant.
» Vous avez par notre moyen un nombre infini de
» gens, je ne dis pas qui prient pour vous, car vous ne
» le croyez pas, mais dont vous n'avez rien à craindre.

» Il se glorifie avec raison que parmi tant d'attentats
» contre la personne sacrée des empereurs, il ne s'est
» jamais trouvé un seul chrétien, malgré l'inhumanité
» dont on usoit sur eux tous. Et en vérité, dit-il, nous
» n'avons garde de rien entreprendre contre eux. Ceux

I. 19

» dont Dieu a réglé les mœurs ne doivent pas seule-
» ment épargner les empereurs, mais encore tous les
» hommes. Nous sommes pour les empereurs tels que
» nous sommes pour nos voisins ; car il nous est égale-
» ment défendu de dire, ou de faire, ou de vouloir du
» mal à personne. Ce qui n'est point permis contre
» l'empereur n'est permis contre personne ; ce qui
» n'est permis contre personne, l'est encore moins sans
» doute contre celui que Dieu a fait si grand. »

Bossuet.

*§ VI. Jésus-Christ établit, par sa doctrine et par ses exem-
ples, l'amour que les citoyens doivent avoir pour leur
patrie.*

Le fils de Dieu fait homme a non-seulement accompli tous les devoirs qu'exige d'un homme la société
humaine, charitable envers tous et sauveur de tous ; et
ceux d'un bon fils envers ses parens à qui il étoit soumis : mais encore ceux de bon citoyen, et c'étoit une
bonne recommandation auprès de lui que d'aimer la
nation judaïque. Les sénateurs du peuple juif, pour
l'obliger à rendre « au centurion un serviteur malade
» qui lui étoit cher, prioient Jésus avec ardeur et lui
» disoient : Il mérite que vous l'assistiez, car il aime
» notre nation. »

Quand il songeoit aux malheurs qui menaçoient de
si près Jérusalem et le peuple Juif, il ne pouvoit retenir
ses larmes.

Il fut, et durant sa vie et à sa mort, exact observateur

des lois, et des coutumes louables de son pays; même de celles dont il savoit qu'il étoit le plus exempt.

On se plaignoit à saint Pierre qu'il ne payoit pas le tribut ordinaire du temple, et cet apôtre soutenoit qu'en effet il ne devoit rien. Mais Jésus le prévint en lui disant : « De qui est-ce que les rois de la terre exigent le » tribut? est-ce de leurs enfans ou des étrangers? Pierre » répondit : Des étrangers : Jésus lui dit : Les enfans sont » donc francs; et toutefois pour ne causer point de » désordre, et pour ne les pas scandaliser, allez et payez » pour moi et pour vous. »

Il étoit soumis en tout à l'ordre public, faisant « ren- » dre à César ce qui étoit à César, et à Dieu ce qui est à » Dieu. »

Jamais il n'entreprit rien sur l'autorité des magistrats. Un de la troupe lui dit : « Maître, commandez à mon » frère qu'il fasse partage avec moi. Homme, lui ré- » pondit-il, qui m'a établi pour être votre juge et pour » faire vos partages? »

Au reste la toute-puissance qu'il avoit en main ne l'empêcha pas de se laisser prendre sans résistance. Il reprit saint Pierre qui avoit donné un coup d'épée, et rétablit le mal que cet apôtre avoit fait.

Il comparoît devant les pontifes, devant Pilate et devant Hérode, répondant précisément sur le fait dont il s'agissoit à ceux qui avoient droit de l'interroger. Il ne dit mot à Hérode qui n'avoit rien à commander dans Jérusalem, à qui aussi on le renvoyoit seulement par cérémonie, et qui ne le vouloit voir que par pure curiosité. Ainsi il fut fidèle et affectionné jusqu'à la fin à sa patrie quoiqu'ingrate.

Bossuet.

§ VII. *Horreur que l'on doit avoir pour ceux qui font la guerre à leur patrie. Bel exemple tiré de l'éducation de Henri* iv.

Le brave et vertueux La Gaucherie, gouverneur de Henri iv, faisoit apprendre par cœur à son élève les traits les plus intéressans de la vie des hommes illustres de la Grèce, de Rome et de la France. Il choisissoit ensuite deux d'entre eux, et lui demandoit lequel il trouvoit le plus estimable, exigeant de lui en même temps les raisons pour lesquelles il préféroit l'un à l'autre. Rarement le jeune prince se trompoit dans les jugemens qu'il en portoit. Un jour, La Gaucherie, après lui avoir fait réciter les principaux événemens de l'histoire de Coriolan et de Camille, lui dit : « Auquel des deux aimeriez-vous mieux ressembler? » Henri lui répondit sur-le-champ avec la plus grande vivacité : « Ne me parlez pas du premier, c'est un méchant homme, je ne puis le souffrir. Ne m'avez-vous pas répété plusieurs fois, qu'on doit supporter aussi patiemment la colère de sa patrie que celle de ses père et mère? Et cependant, pour se venger de son exil, il a osé se mettre à la tête des ennemis de Rome qu'il est venu assiéger, disposé à la réduire en cendres, s'il eût pu. Aussi je suis bien aise de le voir périr, par la main de ces ennemis même, dont il commandoit l'armée. Pour Camille, je l'aime de tout mon cœur. S'il vivoit encore, j'irois me jeter à son cou, et je lui dirois en l'embrassant : Mon général, c'est vous qui êtes un brave homme et un honnête homme. Au lieu d'en vouloir, comme Coriolan, à votre patrie qui vous avoit exilé injustement, vous avez volé à son secours, dès que vous avez su qu'elle étoit en danger. Tout mon désir est d'apprendre le métier des armes sous vos ordres. Daignez me recevoir au nombre de vos soldats : je suis petit, et je n'ai pas encore grande force ; mais j'ai du cœur et de l'honneur, et je veux vous ressembler. »

La Gaucherie ne put s'empêcher de rire de l'extrême vivacité avec laquelle Henri lui fit cette réponse. Ses yeux en effet petilloient de feu en parlant ainsi. Charmé de cette ardeur et de ses nobles sentimens, il lui dit, pour les faire éclater encore davantage : « Vous devriez un peu plus ménager ceux qui ont pris les armes contre leur patrie. Il pourroit se trouver dans votre famille quelqu'un qui eût mérité ce reproche. Cela est faux, cela n'est pas possible, s'écria Henri ; je vous croirai sur tout le reste, mais jamais sur cet article. » La Gaucherie lui lut alors l'histoire de la révolte du connétable de Bourbon, et pendant cette lecture il remarquoit sa contenance. Le jeune prince pâlissoit de colère, rougissoit, se levoit, s'asseyoit à tout instant, et dit à la fin, les larmes aux yeux : « Je n'aurois jamais cru un prince de ma famille capable d'une pareille lâcheté. Je le renie pour mon parent ». Aussitôt il prend une plume et de l'encre, va effacer le nom du connétable de la carte généalogique de la maison de Bourbon, qui

étoit à l'extrémité de la chambre, et mit à la place celui
du chevalier Bayard.

Son précepteur applaudit fort à cette action et lui
dit : « Je suis très-content de vous. Vous avez bien
raison de préférer ce brave chevalier, quoique simple
gentilhomme, mais qui est mort les armes à la main
pour sa patrie, à ce connétable, quoiqu'il fût un grand
prince. La véritable illustration des maisons, même les
plus anciennes et les plus respectables, ne consiste ni
dans les titres, ni dans les honneurs : c'est dans la vertu
seule. Dès lors, il vous seroit plus glorieux d'avoir
Bayard pour parent, que le connétable, quand il eût
été roi. »

Ces raisonnemens de Henri et les instructions que
lui donnoit son Mentor, pourront paroître à quelques
personnes au-dessus de l'âge de ce jeune prince, qui n'a-
voit alors que onze à douze ans. Mais il faut qu'elles
sachent qu'il y avoit déjà trois ans que La Gaucherie
s'appliquoit à lui former le jugement, par les questions
qu'il lui faisoit sur chaque action intéressante des grands
hommes dont il apprenoit par cœur la vie en abrégé.
Ce genre de travail plaisoit infiniment à Henri, parce
qu'il nourrissoit et augmentoit en lui le désir qui l'animoit de parvenir un jour à la gloire de ces illustres personnages. Il ne se contentoit pas de s'en proposer un
seul pour modèle; il vouloit imiter tout ce qui paroissoit digne de louange dans chacun en particulier;
il recueilloit et entassoit avidement dans sa mémoire
toutes leurs vertus et leurs actions les plus estima-

bles, se flattant de les effacer tous, s'il pouvoit réunir en lui seul, ce qui n'avoit été que partagé entre eux.

----

§ VIII. *Peinture du véritable amour de la patrie.*

Aimer sa patrie, c'est faire tous ses efforts pour qu'elle soit redoutable au dehors et tranquille au dedans. Des victoires, ou des traités avantageux, lui attirent le respect des nations [1]; le maintien des lois et des mœurs peut seul affermir sa tranquillité intérieure : ainsi, pendant qu'on oppose aux ennemis de l'état des généraux et des négociateurs habiles, il faut opposer à la licence et aux vices qui tendent à tout détruire, des lois et des vertus qui tendent à tout rétablir : et de là quelle foule de devoirs aussi essentiels qu'indispensables pour chaque classe de citoyens, pour chaque citoyen en particulier !

O vous, qui êtes l'objet de ces réflexions ! vous qui me faites regretter en ce moment de n'avoir pas une éloquence assez vive pour vous parler dignement des vérités dont je suis pénétré ! vous enfin que je voudrois embraser de tous les amours honnêtes, parce que vous n'en seriez que plus heureux ! souvenez-vous sans cesse que la patrie a des droits imprescriptibles et sacrés sur vos talens, sur vos vertus, sur vos sentimens et sur toutes vos actions; qu'en quelqu'état que vous vous trouviez, vous n'êtes que des soldats en faction, tou-

[1] Xénophon.

jours obligés de veiller pour elle, et de voler à son secours au moindre danger.

Pour remplir une si haute destinée, il ne suffit pas de
vous acquitter des emplois qu'elle vous confie, de défendre ses lois, de connoître ses intérêts, de répandre
même votre sang, dans un champ de bataille, ou dans la
place publique. Il est pour elle des ennemis plus dangereux que les ligues des nations et les divisions intestines; c'est la guerre sourde et lente, mais vive et continue, que les vices font aux mœurs : guerre d'autant
plus funeste, que la patrie n'a par elle-même aucun moyen de l'éviter ou de la soutenir. Permettez
qu'à l'exemple de Socrate, je mette dans sa bouche le discours qu'elle est en droit d'adresser à ses
enfans [1].

C'est ici que vous avez reçu la vie, et que de sages
institutions ont perfectionné votre raison. Mes lois
veillent à la sûreté du moindre des citoyens, et vous
avez tous fait un serment formel ou tacite de consa-
crer vos jours à mon service. Voilà mes titres : quels
sont les vôtres pour donner atteinte aux mœurs, qui
servent mieux que les lois de fondement à mon empire? Ignorez-vous qu'on ne peut les violer, sans entretenir dans l'état un poison destructeur; qu'un seul
exemple de dissolution peut corrompre une nation, et
lui devenir plus funeste que la perte d'une bataille; que
vous respecteriez la décence publique, s'il vous falloit
du courage pour la braver; et que le faste avec lequel

[1] Platon.

vous étalez des excès qui restent impunis, est une lâcheté aussi méprisable qu'insolente ?

Cependant vous osez vous approprier ma gloire, et vous enorgueillir, aux yeux des étrangers [1], d'être nés dans cette ville qui a produit Solon et Aristide, de descendre de ces héros qui ont fait si souvent triompher nos armes. Mais quels rapports y a-t-il entre ces sages et vous ? Je dis plus, qu'y a-t-il de commun entre vous et vos aïeux ? Savez-vous qui sont les compatriotes et les enfans de ces grands hommes ? Les citoyens vertueux, dans quelqu'état qu'ils soient nés, dans quelqu'intervalle de temps qu'ils puissent naître [2].

Heureuse la patrie, si aux vertus dont elle s'honore, ils ne joignoient pas une indulgence qui concourt à sa perte ! Écoutez ma voix à votre tour, vous qui de siècle en siècle perpétuez la race des hommes précieux à l'humanité. J'ai établi des lois contre les crimes ; je n'en ai point décerné contre les vices, parce que ma vengeance ne peut être qu'entre vos mains, et que vous seuls pouvez les poursuivre par une haine vigoureuse [3]. Loin de la contenir dans le silence, il faut que votre indignation tombe en éclats sur la licence qui détruit les mœurs, sur les violences, les injustices et les perfidies qui se dérobent à la vigilance des lois, sur la fausse probité, la fausse modestie, la fausse amitié, et toutes ces viles impostures qui surprennent l'estime des hommes. Et ne dites pas que les temps sont changés, et qu'il faut avoir plus de ménagemens pour le crédit des coupa-

---

[1] Thucydide. = [2] Iphicrate dans Aristote. = [3] Platon.

I.   20

bles : une vertu sans ressort est une vertu sans principes ; dès qu'elle ne frémit pas à l'aspect des vices, elle en est souillée.

Songez quelle ardeur s'empareroit de vous, si tout à coup on vous annonçoit que l'ennemi prend les armes, qu'il est sur vos frontières, qu'il est à vos portes. Ce n'est pas là qu'il se trouve aujourd'hui ; il est au milieu de vous, dans le sénat, dans les assemblées de la nation, dans les tribunaux, dans vos maisons. Ses progrès sont si rapides, qu'à moins que les dieux ou les gens de bien n'arrêtent ses entreprises, il faudra bientôt renoncer à tout espoir de réforme et de salut.

Si nous étions sensibles aux reproches que nous venons d'entendre, la société, devenue par notre excessive condescendance un champ abandonné aux tigres et aux serpens, seroit le séjour de la paix et du bonheur. Ne nous flattons pas de voir un pareil changement : beaucoup de citoyens ont des vertus ; rien de si rare qu'un homme vertueux, parce que, pour l'être en effet, il faut avoir le courage de l'être dans tous les temps, dans toutes les circonstances, malgré tous les obstacles, au mépris des plus grands intérêts.

Mais si les âmes honnêtes ne peuvent pas se confédérer contre les hommes faux et pervers, qu'elles se liguent du moins en faveur des gens de bien.

BARTHÉLEMY.

§ IX. *Attachement du chancelier de l'Hôpital pour sa patrie.*

Toutes les affections du chancelier de l'Hôpital étoient subordonnées à l'amour de la patrie. Les factieux de

tous les partis qui déchiroient alors la France furent ses
ennemis, et, comme ils étoient en très-grand nombre,
son mérite ne fut généralement reconnu qu'après sa
mort; et la postérité, qui est le plus infaillible de tous
les juges, l'égale à tout ce que la Grèce et Rome, ver-
tueuses encore, ont produit de plus illustre, de plus
estimable et de plus intègre. Il parloit comme Cicéron,
et agissoit comme Caton. Il conserva son âme et ses
mains pures, au milieu du siècle le plus corrompu.
Bien éloigné de tous les vices qui dominoient alors, il
crut que c'étoit peu de n'en point partager la flétrissure,
il prit la massue d'Hercule, pour exterminer l'hydre.
Cette hardiesse surprit d'abord; mais son innocence
parut long-temps un titre suffisant, pour le laisser combattre contre les désordres publics. Ce qui le caractéri-
soit davantage, étoit l'amour le plus ardent pour la patrie.
Cet amour perce dans ces vers sublimes qui nous
restent de lui, et où la morale la plus pure est ornée
par tous les charmes de la poésie. Nous en citerons quelques traits.

« Si vous avez quelque dignité et de l'élévation, ennо-
blissez-la, tournez-la vers la grandeur de la patrie;
aspirez à d'immortels lauriers, à ceux que le temps ne
doit jamais flétrir. La noblesse se vante d'aimer la véritable gloire : il est facile de la distinguer de celle qui ne
l'est pas. Pour gagner un procès médiocre au tribunal
d'un juge avare, vous vendez vos terres, malheureux!
vous vendez la maison de vos pères; et pour défendre
l'état, pour sauver votre héritage, homme sordide! vous
hésitez à dépenser un écu! Est-ce ainsi que la gloire

des Français est montée jusqu'au ciel : cette valeureuse
jeunesse, dont les armes firent trembler l'Europe et
l'Asie, se forma-t-elle dans l'enceinte du barreau, et dans
le vil dédale de la chicane? Le camp fut son barreau, et
le fer sa plume. »

. . . .

« L'Anglais avait chassé nos pères de l'Aquitaine. Tous
deux, fameux par leurs hauts-faits d'armes, Poton et la
Hire revenoient tristement. Contraints l'un et l'autre de
céder à la trop cruelle fortune de la guerre, ils arrivent
pénétrés de douleur à la cour brillante de Charles vii.
Ils saluent le roi, alors occupé d'un ballet! Mes amis,
leur dit-il, vous voyez que je danse avec assez de grâce.
L'un d'eux tirant alors des soupirs profonds de son cœur:
« Oui, dit-il, je pense que l'on ne sauroit perdre plus gaie-
» ment un royaume. » Le reproche de ce preux chevalier
ne fut point perdu. Charles changea de conduite dès ce
moment, et préféra le soin de son royaume à ces vains
amusemens ; enfin il devint roi. »

. . . .

« Heureux qui peut apprendre de votre bouche (il écrit
à Adrien Turnebe, professeur royal) les langues harmo-
nieuses de la Grèce et de Rome! Paris n'aura pas lieu
d'envier le sort d'Athènes, ni de l'ancienne maîtresse
des nations, tant qu'il possédera un homme qui a des
mœurs si douces, et autant d'esprit. Courage, mon ami,
travaillez pour les âges futurs; n'épargnez point vos
peines, écrivez hardiment, et sur ma parole comptez
sur l'admiration de ceux qui viendront après vous.
Ayez l'audace de produire quelque chose de grand, et

tiré de votre propre fonds. Arrachez des mains des Grecs
et des Romains (je crois que vous le pouvez), arrachez-
leur ces palmes antiques dont ils sont si fiers; supérieurs
à tous les peuples de l'Europe pour la gloire des armes,
assurez-nous le même avantage dans la littérature. »

. . . .
« J'avoue moi-même que je suis malheureux du
malheur public! Tout homme qui aime sa patrie et son
roi, est à plaindre quand sa patrie n'est plus. Mais je
ne saurois remédier à tant de calamités; inutilement j'ai
fait tous mes efforts pour les prévenir. Le médecin
qu'on éloigne d'un malade forcera-t-il les portes, se
battra-t-il pour entrer? Non, il attestera les dieux, et
s'en ira. . . . . Précipité de ma dignité par des pervers,
après avoir gouverné si long-temps et avec tant de
gloire, ferai-je des imprécations contre ma patrie? Non;
mais je ferai des vœux pour les nouveaux ministres ».

. . . .
« Suis-je donc le premier homme ou le seul qu'une
ingrate patrie ait fait sortir de ses murs, parce que ma
vertu incorruptible lui étoit insupportable? Combien de
citoyens vertueux ont souffert de cette manière, et
avec le plus grand courage, un exil perpétuel! . . . Il
est assez de gens qui vont d'abord fièrement au combat,
et qui sont intrépides contre toutes les menaces et les
fureurs de la guerre; mais, souvent, après avoir reçu
une blessure dangereuse, ils se rebutent, le camp leur
déplaît, et ils ne peuvent plus supporter la vue de l'ennemi. Mais la vertu n'est rien si elle se dément, et dès
que la constance l'abandonne : non, non, une âme

trempée une fois dans l'amour de la vertu, ne sauroit se
ternir par aucun accident.... Je ne prétends donc
point vous ôter l'amour de la patrie. Si votre âme renferme de grands desseins, si elle est capable de quelque
chose de sublime, si vous la sentez supérieure à votre
état, jeune encore suivez l'impulsion de la nature, entrez dans l'administration publique : car, après la divinité, la patrie mérite notre premier amour. Consacré une
fois à son service, persistez, souffrez jusqu'à votre dernière heure, jusqu'à l'entrée de la tombe, tant que la
patrie vous demandera. Néanmoins, si elle vous rejette,
ou si, ennuyée de vous, elle se fait de nouveaux favo-
ris, partez avec joie et allez rejoindre votre femme et
vos enfans, en sauvant votre réputation et votre gloire,
comblé d'honneur, et surtout muni de la conscience
d'une vie sans tache. Il est beau de se reposer dans ses
foyers des travaux entrepris pour l'état. Il est beau de
voir un vieillard couvert de gloire, occupé dans son
champ du ménage rustique, alignant son verger, lisant,
écrivant encore pour l'instruction de ceux qui viendront après lui. Il est consolant, si près du but, de reposer son âme et son corps dans le sein d'une famille
chérie, avant d'aller dormir dans la tombe de ses
pères. . . . . »

« Mon roi me mande d'avoir patience et bon courage, et il ne cesse de me donner des preuves d'une véritable amitié. Il fournit abondamment à ma subsis-
tance, il me laisse tous les avantages que j'avois à la
cour. Pourrois-je donc être fâché d'un pareil exil?

Une seule chose m'afflige, c'est de ne pouvoir éteindre l'incendie de ma patrie en cendre. »

Charles ix, trop foible pour résister aux suggestions de sa coupable mère, Catherine de Médicis, s'étoit vu forcé, par des considérations d'état, d'éloigner ce grand homme; et ce prince, dans ses derniers jours surtout, regretta ce vertueux chancelier, qui seul eût sauvé sa patrie, s'il eût été au pouvoir d'un homme de réunir les factions opposées qui déchiroient son sein, et qu'il avoit en vain exhortées à une tolérance civile que la religion même commande.

Malheureux citoyens, leur avoit-il dit, quel est donc votre aveuglement? Quoi! vous avez tous le même Dieu, le même roi, la même patrie; vous respirez le même air, vous jouissez du même ciel; ville, tribunaux, lois, jugemens, tout vous est commun! O troupe de frères! une animosité impie vous met cependant à tous les armes à la main; vous allez vous entr'égorger, comme si vous arriviez des deux extrémités du globe, inconnus les uns aux autres, différens d'armure et de langage.

C'est, dites-vous, que nous ne fréquentons pas les mêmes temples, que nous différons de culte et que le sacrifice varie parmi nous.

Eh! n'avez-vous jamais entendu parler des Grecs, des Arméniens et des peuples de l'Inde? Toutes ces nations, qui adorent la divinité d'une manière si différente, nous regardent-elles comme des monstres? Ne leur rendons-nous pas aussi les services mutuels de l'humanité? Les Juifs eux-mêmes, les Juifs, ennemis per-

pétuels du nom que nous portons, ne vivent-ils pas
tranquillement au milieu de nous ? Les Turcs, les peuples les plus barbares et les plus éloignés ne fréquen-
tent-ils pas impunément nos villes et n'emportent-
ils pas, sans rien craindre, nos marchandises au-
delà des mers ? Que dis-je ! la France, ô douleur ! ne
produit-elle pas aujourd'hui des Protagore, des Épi-
cure ? On ne les poursuit pourtant pas en justice, on
ne fait pas de lois contre eux, quoiqu'ils soient bien
plus éloignés de la voie que Jésus-Christ nous a tracée.
Quel peut donc être le principe de l'animosité, que nous
portons à nos frères ?

§ X. *De l'amour du prince et de la patrie.*

Il est trop vrai que les plus doux et les premiers sentimens de la nature, quoique beaux, quoique délicieux
même, quoiqu'ineffaçables de notre cœur, y trouvent
néanmoins de cruels ennemis à combattre ; je veux dire
des passions rébelles, qui semblent nées pour le malheur du genre humain. C'est une contradiction, mais
qui n'est que trop réelle. Toutes les passions humaines
sont naturellement misanthropes, et ne tendent, si on
les laissoit faire, qu'à la destruction totale de l'homme.
La colère en veut à sa vie, l'ambition à sa liberté, l'avarice à ses biens, l'envie à son mérite ou à ses succès ; la
plus basse de toutes, si basse que je n'ose la nommer, à
son honneur et à sa vertu.

Il falloit donc un frein pour en arrêter la licence, il
falloit armer les droits de l'ordre essentiel et de l'ordre

naturel contre la fureur de leurs attaques. C'est ce qu'on a exécuté en leur opposant la barrière de l'ordre civil et politique .... Nous n'avons qu'à jeter les yeux sur la carte du monde moral, pour découvrir, par toute la terre, une étonnante inégalité dans les conditions humaines : les unes immédiatement ordonnées par la providence du créateur ; des grands et des petits, des riches et des pauvres, et tels uniquement par le sort de leur naissance ; les autres établies par la prudence des législateurs, pour maintenir chacun dans ses droits et dans ses devoirs ; des princes, des magistrats, des officiers de toute espèce, préposés par les lois, ceux-ci pour veiller, ceux-là pour commander, d'autres pour exécuter : c'est ce que nous entendons par ordre civil et politique.

Il n'est pas question de le justifier à ceux qui auroient le malheur d'être mécontens de leur partage : il n'est jamais permis de demander à Dieu raison de ses ordonnances, et il n'est plus temps de le demander aux hommes. L'ordre est établi, nous ne le changerons pas, et nous aurons plutôt fait de nous y soumettre, que de nous en plaindre. Mais de plus, sans demander ni à Dieu ni aux hommes raison de leur conduite, il n'est pas difficile de prouver que, dans l'état présent de la nature humaine, cette inégale distribution des biens et des rangs étoit absolument nécessaire, et que de là même il résulte dans l'univers une espèce de beauté, qui compense, peut-être avec usure, le désordre apparent de l'inégalité des partages.

Que cette inégalité soit une suite nécessaire de l'état présent de la nature humaine, la preuve en saute aux

I.

yeux. Faites aujourd'hui, entre les hommes, le partage
le plus égal et le plus géométrique des biens de la terre,
l'inégalité s'y remettra demain par la violence des uns ,
ou par la mauvaise économie des autres. Il faudroit
ignorer trop parfaitement le monde pour en douter.
De même , que l'on mette aujourd'hui tous les hommes
dans un parfait niveau pour les rangs, ce niveau, dont
la théorie paroît si agréable, se verra demain renversé
dans la pratique par l'esprit de domination qui saisira les
plus forts, pour s'élever sur la tête des plus foibles; ou
par l'esprit d'adulation , qui prosternera toujours les
plus foibles aux pieds des plus forts. En faut-il d'autres
preuves que le malheur des états qui tombent dans
l'anarchie , par le mépris de l'ordre établi par les lois...?
L'égalité géométrique ne pouvant donc subsister entre les
hommes ni pour les biens, ni pour les rangs, ni pour notre
propre intérêt, ni pour celui de nos concitoyens que nous
ne devons jamais séparer du nôtre, sinon que pour nous
rendre mutuellement heureux; il faut nous contenter de
cette espèce d'égalité morale, qui consiste à maintenir
chacun dans ses droits, dans son état héréditaire ou
acquis, dans sa terre, dans sa maison, dans sa liberté
naturelle, mais aussi dans la subordination nécessaire
pour y maintenir les autres. C'est ainsi que les lois éga-
lent tout le monde. Pouvons-nous sagement souhaiter
d'être plus égaux ?

Or, voilà le chef-d'œuvre de l'ordre civil et politique :
il remplace par l'équité des lois, l'égalité des conditions.
Il n'étoit pas possible de les mettre de niveau, il a trouvé
une balance pour les mettre du moins dans une espèce

d'équilibre; et de là combien d'avantages, combien même
d'agrémens et de beautés ne voyons-nous pas naître
dans la société civile! C'est de quoi il importe encore à
notre bonheur de nous bien convaincre.

Avant qu'il y eût parmi les hommes un ordre établi
par les lois, quelle étoit la face du monde? La violence,
les rapines, les assassinats. Représentons-nous tous les
ravages que peut produire une armée de passions déchaînées. Nulle assurance pour la vie, nulle sauvegarde
pour les biens, nul asile pour l'honneur.... Mais voici
une barrière qui va arrêter le cours du désordre. Aussitôt
que les hommes eurent inventé le remède des lois, pour
mettre la force à la raison; quand, pour le faire exécuter,
on eut armé de la puissance du glaive un magistrat suprême....; en un mot, quand on eut établi l'ordre civil
pour rétablir dans ses droits celui de la nature, quel
heureux changement de scène! La subordination succède
à l'indépendance, la règle à la confusion, la justice à la
force, la sûreté publique à l'inquiétude générale, le repos des particuliers aux alarmes continuelles : tout devient tranquille, sous la protection des lois. Sous cette
garantie, nous pouvons, sans crainte, voyager dans toutes
les parties du monde habitable; dans les pays étrangers,
sur la foi du droit des gens; et dans le nôtre, sur la foi
des ordonnances royales : elles sont nos gardes pendant
le jour, nos sentinelles pendant la nuit, nos escortes
fidèles en tout temps et en tout lieu. En quelque endroit
du royaume que je me transporte, je vois partout le
sceptre de mon roi, qui assure ma route, qui tient tout
en respect, tout en paix, les laboureurs dans les cam-

pagnes, les artisans dans les villes, les marchands sur la mer, les voyageurs dans les forêts. Il semble que toutes les passions soient désarmées. Le cœur peut bien encore en recevoir secrètement quelques impressions rebelles; mais le bras, retenu par la crainte, n'ose plus les servir à leur gré : semblables à ces torrens qui coulent entre des montagnes, il faut qu'elles se resserrent dans leurs bords; ou s'il y en a quelqu'une qui déborde encore malgré la digue des lois, un petit coup de sceptre vient, qui la fait à l'instant rentrer dans son lit pour ne plus désoler que son propre terrain, ou du moins, pour ne causer au dehors aucun ravage considérable. »

Mais ce n'est là que l'extérieur de l'ordre civil et politique. Pénétrons-en l'intérieur. Quel est le ressort secret, qui maintient si constamment cet ordre, dans une machine aussi composée qu'un état, et dans un si grand nombre d'états si différens, répandus dans le monde, les uns plus forts, les autres plus foibles ? C'est une des merveilles de la providence, nécessaire pour empêcher les nations de se confondre et de se détruire : une merveille d'autant plus admirable, que, depuis la dispersion des peuples, nous la voyons partout subsister, comme d'elle-même et sans effort; je veux dire, *l'amour de la patrie*, amour aussi naturel que l'amour de nous-mêmes et de nos parens, qui naît en nous par instinct, mais qui se confirme par la raison; qui s'accroît par l'habitude, mais qui se fortifie par la réflexion; qui s'établit d'abord par l'intérêt, mais qui se soutient par l'honneur et par la vertu; qui s'allume, pour ainsi dire, par le zèle pour sa propre maison, mais qui s'enflamme par

celui des autres, qui réunit ainsi tous les motifs divins
et humains, pour nous lier ensemble inséparablement,
sous les idées les plus touchantes; les rois à leurs peuples, comme à leurs enfans; les peuples à leurs rois,
comme à leurs pères; les peuples entre eux, comme
les enfans d'une même famille. Car, en effet, ne
sont-ce point là les idées que nous présente naturellement le nom de *patrie?* un père, des enfans, une
famille réunie sous la même autorité paternelle.

Il n'en falloit pas moins pour maintenir tous les
états chacun dans ses bornes, pour les conserver entre
eux dans ce bel équilibre, que la politique humaine
chercheroit en vain, si la nature ne lui en fournissoit
le ressort et le point d'appui nécessaire dans l'amour de
la patrie; enfin pour tenir chaque peuple attaché au
lieu de sa naissance..., à sa forme de gouvernement...,
à ses lois et à ses coutumes.... Il n'en falloit pas, dis-je,
moins pour produire dans l'univers tous ces miracles de
constance. Mais aussi, vous m'avouerez qu'il n'en faut
pas davantage, pour démontrer à tout esprit attentif, que
par là l'ordre civil, quoiqu'arbitraire dans une infinité
de ses règlemens, rentre néanmoins dans l'ordre naturel; ou plutôt que l'ordre civil, pour mériter ce nom,
ne doit être autre chose que l'ordre naturel, armé pour
la défense du pouvoir suprême, pour se faire obéir.

Concluons en deux mots. De même qu'il y a un ordre d'idées éternelles, qui doit régler les jugemens que
nous portons des objets considérés en eux-mêmes par
leur mérite absolu, et un ordre de sentimens naturels
qui doit régler nos affections pour les autres hommes,

par le mérite, si j'ose ainsi dire, du sang qui nous unit ensemble dans une source commune, il y a aussi un certain ordre d'égards civils, qui doit régler nos devoirs extérieurs par le mérite du rang, de la condition ou de la place des personnes avec qui nous avons à vivre ou à traiter dans le monde.

LE PÈRE ANDRÉ.

CHAPITRE II.

Avantages de la monarchie sur les autres espèces
de gouvernement.

§ I.er *Idée de la monarchie.*

Toute société politique existe par la réunion de trois
choses : le souverain, le peuple et les lois. Dans les états
monarchiques, il est une loi écrite et une loi vivante.
La loi vivante c'est le monarque.

ARCHYTAS.

§ II. *Quel est le meilleur gouvernement? ou* [1] *Discours pro-*
noncés dans le conseil des Sept Grands de la Perse, après
la mort de Cambyse et la punition du mage qui avoit usurpé
le trône, en se donnant pour Smerdis, fils de Cyrus.

Cambyse, fils de Cyrus, avoit quitté sa capitale. Il se
plaisoit à parcourir les belles contrées de l'Égypte,
lorsqu'au milieu des fêtes et des plaisirs de ce voyage,
un songe l'effraya sur l'ambition de son frère Smerdis,

---

[1] Le récit de ce grand événement fut le sujet des exercices publics sou-
tenus, le 18 août 1778, au collége de Troyes, alors sous la direction des
Pères de l'Oratoire. Les libérateurs de la Perse furent mis en scène et re-
présentés par de jeunes élèves. Cette forme dramatique jeta beaucoup d'intérêt sur la solennité littéraire de ce jour. On ne sauroit accorder trop
d'estime au genre d'instruction et aux principes que cette congrégation
donnoit à ses disciples. La sagesse de ses règlemens, les soins paternels
qu'elle prodiguoit à la jeunesse, les sentimens d'amour et de fidélité qu'elle

et, sur la foi d'un songe, il résolut de le faire périr.

Prexaspes fut chargé de cet ordre inhumain, et vint l'exécuter à Suse dans le plus grand secret. Ce crime si mystérieux parvint cependant à la connoissance de deux mages que, pendant son absence, Cambyse avoit chargés d'administrer ses domaines. Ces deux mages étoient frères. Le plus jeune avoit quelque ressemblance avec Smerdis et portoit le même nom. A la faveur de cette double circonstance, l'aîné forma le projet de régner sous le nom de son frère, et d'envahir le trône de son maître. Il envoya des hérauts dans toutes les provinces de l'empire : il osa même en faire partir pour l'Égypte avec ordre de proclamer qu'il étoit défendu aux armées d'obéir à Cambyse, et qu'on ne devoit reconnoître à l'avenir pour souverain que Smerdis, fils de Cyrus.

A cette nouvelle, Cambyse se persuada qu'il avoit été trahi par Prexaspes. Seigneur, lui dit son trop fidèle sujet, ne croyez rien de ce que vient de publier le

lui inspiroit pour le gouvernement et son chef, sont des modèles dont il sera toujours utile de garder le souvenir. Il seroit à souhaiter que l'exemple qu'a donné le collège de Troyes fût suivi dans les établissemens d'instruction publique, et qu'au lieu de ces discours assez insignifians quelquefois, ou de ces pièces de théâtre souvent mal choisies et toujours déplacées qui précèdent les distributions des prix, on exerçât les élèves à s'emparer de quelques situations frappantes de l'histoire ancienne ou moderne, et à les mettre eux-mêmes en action. C'étoit le vœu qu'exprimoit le célèbre Pierre Pithou dans une de ses lettres écrites en latin à M. de Thou, et c'est ce qui fut exécuté dans les différens plaidoyers dont nous allons présenter des extraits. Nous les devons à l'auteur même, M. Adry, l'un des membres les plus instruits et les plus laborieux de cette congrégation respectable, écrivain modeste, déjà connu par des productions estimables, dont tous les momens sont consacrés à des travaux utiles, mais trop secrets, et qui semble fuir la célébrité, avec le même soin qu'on la recherche.

héraut. Votre frère Smerdis ne se révoltera jamais contre vous. J'ai moi-même exécuté vos ordres, et je lui ai donné la sépulture de mes propres mains. Mais je soupçonne que le soulèvement qui vous menace est suscité par les deux mages que vous avez laissés dans votre palais, Patisithès et son frère Smerdis.

A ce nom, Cambyse fut frappé comme d'un trait de lumière. Il se jeta sur son cheval dans le dessein de marcher en diligence contre les conspirateurs ; mais, en s'élançant, le fourreau de son cimeterre tomba; et le glaive, étant resté nu, le blessa à la cuisse. La plaie devint mortelle et Cambyse expira sans laisser de postérité.

Ainsi délivré de Cambyse, le mage gouverna tranquillement pendant les sept mois qui restoient encore, pour accomplir la huitième année de son prédécesseur.

L'usurpateur ne sortoit jamais de la citadelle, ne mandoit auprès de lui aucun des grands du royaume, et ne recevoit que dans l'obscurité de la nuit, les femmes qu'il admettoit au rang de ses épouses. Une d'elles cependant parvint à faire connoître à son père, que le faux souverain qui la trompoit, ainsi que la Perse entière, n'étoit qu'un misérable, déja flétri sous Cambyse par une peine infamante.

Otanes, instruit par sa fille de ces particularités importantes, forma la résolution de s'exposer à tous les dangers pour délivrer son pays. Il confia d'abord son projet à cinq personnages du premier rang, et Darius qui, dans ce moment, arrivoit d'un long voyage, fut admis le septième au serment de fidélité, qui lia ces hommes généreux.

Plusieurs vouloient consulter la prudence, attendre un moment favorable et différer l'entreprise. Darius insista pour une prompte exécution, et menaça même d'aller tout révéler au mage, si l'on refusoit de l'attaquer dans le jour même.

L'occasion se présenta d'elle-même.

Prexaspes, dont le crime étoit ignoré, jouissoit encore de la plus haute estime. Les mages l'avoient engagé par mille promesses à se présenter sur la plateforme d'une tour, et à déclarer aux Perses, qu'ils venoient de convoquer sous les murs du palais, que c'étoit véritablement Smerdis, fils de Cyrus, qui régnoit sur eux, et non pas un autre.

En effet, Prexaspes avoit consenti à haranguer la multitude. Il commença la généalogie de Cyrus par Achéménès. Quand il en fut à Cyrus, il fit l'énumération de tous les biens dont il avoit comblé les Perses, et tout à coup, lorsqu'il fut certain de l'émotion que son discours faisoit naître, il découvrit la vérité, il s'accusa lui-même; il assura que par les ordres de Cambyse il avoit tué Smerdis, fils de Cyrus, et que c'étoient les mages qui régnoient actuellement. Il peignit ses remords, et tout l'opprobre qui retomberoit sur les Perses, s'ils ne recouvroient pas l'empire et s'ils ne se vengeoient pas des mages. Alors, après de vives imprécations, il se précipita de la tour, et scella de son sang la vérité de ses paroles.

Dans ce moment de confusion, les sept Perses péné-

trèrent dans le palais, et, s'encourageant mutuellement,
ils tombèrent, le poignard à la main, sur tous ceux qui
tentèrent de les retenir. Ils parvinrent promptement
jusqu'aux deux usurpateurs. Ils essayèrent de se défendre, et l'un des mages, avant de tomber sous les coups
de Gobryas, blessa lui seul deux des conjurés. L'autre
mage avoit fui dans un appartement plus reculé, il en
fermoit la porte lorsque Darius et Gobryas s'y jetèrent
avec lui. Gobryas saisit le mage au corps ; mais, comme
on étoit dans les ténèbres, Darius craignoit de se tromper
et de blesser son ami. « *Frappez , frappez* , lui dit
Gobryas, *dussiez-vous me percer aussi.* » Darius obéit,
et par un bonheur extrême il n'atteignit que le mage.

Ainsi périrent les faux souverains. Darius et Gobryas
leur coupèrent la tête, et la tenant à la main ils sortirent du palais en jetant de grands cris.

Les Perses, instruits de l'action des sept guerriers,
applaudirent à leur courage. Ils voulurent les imiter ; et,
dans leur première fureur, ils tuèrent tous les mages
qu'ils rencontrèrent.

Cet événement devint tous les ans pour la Perse l'é-
poque d'une fête solennelle. Dès que la tranquillité fut
rétablie, les sept guerriers se réunirent, et délibérèrent
entr'eux sur la forme de gouvernement qu'il serait convenable de donner à la Perse. Il fut décidé de s'en
rapporter au jugement de Gobryas, qui avoit porté les
premiers coups.

Jamais délibération ne fut plus importante que celle
qui intéressoit un peuple devenu libre, et rentré dans
tous ses droits par l'extinction de la famille royale, et

par la mort des usurpateurs. Otanes, Mégabyse et Darius parlèrent tour à tour. On trouvera dans leurs discours tout ce qu'on peut dire et penser de plus énergique et de plus sage sur les gouvernemens républicains, aristocratiques et monarchiques.

Otanes parla le premier, et ce fut en faveur du gouvernement républicain : les droits de la nature! la liberté! le despotisme d'un seul! tels furent les grands mots qu'il fit retentir dans son discours. Il appuya tous ses raisonnemens, sur le parallèle imaginaire d'une monarchie gouvernée par un prince inepte et cruel, avec une république établie dans un petit territoire et administrée par des hommes d'une vertu céleste. Tout ce qu'on a dit depuis des siècles sur cette matière n'a été que la répétition du discours d'Otanes. Il nous semble donc inutile de s'appesantir sur une pareille question, d'en fatiguer ceux de nos lecteurs qui, témoins trop récens des calamités que produit une république, ne peuvent sûrement être dépourvus de mémoire; et il seroit plus qu'indiscret de présenter l'éloge d'un tel gouvernement à des jeunes gens sans expérience, dont il ne faut ni attrister le cœur ni égarer la raison.

Telle fut en substance l'opinion d'Otanes; Mégabyse parla pour l'aristocratie.

MÉGABYSE.

Si nous en croyons le défenseur de l'état républicain, la république seule est le séjour de la liberté, le règne de l'égalité parfaite, le triomphe de la vertu.

Voilà ce qui devroit être; mais, si l'on considère ce

qui existe, à quoi se réduira cette liberté qu'on nous a
tant vantée? où trouverons-nous cette égalité dont on
nous a fait des peintures si magnifiques? et verrons-
nous la vertu seule à la tête des républiques?

Avant de résoudre ces questions, il faut commencer
par se former une idée juste et exacte de la liberté.
Doit-elle être confondue avec l'indépendance absolue
de ce sauvage qui vit au fond des déserts, éloigné de
toute société humaine, sans lois, sans règle, sans assujé-
tissement, et n'ayant d'autre guide qu'un instinct
grossier, que le droit de la force et qu'un aveugle caprice?

Si cette espèce de liberté avoit lieu dans les républiques, il n'y auroit ni magistrats, ni juges, ni officiers,
ni aucune forme de gouvernement; et néanmoins il
n'y a aucun état où il y ait un plus grand nombre de
magistrats de toute espèce que dans l'état populaire.
Les hommes qui vivent en société, doivent donc être
soumis à une autorité de quelque nature qu'elle soit.

Leur liberté a donc toujours des bornes, et je soutiens qu'elle a encore moins d'étendue dans les républiques que dans les autres états. Pour s'en convaincre,
il suffit de jeter les yeux sur quelque république. Je
n'y aperçois point cette égalité parfaite de biens et
d'honneurs entre les citoyens. Je conviens même qu'elle
est impraticable. On veut qu'elle soit conforme à la
nature; pourquoi ne diroit-on pas au contraire que la
nature, en faisant les uns plus sages, plus ingénieux que
les autres, semble avoir destiné les uns à gouverner et
les autres à obéir?

Ce seroit sans doute un spectacle bien noble et bien imposant qu'un peuple de sages, et uniquement composé d'hommes vertueux; mais Otanes ne s'est-il pas trompé, en nous laissant croire que les républiques ne renferment dans leur sein que des hommes dignes de commander, et que la vertu seule y dicte des lois?

Transportons-nous, pour en juger, dans une des villes de la Grèce; chez ces peuples qui, depuis près d'un siècle, n'obéissent plus à des rois, et se gouvernent en forme de république. Quelles factions déchirent le corps de l'état! Quel tumulte dans les assemblées! Quelles brigues pour les élections!

Otanes a tonné avec force contre les flatteurs des rois; les flatteurs du peuple sont mille fois plus dangereux.

Dans l'ivresse que lui cause une victoire qu'il n'attribue qu'à lui-même, il devient insolent, ne respecte plus rien, abolit les anciennes lois, absout les coupables et condamne l'innocent. De vils harangueurs applaudissent à toutes ses démarches, et par des éloges outrés mettent le comble à son délire. La noblesse, la vertu, les richesses sont des titres pour devenir l'objet de leurs déclamations, et souvent les citoyens les plus distingués n'obtiennent, pour prix des services rendus à la patrie, que la mort ou l'exil. La place publique n'est plus que le théâtre du trafic le plus honteux, et le lieu où l'on donne les honneurs et les charges à celui qui en offre davantage. La liberté du peuple n'est qu'une licence effrénée. Ce n'est pas lui qui gouverne, ce n'est qu'un petit nombre de factieux qui s'accordent pour déchirer l'état, qui

se liguent pour en partager la dépouille, ou qui le
rendent encore plus malheureux lorsqu'ils sont divisés.

Changeons la scène, et représentons-nous ce même
peuple dans une calamité publique, après la perte d'une
bataille décisive, lorsqu'un ennemi, que rien n'arrête,
s'avance jusqu'aux portes de la ville. Que feront alors
ces fiers républicains? Consternés et abattus s'expose-
ront-ils à donner des conseils qu'on écoutera à peine
dans le temps du danger, et qu'on trouvera l'art d'em-
poisonner, lorsque l'orage sera dissipé?

Le secret, si nécessaire dans les affaires d'état, sera-
t-il gardé de tout un peuple? Une pareille discrétion
est impossible, et l'ennemi sera bientôt instruit de tous
les projets, long-temps avant l'exécution.

C'est ainsi que les républiques sont exposées à une
infinité de dangers. Le mal peut s'y faire aisément; mais
le bien y trouve des obstacles sans nombre.

Rien de plus insensé, rien de plus insolent que la
multitude. Elle ne connoît pas même le véritable intérêt de l'état. Un roi du moins est capable d'écouter des
conseils, lorsqu'il forme quelqu'entreprise; ou, s'il agit
seul, il connoît le but qu'il veut atteindre. Le peuple
ignore même ce qu'il fait, ou plutôt ce qu'on lui fait
faire. Quelle tyrannie ne seroit préférable à celle de
mille tyrans? Puissent les ennemis de la Perse réserver
pour eux le gouvernement populaire. Pour moi, je suis
d'avis qu'on fasse choix de quelques gens de bien, et
qu'on leur confie la toute-puissance.

DARIUS.

Le plus grand inconvénient de l'état monarchique,
celui qui prête davantage aux déclamations de mes adversaires, c'est l'abus que peut faire un prince de l'autorité sans bornes qui lui est confiée. Mais il ne s'agit pas
ici d'opposer une monarchie mal gouvernée, à une démocratie ou une aristocratie sage et réglée. Que devons-
nous examiner? C'est une monarchie sagement administrée qu'il faut comparer à une république, ou à une
aristocratie qui jouiroit du même avantage. Voilà, je
pense, ce qui doit nous occuper; et c'est la question
que mes adversaires ont eu l'adresse d'éluder.

Or je le demande à tous les hommes : la tyrannie qui
s'établit dans un sénat ou dans une assemblée du peuple,
est-elle moins cruelle que celle qui va s'asseoir sur le
trône des rois? Sous un mauvais prince, le peuple a du
moins cette espérance que ses maux finiront un jour, et
la mort d'un tyran peut mettre sur le trône le meilleur
des princes! mais, dans les autres états, la mort de chacun des membres n'apporte aucun remède. Le plus mauvais prince ne peut s'empêcher de reconnoître, qu'il
est le seul auteur et la cause unique de tout ce qui se
fait. Cette idée au moins est capable de l'arrêter quelquefois. Un sénateur au contraire ou un républicain
se croient en sûreté, parce qu'ils ne décident pas seuls.
Dès que l'injustice qu'ils conseillent est adoptée à la
pluralité des voix, c'est le sénat entier, c'est le peuple
qui a commis le crime, c'est la loi qui l'autorise, et
dès-lors aucun des membres ne croit devoir se le reprocher.

Prétendrez-vous que des sénateurs sages et prudens rendront les peuples plus heureux, qu'ils ne le seroient sous le règne d'un seul homme ?. Ne l'espérez pas. Un sage pilote peut conduire heureusement le vaisseau confié à ses soins ; mais si plusieurs pilotes veulent prendre en main le gouvernail, bien loin de s'aider mutuellement, ils ne feront que s'embarrasser. Les uns voudront s'avancer en pleine mer, les autres manœuvreront pour rentrer dans le port ; la tempête surviendra, et le vaisseau fera naufrage, par la seule raison que plusieurs auront entrepris de le conduire ; image fidèle du gouvernement de plusieurs hommes, qui ne pourront jamais s'accorder sur le parti qu'ils doivent prendre, dans les affaires les plus importantes.

Un prince, au commencement de son règne, fait quelquefois, par un vain désir de briller, des lois nouvelles, inutiles ou dangereuses : mais un magistrat sera-t-il moins jaloux de paroître ? Ne l'est-il pas davantage ? n'ayant à gouverner qu'un an ou quelques mois, ne cherchera-t-il pas à faire parler de lui de quelque manière que ce soit ? Et n'établira-t-il pas des lois que son successeur détruira par jalousie ou par caprice ? Ne voit-on pas souvent qu'un magistrat électif a l'approbation des uns, et que les autres lui refusent leurs suffrages. Qu'il est difficile alors de contenir un peuple toujours méprisé des grands, et qui leur porte toujours une secrète envie ! La force seule peut décider, et il faut en venir aux mains. Il n'y a plus alors qu'un moyen de rappeler la paix, c'est de céder au peuple, de lui faire part du gouvernement, et de

I.

l'élever aux charges, ou bien d'investir un des sénateurs d'une autorité absolue : on est réduit à changer
la forme de l'état, l'aristocratie devient un état populaire, ou elle se change en monarchie.

L'état monarchique est à l'abri de tous ces dangers.
L'autorité du prince, toujours ferme et inébranlable,
tient tout en respect, réprime les séditions, et écarte
tous les orages. Il en est du gouvernement d'un état,
comme de la conduite d'une armée, où il est à propos
que plusieurs soient consultés, mais où il est essentiel
qu'un seul décide.

Les peuples de l'Asie n'ont jamais connu que le
gouvernement monarchique ; l'abandonnerons-nous en
ce jour, pour nous préparer des regrets éternels ! Quel
bonheur peut se comparer à la félicité d'un peuple que
gouverne un bon Roi ?

Considérez sur le trône un prince qui se regarde
comme le père de la patrie, et qui n'est occupé qu'à
rendre ses sujets heureux. La vérité ne craint point
d'aborder une cour d'où l'on a banni la flatterie. Persuadé que le premier devoir des rois est de choisir de
bons ministres, il cherche, non pas autour de lui,
mais dans tout son empire, des hommes sages et
doués des talens nécessaires, il s'environne de leurs
lumières. Il méprise une gloire qui n'est fondée que sur
la pompe et sur le luxe. Il établit la sienne sur des
fondemens plus solides.

Comme il ne craint point que ses sujets soient trop
éclairés, il encourage les sciences et les arts. Il estime
ceux qui les cultivent, et ses récompenses font naître

dans ses états des hommes illustres dans tous les genres.
Mais la vertu reçoit de lui un accueil encore plus
distingué. S'il l'honore dans les autres, il la pratique
lui-même. Les grands crimes sont rares, parce que
l'exemple du prince et de ses ministres, plus fort que
toutes les lois, fait régner les mœurs et la vertu.

La nécessité l'oblige-t-elle enfin de prendre les armes;
il renonce malgré lui aux charmes de la paix, et mar-
chant lui-même à la tête de ses armées, quelle émulation
ne met-il pas parmi les simples soldats? En le voyant
se sacrifier lui-même et partager avec eux les dangers,
ils ne craignent plus rien, triomphent des fatigues les
plus pénibles, et volent avec intrépidité à une mort
assurée. Les officiers ne connoissent plus ces jalousies
de commandement toujours préjudiciables aux entreprises militaires; plus de disputes entre eux, que celle de
faire les plus belles actions, et d'avoir le prince pour
témoin de leur courage. Un seul de ses regards est
pour eux la plus noble récompense, et peut seul enfanter
des héros. Quelle armée ne seroit pas invincible sous
un tel prince? De quelle terreur ne frapperoit-elle pas
les ennemis, et quelle confiance ne donneroit-elle pas
aux citoyens?

Enfin, pour tout dire en peu de mots, d'où nous
est venue cette liberté? De qui la tenons-nous? Du peuple, de l'aristocratie, ou d'un monarque? Puisqu'il est
donc vrai que c'est par un seul homme que nous avons
été délivrés de l'esclavage, j'en conclus qu'il faut nous
en tenir au gouvernement d'un seul.

L'opinion de Darius fut approuvée par Gobryas,

et le gouvernement de la Perse devint monarchique.

Ce que l'on peut d'abord conclure de ces trois discours, c'est que toutes les différentes formes de gouvernement sont sujettes aux abus de l'autorité. Ces abus ne se trouvent pas seulement dans le gouvernement d'un seul. Les éphores de Sparte, les décemvirs à Rome, les suffètes de Carthage, n'étoient pas moins cruels que Néron et Caligula. Il faut absolument méconnoître l'humanité et ignorer l'histoire, pour ne pas savoir que les sociétés entières sont sujettes aux mêmes caprices, aux mêmes fautes, aux mêmes passions que les hommes particuliers.

Mais dans le gouvernement populaire, chacun espère devenir tyran à son tour. C'est ce qui flatte ses admirateurs. Le despotisme d'un seul est sans doute un grand mal, mais l'anarchie en est encore un plus grand.

Plusieurs ont cru que le seul moyen de trouver le milieu entre ces deux extrémités, étoit le gouvernement mixte, ou le partage de la souveraineté entre le roi, les nobles et le peuple, entre un seul, plusieurs et la multitude, afin que chacune de ces puissances étant balancée l'une par l'autre, elles restent toutes dans un juste équilibre.

Rien ne paroît plus beau dans la théorie que ce mélange de puissance, et rien ne seroit plus utile dans la pratique, si l'on en pouvoit conserver l'harmonie ; mais ce partage de la souveraineté, loin de faire un équilibre de puissance, en cause souvent le combat perpétuel, jusqu'à ce que l'une d'elles, ayant abattu les deux autres, réduise tout au despotisme ou à l'anarchie. Et puisque les séditions de l'aristocratie, et les corruptions de la démocratie nous font revenir également à l'unité de la puissance suprême; il faut reconnoître que la monarchie est le gouvernement le plus naturel. Ne sait-on pas que par sa nature il est aussi le plus populaire? car si les grands sont la décoration du trône, le peuple seul en est l'appui.

§ III. La monarchie est la forme de gouvernement la plus commune, la plus ancienne, et aussi la plus naturelle.

Le peuple d'Israël se réduisit de lui-même à la monarchie, comme étant le gouvernement universellement reçu. Établissez-nous un roi pour nous juger, comme en ont tous les autres peuples.

Si Dieu se fâche, c'est à cause que jusques-là il avoit gouverné ce peuple par lui-même, et qu'il étoit le vrai roi. C'est pourquoi il dit à Samuel : « Ce n'est pas toi » qu'ils rejettent; c'est moi qu'ils ne veulent point pour » régner sur eux. »

Au reste ce gouvernement étoit tellement le plus naturel, qu'on le voit d'abord dans tous les peuples.

Nous l'avons vu dans l'histoire sainte : mais ici un peu de recours aux histoires profanes nous fera voir, que ce qui a été en république, a vécu primitivement sous des rois.

Rome a commencé par là, et y est enfin revenue comme à son état naturel.

Ce n'est que tard, et peu à peu, que les villes grecques ont formé leurs républiques. L'opinion ancienne de la Grèce étoit celle qu'exprime Homère, par cette célèbre sentence dans l'Iliade : « Plusieurs princes n'est » pas une bonne chose : qu'il n'y ait qu'un prince et » un roi. »

A présent il n'y a point de république, qui n'ait été autrefois soumise à des monarques. Les Suisses étoient sujets des princes de la maison d'Autriche. Les Provinces-Unies ne font que sortir de la domination d'Espagne, et de celle de la maison de Bourgogne. Les villes libres d'Allemagne avoient leurs seigneurs particuliers, outre l'empereur qui étoit le chef commun de tout le corps germanique. Les villes d'Italie qui se sont mises en républiques, du temps de l'empereur Rodolphe, ont acheté de lui leur liberté. Venise même, qui se vante d'être république dès son origine, étoit encore sujette aux empereurs sous le règne de Charlemagne, et long-temps après : elle se forma depuis en état populaire, d'où elle est venue assez tard à l'état où nous la voyons.

Tout le monde donc commence par des monarchies, et presque tout le monde s'y est conservé comme dans l'état le plus naturel.

BOSSUET.

§ IV. *Le gouvernement monarchique est le meilleur.*

S'il est le plus naturel, il est par conséquent le plus durable, et dès là aussi le plus fort.

C'est aussi le plus opposé à la division, qui est le mal le plus essentiel des états, et la cause la plus certaine de leur ruine, conformément à cette parole déjà rapportée : « Tout royaume divisé en lui-même sera désolé : toute ville ou toute famille divisée en elle-même ne subsistera pas. »

Les armées, où paroît le mieux la puissance humaine, veulent naturellement un seul chef : tout est en péril, quand le commandement est partagé. Après la mort de Josué, les enfans d'Israël consultèrent le Seigneur disant : « Qui marchera devant nous contre les » Chananéens, et qui sera notre capitaine dans cette » guerre? Et le Seigneur répondit : Ce sera la tribu » de Juda. »

Bossuet.

§ V. *Dans les temps les plus reculés, il s'établit des rois, ou par le consentement des peuples, ou par le droit de conquête.*

On voit des rois de bonne heure dans le monde. On voit du temps d'Abraham, c'est-à-dire quatre cents ans après le déluge, des royaumes déjà formés et établis de long-temps. On voit premièrement quatre rois, qui font la guerre contre cinq. On voit Melchisedech, roi de Salem, pontife du Dieu très-haut, à qui Abraham donne la dîme. On voit Pharaon roi d'Égypte, et Abimelech roi de Gerare. Un autre Abimelech, aussi roi de Gerare, paroît du temps d'Isaac ; et ce nom apparemment étoit commun aux rois de ce pays-là, comme celui de Pharaon aux rois d'Égypte.

Tous ces rois paroissent bien autorisés ; on leur voit des officiers réglés, une cour, des grands qui les environnent, une armée et un chef des armes pour la commander, une puissance affermie. « Qui touchera, » dit Abimelech, la femme de cet homme, il mourra » de mort. »

Les hommes qui avoient vu, ainsi qu'il a été dit, une image de royaume dans l'union de plusieurs familles sous la conduite d'un père commun, et qui avoient trouvé de la douceur dans cette vie, se portèrent aisément à faire des sociétés de familles, sous des rois qui leur tinssent lieu de père.

Bossuet.

§ VI. *Le premier empire parmi les hommes est l'empire paternel.*

Dieu ayant mis dans nos parens, comme étant en quelque façon les auteurs de notre vie, une image de la puissance par laquelle il a tout fait, il leur a aussi transmis une image de la puissance qu'il a sur ses œuvres. C'est pourquoi nous voyons dans le Décalogue qu'après avoir dit : « Tu adoreras le Seigneur ton Dieu, » et ne serviras que lui, » il ajoute aussitôt : « Honore » ton père et ta mère, afin que tu vives long-temps

» sur la terre que le Seigneur ton Dieu te donnera. »
Ce précepte est comme une suite de l'obéissance qu'il
faut rendre à Dieu, qui est le vrai père.

De là nous pouvons juger que la première idée de
commandement et d'autorité humaine est venue aux
hommes de l'autorité paternelle.

BOSSUET.

§ VII. *La religion chrétienne donne à la dignité royale une origine divine.*

Saint Paul écrivant à Timothée lui dit : « que la piété
» est utile à tout, et que c'est à elle que les biens de la
» vie présente et ceux de la vie future ont été pro-
» mis. » Cela est encore plus vrai des rois que des
autres hommes ; car leur état, même temporel, est
principalement fondé sur la religion : et c'est elle qui
en fait la gloire et la sûreté !

Sans elle la puissance souveraine n'a rien que d'humain : elle paroît dépendre du peuple, et n'avoir d'autre
appui que la possession et la force.

Mais ce n'est point ainsi que la religion la représente ; elle remonte jusqu'à son origine, et elle nous
oblige de la regarder comme divine. C'est Dieu, selon
elle, qui établit les rois : c'est lui qui leur confie son autorité : c'est lui qui les choisit pour ses ministres, et
qui leur soumet les autres hommes ; c'est aller contre
son ordre que de résister aux puissances ; c'est lui
désobéir à lui-même que de leur refuser l'obéissance
et le respect.

I.   24

Combien ces lumières changent-elles les idées ordinaires? Quelle vénération n'attirent-elles point aux souverains? Quelle majesté n'ajoutent-elles pas à l'éclat
extérieur qui les environne?

Quelle imprudence seroit donc la leur, s'ils respec-
toient peu une religion qui les rend si respectables;
s'ils renonçoient à la gloire qu'ils reçoivent d'elle; s'ils
se dégradoient en ne reconnoissant eux-mêmes rien que
d'humain dans leur autorité; s'ils consentoient que leurs
sujets méprisassent l'auguste caractère qui rend leur
personne sacrée, en leur apprenant par leur exemple
à mépriser la religion de qui seule ils le tiennent?

Ils s'avilissent nécessairement dès qu'ils renoncent à
la piété : et si leurs sujets étoient assez injustes pour en
être aussi peu touchés qu'eux, ils ne les regarderoient plus comme une seconde majesté, *Religio se-*
cundæ majestatis (dit Tertullien, en parlant des
des empereurs), après celle de Dieu et comme tenant
sa place; et ils ne verroient dans leur autorité que ce
que les princes y verroient eux-mêmes, c'est-à-dire une
domination fastueuse, qui ne connoîtroit ni son principe ni sa fin.

DUGUET.

§ VIII. *Dieu établit les rois comme ses ministres, et règne par*
eux sur les peuples.

« Le prince, dit saint Paul, est ministre de Dieu
» pour le bien : si vous faites mal, tremblez, car ce
» n'est pas envain qu'il a le glaive : et il est ministre de
» Dieu, vengeur des mauvaises actions. »

Les princes agissent donc comme ministres de Dieu,
et ses lieutenans sur la terre. C'est par eux qu'il exerce
son empire. « Pensez-vous pouvoir résister au royaume
» du Seigneur qu'il possède par les enfans de David? »
C'est pour cela que nous avons vu que le trône royal
n'est pas le trône d'un homme ; mais le trône de Dieu
même. « Dieu a choisi mon fils Salomon pour le placer
» dans le trône où règne le Seigneur sur Israël. »
Et encore : « Salomon s'assit sur le trône du Seigneur. »

Et afin qu'on ne croie pas que cela soit particulier
aux Israélites d'avoir des rois établis de Dieu; voici ce
que dit l'Ecclésiastique : « Dieu donne à chaque peuple
» son gouverneur, et Israël lui est manifestement ré-
» servé. »

BOSSUET.

§ IX. *Dieu est le vrai roi.*

Un grand roi se reconnoît, lorsqu'il parle ainsi en
présence de tout son peuple : « A vous, Seigneur, appar-
» tiennent la majesté et la puissance, et la gloire, et la
» victoire et la louange : tout ce qui est dans le ciel et
» dans la terre est à vous : il vous appartient de régner,
» et vous commandez à tous les princes : les grandeurs
» et les richesses sont à vous; vous dominez sur toutes
» choses : en votre main est la force et la puissance, la
» grandeur et l'empire souverain.

» L'empire de Dieu est éternel ; et de là vient qu'il
» est appelé le roi des siècles. »

Cet empire absolu de Dieu a pour premier titre, et

pour fondement la création. « Il a tout tiré du néant, et
» c'est pourquoi tout est en sa main. Le Seigneur dit
» à Jérémie : Va en la maison d'un potier : là tu enten-
» dras mes paroles. Et j'allai en la maison d'un potier,
» et il travailloit avec sa roue, et il rompit un pot qu'il
» venoit de faire de boue, et de la même terre il en fit
» un autre, et le Seigneur me dit : Ne puis-je pas faire
» comme ce potier? Comme cette terre molle est en la
» main du potier, ainsi vous êtes en ma main, dit le
» Seigneur. »

Bossuet.

§ X. *C'est Dieu qui fait les rois, et qui établit les maisons régnantes.*

David paissoit les brebis de son père Isaï, quand
Dieu l'a élevé d'une condition si vulgaire à la royauté.

Comme il donne les royaumes, il les coupe par la
moitié quand il lui plaît. Il fit dire à Jéroboam par son
prophète : « Je partagerai le royaume de Salomon, et
» je t'en donnerai dix tribus : à cause qu'il a adoré As-
» tarté la déesse des Sidoniens, et Chamos le dieu
» de Moab, et Moloc le dieu des enfans d'Ammon. Je
» lui laisserai une tribu à cause de David mon serviteur,
» et Jérusalem la cité sainte que j'ai choisie. »

Le prophète Jéhu, fils d'Haani, eut aussi ordre de
de dire à Baasa, le troisième roi d'Israël après Jéroboam :
« Je t'ai élevé de la poussière, et je t'ai donné la con-
» duite de mon peuple d'Israël, et tu as marché sur les

» voies de Jéroboam, et tu as excité mon indignation
» contre toi : je te perdrai toi et ta maison. »

Par la même autorité, un prophète alla à Jéhu, fils
de Josaphat, fils de Namsi, et, le trouvant au milieu des
grands, il dit tout haut : « O prince, j'ai à vous parler.
» A qui de nous voulez-vous parler ? répondit Jéhu.
» A vous, prince, continua le prophète ; et il le tira, se-
» lon l'ordre qu'il avoit reçu de Dieu, dans le cabinet
» le plus secret de la maison, et il lui dit : Le Seigneur
» vous a oint roi sur le peuple d'Israël : et vous détrui-
» rez la maison d'Achab, votre Seigneur. »

Dieu exerce le même pouvoir sur les nations infidèles. « Va, dit-il, au prophète Élie, retourne sur tes
» pas par le désert jusqu'à Damas, et, quand tu y seras
» arrivé, tu oindras Hazaël pour être roi de Syrie. »

Par ces actes extraordinaires, Dieu ne fait que manifester plus clairement, ce qu'il opère dans tous les
royaumes de l'univers, à qui il donne des maîtres tels
qu'il lui plaît. « Je suis le Seigneur, dit-il, c'est moi
» qui ai fait la terre avec les hommes et les animaux ; et
» je les mets entre les mains de qui je veux. »

C'est Dieu encore qui établit les maisons régnantes.
Il a dit à Abraham : « Les rois sortiront de vous ; et à
» David : Le Seigneur vous fera une maison ; et à Jé-
» roboam : Si tu m'es fidèle, je te ferai une maison,
» comme j'ai fait à David. »

Il détermine le temps que doivent durer les maisons
royales. « Tes enfans seront sur le trône, jusqu'à la
» quatrième génération, dit-il à Jéhu.

» J'ai donné ces terres à Nabuchodonosor, roi de

» Babylone. Ces peuples seront assujétis à lui, à son
» fils et au fils de son fils, jusqu'à ce que le temps soit
» venu. »

Et tout cela est la suite de ce conseil éternel, par
lequel Dieu a résolu de faire sortir tous les hommes
d'un seul, pour les répandre sur toute la face de la
terre, en déterminant les temps et les termes de leur
demeure.

Bossuet.

§ XI. *La seule autorité d'un gouvernement peut mettre un
frein aux passions et à la violence devenue naturelle aux
hommes.*

La justice n'a de soutien que l'autorité et la subordi_
nation des puissances.

Cet ordre est le frein de la licence : quand chacun
fait ce qu'il veut, et n'a pour règle que ses désirs, tout
va en confusion. Un lévite viole ce qu'il y a de plus
saint dans la loi de Dieu. La cause qu'en donne l'Écriture : « C'est qu'en ce temps-là il n'y avoit point de roi
» en Israël, et que chacun faisoit ce qu'il trouvoit à
» propos ».

Bossuet.

§ XII. *Par le gouvernement chaque particulier devient plus
fort.*

Toute la force est transportée au souverain, chacun
l'affermit au préjudice de la sienne, et renonce à sa
propre vie en cas qu'il désobéisse. On y gagne, car on

retrouve en la personne de ce suprême magistrat, plus
de force qu'on n'en a quitté pour l'autoriser, puisqu'on
y retrouve toute la force de la nation réunie ensemble
pour nous secourir.

Le souverain a intérêt de garantir de la force tous
les particuliers, parce que, si une autre force que la
sienne prévaut parmi le peuple, son autorité et sa vie
sont en péril.

Le prince est donc par sa charge, à chaque particulier,
un abri pour se mettre à couvert du vent et de la tempête, et un rocher avancé sous lequel il se met à l'ombre
dans une terre sèche et brûlante. La justice établit la
paix ; il n'y a rien de plus beau que de voir les hommes
vivre tranquillement : chacun est en sûreté dans sa
tente, et jouit en repos de l'abondance. Voilà les
fruits naturels d'un gouvernement réglé.

En voulant tout donner à la force, chacun se trouve
foible dans ses prétentions les plus légitimes, par la
multitude des concurrens contre qui il faut être prêt ;
mais sous un pouvoir légitime chacun se trouve fort,
en mettant toute la force dans le souverain qui a intérêt
de tenir tout en paix pour être lui-même en sûreté.
Dans un gouvernement réglé, les veuves, les orphelins,
les pupilles, les enfans même dans le berceau sont forts.
Leur bien leur est conservé ; le public prend soin de
leur éducation ; leurs droits sont défendus, et leur
cause est la cause propre du souverain.

C'est donc avec raison que saint Paul nous recom-
mande de prier persévéramment et avec instance, pour
les rois et pour tous ceux qui sont constitués en dignité,

afin que nous passions tranquillement notre vie en toute piété et chasteté.

De tout cela il résulte qu'il n'y a point de pire état que l'anarchie : c'est-à-dire l'état où il n'y a point de gouvernement ni d'autorité. Où tout le monde veut faire ce qu'il veut ; nul ne fait ce qu'il veut ; où il n'y a point de maître, tout le monde est maître ; où tout le monde est maître, tout le monde est esclave.

Bossuet.

§ XIII. *Le dragon à plusieurs têtes, et le dragon à plusieurs queues.*

> Un envoyé du Grand-Seigneur
> Préféroit, dit l'histoire, un jour chez l'empereur,
> Les forces de son maître à celles de l'empire.
> Un Allemand se mit à dire :
> Notre prince a des dépendans
> Qui, de leur chef, sont si puissans,
> Que chacun d'eux pourroit soudoyer une armée.
> Le Chiaoux, homme de sens,
> Lui dit : je sais par renommée
> Ce que chaque électeur peut de monde fournir ;
> Et cela me fait souvenir
> D'une aventure étrange, et qui pourtant est vraie.
> J'étois en un lieu sûr, lorsque je vis passer
> Les cent têtes d'une hydre au travers d'une haie.
> Mon sang commence à se glacer :
> Et je crois qu'à moins on s'effraye.
> Je n'en eus toutefois que la peur sans le mal :
> Jamais le corps de l'animal
> Ne put venir vers moi, ni trouver d'ouverture.
> Je rêvois à cette aventure,

Quand un autre dragon qui n'avoit qu'un seul chef
Et bien plus d'une queue, à passer se présente.
Me voilà saisi de rechef
D'étonnement et d'épouvante.
Ce chef passe, et le corps, et chaque queue aussi.
Rien ne les empêcha, l'un fit chemin à l'autre.
Je soutiens qu'il en est ainsi
De votre empereur et du nôtre.
LA FONTAINE, *fable* XII *du* Ier. *livre.*

§ XIV. *La valeur et les travaux guerriers sont récompensés plus dignement dans une monarchie que dans une répu-blique.*

Les moyens d'exciter l'héroïsme sont toujours plus nombreux et mieux assurés dans la main d'un monarque. Il est plus facile d'attirer ses regards et de mériter sa faveur que d'extorquer les suffrages d'une multitude divisée de sentimens, d'un corps à plusieurs têtes, où le peuple ne s'accorde ni avec ses chefs, ni avec lui-même, où les balances qui pèsent le mérite, sont presque toujours fausses ; où le succès est la règle des jugemens, où le malheur est censé un crime, où jamais au moins il n'y eut d'exemple de cette générosité délicate qui sait consoler la bravoure malheureuse, et qu'on a vue par cette raison récompenser comme vainqueur un guerrier vaincu, sur ce principe équitable, que la fortune arbitre des succès ne doit pas l'être du mérite et des récompenses.

Mais je veux qu'il y ait assez de concert, et de lumière dans une assemblée tumultueuse, pour rendre au vrai mérite la justice qui lui est due ; que peut-on attendre de considérable d'un peuple dont les mains , ou bassement avares ne s'ouvrent qu'à peine en faveur des particuliers , dans la vaine crainte d'appauvrir l'état ; ou follement prodigues répandent les honneurs sans distinction, sans choix et les avilissent en les multi- pliant ?

Fixez pour un moment le lieu de votre naissance à Athènes, et placez-vous dans le siècle où cette ville s'étoit soustraite à la domination des rois ; vous vous distinguerez par quelque action d'éclat pour la défense de la liberté publique. Quel prix croyez-vous qu'on vous destine ? des branches de laurier entrelacées avec art pour vous ceindre la tête avec grâce ; peut-être une statue de bronze ou de marbre , dont l'attitude vive et animée vous fera paroître plein de vie et de grandeur, lorsque vous serez au tombeau. Cet honneur a du moins quelque chose de plus spécieux , sans doute ; mais quels nobles compagnons de gloire pensez-vous qu'on vous associe ? des athlètes, des comédiens , des conducteurs de chars, et d'autres personnages sem- blables, qui, pour avoir trouvé le secret de charmer une multitude oisive, seront érigés en héros, comme vous , et placés à vos côtés au plus grand jour, et dans le lieu le plus respectable de l'état. Loin de moi des honneurs si indignement prostitués. Je rougirois de les partager avec de si méprisables héros.

Transportez-vous dans l'ancienne Rome, et remon- tez à ces heureux temps où cette république aussi avide de gloire, qu'ingénieuse dans la manière de la dis-

penser, n'omettoit rien de ce qui pouvoit piquer la
valeur militaire. Alors certes les couronnes de toutes
les espèces ne manqueront pas à votre ambition ; un
rempart forcé vous vaudra une couronne de même
nom et de même figure ; un mur escaladé , la couronne *murale* entourée de créneaux ; un vaisseau où
vous aurez monté à l'abordage , la couronne *navale*
avec ses *rostres* ; une ville délivrée d'un siége , une
couronne de gazon faite à la hâte ; un seul citoyen sauvé
par vos soins dans quelque bataille, la couronne *civique*,
c'est - à - dire , des rameaux de chêne entortillés , qui
pressant mollement votre chevelure paroîtront errer dé-
cemment autour de votre front.

Récompenses variées et précieuses, digne objet d'é-
mulation, tributs sacrés pour l'honneur quand lui seul
doit les obtenir, et qu'ils sont décernés par des suffrages que l'on peut soi-même estimer. Mais quand les
hommes les plus vils ont droit d'y prétendre, alors ces
distinctions commencent à vous toucher moins , et
vous sentez quelque indignation de les voir ainsi dégra-
dées. Sensible à une gloire personnelle et moins vulgaire, peut-être vous laisserez-vous éblouir par l'éclat
du triomphe, honneurs réservés aux victoires signalées,
aux grandes conquêtes , imaginés d'abord, et mis en
usage par le fondateur de Rome. Mais il est bon de
vous prévenir sur un point ; c'est que dans cette Rome
où nous nous supposons transportés, ces applaudissemens si flatteurs, ces félicitations si touchantes, ces cris
de joie qui sont l'expression des cœurs, se trouvent
assez souvent interrompus par les sarcasmes d'une sol-

datesque insolente, par des railleries grossières qu'une apparence de vérité rend plus piquantes, et qui, sans épargner le général, osent transformer en avarice la plus sage économie, en cruauté la fermeté de son caractère, et vont rechercher dans les actions les plus secrètes de sa vie ce que l'on peut tourner à sa honte : railleries sanglantes que la malignité du peuple fait dégénérer en risées publiques. Voilà pourtant ce qu'il faut supporter dans une république : c'est une licence attachée au caractère d'une ville indépendante, qui aime à triompher en quelque façon du triomphateur même, et à se dédommager en le punissant, de ce qu'il lui en coûte pour le récompenser.

Et combien durera cette magnificence? Un jour, c'est l'ordinaire : le jour passé, tout cet éclat se dissipe et s'évanouit; on retourne chez soi sans char, sans cortége, sans dignité, pour se reléguer dans la sphère d'une vie privée, à moins que le caprice du peuple ne s'avise de compenser la brièveté de la fête par quelque magistrature d'une année; car ici rien de perpétuel, rien même de durable. Hé! comment l'attendroit-on d'une république inconstante et ombrageuse, dont l'amour et la haine, les faveurs et l'envie, les applaudissemens et les accusations atroces n'ont pour intervalle qui les sépare, que la bizarrerie d'une multitude toujours prête à passer de l'un à l'autre excès? Et ne fournit-elle pas mille exemples de services trop mal payés? Témoins les Camille qui la soutinrent dans son enfance, et les Scipions qui la portèrent au plus haut point de gloire dans sa maturité. Quel en fut le prix? Des délations cruelles, des outrages sanglans, des noirceurs, le bannissement.

Si l'ingratitude romaine se porte à ces honteuses extré-mités, il vaut mieux encore, direz-vous, repasser à Athènes, et se contenter de ces statues qui sont au moins consacrées à la postérité! Ne vous le figurez pas. L'inconstante Athènes, non moins perfide que Rome, perdra bientôt la mémoire de vos services passés. La même main qui érigea ces statues ne balancera pas à les abattre; ou si la statue reste sur pied, le héros, victime de l'ostracisme, se verra contraint de fuir ou de perdre honteusement le jour. Si vous en doutez, interrogez Miltiade, ce libérateur de l'Attique et de toute la Grèce. Il défait une armée de six cent mille Persans à Mara-thon, et on le charge de ces mêmes fers qu'il venoit de faire tomber des mains de ses compatriotes : on le laisse mourir de ses blessures reçues pour la patrie, et à peine accorde-t-on au prix d'un argent mendié un peu de terre pour l'inhumer dans un pays qu'il avoit sauvé au péril de sa vie. Interrogez Thémistocle. Réduit à se ré-fugier chez des ennemis vaincus, pour se dérober à la fureur de ceux qu'il avoit rendus vainqueurs, il se voit dans la nécessité de se condamner à une mort volon-taire, pour ne pas être forcé de se venger d'une ville ingrate, qui avoit noirci son innocence et attenté sur ses jours. Interrogez Aristide, Alcibiade et tant d'autres grands citoyens que la paix ou la guerre rendit recom-mandables : à peine en verrez-vous un seul qui, après avoir honoré sa patrie, n'ait retrouvé dans elle une cruelle marâtre; juste sujet de s'écrier avec l'historien romain : *Trop heureuse Athènes d'avoir pu, après*

une pareille ingratitude envers tant d'illustres pros-
crits , trouver encore quelqu'un chez elle, qui dai-
gnât étre homme de bien et bon citoyen !

Au reste, ne croyons pas que la médiocrité, et le peu
de durée des récompenses dont je viens de parler, soit
purement l'effet de l'avarice et de la légèreté des assemblées populaires. La nature de l'état républicain en est
la principale cause. Pour y conserver l'égalité, il faut
empêcher que des citoyens ne prennent trop d'ascen-
dant sur les autres; pour l'empêcher, il est nécessaire
de bannir les honneurs qui ont trop de distinction et de
durée : et si l'on bannit ces honneurs, que deviennent
les récompenses? Il n'en est plus de singulière, plus de
durable, et beaucoup moins de perpétuelle.

La constitution des royaumes n'exige pas ces timides
précautions. Dans eux nul obstacle à la grandeur des
récompenses, nulles bornes à leur durée. La fortune
des particuliers utiles à l'état a beau croître; toujours
réduits au rang de simples sujets, ils n'approcheront
jamais que de fort loin de la puissance royale. Élevés
au-dessus des autres, ils demeureront toujours infiniment au-dessous du monarque. L'éclat que la bonté
du prince fait rejaillir sur eux, loin d'éclipser la majesté du souverain, ne sera qu'une lumière empruntée
et réfléchie : il est pour eux ce que le soleil est pour
les astres qu'il éclaire, et qu'il surpasse en grandeur.

Approchez donc, ô vous qui aspirez à des récompenses dignes de vos exploits, approchez, et voyez ce
qui vous est offert de la part du trône. Assez puissant
pour disposer de tous les honneurs en usage dans les

républiques, il en dispense encore, et de plus certains, et de particuliers à la reconnoissance. Ce n'est point l'espoir des statues et des portraits gravés sur le métal, qu'on propose à votre ambition ; l'autorité publique ne consacre ces monumens qu'au roi : lui seul prescrit des exceptions honorables et touchantes pour la vertu, la gloire et l'amitié. N'attendez pas qu'on vous décerne des triomphes ornés de vos trophées : les drapeaux ennemis sont réservés aux temples pour en faire hommage au Dieu des armées ; c'est lui seul qui triomphe parmi nous. Mais il est d'autres prix où vous pouvez justement prétendre. Il est des ordres différens, établis par nos rois pour honorer les services militaires ; ordres dotés avec une magnificence vraiment royale, et dont les membres illustres contractent une sorte d'alliance avec les souverains.

Il est des titres de bravoure ainsi que de noblesse, destinés, non pas à être ensevelis, comme chez les Romains, dans l'obscurité de leur domicile, mais à servir de témoignages authentiques en figurant, ou tracés sur les écussons, ou portés en public comme des marques éclatantes de distinction ; gages précieux, croix honorables, garans non suspects d'un mérite peu douteux, et hautement récompensé.

Il est des ornemens de pourpre et d'azur, dont les couleurs parlantes jetées comme en écharpe, de l'épaule au côté, caractérisent les vertus qu'ils décorent, et sont autant de symboles inventés pour annoncer tantôt des héros prêts à prodiguer leur sang à la patrie, tantôt des hommes qui semblent descendus du ciel, et qui sont dignes de retrouver leur place auprès de la divinité.

Il est des sceptres militaires tout parsemés de nos lis, non pour entrer en concurrence avec le sceptre royal, mais pour en être les soutiens; suprême honneur des guerriers, et dont l'éclat venant à se répandre sur une maison, y laisse un lustre ineffaçable, et je ne sais quel air de triomphe et de grandeur martiale.

Il est enfin des dignités supérieures pour les grands, dignités dont le nom seul rappelle ce qu'ils sont : établis chefs, même dans la paix, égaux aux premières personnes de l'état. Titres qui, alliant l'épée de Mars au glaive de Thémis, donnent non-seulement une place distinguée dans un camp, mais encore un rang singulier parmi les chefs du sénat.

Toutes ces dignités ne sont pas des noms vides et stériles, semblables à ceux des provinces et des villes subjuguées dont les Romains enrichissoient leurs noms de famille, sans rien ajouter à leurs possessions. Ici de pareils titres sont des titres féconds ou du moins liés à de grands droits; des titres utiles dont l'avantage ne se borne pas simplement à parer le nom particulier d'une maison, mais s'étend jusqu'aux terres dont il multiplie les priviléges; des titres qui ne meurent pas avec les pères, mais qui par une succession continue passent aux fils, aux petits-fils, à toute la postérité.

J'ose le demander, fut-il, ou sera-t-il au monde une république qui puisse se flatter d'avoir pour ses guerriers des récompenses, je ne dis pas qui l'emportent par la pompe, le faste et l'ostentation, mais qui soient si réellement augustes, aussi singulières, aussi permanentes, et, s'il étoit quelque chose d'immortel dans les honneurs humains, qui soient aussi capables d'une espèce d'immortalité.

LE PÈRE PORÉE.

§ X V. *Il n'y a que les ennemis publics, qui séparent l'intérêt du prince de l'intérêt de l'état.*

Dans le style ordinaire de l'Écriture, les ennemis de l'état sont appelés aussi les ennemis du roi. Nous avons déjà remarqué que Saül appelle ses ennemis, les Philistins ennemis du peuple de Dieu. David ayant défait les Philistins : « Dieu, dit-il, a défait mes ennemis ». Et il n'est pas besoin de rapporter plusieurs exemples d'une chose trop claire pour être prouvée.

Il ne faut donc point penser, ni qu'on puisse attaquer le peuple sans attaquer le roi, ni qu'on puisse attaquer le roi sans attaquer le peuple.

C'étoit une illusion trop grossière que ce discours que faisoit Rabsacés, général de l'armée de Sennacherib roi d'Assyrie. Son maître l'avoit envoyé pour exterminer Jérusalem, et transporter les Juifs hors de leur pays. Il fait semblant d'avoir pitié du peuple réduit à l'extrémité par la guerre, et tâche de le soulever contre son roi Ezéchias. Voici comme il parle devant tout le peuple aux envoyés de ce prince : « Ce n'est pas à Ezéchias, » votre maître, que le roi mon maître m'a envoyé ; il » m'a envoyé à ce pauvre peuple réduit à se nourrir de » ses excrémens. Puis il cria à tout le peuple : Écoutez

» les paroles du grand roi , le roi d'Assyrie ; voici ce
» que dit le roi : qu'Ezéchias ne vous trompe pas , car
» il ne pourra vous délivrer de ma main. Ne l'écoutez
» pas ; mais écoutez ce que dit le roi des Assyriens :
» faites ce qui vous est utile , et venez à moi. Chacun
» de vous mangera de sa vigne et de son figuier, et
» boira de l'eau de sa citerne, jusqu'à ce que je vous
» transporte dans une terre aussi bonne et aussi fertile
» que la vôtre , abondante en vin , en blé , en miel ,
» en olives, et en toutes sortes de fruits : n'écoutez
» donc plus Ezéchias qui vous trompe ».

Flatter le peuple pour le séparer des intérêts de son
roi, c'est lui faire la plus cruelle de toutes les guerres ,
et ajouter la sédition à ses autres maux.

Que les peuples détestent donc les Rabsacés et tous
ceux qui font semblant de les aimer, lorsqu'ils attaquent
leur roi. On n'attaque jamais tant le corps , que quand
on l'attaque dans la tête, quoiqu'on paroisse pour un
temps flatter les autres parties.

BOSSUET.

§ XVI. *On doit au prince les mêmes services qu'à sa
patrie.*

Personne n'en peut douter, après que nous avons vu
que tout l'état est en la personne du prince. En lui est
la puissance. En lui est la volonté de tout le peuple.
A lui seul appartient de faire tout conspirer au bien
public. Il faut faire concourir ensemble, le service

qu'on doit au prince, et celui qu'on doit à l'état, comme choses inséparables.

Il faut servir l'état comme le prince l'entend.

Ceux qui pensent servir l'état autrement qu'en servant le prince et en lui obéissant, s'attribuent une partie de l'autorité royale ; ils troublent la paix publique, et le concours de tous les membres avec le chef.

Tels étoient les enfans de Sarvia, qui par un faux zèle vouloient perdre ceux à qui David avoit pardonné. Qu'y a-t-il entre vous et moi, enfans de Sarvia ? vous m'êtes aujourd'hui un Satan.

Le prince voit de plus loin et de plus haut : on doit croire qu'il voit mieux, et il faut obéir sans murmure, puisque le murmure est une disposition à la sédition.

Le prince sait tout le secret et toute la suite des affaires : manquer d'un moment à ses ordres, c'est mettre tout en hasard. David dit à Amasa : « Assemblez l'ar-
» mée dans trois jours, et rendez-vous près de moi en
» même temps. Amasa alla donc assembler l'armée, et
» demeura plus que le roi n'avoit ordonné. Et David
» dit à Abisaï : Seba nous fera plus de mal qu'Absalon :
» allez vite avec les gens qui sont près de ma personne,
» et poursuivez-le sans relâche. »

Amasa n'avoit pas compris que l'obéissance consiste dans la ponctualité.

BOSSUET.

§ XVII. *La monarchie héréditaire a trois principaux avantages.*

Trois raisons font voir que ce gouvernement est le meilleur.

La première, c'est qu'il est le plus naturel, et qu'il se perpétue de lui-même. Rien n'est plus durable qu'un état qui dure et se perpétue par les mêmes causes qui font durer l'univers, et qui perpétuent le genre humain.

David touche cette raison quand il parle ainsi : » Ç'a » été peu pour vous, ô Seigneur, de m'élever à la » royauté : vous avez encore établi ma maison à l'avenir, » et c'est-là la loi d'Adam, ô Seigneur Dieu. » C'est-à-dire, que c'est l'ordre naturel que le fils succède au père.

La seconde raison qui favorise ce gouvernement, c'est que c'est celui qui intéresse le plus à la conservation de l'état, les puissances qui le conduisent. Le prince qui travaille pour son état travaille pour ses enfans ; et l'amour qu'il a pour son royaume, confondu avec celui qu'il a pour sa famille, lui devient naturel.

Il ne faut point craindre ici les désordres causés dans un état par le chagrin d'un prince, ou d'un magistrat, qui se fâche de travailler pour son successeur. David empêché de bâtir le temple, ouvrage si glorieux et si nécessaire autant à la monarchie qu'à la religion, se réjouit de voir ce grand ouvrage réservé à son fils Salomon ; et il en fait les préparatifs avec autant de soin, que si lui-même devoit en avoir l'honneur. « Le Sei-

» gueur a choisi mon fils Salomon pour faire ce grand
» ouvrage, de bâtir une maison non aux hommes,
» mais à Dieu même, et moi j'ai préparé de toutes mes
» forces tout ce qui étoit nécessaire à bâtir le temple
» de mon Dieu.

La troisième raison est tirée de la dignité des maisons
où les royaumes sont héréditaires.

« Ç'a été peu pour vous, ô Seigneur, de me faire
» roi, vous avez établi ma maison à l'avenir, et vous
» m'avez rendu illustre au-dessus de tous les hommes.
» Que peut ajouter David à tant de choses, lui que
» vous avez glorifié si hautement, et envers qui vous
» vous êtes montré si magnifique ! »

Cette dignité de la maison de David s'augmentoit à
mesure qu'on en voyoit naître les rois ; le trône de David, et les princes de la maison de David devinrent
l'objet le plus naturel de la vénération publique. Les
peuples s'attachoient à cette maison, et un des moyens
dont Dieu se servit pour faire respecter le Messie, fut
de l'en faire naître. On le réclamoit avec amour, sous le
nom de fils de David.

C'est ainsi que les peuples s'attachent aux maisons
royales. La jalousie qu'on a naturellement contre ceux
qu'on voit au-dessus de soi, se tourne ici en amour et
en respect ; les grands même obéissent sans répugnance
à une maison qu'on a toujours vue maîtresse, et à laquelle on sait que nulle autre maison ne peut jamais
être égalée.

BOSSUET.

§ XVIII. *Dangers de la monarchie élective.*

Le premier bien des hommes est le repos, et le repos n'est que dans les institutions permanentes. La dignité suprême qui les garantit doit donc être à l'abri du caprice des élections. Tout gouvernement électif est incertain, violent et foible comme les passions des hommes ; tandis que l'hérédité donne en quelque sorte au système social la force, la durée et la constance des desseins de la nature. La succession non interrompue du pouvoir dans la même famille contiendra la paix et l'existence de toutes. Il faut, pour que leurs droits soient à jamais assurés, que l'autorité qui les protége soit immortelle.

L'histoire montre partout, à la tête des grandes sociétés, un chef unique et héréditaire. Mais cette haute magistrature n'est instituée que pour l'avantage commun : si elle est foible, elle tombe ; si elle est violente, elle se brise ; et dans l'un et dans l'autre cas elle mérite sa chute, car elle opprime le peuple, ou ne sait plus le protéger.

M. le comte de FONTANES.

§ XIX. *De toutes les monarchies la meilleure est la successive ou héréditaire de mâle en mâle, et d'aîné en aîné.*

C'est celle que Dieu a établie dans son peuple. « Car il a choisi les princes dans la tribu de Juda ; et » dans la tribu de Juda, il a choisi ma famille (c'est

» David qui parle), et il m'a choisi parmi tous mes
» frères; et parmi.mes enfans il a choisi mon fils
» Salomon pour être assis sur le trône du royaume du
» Seigneur sur tout Israël, et il m'a dit : J'affermirai son
» règne à jamais s'il persévère dans l'obéissance qu'il
» doit à mes lois ».

Voilà donc la royauté attachée par succession à la
maison de David et de Salomon; et le trône de David
est affermi à jamais.

BOSSUET.

§ XX. *Passages des auteurs grecs et latins, ainsi que des
livres de l'Ancien et du Nouveau Testament, etc. , qui prouvent qu'on a toujours regardé la monarchie comme le
meilleur des gouvernemens.*

1°. S'il est vrai que l'utilité publique et le salut de
l'empire doivent être, comme le dit Platon, le but et
la fin de tout bon gouvernement (*publica utilitas ,
scopus et finis omnis politiœ.* Plato., lib. 1 de repu-
blicâ), il s'ensuit qu'entre les différentes espèces de
gouvernement on doit préférer celle qui peut contribuer davantage au bonheur des peuples.

2°. L'autorité des livres saints, c'est-à-dire l'autorité
de Dieu même, suffiroit pour nous convaincre que la
monarchie est le meilleur des gouvernemens; cependant
nous avons cru devoir y joindre celle des écrivains les
plus sages de l'antiquité; et comme la plupart d'entre
eux ont vécu dans des républiques , leur témoignage ne
sera point suspect lorsque nous les verrons donner les

plus grands éloges au gouvernement d'un seul, et le préférer à tout autre gouvernement.

3°. Nous observerons ici que dans plusieurs passages des auteurs latins, le mot *respublica* se prend pour un gouvernement quelconque; qu'il signifie alors l'état, et qu'on se tromperoit beaucoup si on l'entendoit seulement du gouvernement du peuple. Quelquefois même, en français, nous nous servons du mot *république* dans ce premier sens, et il seroit aisé d'en rapporter un grand nombre d'exemples. La Bruyère a fait un chapitre, du Souverain et de la *République*.

Autorités tirées des auteurs grecs.

HOMÈRE, *Iliade* 2. « Il n'est pas avantageux que plusieurs gouvernent; il ne faut qu'un seul chef, et que ce soit celui à qui le fils de Saturne, dont les conseils sont impénétrables, a confié son sceptre afin qu'il règne sur les peuples ».

C'est ainsi que parle le sage Ulysse pour arrêter des séditieux, et il est à remarquer que, dans ce passage célèbre, Homère établit, non-seulement la supériorité de la monarchie, mais encore le principe ou le fondement de l'autorité des rois, qui est la volonté et l'ordre de Jupiter dont ils ont reçu leur puissance, plutôt que du choix des peuples.

ARISTOTE. *Morale livre 8, chap.* 1er. « De tous les gouvernemens, le meilleur est la monarchie; le pire est le gouvernement du peuple ».

C'est ce que Corneille a traduit par ce beau vers, dans *Cinna* :

« Le pire des états, est l'état populaire. »

Le même, *Politique* 1, *chap.* 2. « Dans l'origine, toutes les villes étoient soumises au gouvernement monarchique, comme le sont aujourd'hui les nations différentes de la nation grecque. C'est que toutes les villes se sont formées de familles gouvernées par un seul ; car dans toute famille le plus ancien est le monarque des autres. Ainsi, à cause de la parenté, les démembremens ou colonies de chaque famille ont dû être gouvernées de même ».

C'est ce même gouvernement du chef de la famille, que Platon, livre III de la république, appelle la dynastie, et dont on trouvoit encore de son temps quelques vestiges en plusieurs endroits chez les Grecs et les barbares. A cette occasion il cite Homère, qui dit : « Les Cyclopes ne tiennent point de conseil en commun ; on ne rend point chez eux la justice. Ils demeurent dans des cavernes profondes, sur le sommet des hautes montagnes ; là chacun donne des lois à sa femme et à ses enfans, se mettant peu en peine les uns des autres ».

Dans le même endroit Platon fait dire à un Athénien : « Ces gouvernemens ne se forment-ils point de familles séparées d'habitation, et dispersées çà et là par l'effet de quelque désolation universelle ; et le plus ancien n'y a-t-il point l'autorité, par la raison qu'elle lui est transmise de père et de mère comme un héritage ; en sorte que les autres, rassemblés autour de lui comme des poussins autour de leur mère, ne forment qu'un seul troupeau soumis à la puissance paternelle, et vivant sous la plus juste des royautés? » L'Athénien explique ensuite comment de grandes familles, venant à se former de la réunion des premières familles moins considérables, chacune des familles qui entroient dans cette composition a dû se présenter, ayant à sa tête le plus ancien en qualité de chef; qu'ayant vécu jusqu'alors séparés les uns des autres, et ayant reçu de leurs pères et de leurs ancêtres des principes différens touchant le culte des Dieux et la manière de vivre entre eux, les membres de chaque petite famille ont dû apporter dans la grande, leurs lois et leurs usages particuliers; ainsi, ils n'ont pu se dispenser de s'assembler en commun, et de charger quelques-uns d'entre eux de l'examen des lois particulières. Ceux-ci, après avoir pris de chaque famille ce qu'ils jugeoient de meilleur, l'ont proposé aux chefs et aux conducteurs de la multitude, comme à autant de rois, laissant la chose à leur choix, et se sont acquis ainsi le titre de législateurs. Ensuite, ayant établi d'un consentement unanime des chefs pour les gouverner, les dynasties se sont changées soit en aristocratie, soit en monarchie. »

On peut faire plusieurs remarques sur ce passage de Platon. On voit d'abord pourquoi les premières monarchies étoient si petites, chaque ville avec son territoire formant un royaume; ensuite que la monarchie est plus ancienne que la démocratie, et qu'elle a dû l'être par la nature même de la chose, puisqu'elle a succédé immédiatement au gouvernement paternel le plus ancien de tous.

PLATON, *liv.* III *du Traité des Lois* : « La monarchie approche davantage de la puissance paternelle. »

Le même, dans sa Politique : « La monarchie

soutenue par de bonnes lois, est le meilleur gouvernement. L'état où un petit nombre gouverne (l'aristocratie), tient comme le milieu ; mais le gouvernement
d'un grand nombre (de tout le peuple ou de la plus
grande partie du peuple) est le plus foible et le plus
mauvais sous tous les rapports. »

Le même, dans le même ouvrage : « Un roi
tient en quelque sorte de la divinité. »

Xénophon, *de la République des Athéniens :*
« La démocratie ou l'état populaire est le plus mauvais
des gouvernemens. »

Isocrate, *à Nicoclès :* « La monarchie est d'autant
plus douce et plus convenable, qu'il est plus aisé d'obéir
à un seul, que d'obéir à plusieurs. »

Hérodote. Nous avons fait connoître au commencement de ce chapitre les discours que cet historien
prête à Otanes en faveur de l'état populaire ; à Mégabyse en faveur de l'aristocratie ; à Darius en faveur de
la monarchie. Le peu d'étendue de ces trois discours,
n'empêche pas qu'on n'y trouve comme le germe des
plus forts argumens en faveur de la monarchie, et une
réfutation de tout ce qu'on pourroit dire de plus plau-
sible, pour défendre les deux autres espèces de gouvernement. Mégabyse prouve fort bien les dangers du
gouvernement populaire ; et Darius, après avoir détruit
aisément ce que Mégabyse a dit en faveur de l'aristocratie, n'a pas de peine à démontrer la supériorité de la
monarchie.

Dion-Cassius, *liv.* 44 : « Il est plus avantageux
pour tous qu'un seul gouverne, parce qu'il est plus

aisé de trouver un homme sage et capable de gouverner, que d'en trouver plusieurs. »

Dion-Chrysostôme. Les quatre premiers discours de Dion peuvent être regardés comme l'éloge de la royauté. Le troisième est le plus complet. On en trouvera plus bas la traduction presqu'entière.

Euripide. Dans les *Suppliantes* de ce poëte, on trouve comme deux plaidoyers sur les avantages de l'état monarchique et du républicain. Le député de Créon, roi de Thèbes, parle en faveur de l'état monarchique, et il se moque surtout de la manière dont se faisoit le choix des magistrats républicains, qu'il compare à un coup de dés. Il s'étend sur l'abus de l'éloquence (des orateurs populaires) qui tourne l'esprit des citoyens comme il lui plaît, et qui les fait changer du blanc au noir; sur l'aveuglement d'une multitude peu éclairée; enfin sur l'adresse des méchans à s'élever aux premiers emplois. Mais, ainsi que le remarque le Père Brumoy, comme il n'étoit pas sûr pour Euripide, de faire l'objection bien forte, les traits ne sont pas assez marqués, et ne sont jetés qu'indirectement et comme en passant, quoique tout cela soit amené très-finement par une prétermission, par laquelle le député relève le gouvernement de Thèbes, en montrant ce qu'il n'est pas, pour retomber par contre-coup sur celui d'Athènes.

Thésée, roi d'Athènes, soutient une opinion contraire; et comme ce prince avoit établi dans cette ville une royauté d'une espèce singulière, qui n'excluoit point tout-à-fait la liberté et l'autorité du peuple, il prend la défense de ce gouvernement qui tenoit comme le milieu entre la licence républicaine et le despotisme tyrannique de Denis. Il suppose même que cet état étoit une république. Le roi, dans ce genre de monarchie mixte, n'étoit que l'homme de l'état, la tête dans le cabinet et le bras dans la guerre. La guerre même faisoit le capital de cette souveraine dignité qui en tiroit toute sa grandeur, à peu près comme celle du général d'armée, titre si approchant de la royauté, selon les Romains, que, par une défiance politique dont il résultoit les plus grands inconvéniens, ils ne manquèrent presque jamais de révoquer leurs plus habiles généraux avant la fin de la plus brillante campagne. Ce n'est point ici le lieu de relever tous les défauts de ce genre de gouvernement établi par Thésée, et qui, en supposant qu'il pût convenir dans une ville dont le territoire fut très-borné, seroit impraticable dans un vaste empire.

Autorités tirées des auteurs latins.

CICÉRON, *des Offices, livre* II, *chapitre* 12. Ce qu'Hérodote dit des Mèdes, qu'ils élevèrent sur le trône des hommes sages pour jouir des avantages de la justice, je crois qu'on peut le dire aussi de nos ancêtres. « *Mihi quidem non apud Medos solùm, sed etiam apud majores nostros, justitiæ fruendæ causá videntur olim benè morati reges constituti.* »

Cicéron dit ensuite que la multitude foible et pauvre, victime des plus forts, recouroit à la protection de quelque homme vertueux qui, en la garantissant de l'oppression, tenoit la balance égale entre les grands et les petits. Telle fut l'origine des lois et de la royauté. Un droit égal (autrement ce ne seroit pas un droit), ou une justice égale rendue à tous les citoyens, a toujours été l'objet du vœu général. Quand ce vœu a eu son effet par la probité d'un seul homme, on s'en est tenu là ; mais comme cela n'arrivoit pas toujours, on fit des lois qui n'avoient qu'un même langage et une même expression pour tous les citoyens. « *Cùm premeretur inops multitudo ab iis qui majores opes habebant, ad unum aliquem confugiebant virtute præstantem ; qui cùm prohiberet injuriâ tenuiores, æquitate constituendâ summos cum infimis pari jure retinebat ; eademque constituendarum legum fuit causa, quæ regum. Jus enim semper quæsitum est æquabile*[1] *; neque enim aliter jus esset. Id si ab uno justo, et bono viro consequebantur, eo erant contenti. Cùm id minùs contingeret, leges sunt inventæ quæ cum omnibus semper unâ atque eâdem voce loquerentur.*

Le même, des *Offices*, 1, 25. Platon dit fort bien : Ce choc des citoyens qui se disputent à qui gouvernera l'état, ressemble à une querelle de matelots qui voudroient tous tenir le gouvernail. « *Præclarè est apud Platonem : similiter facere eos qui inter se contenderent, uter potiùs rempublicam adminis-*

---

[1] Ce mot a le même sens que dans ce vers de Phèdre, le mot *æquus* qu'on traduit mal par *équitable* :

Athenæ cùm florerent æquis legibus.

traret, ut si nautæ certarent, quis eorum potissi-
mùm gubernaret. »

Quoique Platon et Cicéron n'aient ici d'autre dessein que d'attaquer l'ambition en général , cependant
on peut conduire ce raisonnement plus loin , et en conclure que s'il est dangereux que plusieurs se disputent
le gouvernail d'un vaisseau qui ne doit avoir qu'un seul
pilote , il n'est pas moins dangereux que plusieurs tiennent le gouvernail ou les rênes d'un empire.

Tite - Live, *liv.* xxvi. Parmi les dieux comme
parmi les hommes, rien de plus beau que la royauté.
« *Regnum res est inter deos hominesque pulcher-*
rima. »

Ovide. La majesté royale ne permet pas que deux
frères même règnent tous deux ensemble.

> « Non capit una duos majestas regia fratres. »

C'est à peu près ce que dit Lucain , *Pharsale, liv.* ii :
L'autorité ne peut être partagée , et un souverain ne
permettra jamais qu'un autre ait la même puissance que
lui :

> « Nulla fides regni sociis, omnisque potestas
> » Impatiens consortis erit. »

Sénèque , *de la Clémence,* i , 19. Les peuples ne
voient point les rois d'un autre œil que si quelque divinité se rendoit visible à leurs regards. « *Nec alio ani-*
mo rectorem suum intuetur (populus) quàm si dii
immortales potestatem visendi suî faciant. »

Le même , des *Bienfaits* , 11, 20. J'examinerai ailleurs quels furent les motifs qui engagèrent Brutus à

être le meurtrier de César, et je me contenterai de dire
ici que Brutus, à qui on ne peut refuser, dans toute
autre chose, le titre de grand homme, fit une très-
grande faute dans cette occasion, et ne se conduisit
point en vrai stoïcien; devoit-il craindre la monarchie,
qui est la forme de gouvernement la plus heureuse sous
un roi juste? « *Quam rationem in occidendo (Cœ-
sare) secutus est M. Brutus, aliàs tractabimus.
Mihi enim, cùm vir magnus fuerit in aliis, in hâc
re videtur vehementer errasse, nec ex institutione
stoïcá se gessisse, qui regis nomen extimuit, cùm
optimus civitatis status sub rege justo sit.* »

Sénèque le tragique, *Médée, acte 2.* Ce qui élève
les rois au-dessus de tous les autres mortels, le plus
beau de leurs droits, celui dont le temps ni la fortune
ne peuvent leur disputer la gloire, c'est de pouvoir
secourir les malheureux, et de donner une retraite assurée à ceux qui implorent leur protection :

« . . . . . . Hoc reges habent
Magnificum et ingens, nulla quod rapiat dies;
Prodesse miseris, supplices fido lare
Protegere. »

Ce poëte offre plusieurs idées sublimes sur la royauté.
Dans la pièce intitulée *Octavie*, Néron ayant dit: Ce
qu'il y a de plus glorieux pour celui qui commande, la
plus grande preuve de courage qu'il puisse donner, c'est
de terrasser les ennemis; Sénèque répond : Il est encore plus beau pour le père de la patrie d'avoir sauvé les
citoyens.

NERO.

« Extinguere hostem , maxima est virtus ducis.

SENECA.

Servare cives major est patriæ patri. »

Et plus bas : *Néron.* Le prince est défendu par son épée. *Sénèque.* Il l'est encore plus par l'attachement de ses sujets. *Néron.* Il faut que César soit craint. *Sénèque.* Il vaut encore mieux qu'il soit aimé.

NERO.

Ferrum tuetur principem.

SENECA.

Meliùs fides.

NERO.

Decet timeri Cæsarem.

SENECA.

At plus diligi.

Nous ne citerons plus que le passage suivant qui donne la plus haute idée d'un roi. *Sénèque.* Il est beau d'être le premier parmi les hommes les plus distingués de l'empire ; de veiller sur les intérêts de la patrie ; de pardonner aux vaincus ; de faire cesser le carnage ; de vaincre sa colère ; de donner le repos à l'univers et la paix à son siècle. Voilà la suprême vertu, c'est par là qu'on s'élève au séjour des immortels.

« Pulchrum eminere est inter illustres viros ;
Consulere patriæ ; parcere afflictis ; ferâ
Cæde abstinere ; tempus atque iræ dare ;
Orbi quietem ; seculo pacem suo ;
Hæc summa virtus ; petitur hâc cœlum viâ. »

TACITE , *Histoire, liv.* 1er. Pour le maintien de la paix dans tout l'empire, il est nécessaire que toute la puissance soit réunie sur la tête d'un seul. « *Itaque*

1.

*pacis interest, omnem potestatem ad unum con-
ferri.* »

Le même historien dit, *liv.* 1ᵉʳ. *des Annales :* Il
n'y a pas d'autre moyen de sauver la patrie déchirée par
les discordes que de déférer le gouvernement à un seul.
« *Non aliud discordantis patriœ remedium esse ,
quàm ut ab uno regatur.* »

Il dit dans le même endroit : Il paroissoit convenable que le corps de l'empire étant un, il n'eût qu'une
âme pour le gouverner. « *Unum imperii corpus
unius animo regendum videbatur.* »

Le même : 3ᵉ. *livre des Annales :* L'unique moyen
d'arrêter les espérances criminelles des ambitieux,
est qu'il n'y ait point d'incertitude sur celui qui doit
succéder à l'empire. « *Pravas aliorum spes cohi-
beri, si successor non in incerto.* »

SALLUSTE, *Catilina :* Au commencement du monde,
les rois dont la puissance est la première qui se soit établie sur la terre, etc. *Initio reges ; nam in terris nomen imperii id primum fuit.* » Justin dit la même
chose. *Voyez* plus bas.

QUINTE-CURCE, *liv.* x. C'est à ce titre que les
peuples qui ont des rois, les honorent comme des divinités. « *Hoc nomine illi qui sub regibus sunt , pro
Deo colunt.* »

Le même : Darius étoit sur un char et Alexandre à
cheval : tous deux environnés de gens d'élite, qui ne
songeoient qu'à sauver leur roi, et ne vouloient ni ne
pouvoient lui survivre ; car chacun se faisoit un honneur
de mourir à la vue de son prince : mais ceux qui veil-

loient davantage à sa défense, couroient le plus de dangers. » *Curru Darius , Alexander equo vehebatur :
utrumque regem delecti tuebantur sui immemores :
quippè amisso rege nec volebant salvi esse , nec po-
terant. Ante oculos sui quisque regis mortem occum-
bere ducebat egregium : maximum tamen periculum
adibat qui maximè tuebatur.* »

Le même, même livre : Un empire qui auroit pu
subsister sous le gouvernement d'un seul , s'écroule ,
lorsque plusieurs prétendent le soutenir. « *Imperium,
quod sub uno stare potuisset, dùm à pluribus sus-
tinetur, ruit.* »

Justin. *liv.* 1er. Dans l'origine, les peuples furent
gouvernés par des rois; et dans ces commencemens il
n'y avoit point d'autres lois que la volonté du souverain.
« *Principio rerum, gentium nationumque imperium penes reges erat.... Populus nullis legibus te-
nebatur : arbitria principum pro legibus erant.* »

Le même , xi. 13. Alexandre répondit à Darius : Le
monde ne peut pas avoir deux soleils; de même l'univers
ne pourroit plus subsister, s'il étoit divisé en deux puissans empires. « *Ceterùm neque mundum posse duo-
bus solibus regi, neque orbem summa duo regna,
salvo statu terrarum, habere.* »

Cette comparaison pourroit du moins servir à prouver que le même empire ne peut avoir deux souverains.

Autorités tirées de l'Écriture-Sainte.

Nous ne répéterons point ici les passages qui sont
tirés du Nouveau Testament, et qui se trouvent distri-

bués dans différens chapitres de cet ouvrage, ainsi que la plupart des passages que l'on trouve dans l'Ancien Testament, et qui peuvent servir à prouver l'excellence du gouvernement monarchique, et sa supériorité sur tous les autres gouvernemens.

A ceux que nous avons cités, on peut joindre les suivans.

ECCLÉSIASTIQUE, XVII, 14. Dieu a établi un prince pour gouverner chaque peuple. (*In unamquamque gentem præposuit (Deus) rectorem.* »

ISAÏE, XLV, 1 et 2. Voici ce que dit le Seigneur à Cyrus, qui est mon Christ, que j'ai pris par la main pour lui assujétir les nations..... : Je marcherai devant vous, etc. « *Hæc dicit Dominus Christo meo Cyro, cujus apprehendi dexteram, ut subjiciam ante faciem ejus gentes..... : Ego ante te ibo, etc.* »

Et au chapitre XLIV, verset 28 : C'est moi qui dis à Cyrus : Vous êtes le pasteur de mon troupeau. « *Qui dico Cyro : Pastor meus es.* »

Au livre premier des *Machabées*, chapitre VIII, on trouve un grand éloge des Romains ; on parle de la sagesse de leur gouvernement, et on ajoute : Et ils confient chaque année la souveraine magistrature à un seul homme, pour commander dans tous les pays qui leur sont soumis, et tous obéissent à un seul, etc. « *Et committunt uni homini magistratum suum per singulos annos dominari universæ terræ suæ, et omnes obediunt uni, etc.* » Ce passage paroît d'ailleurs difficile à expliquer ; mais outre que dans les cas pressans on nommoit un dictateur qui réunissoit tous les pouvoirs, il est certain que des deux consuls il y en avoit toujours un qui étoit comme le chef. Les deux consuls commandoient tour à tour chacun leur jour ou leur semaine. Tite-Live dit même que les décemvirs, la première année de leur magistrature, rendoient la justice tour à tour. Un seul faisoit porter devant lui douze faisceaux; les neuf autres n'avoient chacun qu'une espèce d'huissier (*accensus*), qui marchoit devant lui. La seconde année, les décemvirs parurent dans le *Forum,* précédés chacun de douze faisceaux, en tout cent vingt faisceaux, ce qui fut regardé comme une tyrannie. Polybe dit aussi que les deux consuls commandoient tour à tour pour empêcher les dissensions qui pouvoient s'élever entre eux. Si cet usage n'avoit pas lieu à Lacédémone, il est certain du moins que les deux rois ne commandoient pas à la fois dans le même lieu. Tant il est vrai qu'il faut toujours en venir à l'unité dans tout bon gouvernement.

§ XXI. *Aveux importans de Démosthènes.*

Les reproches qu'il fait aux Athéniens peuvent convenir à toutes les républiques ; et doit-on supposer qu'un aussi grand homme d'état n'ait pas compris que les vices du gouvernement d'Athènes étoient une suite nécessaire de l'autorité remise entre les mains d'une multitude aveugle ! Voici ce qu'à propos de Philippe, on trouve dans la première Olynthienne :

« Il n'est pas étonnant qu'un prince actif qui s'expose aux travaux les plus pénibles, qui anime tout de sa présence, et qui ne perd ni occasion favorable, ni moment précieux, triomphe de vous, temporiseurs éternels, curieux *pourchasseurs* de nouvelles, et forgeurs de décrets inutiles. Pour moi, je n'en suis point surpris ; car le contraire seroit merveilleux, si nous, opiniâtres à ne nous acquitter d'aucun des devoirs militaires, nous parvenions à dompter un homme attentif à les remplir tous avec une infatigable activité... Vous passez le temps à ne rien faire, à vous repaître de vaines espérances, à vous accuser et à vous condamner les uns les autres.... Vos commandans demeurent sans récompense, et n'ont pour leur part que le péril. Quand vous voyez que vos affaires tournent mal, vous poursuivez criminellement vos généraux ; ils sont absous par les uns, condamnés par les autres. De tout cela il ne résulte pour vous que des débats, que des querelles, que des dissensions qui n'ont point de fin, et, pour l'état, que des malheurs. Deux factions partagent Athènes. A la tête de chacune marche un discoureur soutenu d'une troupe des plus riches citoyens, et suivi d'un général d'armée qui ne rougit point de servir sous un pareil homme ! Vous vous attachez, les uns à ceux-ci, les autres à ceux-là. Il y a tout lieu de craindre que Philippe qui l'emporte sur tous les autres en adresse, et qui sait profiter des conjonctures avec dextérité, soit en cédant selon l'occurrence, soit en menaçant à propos (et l'on peut l'en croire quand il menace), soit en nous faisant un crime auprès de nos alliés, de notre lenteur et de notre absence, n'ébranle enfin et n'entraîne quelque partie de la constitution générale de la Grèce. Certes quand il dispose de tout en maître, quand il re-

§ XXII. Le gouvernement d'un seul a été établi chez presque tous les peuples.

NOMBRE DES ROIS.	EMPIRES ET ROYAUMES.	CHEFS ET SOUVERAINS.		CHEFS ET SOUVERAINS.		DURÉE.
16 Juges.	D'Israël.	Depuis Moïse.	l'an 1491 avant J.-C.	Jusqu'à Samuel.	l'an 1199	Pendant 292 ans.
3 Rois.	Des Juifs.	— Saül.	1095 —	— Salomon.	1015 —	— 80.
20 Rois.	De Juda.	— Roboam.	975 —	— Sédécias.	599 —	— 376.
19 Rois.	D'Israël.	— Jéroboam.	975 —	— Osée.	729 —	— 253.
5 Machabées.		— Mathatias.	168 —	— Jean Hircan.	135 —	— 33.
3 Rois-Pontifes.	De Judée.	— Aristobule.	104 —	— Hircan III, Hérode et ses success.	40 —	— 64.
40 Rois.	D'Assyrie.	— Bélus.	2229 —	— Sardanapale.	787 —	— 1442.
26 Rois.	Des Mèdes.	— Arbacès.	770 —	— Cyrus.	560 —	— 210.
15 Rois du 2ᵉ empire	D'Assyrie.	— Phul.	770 —	— Darius Médus et Astiages.	538 —	— 232.
10 Rois.	De Babylone.	— Bélésis.	770 —	— Mésenimordac.	688 —	— 82.
13 Rois.	Des Perses.	— Cyrus.	536 —	— Darius Codoman.	330 —	— 206.
30 Rois du 2ᵉ Empire	Des Perses.	— Artaxercès ou Artaxare.	202 depuis J.-C.	— Jedezgirdes III.	652 —	— 409.
8 Rois du 3ᵉ Empire	Des Perses.	— Tamerlan.	1396 —	— Alvand.	1497 —	— 101.
19 Rois du 4ᵉ Empire	Des Perses ou Sophis.	— Ismaël I.	1499 —	— Aly-Murat-Khan.	1780 —	— 281.
71 Rois.	D'Égypte, anciens.	— Sésostris.	1722 avant J.-C.	— Darius Codoman.	332 —	— 1390.
17 Rois.	D'Égypte.	— Ptolomée Lagus.	322 —	— Cléopâtre.	44 —	— 288.
Rois.	Des Scythes régnent plusieurs siècl.					
245 Empereurs.	De la Chine, de 24 ou 25 familles.	— Fohi.	2952 avant J.-C. jusqu'à	des jours, mais on n'a rien de bien certain sur la Chine au-dessus de l'an 601 avant J.-C.		
17 Rois.	De Sicyone.	— Égialée.	1773 —	— Hippolyte et Lacestade.	1124 —	— 649.
14 Rois.	D'Argos.	— Inachus.	1823 —	— Acrisius.	1379 —	— 434.
9 Rois.	De Mycènes.	— Persée II.	1348 —	— Penthile et Cométès.	1129 —	— 219.
17 Rois.	D'Athènes.	— Cécrops.	1582 —	— Codrus.	1116 —	— 466.
13 Archontes perpét.	D'Athènes.	— Médon.	1095 —	— Alcméon.	756 —	— 339.
	Il y eut ensuite des archontes de dix ans, et puis des archontes annuels.					
13 Rois.	De Lacédémone.					
33 Rois euryxthénides*.	Idem.	— Lélex.	1516 avant J.-C.	— Tisamène et Penthile.	1132 —	— 384.
27 Rois proclides *.	Idem.	— Eurysthène.	1125 —	— Agésipolis III.	219 —	— 906.
	* Ces deux familles toutes deux Héraclides, régnaient ensemble à Lacédémone.	— Proclès.	1125 —	— Nabis.	192 —	— 933.
16 Rois.	De Thèbes.	— Cadmus.	1519 avant J.-C.	— Xanthus.	1200 —	— 319.
16 Rois.	De Corinthe.	— Alétès.	1099 —	— Praximiticus.	582 —	— 517.
42 Rois.	De Macédoine.	— Caranus.	887 —	— Andriscus.	148 —	— 739.
8 Rois.	De Crète.	— Minos.				
10 Rois.	De Troye.	— Scamander.	1552 —	— Priam.	1209 —	— 343.
20 Rois.	De la Lydie.	— Argon.	1233 —	— Crésus.	558 —	— 665.
10 Rois.	Du Pont.	— Artabaze.	488 —	— Polemon.	10 —	— 478.
15 Rois.	De Bythynie.	— Dædalus ou Didalsus.	383 —	— Nicomède.	77 —	— 306.
20 Rois.	Des Parthes anciens.	— Arsace.	336 —	— Phraates IV.	7 —	— 319.
8 Rois.	Des Parthes.	— Phraates.	13 depuis J.-C.	— Artaban V.	236 —	— 213.
27 Rois.	De Pergame.	— Philétère.	283 avant J.-C.	— Aristonicus.	126 —	— 156.
24 Rois.	De Syrie.	— Seleucus Nicanor	312 —	— Tygranes.	66 —	— 256.
Rois.	De Tyr et de Phénicie.	— Hiram.	1057 —	— Eiram II.	592 —	— 465.
21 Rois.	De Carthage.					
7 Rois.	Latins.	— Janus.	1389 —	— Numitor.	755 —	— 634.
64 (environ) Emper.	De Rome.	— Romulus.	751 —	— Tarquin-le-Superbe.	534 —	— 218.
14 Empereurs.	Romains.	— Honorius.	14 —	— Théodose-le-Grand.	395 —	— 499.
9 Rois.	D'Occident.	— Odoacre.	395 depuis J.-C.	— Augustule.	475 —	— 80.
23 Rois.	D'Italie.	— Alboin.	476 —	— Téïas.	552 —	— 76.
	Lombards.		568 —	— Didier.	774 —	— 206.
18 Exarques.	De Ravenne.	— Longin.	584 —	— Eutyches.	752 —	— 168.
79 Empereurs.	D'Orient.	— Arcade.	395 —	— Alexis-Ducas-Murzulle.	1204 —	— 829.
5 Empereurs français	A Constantinople.	— Baudouin I.	1204 —	— Baudouin II.	1228 —	— 24.
12 Empereurs.	De Nicée.	— Théodore Lascaris.	1204 —	— Constantin Paléologue.	1453 —	— 249.
12 Rois.	De Jérusalem.	— Godefroi de Bouillon	1100 —	— Jean de Bryenne.	1237 —	— 137.
18 Rois.	De Chypre.	— Guy de Lusignan	1192 —	— Catherine Cornaro.	1489 —	— 297.
55 Califes.		— Mahomet.	622 —	— Mostazem.	1258 —	— 636.
31 Sultans.		— Othman ou Osman.	1326 —	— Sélim III.	1800 —	— 474.
58 Empereurs.	D'Allemagne.	— Charlemagne.	800 —	— François II.	1792 —	— 992.
Rois.	De Westphalie.	— Jérôme.	1807 —			
17 Ducs.	De Bohême.	— Prémislas.	632 —	— Spitignée II.	1061 —	— 429.
30 Rois.	De Bohême.	— Uratislas.	1085 —	— Louis.	1526 —	— 440.
				Et pour successeurs les empereurs d'Allemagne.		
36 Rois.	De Hongrie.	— Saint-Étienne	1038 —	— Jean Zapolski.	1540 —	— 502.
				Les empereurs d'Allemagne depuis Ferdinand 1.		
57 Czars.	De Russie.	— Swiatoslow ou Spendoblos.	945 —	— Alexandre I.	1800 —	— 855.
58 Rois.	De Danemarck.	— Éric V.	717 —	— Gustave-Adolphe.	1800 —	— 1083.
56 Rois.	De Pologne.	— Cormo.	714 —	— Christiern VII.	1800 —	— 1086.
54 Ducs et Rois.	De Prusse.	— Lesko.	550 —	— Stanislas-Auguste.	1795 —	— 1245.
5 Rois.	De Hollande.	— Frédéric I.		— Frédéric-Guillaume III.	1800 —	— 250.
7 Stathouders.	D'Angleterre.	— Guil de Nassau prin. d'Orange.	1700 —	— Guillaume V.	1790 —	— 100.
		— Cedric.	1570 —	—		— 220.
		On pourroit ne commencer qu'à Egbert en 807.		— Georges III.	1810 —	— 1203.
62 Rois.	D'Écosse.	— Congale.	558 —	— Jacques VI.	1603 —	— 1045.
19 Rois.	Des Visigoths.	— Liuva.	573 —	— Rodrigue.	714 —	— 141.
24 Rois.	De Léon.	— Pelage.	718 —	— Veremond III.	1037 —	— 319.
22 Rois.	De Castille.	— Ferdinand I.	1065 —	— Ferdinand V.	1474 —	— 409.
20 Rois.	D'Arragon.	— Ramire.	1063 —	— Ferdinand V.	1504 —	— 441.
14 Rois.	De toutes les Espagnes.	— Philippe I, d'Autriche.	1506 —	— Joseph.	1808 —	
36 Rois.	De Navarre.	— Arnar.	836 —	— Jeanne d'Albret et Henri IV.	1572 —	— 736.
29 Rois.	De Portugal.	— Henri.	1112 —	— Marie-Françoise-Élisabeth.	1800 —	— 688.
Rois.	De Rome.	— Napoléon-Franç.-Charles-Jos.	1811 —			
26 Rois.	De Naples.	— Roger.	1154 —	— Joachim.	1808 —	
	Nous ne parlerons pas des doges de Venise et de Gênes, qui n'étaient point souverains.					
21 Ducs.	De Toscane.	— Boniface.		— Philippe fils de l'emp. Frédéric I.	1208 —	— 374.
11 Grands-Ducs.	De Florence.	— Alexandre de Médicis.	834 —	— Ferdinand-Joseph.	1800 —	— 269.
31 Ducs.	De Savoie, les 5 dern. rois de Sardaig.	— Amédée.	1531 —	— Victor-Amédée IV.	1800 —	— 692.
13 Ducs.	De Modène.	— Obizon II.	1108 —	— Lionel.	1800 —	
13 Ducs.	De Ferrare, Modène et Reggio.	— Boro d'Est.	1293 —	— Hercule Renaud d'Est.	1750 —	— 279.
13 Ducs.	De Parme et Plaisance.	— Pierre-Louis Farnèse.	1471 —	— Ferdinand Marie Philippe Louis	1800 —	— 255.
71 Grands-Maîtres.	De Malte.	— Gérard.	1545 —	— Tournaisi.	1803 —	— 704.
68 Rois.	De France.	— Pharamond.	1099 —	— Louis XVI.	1793 —	— 1373.
Empire.	Français.	— NAPOLÉON I.	420 —			
8 Rois.	Des Bourguignons, 1ʳᵉ. race.	— Gundicaire.	1804 —	— Gondemar.	534 —	— 99.
5 Rois.	Des Bourguignons, 2ᵉ. race.	— Philippe.	435 —	— Marie.	1482 —	— 78.
5 Ducs.	De Normandie.	— Rollon.	1404 —	— Henri Roi d'Angleterre.	1133 —	— 216.
14 Ducs.	De Bretagne.	— Pierre de Dreux.	917 —	— Anne.	1514 —	— 264.
27 Ducs.	De Lorraine.	— Gérard d'Alsace.	1204 —	— Stanislas Roi de Pologne.	1766 —	— 695.
13 Ducs.	D'Aquitaine.	— Ranulfe I.	1070 —	— Éléonore du Aliénor.	1137 —	— 67.
8 Dauphins.	Du Dauphiné.	— Guigues IV.	895 —	— Humbert II.	1333 —	— 191.
28 Comtes.	De Provence.	— Roland I.	1142 —	— Charles IV.	1481 —	— 581.
20 Comtes.	De Forez.	— Guillaume.	900 —	— Charles I, Connétable de Bourbon.	1527 —	— 431.
24 Comtes.	D'Auvergne.	— Bernard fils du c⁴. de Poitiers.	846 —	— La Reine Marguerite de Valois.	1615 —	— 770.

T. 2380 souverains jusqu'à l'an 1800 de J.-C.

Nous ne parlerons point d'un très-grand nombre d'autres états moins considérables où le gouvernement d'un seul était établi.

Tous les états marqués par une ▓ sont réunis à l'empire français; et sont sous la protection ceux marqués ▒

mue tous les ressorts, ou découverts ou cachés, quand
il réunit en lui seul le général d'armée, le dispensateur
des finances et le souverain; lorsqu'en tous lieux il paie
de sa personne, il faut l'avouer, une telle prérogative
influe beaucoup sur la promptitude et sur la justesse de
l'exécution, etc. »

(Voyez le tableau ci-contre paragraphe XXII.)

§ XXIII. *Lequel des deux états, le monarchique, ou le
républicain, est plus propre à former des héros.*

Si l'on fait réflexion que tout dans l'univers paroît
tendre à l'unité, qu'il n'y a qu'un Dieu pour le monde,
qu'un général pour une armée, qu'un chef pour une
famille; si de plus on porte ses regards sur l'Europe,
l'Asie, l'Afrique et l'Amérique, en un mot, sur toutes
les nations, qui, malgré la différence des mœurs, concourent la plupart à ne dépendre que d'une seule tête;
si enfin l'on considère les fréquentes secousses qui agitent les républiques, les différens troubles qui les déchirent, et les révolutions qui entraînent leur ruine,
on verra tout s'accorder en faveur de l'état monarchique, l'instinct de la nature, les lumières de la raison,
et le témoignage de presque tout l'univers.

Mais, laissant à part cette question générale, j'ai cru
devoir la présenter sous un autre jour, et demander
par rapport aux héros guerriers laquelle des deux sortes
de gouvernement est plus propre à les former. Le sujet
est digne d'attention, parce qu'il est vraiment utile; et

parce qu'il n'est pas rare de voir dans les monarchies
même de ces esprits un peu républicains, qui donnent
hautement la préférence aux états libres, s'il est question
de former des héros.

Préjugé d'autant plus fort qu'ils le fondent non-seulement sur l'idée de la liberté républicaine ; mais encore
sur le souvenir de la république romaine. Heureux
état ! s'écrient-ils, qui enfanta presque autant de héros
et de conquérans que de citoyens ! Mais ceux qui rai-
sonnent ainsi, discernent-ils assez si cette bravoure ne
fut pas plutôt l'effet du caractère particulier des Romains, que de la nature du gouvernement ? Certes si
la liberté romaine eût été la source unique de tant de
héros, tout gouvernement politique formé sur ce modèle, devroit également enfanter des peuples guerriers.
La question réduite à ces termes, j'ose avancer qu'à cet
égard, un royaume a pour le moins autant, et peut-
être plus d'avantage qu'une république. Des faits sans
nombre attesteront cette vérité.

Faites revivre en effet un Clovis, un Charlemagne,
un Henri IV, un Louis XIV, ou tout autre de nos
monarques devenu célèbre par les succès et la gloire
de ses armes ; et de rois qu'ils furent, faites-les devenir
républicains. Ils seront partout de vaillans guerriers
sans doute : mais s'ils ne sont maîtres de faire la guerre
à leur gré, les verra-t-on former de si grands projets,
les pousser avec tant de vigueur, les porter à un si haut
point ; et dans cette supposition, où en seroient pour
nous ces heureux fondateurs de l'empire français, ces
illustres héritiers de l'empire romain, et ces conquérans

dont le bras et le nom ont si fort étendu notre puissance ou notre gloire?

Faisons un parallèle plus sensible, et comparons un républicain avec lui-même. Plaçons Jules César, non plus dans cette Rome où l'ambition de quelques particuliers avoit fait taire les lois pour renverser la république de fond en comble, mais dans Rome encore animée de son premier esprit, quand les lois régnoient souverainement sur les citoyens. Il pourra subjuguer les Gaules, en être encore le vainqueur aussi infatigable que patient; mais on ne trouvera plus en lui le conquérant de la Macédoine, de l'Espagne, de l'Afrique: en un mot ce ne sera plus César. Devenu meilleur citoyen, il vous paroîtra moins héros.

Pour acquérir ce titre comme souverain et comme sujet, il faut donc une immense latitude de pouvoir, de puissans secours ou de grands motifs. Or je trouve dans l'état monarchique trois principaux motifs d'héroïsme, je veux dire, le désir de la gloire, l'amour envers le souverain, et les récompenses assurées aux guerriers. Les trouve-t-on dans les républiques? Y en trouve-t-on de plus efficaces, ou du moins d'aussi efficaces? Leur histoire ne permet pas de le penser.

C'est au contraire dans les monarchies, comme dans son centre, que la valeur trouve des alimens pour s'entretenir, des routes pour se produire, un passage pour s'élever, et, si j'ose le dire, une sorte d'âme et de souffle pour s'enflammer et se perpétuer.

Car la passion dominante des rois et des grands étant l'amour de la gloire, et le préjugé se déclarant en faveur

de celle que procurent les armes, le goût en devient
général dans un royaume : d'où il arrive qu'on la met à
la tête de tout, qu'on en fait l'objet de ses désirs, et
qu'on n'épargne ni soins pour la mériter, ni fatigues
pour l'acquérir.

Il n'en va pas ainsi des républiques. L'ardeur guerrière
n'en est pas l'âme. En effet, à l'exception du peuple
romain, qui sous les rois et les consuls conserva toujours la passion de conquérir, tant qu'il resta quelque
matière à ses conquêtes; où trouver une nation qui,
voyant sa liberté à couvert, n'ait pas préféré le repos à
la gloire? On a vu Athènes, Lacédémone et les autres
peuples de la Grèce, soutenir des guerres considérables;
mais quel en étoit le but? L'envie de recouvrer le repos
perdu. L'amour seul de la paix les rendoit guerriers.
Carthage même, cette république si fière et si *endurcie*
aux travaux de la guerre, ne préféra-t-elle pas long-
temps le charme utile des richesses à l'éclat flatteur des
triomphes? Idole d'une foule de négocians empressés
à l'enrichir, elle promenoit son luxe de mers en mers,
et de contrées en contrées, jusqu'à rendre toute la
terre tributaire de son industrieuse cupidité. Elle rencontre sur sa route la puissance romaine; voilà Carthage
tout à coup jalouse et rivale.... Trop heureuse si, loin
de s'écarter des traces de ses fondateurs, elle se fût
contentée de l'empire de la mer, au lieu de porter ses
vues ambitieuses sur celui du monde entier !

Mais laissons des républiques ensevelies sous leurs
ruines antiques, et tournons nos regards sur les états
plus récens. Prêtez l'oreille aux discours de nos guerriers.

Leurs impatiens désirs ont l'air de plaintes, lorsqu'on
les entend soupirer après l'heureuse occasion des
combats. Cessez, jeunes rivaux, de précipiter ce temps
par vos vœux précoces. Quel seroit le motif de vos
empressemens? La crainte d'arriver trop tard au rang des
héros français? Calmez vos inquiétudes ; on se forme
bientôt à l'héroïsme sous les yeux d'un prince héros.
Bientôt la gloire se fait entendre, et l'amour qu'on sent
pour le souverain, achève ce que la gloire a commencé.

Je dis l'amour envers le souverain, noble et sûr
moyen d'exciter la bravoure, et qui est particulier aux
empires monarchiques. Car voilà ce que ne peuvent ni
sentir ni comprendre les républicains, eux dont la
valeur n'est jamais animée par l'envie de plaire. Hé! de
qui pourroient-ils rechercher les bonnes grâces? A qui
faire leur cour? Aux chefs? ce sont des objets d'envie.
Au peuple? ils le méprisent. Il n'appartient qu'à nous
de connoître et de sentir tout le prix de cet attrait pour
nos rois, nous qui non-seulement les honorons comme
nos maîtres, qui les suivons aveuglément comme nos
guides, mais encore qui les chérissons comme nos
pères, et même en quelque sorte plus que nos pères.
L'amour filial est timide, il reçoit plus qu'il ne donne.
A sa lenteur naturelle on le prendroit pour l'indifférence : il use de réserve et ne paie jamais tout ce qu'il
doit à la tendresse paternelle. De combien l'emporte
sur cet amour tranquille notre attachement, notre passion pour nos rois? Elle est hardie jusqu'à la témérité ;
entreprenante jusqu'à tenter l'impossible ; elle vole au
moindre signe, et prévient jusqu'aux désirs. Généreuse

à l'excès, elle se sacrifie, elle prodigue au prince ce que le prince ne peut jamais compenser, le repos, la santé, le sang, la vie, et un cœur supérieur à tous les dangers.

Vit-on jamais en effet les abeilles, ces modèles de dévouement pour les souverains, entourer leur roi dans les combats avec plus d'empressement; porter et recevoir pour sa défense les plus rudes coups avec plus de fermeté; le couvrir de leurs corps comme d'autant de boucliers, et mourir pour lui avec plus de bravoure, pour ne pas dire avec plus de fureur?

Voilà notre portrait; voilà ce qu'on vit autrefois à Bouvines. Philippe-Auguste se trouve enveloppé d'un gros d'ennemis: son cheval tombe mort sous lui: Philippe est sur le point de succomber sous le nombre. A l'instant le brave d'Estaing accourt, descend de cheval et remonte le roi. Les seigneurs français s'attroupent pour servir de rempart à leur maître, et pour s'opposer non pas à de vils barbares, mais à la fleur de la cavalerie impériale. Tout capitaine devient soldat, et l'on ne cesse de tuer ou de mourir, qu'on n'ait arraché des mains de l'ennemi la victoire, et le roi, objet unique de tant d'exploits, et beaucoup plus précieux que la victoire.

Si nous fûmes téméraires à Poitiers, et malheureux à Pavie, y reconnut-on moins le cœur français? Ces deux journées, si fatales à la France, ne furent point à l'honneur français. Dans l'une, on vit se sacrifier pour le roi Jean II, des Duras, des la Rochefoucauld. Dans l'autre, François Ier. vit tomber à ses côtés Thomas de Foix, Pierre Voyer de Paulmy, Louis de la Trémouille, et tant d'autres illustres victimes qui scellèrent de

leur sang leur tendresse pour nos rois ; tendresse universelle , et que la France semble inspirer aux soldats
aussi-bien qu'aux officiers.

D'où vient cet usage si général entre les militaires,
de rapporter au roi tout le succès des batailles, soit
qu'il y combatte en personne, soit qu'il en règle les
destins dans le secret du cabinet; sinon que le cœur
français, plein de sa passion pour le roi, oublie ses
propres intérêts, pour témoigner qu'il ne veut combattre, vaincre, ou mourir, que pour le salut et la
gloire du roi ?

Est-il un attrait pour la valeur que les républiques
puissent opposer ou préférer à cette tendresse envers
nos monarques ? L'amour de la liberté, diront-elles :
car c'est-là le cri des républicains; cri si efficace, à les
entendre, qu'il force des cœurs libres, dès qu'il s'agit
d'écarter le joug d'une domination étrangère, à tout
entreprendre, à tout oser, et à réussir. Mais quoi !
nous croient-ils insensibles aux charmes de la liberté ?
Nous croient-ils moins libres qu'eux, parce que nous
ne multiplions pas nos maîtres? Après tout, que peut
produire de si grand cet entêtement de liberté, que notre
amour envers nos princes ne soit capable d'exécuter?

Annibal menace les Romains d'esclavage. Le danger
étoit pressant. Mais le fut-il moins pour nous, quand
nos provinces se trouvèrent inondées d'Anglais sous
Charles VII ? La septième guerre d'Angleterre que
nous suscita Henri V, ne fut-elle pas à notre égard une
deuxième guerre punique ? La France enfin osa-t-elle
moins alors pour son roi, que Rome pour sa liberté ?

Comparons, siècle à siècle, et jugeons d'abord de l'un et de l'autre danger.

L'habile Carthaginois avoit eu l'adresse d'attirer dans son parti ceux de Capoue, et presque tous les alliés des Romains. Nous eûmes la douleur de voir les Bourguignons s'unir aux Anglais; mais s'ils parvinrent à bouleverser la France, ce ne fut qu'avec des forces françaises. La majesté romaine éperdue, atterrée, ne soutenoit qu'à peine les tristes restes de sa grandeur passée. Soudain, grâce aux efforts d'une liberté mourante, Rome fut en état de secouer le joug de Carthage. Nous élevons ces efforts jusqu'aux cieux; serons-nous moins équitables pour nous-mêmes que pour les Romains? Osons admirer, osons bénir cet heureux dévouement pour nos rois, à qui la France dut son salut, et qui seul lui inspira assez de fermeté et de force pour écarter enfin un ennemi beaucoup plus opiniâtre que n'avoit été Annibal.

Ce fut cet amour tant de fois éprouvé, qui ranima l'espérance presque éteinte dans le cœur de Charles vii. Encouragé par la tendresse et la valeur de ses sujets, il rassemble les débris de tant d'armées plus fidèles qu'heureuses; il se met à leur tête, il se rassure, il combat, il sort vainqueur.

Quelle foule de noms illustres s'offre en ce moment à notre souvenir! Les deux d'Harcourt, Laval, Beauveau, Saintrailles, Grancey, Chabannes, Gamache : ce n'est là qu'une partie de ces libérateurs du trône, dont la valeur rendit au roi ses états, à la France son souverain, et la France à elle-même.

Ce fut enfin cet amour qui changea les citoyens en soldats, et les soldats en héros. Ce fut ce même dévouement qui, faisant oublier à des femmes la foiblesse du sexe, en fit autant d'héroïnes guerrières, rivales des guerriers, et capables de le disputer aux héros. Quelle république s'est illustrée par de plus grands prodiges de valeur !

LE PÈRE PORÉE.

§ XXIV. *Il est plus facile à un général d'obéir aux ordres d'un prince qu'aux ordres d'une république.*

Le prince Eugène de Savoie n'avoit pas été toujours satisfait de la confiance qu'on avoit en lui. Un de ses amis lui demanda, pendant la longue guerre pour la succession d'Espagne, quelle étoit la cause de la profonde rêverie où il le voyoit plongé. *Je faisois réflexion*, répondit-il, *que, si Alexandre-le-Grand avoit été obligé d'avoir l'approbation des députés de Hollande pour exécuter ses projets, il s'en seroit fallu plus de la moitié que ses conquêtes n'eussent été si rapides.*

§ XXV. *Les Membres et l'Estomac.*

> Je devois par la royauté
> Avoir commencé mon ouvrage ;
> A la voir d'un certain côté,
> Messer Gaster en est l'image :
> S'il a quelque besoin, tout le corps s'en ressent.
> De travailler pour lui les Membres se lassant,

Chacun d'eux résolut de vivre en gentilhomme,
Sans rien faire, alléguant l'exemple de Gaster.
Il faudroit, disoient-ils, sans nous qu'il vécût d'air.
Nous suons, nous peinons comme bêtes de somme;
Et pour qui? pour lui seul : nous n'en profitons pas;
Notre soin n'aboutit qu'à fournir ses repas.
Chômons, c'est un métier qu'il veut nous faire apprendre.
Ainsi dit, ainsi fait. Les mains cessent de prendre,
    Les bras d'agir, les jambes de marcher :
Tous dirent à Gaster qu'il en allât chercher.
Ce leur fut une erreur dont ils se repentirent :
Bientôt les pauvres gens tombèrent en langueur;
Il ne se forma plus de nouveau sang au cœur;
Chaque Membre en souffrit; les forces se perdirent.
            Par ce moyen les mutins virent
Que celui qu'ils croyoient oisif et paresseux
A l'intérêt commun contribuoit plus qu'eux.
Ceci peut s'appliquer à la grandeur royale.
Elle reçoit et donne; et la chose est égale.
Tout travaille pour elle; et réciproquement,
            Tout tire d'elle l'aliment.
Elle fait subsister l'artisan de ses peines,
Enrichit le marchand, gage le magistrat,
Maintient le laboureur, donne paie au soldat,
Distribue en cent lieux ses grâces souveraines,
            Entretient seule tout l'état.
            Ménénius le sut bien dire.
La commune s'alloit séparer du sénat;
Les mécontens disoient qu'il avoit tout l'empire,
Le pouvoir, les trésors, l'honneur, la dignité :
Au lieu que tout le mal étoit de leur côté,
Les tributs, les impôts, les fatigues de guerre.
Le peuple hors des murs étoit déjà posté,
La plupart s'en alloient chercher une autre terre;

Quand Ménénius leur fit voir
Qu'ils étoient aux membres semblables,
Et par cet apologue, insigne entre les fables,
Les ramena dans leur devoir.

LA FONTAINE, *fable* 2.ᵉ, *livre* III.

§ XXVI. *Emblème du gouvernement d'un seul.*

La Bruyère représente la monarchie sous l'emblème suivant :

Quand vous voyez quelquefois un nombreux troupeau qui, répandu sur une colline vers le déclin d'un beau jour, paît tranquillement le thym et le serpolet, ou qui broute dans une prairie une herbe menue et tendre qui a échappé à la faux du moissonneur ; le berger soigneux et attentif est debout auprès de ses brebis ; il ne les perd pas de vue, il les suit, il les conduit, il les change de pâturage ; si elles se dispersent, il les rassemble ; si un loup avide paroît, il lâche son chien qui le met en fuite ; il les nourrit, il les défend ; l'aurore le trouve déjà en pleine campagne, d'où il ne se retire qu'avec le soleil. Quels soins ! quelle vigilance ! Quelle servitude ! Quelle condition vous paroît la plus délicieuse et la plus libre, ou du berger, ou des brebis ? Le troupeau est-il fait pour le berger, ou le berger pour le troupeau ? Image naïve des peuples et du prince qui les gouverne, s'il est bon prince.

§ XXVII. *Notions de la monarchie parmi les animaux mêmes.*

Ce seroit tomber dans l'exagération, ce seroit donner un sens forcé aux observations de l'expérience, que d'apercevoir une combinaison raisonnée dans les mœurs et les habitudes des animaux. Cependant, lorsqu'on les voit ne jamais s'écarter d'une règle de conduite, y persévérer depuis leur existence; quand cette règle est généralement commune, non-seulement à la même espèce, mais encore à plusieurs autres, on ne peut s'empêcher de remarquer ces faits, et d'en tirer quelques conséquences. Il est permis de penser que l'invariable nature, qui ne doit sa constance qu'à Dieu même, ne fait rien sans un but, et qu'elle a voulu que la raison de l'homme pût trouver un moyen d'instruction dans l'instinct même des animaux :

. . . . . Des sages ont pensé
Qu'un céleste rayon dans leur sein fut versé.

C'est comme une preuve de cette inspiration que nous citerons ceux d'entre eux qui semblent se gouverner par des formes monarchiques.

Nous commencerons par les abeilles.

Jadis, parmi les sons des cymbales bruyantes,
L'abeille secondant les soins des Corybantes
Nourrit dans son berceau le jeune roi du ciel :
Son admirable instinct fut le prix de son miel.
Chez elle les sujets unissent leurs fortunes;
Les enfans sont communs, les richesses communes;
Elle bâtit des murs, obéit à des lois,
Et prévoit aux temps chauds les besoins des temps froids.

. . . .

¹ Delille, *Géorgiques.*

L'une forme un miel pur d'une essence choisie ,
Et comble ses celliers de sa douce ambroisie :
L'autre élève à l'état des enfans précieux ;
Celles-ci tour-à-tour vont observer les cieux.
Sa race est immortelle , et sous de nouveaux maîtres
D'innombrables enfans remplacent leurs ancêtres.
Quel peuple de l'Asie honore autant son roi ?
Tandis qu'il est vivant tout suit la même loi :
Est-il mort ? ce n'est plus que discorde civile ;
On pille les trésors , on démolit la ville.
C'est l'âme des sujets , l'objet de leur amour :
Ils entourent son trône , et composent sa cour ,
L'escortent aux combats , le portent sur leurs ailes ,
Et meurent noblement pour venger ses querelles.

Il est avéré que les troupeaux se rassemblent sous un chef, et se plaisent à marcher habituellement sous sa conduite :

<blockquote>[1] Quem legère ducem. . . . . . .</blockquote>

« On voit souvent des troupes nombreuses de chevaux sauvages. Ils courent tous ensemble , et lorsqu'ils aperçoivent un homme, ils s'arrêtent tous. L'un d'eux s'approche à une certaine distance , souffle des naseaux , prend la fuite, et tous les autres le suivent.

» Les grues portent leur vol très-haut, et se mettent en ordre pour voyager ; elles forment un triangle, comme pour fendre l'air plus aisément. Quand le vent se renforce et menace de les rompre, elles se resserrent en cercle ; ce qu'elles font aussi quand l'aigle les attaque. Leur passage se fait le plus souvent pendant la nuit ;

---

[1] Géorgiques.

mais leur voix éclatante avertit de leur marche. Dans le vol de nuit, le chef fait entendre fréquemment une voix de réclame pour avertir de la route qu'il tient : elle est répétée par la troupe, où chacune répond comme pour faire connoître qu'elle suit et qu'elle garde sa ligne.

» A terre, les grues rassemblées établissent une garde pendant la nuit, et la circonspection de ces oiseaux a été consacrée dans les hiéroglyphes comme le symbole de la vigilance. La troupe dort la tête cachée sous l'aile, *mais le chef veille la tête haute;* et si quelque objet le frappe, il en avertit par un cri. C'est pour le départ, dit Pline, qu'elles choisissent ce chef.

» En voyant ces animaux se rassembler, suivre celui qui appelle, qui précède, qui dirige le départ, le voyage et le retour, comment leur refuser cette intelligence sociale qui fait apprécier les avantages de l'ordre et de la soumission de toutes les volontés à une seule? Sans imaginer ici un pouvoir donné ou reçu, comme dans les sociétés humaines, il faut reconnoître que ce pouvoir unique et central trouve sa source dans la nature, puisqu'il suffit de l'instinct seul pour l'établir et en profiter. »

BUFFON.

§ XXVIII. *Ce que c'est que la vraie liberté.*

Le nom de liberté est le plus agréable et le plus doux, mais tout ensemble le plus décevant et le plus trompeur de tous ceux qui ont quelque usage dans la vie humaine! Les troubles, les séditions, le mépris des lois ont toujours ou leur cause ou leur prétexte dans l'amour de la liberté. Il n'y a aucun bien de la nature dont les hommes abusent plus que de leur liberté, ni rien qu'ils connoissent moins que la franchise [1], encore qu'ils la désirent avec tant d'ardeur. Mais nous perdons notre liberté en la voulant trop étendre; nous ne savons pas la conserver, si nous ne savons aussi lui donner des bornes : la liberté véritable est d'être soumis aux lois.

BOSSUET.

§ XXIX. *La république.*

Est-il donc, entre nous, rien de plus despotique
Que l'esprit d'un état qui passe en république ?
Vos lois sont vos tyrans ; leur barbare rigueur
Devient sourde au mérite, au sang, à la faveur ;
Le sénat vous opprime, et le peuple vous brave ;
Il faut s'en faire craindre ou ramper leur esclave.
Le citoyen de Rome, insolent ou jaloux,
Ou hait votre grandeur, ou marche égal à vous.
Trop d'éclat l'effarouche ; il voit d'un œil sévère,
Dans le bien qu'on lui fait, le mal qu'on lui peut faire.
Ces fiers patriciens sont-ils autant de dieux,
Jugeant tous les mortels, et ne craignant rien d'eux ?
Sont-ils sans passions, sans intérêt, sans vice ?
Ils osent s'en vanter ; mais leur feinte justice,
Leur âpre austérité que rien ne peut gagner,
N'est dans ces cœurs hautains que la soif de régner :
Leur orgueil foule aux pieds l'orgueil du diadème !
Ils ont brisé le joug pour l'imposer eux-même.

---

[1] *Franchise* signifie ici *affranchissement*, *liberté*, et n'a plus ce sens aujourd'hui.

De notre liberté ces illustres vengeurs,
Armés pour la défendre, en sont les oppresseurs.
Sous les noms séduisans de patrons et de pères,
Ils affectent des rois les démarches altières.
Rome a changé de fers; et sous le joug des grands,
Pour un roi qu'elle avoit, a trouvé cent tyrans.
Parmi vos citoyens en est-il d'assez sage,
Pour détester tout bas cet indigne esclavage?
Peu sentent leur état : leurs esprits égarés,
De ce grand changement sont encore enivrés.
Le plus vil citoyen dans sa bassesse extrême,
Ayant chassé les rois, pense être roi lui-même;
Et d'un bannissement le décret odieux
Devient le prix du sang qu'on a versé pour eux.

VOLTAIRE.

§ **XXX.** *Chimère de ce qu'on a appelé la souveraineté du peuple.*

Voilà une alliance de mots bien étrange! Il n'y a que la chimère dont ils présentent l'idée qui le soit davantage. Que la première fois qu'on a fait retentir ces deux mots ensemble, ils soient parvenus à tourner des têtes ardentes, à égarer une populace ignorante, et à servir de prétexte aux machinations de quelques forcenés, cela peut s'imaginer : mais ce qu'on ne peut concevoir, c'est que des hommes déjà bien éclairés par de premières expériences, soient revenus à de pareilles idées. Ce qu'on ne peut expliquer, c'est qu'une nation entière qui a pu méditer pendant un siècle l'admirable écrit de Bossuet, où il combat la folie populaire avec autant d'éloquence que de raison, ait souffert dans son aveuglement qu'on osât lui répéter encore que le peuple doit dominer partout, et qu'il n'appartient qu'à lui de régler le droit des puissances qui gouvernent l'univers. Leur propre autorité les défend aujourd'hui contre un système aussi absurde. Mais puisqu'on l'a vu renaître, et qu'on a vu mettre en pratique les vieilles maximes d'un séditieux professeur de Sedan, il sera curieux de voir comment le génie de Bossuet, il y a cent un an, faisoit justice de cette politique également propre à bouleverser tous les états.

En voici l'abrégé : *Le peuple fait les souverains et donne la souveraineté ; donc le peuple possède la souveraineté, et la possède dans un degré plus éminent. Car celui qui communique doit posséder ce qu'il communique d'une manière plus parfaite ; et quoiqu'un peuple qui a fait un souverain ne puisse plus exercer la souveraineté par lui-même, c'est pourtant la souveraineté du peuple qui est exercée par le souverain ; et l'exercice de la souveraineté qui se fait par un seul, n'empêche pas que la souveraineté ne soit dans le peuple comme dans sa source, et même dans son premier sujet.* Voilà les principes que pose ce rare publiciste, et il en conclut que le peuple peut exercer sa souveraineté en certains cas, même sur les souverains, les juger, leur faire la guerre, les priver de leurs couronnes, changer l'ordre de la succession, et même la forme du gouvernement.

Ce qui d'abord se fait sentir dans ce discours, nous dit l'évêque de Meaux, ce sont les contradictions dont il est plein. *Le peuple, dit-on, donne la souveraineté, donc il la possède.* Ce seroit plutôt le contraire qu'il faudroit conclure, puisque si le peuple l'a cédée, il ne l'a plus; ou en tout cas il ne l'a que dans le souverain qu'il a créé. Il n'en faut pas davantage pour renverser tout le système du novateur.

Mais, sans vouloir encore en examiner les conséquences, allons à la source, et prenons la politique du professeur par l'endroit le plus spécieux. Il s'est imaginé que le peuple est naturellement souverain; ou, pour parler comme lui, qu'il possède naturellement la souveraineté, puisqu'il la donne à qui il lui plaît : or, cela c'est errer dans le principe, et ne pas entendre les termes. Car, à regarder les hommes comme ils sont naturellement et avant tout gouvernement établi, on ne trouve que l'anarchie, c'est-à-dire, dans tous les hommes une liberté farouche et sauvage, où chacun peut tout prétendre, et en même temps tout contester; où tous sont en garde, et par conséquent en guerre continuelle contre tous; où la raison ne peut rien, parce que chacun appelle raison la passion qui le transporte; où le droit même de la nature demeure sans force, puisque la raison n'en a point; où par conséquent il n'y a ni propriété, ni domaine, ni bien, ni repos assuré, ni, à vrai dire, aucun droit, si ce n'est celui du plus fort : encore ne sait-on jamais qui l'est, puisque chacun tour à tour peut le devenir selon que les passions feront conjurer ensemble plus ou moins de gens. Savoir si le genre humain a jamais été tout entier dans cet état, ou quels peuples y ont été et en quels endroits, ou comment et par quels degrés on en est sorti : il faudroit, pour le décider, compter l'infini, et comprendre toutes les pensées qui peuvent monter dans le cœur de l'homme. Quoi qu'il en soit, voilà l'état où l'on imagine les hommes avant tout gouvernement. S'imaginer maintenant dans le peuple considéré en cet état une souveraineté qui est déjà une espèce de gouvernement, c'est mettre un gouvernement avant tout gouvernement, et se contredire soi-même. Loin que le peuple en cet état soit souverain, il n'y a pas même de peuple en cet état. Il peut bien y avoir des familles, et encore mal gouvernées et mal assurées : il peut bien y avoir une troupe, un amas de monde, une multitude confuse ; mais il ne peut y avoir de peuple, parce qu'un peuple suppose déjà quelque chose qui réunisse, quelque conduite reglée et quelque droit établi : ce qui n'arrive qu'à ceux qui ont déjà commencé à sortir de cet état malheureux, c'est-à-dire, de l'anarchie.

C'est néanmoins du fond de cette anarchie que sont sorties toutes les formes de gouvernemens, la monarchie, l'aristocratie, l'état populaire et les autres ; et c'est ce qu'ont voulu dire ceux qui ont dit que toutes sortes de magistratures ou de puissances légitimes venoient originairement de la multitude ou du peuple. Mais il ne faut pas conclure de là que le peuple, comme un souverain, ait distribué les pouvoirs à un chacun : car pour cela il faudroit déjà qu'il y eût eu un souverain ou un peuple réglé, ce que nous voyons qui n'étoit pas. Il ne faut pas non plus s'imaginer que la souveraineté ou la puissance publique soit une chose comme subsistante qu'il faille avoir, pour la donner : elle se forme et résulte de la cession des particuliers, lorsque fatigués de l'état où tout le monde est le maître et où personne ne l'est, ils se sont laissés persuader de renoncer à ce droit qui met tout en confusion, et à cette liberté qui fait tout craindre à tout le monde, en faveur d'un gouvernement dont on convient.

L'indépendance de chaque homme dans l'anarchie ne peut se confondre avec la souveraineté : c'est là, tout au contraire, ce qui la détruit ; car où tout est indépendant, il n'y a rien de souverain, puisque la multitude elle-même, jusqu'à ce qu'elle se réduise à faire un peuple réglé, n'a d'autre droit que celui de la force.

Voilà donc le souverain de M. le professeur : c'est dans l'anarchie le plus fort ; c'est-à-dire, le grand nombre contre le petit.

Incertain du succès de ses premiers raisonnemens, le professeur croit les appuyer par la doctrine des pactes, et il les explique en ces termes : *Il n'y a point de relation au monde qui ne soit fondée sur un acte mutuel ou exprès ou tacite, excepté l'esclavage tel qu'il étoit entre les païens, qui donnoit à un maître pouvoir de vie et de mort sur son esclave sans aucune connoissance de cause. Ce droit étoit faux, tyrannique, purement usurpé, et contraire à tous les droits de la nature. Il est donc certain qu'il n'y a aucune relation de maître, de serviteur, de père, d'enfant, de mari, de femme, qui ne soit établie sur un pacte mutuel et sur des obligations mutuelles; en sorte que quand une partie anéantit ces obligations, elles sont anéanties de l'autre.* Quelque spécieux que soit ce discours en général, si on y prend garde de près, on y trouve autant d'ignorances que de

mots. Commençons par la relation de maître et de serviteur. Si le professeur y avoit fait réflexion, il auroit
songé que l'origine de la servitude vient des justes lois
de la guerre, où le vainqueur ayant tout droit sur le
vaincu jusqu'à lui pouvoir ôter la vie, il la lui conserve :
ce qui même, comme on sait, a donné naissance au mot
de *servi* qui, devenu odieux dans la suite, a été dans
son origine un terme de bienfait et de clémence, descendu du mot *servare*, conserver. Vouloir que l'esclave
en cet état fasse un pacte avec son vainqueur qui est son
maître, c'est aller directement contre la notion de la
servitude. Car l'un qui est le maître fait la loi telle qu'il
veut, et l'autre qui est l'esclave la reçoit telle qu'on veut
la lui donner; ce qui est la chose du monde la plus
opposée à la nature du pacte où l'on est libre de
part et d'autre, et où l'on se fait la loi mutuellement.

Toutes les autres servitudes ou par vente ou par naissance ou autrement, sont formées et détaillées sur cel-
les-là. En général, et à prendre la servitude dans son
origine, l'esclave ne peut rien contre personne, qu'autant qu'il plaît à son maître : les lois disent qu'il n'a
point d'état; point de tête, *caput non habet ;* c'est-à-
dire, que ce n'est pas une personne dans l'état, aucun bien, aucun droit ne se peuvent attacher à lui. Il
n'a ni voix en jugement, ni action ni force qu'autant
que son maître le permet, à plus forte raison n'en
a-t-il point contre son maître. De condamner cet état,
ce seroit entrer dans les sentimens que le professeur
lui-même appelle outrés, c'est-à-dire dans les sentimens

de ceux qui trouvent toute guerre injuste; ce seroit non-seulement condamner le droit des gens où la servitude est admise, comme il paroît par toutes les lois; mais ce seroit condamner le saint Esprit qui ordonne aux esclaves par la bouche de saint Paul, de demeurer en leur état, et n'oblige point leurs maîtres à les affranchir.

Cela va plus loin que ne pensent les écrivains de ce parti, car ils méprisent le droit de conquête jusqu'à dire que *la conquête est une pure violence*, ce qui est dire manifestement que toute guerre en est une; et par conséquent qu'il ne peut jamais y avoir de justice dans la guerre, puisqu'il n'y a rien qui s'accorde moins que la justice et la violence. Mais si le droit de servitude est véritable, parce que c'est le droit du vainqueur sur le vaincu, comme tout un peuple peut être vaincu jusqu'à être obligé de se rendre à discrétion, tout un peuple peut être serf; en sorte que son seigneur en puisse disposer comme de son bien, jusqu'à le donner à un autre sans demander son consentement, ainsi que Salomon donna à Hiram, roi de Tyr, vingt villes de Galilée. Je ne disputerai pas davantage ici sur ce droit de conquête, parce qu'il est impossible de le nier. Il faudroit condamner Jephté qui le soutint avec tant de force contre le roi de Moab. Il faudroit condamner Jacob qui donne à Joseph ce qu'il a conquis avec son arc et son épée.

La seconde relation que notre publiciste établit sur un pacte exprès ou tacite, est celle de père à enfant; ce qui est la chose du monde la plus insensée; car qui est-ce qui a stipulé pour tous les enfans avec tous les pères? les enfans qui sont au berceau ont-ils aussi fait

un pacte avec leurs parens pour les obliger à les nourrir
et à les aimer plus que leur vie ? Mais les parens ont-
ils eu besoin de faire un pacte avec leurs enfans, afin
de les obliger à leur obéir ? C'est bien écrire sans réflexion que d'alléguer ces prétendus pactes.

Il y a plus de vraisemblance à établir sur un pacte la
relation de mari à femme, parce qu'en effet il y a une
convention. Mais si l'on vouloit considérer que le fond
du droit et de la société conjugale est établi sur la nature et sur un exprès commandement de Dieu, on n'auroit pas vainement tâché de l'établir sur un pacte. Qui
ne voit en tout ce discours un homme emporté par
une apparence trompeuse, qui a confondu le terme de
pacte avec celui d'obligation et de devoir, sans vouloir
seulement considérer qu'il y a des obligations mutuelles,
qui viennent à la vérité d'une convention entre les parties, mais aussi qu'il y en a qui sont des lois suprêmes
et inviolables, qui ont précédé toutes les conventions
et tous les pactes. C'est faute d'avoir entendu une chose
si manifeste, que le professeur fait ce pitoyable raisonnement : *Il n'y a rien de plus inviolable et de plus
sacré que les droits des pères sur les enfans : néanmoins les pères peuvent aller si loin dans l'abus de
ces droits qu'ils les perdent.* Qui jamais a ouï parler
d'un tel prodige ! Que par l'abus du droit paternel un
père le perde, cela seroit vrai, si le père n'avoit de
droit sur son enfant que par un acte mutuel. Comme
le devoir d'un fils est fondé sur quelque chose de plus
haut, sur la loi du supérieur qui est Dieu, loi qu'il a
mise dans les cœurs avant que de l'écrire sur la pierre ou

sur le papier ; si un père peut perdre *son droit*, c'est
Dieu même qui perd le sien. Il n'est pas moins ridicule
de dire : *Qu'un mari qui abuse de son pouvoir sur
sa femme, par cela même la met en droit de demander la protection des lois, de rompre tout lien,
et de résister en un mot à toutes ses volontés.* Qui
ne le sait ? Mais qui ne sait en même temps que ce
n'est point en vertu d'une convention volontaire qui ne
fut jamais ni n'a pu être, mais d'un ordre supérieur ?
C'est que Dieu qui a prescrit certains devoirs aux
femmes, aux enfans, aux esclaves, en a prescrit d'autres
aux maîtres, aux pères, aux maris ; c'est que la puissance publique, qui renferme toute autre puissance sous
la sienne, a réglé les actions et les droits des uns et
des autres ; c'est qu'où il n'y a point de loi, la raison
qui est la source des lois, en est une que Dieu impose
à tous les hommes ; c'est que les devoirs les plus
légitimes, comme par exemple, ceux d'une femme
ou d'un fils, peuvent bien être suspendus envers un
mari et envers un père que son injustice et sa violence
empêchent de les recevoir ; mais que le fond de l'obligation puisse être altéré, ou que la disposition du cœur
puisse être changée, on ne le peut dire sans extrava-
gance.

Ainsi ces titres primordiaux ne sont rien moins que
favorables à la prétention de l'écrivain populaire, et il
tombe dans l'inconvénient de donner aux peuples un
droit souverain sur eux-mêmes et sur leurs rois, sans
que les peuples à qui il le donne en aient jamais eu le
moindre soupçon.

Il nous demande quelle raison pourroit avoir eue un peuple de se donner un maître si puissant à lui faire du mal. Il m'est aisé de lui répondre. C'est la raison qui a obligé les peuples les plus libres, lorsqu'il les faut mener à la guerre, de renoncer à leur liberté pour donner à leurs généraux un pouvoir absolu sur eux : on aime mieux hasarder de périr même injustement par les ordres de son général, que de s'exposer par la division à une perte assurée de la main des ennemis plus unis. C'est par le même principe qu'on a vu un peuple très-libre, tel qu'étoit le peuple romain, se créer même dans la paix un magistrat absolu, pour se procurer certains biens et éviter certains maux qu'on ne peut ni éviter ni se procurer qu'à ce prix. C'est encore ce qui obligeoit le même peuple à se lier par des lois que lui-même ne pût abroger ; car un peuple libre a souvent besoin d'un tel frein contre lui-même : il peut arriver des cas où le rempart dont il se couvre ne sera pas assez puissant pour le défendre si lui-même le peut forcer. C'est ce qui fait admirer à Tite-Live la sagesse du peuple romain, si capable de porter le joug d'un commandement légitime, qu'il opposoit volontairement à sa liberté quelque chose d'invincible à elle-même, de peur qu'elle ne devînt trop licencieuse : *adeò sibi invicta quœdam patientissima justi imperii civitas fecerat.* C'est par de semblables raisons qu'un peuple qui a éprouvé les maux, les confusions, les horreurs de l'anarchie, donne tout pour les éviter ; et comme il ne peut donner de pouvoir sur lui qui ne puisse tourner contre lui-même, il aime mieux hasarder d'être mal-

traité quelquefois par un souverain , que de se mettre en
état d'avoir à souffrir ses propres fureurs, s'il se réser-
voit quelque pouvoir. Il ne croit pas pour cela donner
à ses souverains un pouvoir sans bornes. Car, sans parler
des bornes de la raison et de l'équité, si les hommes
n'y sont pas assez sensibles, il y a les bornes du propre
intérêt qu'on ne manque guères de voir, et qu'on ne
méprise jamais quand on les voit. C'est ce qui a fait
tous les droits des souverains, qui ne sont pas moins les
droits de leurs peuples que les leurs.

Le peuple forcé par son besoin propre à se donner un
maître, ne peut rien faire de mieux que d'intéresser à sa
conservation celui qu'il établit sur sa tête. Lui mettre l'état
entre les mains afin qu'il le conserve comme son bien propre, c'est un moyen très-pressant de l'intéresser. Mais c'est
encore l'engager au bien public par des liens plus
étroits, que de donner l'empire à sa famille, afin qu'il
aime l'état comme son propre héritage, et autant qu'il
aime ses enfans. C'est même un bien pour le peuple
que le gouvernement devienne aisé ; qu'il se perpétue
par les mêmes lois qui perpétuent le genre humain, et
qu'il aille, pour ainsi dire, avec la nature, Ainsi les peuples où la royauté est héréditaire, en apparence se sont
privés d'une faculté qui est celle d'élire leurs princes;
dans le fond c'est un bien de plus qu'ils se procurent :
le peuple doit regarder comme un avantage de trouver
son souverain tout fait, et de n'avoir pas, pour ainsi
parler, à remonter un si grand ressort. De cette sorte
ce n'est pas toujours abandonnement ou foiblesse de
se donner des maîtres puissans : c'est souvent, selon

le génie des peuples et la constitution des états, plus
de sagesse et plus de profondeur dans ses vues.

C'est donc une grande erreur de croire qu'on ne
puisse donner des bornes à la puissance souveraine,
qu'en se réservant sur elle un droit souverain. Ce que
vous voulez faire foible à vous faire du mal, par la considération des choses humaines, le devient autant à
proportion à vous faire du bien : et sans borner la puissance par la force que vous vous pourriez réserver contre
elle, le moyen le plus naturel pour l'empêcher de vous
opprimer c'est de l'intéresser à votre salut.

Je ne sais s'il y eut jamais dans un grand empire un
gouvernement plus sage et plus modéré qu'a été celui
des Romains dans les provinces. Le peuple romain n'a-
voit garde d'imaginer aucun reste de souveraineté dans
les peuples soumis, puisqu'il les avoit réduits par la
force, et qu'une de ses maximes pour établir son autorité, étoit de pousser la victoire jusqu'à convaincre les
peuples vaincus, de leur impuissance absolue à résister
au vainqueur : l'intérêt de l'état les retenoit dans de
justes bornes. Mais on sentoit bien qu'il ne falloit point
tarir les sources publiques, ni accabler ceux dont on
tiroit du secours. Si quelquefois on oublioit ces belles
maximes ; si le sénat, si le peuple, si les princes, lorsqu'il y en eut, quittoient les règles du bon gouvernement, leurs successeurs revenoient à l'intérêt de l'état
qui dans le fond étoit le leur ; ce qui étoit d'autant plus
aisé que les monarchies les plus absolues ne laissent
pas d'avoir des bornes inébranlables dans certaines lois
fondamentales contre lesquelles on ne peut rien faire

qui ne soit nul de soi. Ravir le bien d'un sujet pour le donner à un autre, est un acte de cette nature : on n'a pas besoin d'armer l'oppressé contre l'oppresseur : le temps combat pour lui ; la violence réclame contre elle-même ; et il n'y a point d'homme assez insensé pour croire assurer la fortune de sa famille par de tels actes. Le prince même a intérêt de les empêcher : il sent qu'il faut faire aimer le gouvernement pour le rendre stable et perpétuel. Comme on a vu que le vrai intérêt du peuple est d'intéresser à son salut ceux qui gouvernent ; le vrai intérêt de ceux qui gouvernent est d'intéresser aussi à leur conservation les peuples soumis. Ainsi l'étranger est repoussé avec zèle ; le mutin et le séditieux ne sont pas écoutés ; le gouvernement va tout seul et se soutient, pour ainsi dire, de son propre poids. Sans craindre qu'on les contraigne, les rois habiles se donnent eux-mêmes des bornes pour s'empêcher d'être surpris ou prévenus ; ils s'astreignent à certaines lois, parce que la puissance outrée se détruit enfin elle-même : pousser plus loin la précaution, c'est, pour ne rien dire de plus, autant inquiétude que prévoyance ; autant indocilité que liberté et sagesse ; autant esprit de révolte et d'indépendance que zèle du bien public ; et enfin, car je ne veux pas étendre plus loin ces réflexions, on voit assez clairement que les maximes outrées du professeur répugnent à la raison, et même à l'expérience de la plus grande partie des peuples de l'univers.

Il faut néanmoins encore exposer ce que ce publiciste croit avoir de plus convaincant ; il croit nous fermer la bouche en nous demandant *ce qu'il faudroit faire à*

un prince qui deviendroit furieux ou frénétique, au-
delà de tous les exemples que le genre humain connoît.
En ce cas la réponse seroit trop aisée. Tout le monde
diroit qu'on a donné des tuteurs à des princes moins
insensés que celui qu'il nous propose. Son prétendu
empire du peuple n'est ici d'aucun usage : le successeur
naturel d'un prince, dont le cerveau seroit si malade,
ou les transports si violens, feroit naturellement la
charge de régent. Lorsqu'Ozias, par un coup manifeste
de la main de Dieu, prit la fuite tout hors de lui-même,
on entendit bien que la volonté de Dieu étoit qu'on le
séquestrât, selon la loi, de la société du peuple ; et Joa-
tham, son fils aîné, qui étoit en état de lui succéder s'il
fût mort, prit en main le gouvernement du royaume.
On conserva le nom de roi au père : le fils gouverna sous
son autorité, et on n'eut pas besoin d'avoir recours à
cette chimérique souveraineté dont on veut flatter tous
les peuples.

Mais, après tout, où veut-on aller par cet empire du
peuple ? Ce peuple à qui on donne un droit souverain
sur ses rois, en a-t-il moins sur toutes les autres puissances? Si, parce qu'il a fait toutes les formes de gouvernement, il en est le maître, il est le maître de toutes,
puisqu'il les a toutes faites également. M. Jurieu pré-
tend, par exemple, que la puissance souveraine est
partagée en Angleterre entre les rois et les parlemens,
à cause que le peuple l'a voulu ainsi. Mais si le peuple
croit être mieux gouverné dans une autre forme de gouvernement, il ne tiendra qu'à lui de l'établir, et il
n'aura pas moins de pouvoir sur le parlement qu'on lui

en veut attribuer sur le roi. Il ne sert de rien de répondre que le parlement, c'est le peuple lui-même ; car les évêques ne sont pas le peuple : les pairs ne sont pas le peuple : une chambre haute n'est pas le peuple : si le peuple est persuadé que tout cela n'est qu'un soutien de la tyrannie, et que les pairs en sont les fauteurs, on abolira tout cela. Cromwel aura eu raison de réduire tout aux communes, et de réduire les communes même à une nouvelle forme. On établira si l'on veut une république, si l'on veut l'état populaire, comme on en a eu le dessein, et que tant de gens l'ont peut-être encore. Si les provinces ne conviennent pas de la forme du gouvernement, chaque province s'en fera un comme elle voudra. Il n'est pas de droit naturel que toute l'Angleterre fasse un même corps. L'Écosse dans la même île fait bien encore un royaume à part. L'Angleterre a été autrefois partagée entre cinq ou six rois ; si on en a pu faire plusieurs monarchies, on en pourroit faire aussi-bien plusieurs républiques, si le parti qui l'entreprendroit étoit le plus fort : le peuple qui est le vrai souverain l'auroit voulu. Mais le sage Jurieu, qui a établi l'empire du peuple, a prévu cet inconvénient, et a bien voulu remarquer que le peuple peut abuser de son pouvoir. Je l'avoue, il l'a dit ainsi, il semble même donner des bornes à la puissance du peuple, *qui*, dit-il, *ne doit jamais résister à la volonté du souverain , que quand elle va directement et pleinement à la ruine de la société*. Mais qui ne voit que de tout cela c'est encore le peuple qui en est juge ? C'est, dis-je, au peuple à juger quand le peuple abuse de son pouvoir,

Le peuple, dit ce nouveau politique, est cette puissance *qui seule n'a pas besoin d'avoir raison pour valider ses actes.* Qui donc dira au peuple qu'il n'a pas raison ? Personne n'a rien à lui dire; ou bien il en faut venir pour le bien du peuple à établir des puissances contre lesquelles le peuple lui-même ne puisse rien, et voilà en un moment toute la souveraineté du peuple à bas, et le retour nécessaire au gouvernement d'un seul.

Quelle erreur de se tourmenter à former une politique opposée aux règles vulgaires, pour enfin être obligé d'y revenir ? c'est comme dans une forêt après avoir long-temps tournoyé parmi des sentiers embarrassés , se retrouver au point d'où on étoit parti. Avouons donc cette vérité : le peuple que ces grands politiques ont déclaré souverain, est un peuple qu'il ne sauroit définir ; et il n'est autre chose enfin que ce peuple sans loi et sans règle dont il a été parlé au commencement de ce discours.

BOSSUET.

§ XXXI. *L'anarchie.*

Quand Brutus inspiroit au peuple romain un amour immense de la liberté , il ne pensoit pas qu'il jetoit dans les esprits le principe de cette licence effrénée, par laquelle la tyrannie qu'il vouloit détruire devoit être un jour rétablie plus dure que sous les Tarquins.

Depuis la ruine de Carthage , les charges dont la dignité , aussi-bien que le profit, s'augmentoit avec l'empire, furent briguées avec fureur. Les prétendans ambitieux ne songèrent qu'à flatter le peuple, et la concorde des ordres entretenue par l'occupation des guerres puniques, se troubla plus que jamais. Les Gracques mirent tout en confusion, et leurs séditieuses propositions furent le commencement de toutes les guerres civiles.

Alors on commença à porter des armes et à agir par la force ouverte dans les assemblées du peuple romain, où chacun auparavant vouloit l'emporter par les seules voies légitimes, et avec la liberté des opinions.

La sage conduite du sénat, et les grandes guerres survenues, modérèrent les brouilleries.

Marius, plébéien, grand homme de guerre, avec son éloquence militaire et ses harangues séditieuses, où il ne cessoit d'attaquer l'orgueil de la noblesse, réveilla la jalousie du peuple, et s'éleva par ce moyen aux plus grands honneurs.

Sylla, patricien, se mit à la tête du parti contraire, et devint l'objet de la jalousie de Marius.

Les brigues et la corruption peuvent tout dans Rome. L'amour de la patrie et le respect des lois s'y éteint.

Pour comble de malheurs, les guerres d'Asie apprennent le luxe aux Romains et augmentent l'avarice.

En ce temps les généraux commencèrent à s'attacher leurs soldats, qui ne regardoient en eux jusqu'alors que le caractère de l'autorité publique.

Sylla, dans la guerre contre Mithridate, laissoit enrichir ses soldats pour les gagner.

Marius, de son côté, proposoit à ses partisans des partages d'argent et de terres.

Par ce moyen, maîtres de leurs troupes, l'un sous prétexte de soutenir le sénat, et l'autre sous le nom du peuple, ils se firent une guerre furieuse jusques dans l'enceinte de la ville.

Le parti de Marius et du peuple fut tout-à-fait abattu, et Sylla se rendit souverain sous le nom de *Dictateur*.

Il fit des carnages effroyables, et traita durement le peuple, et par voie de fait et de paroles, jusques dans les assemblées légitimes.

Plus puissant et mieux établi que jamais, il se réduisit de lui-même à la condition privée. Mais de même qu'on a pu reconnoître le projet de la république dressé dans la monarchie par Servius-Tullius, qui donna comme un premier goût de la liberté au peuple romain; on doit observer aussi que la tyrannie de Sylla, quoique passagère, quoique courte, a fait voir que Rome, malgré sa fierté, étoit autant capable de porter le joug, que les peuples qu'elle tenoit asservis.

Bossuet.

§ XXXII. *L'anarchie ramène le despotisme.*

Le despotisme outré de Tarquin le Superbe ayant rendu la royauté insupportable aux Romains, ils se soulevèrent contre ce prince, le chassèrent et changèrent la forme du gouvernement.

L'autorité royale étant abolie, le *pouvoir consulaire* fut substitué à sa place. Les premiers consuls eurent les mêmes droits et les mêmes marques d'honneur que les rois, avec cette différence que leur puissance fut annuelle, et que la souveraineté étoit partagée entre deux magistrats égaux, afin que l'autorité de l'un empêchât les excès de l'autre.

Le pouvoir consulaire fut diminué dans son origine. Valérius, surnommé Publicola, devenu suspect au peuple, et craignant sa fureur, assembla la multitude, fit abaisser devant elle les faisceaux (marque de l'autorité souveraine), et établit par une loi, qu'on appelleroit des magistrats au peuple, et qu'il jugeroit des plus importantes choses en dernier ressort.

On ne peut disconvenir que la dureté, l'ambition et l'avarice des grands, ne donnent souvent occasion aux dissensions civiles; mais quand le peuple secoue une fois le joug de l'autorité, il ne connoît plus de bornes, et, sous prétexte de liberté, il jette tout dans une confusion qui entraîne la ruine de l'état. C'est ce que nous allons voir.

Rome n'avoit plus une souveraine puissance distincte de la noblesse et du peuple, qui tînt l'un et l'autre dans un juste équilibre par sa suprême autorité. Les patriciens ayant traité avec la dernière rigueur les plébéiens, jusqu'à charger de fers et de coups ceux qui n'étoient pas en état de payer leurs dettes, cette cruauté barbare des nobles rendit le peuple romain désespéré.

L'ennemi étoit tout près d'entrer dans Rome, tandis qu'elle étoit ainsi divisée. Le danger commun suspendit pour quelque temps les troubles domestiques; mais ils recommencèrent sitôt que l'ennemi fut vaincu, et se terminèrent dans la fameuse retraite sur le Mont-Sacré, d'où le peuple jura de ne jamais revenir, à moins qu'on ne lui accordât ses propres magistrats, nommés *tribuns*, pour le défendre contre l'oppression des nobles. C'est ce qui jeta les semences d'une éternelle discorde dans Rome, et causa un combat perpétuel de puissances contraires dans la république.

Les tribuns ne cherchèrent qu'à s'accréditer dans l'esprit de la multitude en la flattant ; et, sous prétexte de zèle pour la liberté et les droits du peuple, ces artisans de discorde firent chaque jour quelque nouvelle proposition pour diminuer l'autorité du sénat, pour confondre les rangs, et pour s'emparer de la puissance suprême.

C'est ainsi que Rome, par un amour outré de sa liberté, vit la division se jeter dans tous les ordres. Les plébéiens craignoient l'autorité des patriciens comme une tyrannie qui ruineroit la liberté ; et les sénateurs redoutoient l'autorité populaire comme un dérèglement qui réduiroit tout à l'anarchie. Entre ces deux extrémités, un peuple d'ailleurs si sage ne put trouver le milieu.

Depuis l'établissement des tribuns, on ne voit plus à Rome aucune forme de gouvernement constante. Le peuple change sans cesse la magistrature. La république est dans une agitation perpétuelle, et déchirée sans cesse par des guerres civiles. Le sénat ne trouvoit point de meilleur remède contre ces divisions intestines, que de faire naître continuellement des occasions de guerres étrangères. Ces guerres empêchoient les dissensions domestiques d'être portées à l'extrémité.

I. 33

Mais sitôt que Rome devient maîtresse du monde,
et qu'elle n'a plus rien à craindre au dehors, elle commence à se déchirer elle-même. Les prétendans ambitieux ne songeant, les uns qu'à flatter les nobles, les
autres le peuple, la division devient sans remède, et les
guerres intérieures ne cessent point jusqu'à ce que tout se
termine dans une monarchie, mais monarchie la plus
dangereuse de toutes, c'est-à-dire, despotique et sans
règle de succession, où l'empire étoit sans cesse soumis
à la violence d'une armée qui s'étoit emparée de la souveraineté, et qui se donnoit des maîtres à son gré.

C'est précisément ce qu'avoit prédit *Polybe,* le plus
habile politique de son temps. Cet auteur avoit une
grande idée de la république romaine, tandis que le sénat
ne perdroit point son autorité : mais sitôt qu'il vit les divisions et l'esprit populaire prendre le dessus, il prédit
tout ce qui est arrivé. « Après qu'une république, dit cet
» historien, aura surmonté de grands périls, et qu'elle
» sera arrivée à une puissance qu'on ne lui disputera
» point, l'ambition s'emparera des esprits pour avoir les
» magistratures. Lorsque ces maux se seront une fois
» augmentés, le commencement de sa perte viendra
» des honneurs qu'on poursuivra par des brigues. Alors
» le peuple, brûlant de colère, ne suivra que les conseils
» que cette passion lui aura inspirés. Il ne voudra plus
» obéir aux magistrats, mais il s'attribuera tout le
» pouvoir. Ainsi la république, ayant changé de face,
» se changera en mieux en apparence, et prendra un
» nom illustre, je veux dire celui de liberté et d'état
» populaire; mais ce ne sera en effet que la domination

» d'une multitude aveugle, qui est sans doute le plus
» grand de tous les maux. »

C'est ainsi que la plus belliqueuse et la plus illustre
république du monde a été perdue, par la trop grande
augmentation du pouvoir populaire.

Attribué à FÉNÉLON [1].

§ XXXIII. *L'anarchie.*

Quel trouble ! quel affreux spectacle se présente ici à
mes yeux ! La monarchie ébranlée jusqu'aux fondemens,
la guerre civile, la guerre étrangère, le feu au-dedans
et au-dehors, les remèdes de tous côtés plus dangereux
que les maux. Que dirai-je ? étoit-ce là de ces tempêtes
par où le ciel a besoin de se décharger quelquefois ?
et le calme profond de nos jours devoit-il être précédé
par de tels orages ? ou bien étoit-ce les derniers efforts
d'une liberté remuante qui alloit céder la place à l'autorité légitime ? ou bien étoit-ce comme un travail de
la France prête à enfanter un règne miraculeux ?

BOSSUET.

§ XXXIV. *La guerre civile.*

Rome, depuis long-temps, se trouvoit divisée en
trois factions : celles de Pompée, de César et de Crassus.
Tous trois prétendoient, par la guerre civile, asservir
les Romains, et s'emparer de l'univers.

Déjà vainqueur des Gaules, César marchoit à Rome ;
et maître des Alpes, il descendoit dans l'Italie quand la

[1] Par M. de Ramsay.

Renommée, saisie d'épouvante, s'élance d'un vol rapide
vers la cité de Mars, et du haut du Capitole foudroie
les Romains par cette étonnante nouvelle : « Il a déployé
» tous ses étendards ; ses flottes sont maîtresses des
» mers ; ses légions, couvertes du sang des Germains,
» franchissent les Alpes de toutes parts. »

Aussitôt tous les yeux ne voient que des armes, des
meurtres, des incendies : partout la guerre, partout
l'horreur et la confusion : mille contraires desseins
agitent les habitans éperdus. L'un pense à fuir par terre,
l'autre à se confier aux ondes, et l'Océan est pour lui
plus sûr que sa patrie ; l'autre au contraire veut tenter
le sort des armes ; chacun cède à l'impérieuse destinée ;
plus la frayeur est grande, plus la fuite est rapide.

Dans cet affreux désordre, le peuple encore plus
épouvanté que les grands, ô spectacle lamentable ! le
peuple abandonne la ville, et se précipite en foule où
le pousse son désespoir. Rome entière est déserte, et
les Romains vaincus par de faux bruits, par des rumeurs
infidèles, s'éloignent en gémissant de leurs antiques
remparts. L'un d'une main tremblante guide et soutient
ses jeunes enfans ; l'autre baigné de larmes tient ses
pénates pressés contre son cœur : il quitte pour toujours
le toit de ses pères, et malgré l'absence de César il se
prépare à le percer de mille coups. Là de jeunes époux
confondent leur douleur dans les plus tendres embras-
semens. Ici de généreux enfans ne sont effrayés que
pour leur vieux père, et, l'emportant loin du péril, ils
doivent à leur piété de ne pas même sentir leur fardeau.
Un autre enfin traîne jusques dans les camps ses inutiles

richesses ; l'insensé ! c'est une proie qu'il porte lui-
même au vainqueur.

Ainsi quand le fougueux Auster bouleverse les ondes
furieuses, et que ni les manœuvres ni le gouvernail
n'obéissent aux pâles nautonniers ; l'un affermit son
mât; l'autre cherche l'abri protecteur d'un tranquille
rivage ; l'autre l'évite , et déployant ses voiles s'abandonne aux vents et à sa destinée.

Mais quels plus grands objets appellent nos regards !
La fuite entraîne les deux consuls : Pompée lui-même ,
Pompée l'effroi du Pont, la terreur du farouche Hy-
daspe , l'écueil des Pirates ; Pompée dont le triple
triomphe a naguère étonné Jupiter ; Pompée qui dompta
le furieux Euxin , et devant qui le Bosphore vaincu
courba ses ondes humiliées; ô honte ! Pompée se retire ,
et par sa fuite ignominieuse il abandonne à la fois
Rome, l'empire et toute sa gloire ; enfin, celui que
Rome entière avoit surnommé le Grand se voit réduit
à ne pas même céder en face [1] à la fortune.

Les dieux eux-mêmes ne sont pas étrangers aux
désastres des mortels. On vit alors les divinités amies de
l'ordre, errer toutes tremblantes loin des fureurs de la
terre, et abandonner la foule odieuse des humains à ses
cruelles destinées. La Paix, couronnée d'olivier, le sein
meurtri, la tête enveloppée d'un voile, se hâte la première de quitter l'univers pour se réfugier dans l'empire
de l'inexorable Pluton. La Bonne Foi la suit le front
baissé ; la Justice et la Concorde l'accompagnent en
pleurs, les cheveux épars et la robe déchirée.

[1] Ut fortuna levis Magni quoque terga videret.

Cependant les gouffres de l'Érèbe s'entr'ouvrent, et vomissent au loin leurs affreux habitans, l'horrible Érynnis, la furieuse Bellone, Mégère, la torche à la main, le Meurtre, les Trahisons et le fantôme livide de la Mort : au milieu de tous ces monstres, la Fureur élève jusqu'aux cieux sa tête épouvantable; un casque sanglant presse son front couvert de mille blessures; des chaînes brisées s'échappent de ses mains. Sa gauche soutient sans fléchir un bouclier terrible; il est chargé de mille traits; sa droite armée de feux menace la terre et lui porte l'incendie.

La terre reçoit aussi les dieux du ciel : les astres abandonnés ne sentent plus leur poids ordinaire. Toute la cour céleste s'est jetée dans les deux partis : Vénus guide son cher Jules, et avec elle marchent Pallas et le dieu des combats, brandissant une lance énorme. Pompée a pour lui Phébus et sa sœur, Mercure, et le dieu de Tyrinthe, modèle du héros.

Les trompettes sonnent; la Discorde s'élance des enfers : ses cheveux sont hérissés; sa bouche horrible est remplie d'un sang coagulé; une rouille épaisse couvre ses dents d'airain; ses yeux meurtris sont mouillés de quelques larmes; une noire sanie coule de sa langue affreuse; mille serpens sifflent sur sa tête; sa robe tombe en lambeaux; son bras agite une torche sanglante.

A peine a-t-elle quitté les abîmes du Tartare qu'elle se dirige à grands pas vers le sommet élevé de l'Apennin. De là s'offrent à ses regards la terre, les mers, le monde entier. Elle contemple les flots de combattans répandus par l'univers, et furieuse elle s'écrie :

Aux armes! aux armes! Peuples, portez le fer et la flamme dans les villes ennemies; quiconque se cache est vaincu; femmes, enfans, vieillards, que tout marche; que la terre elle-même s'ébranle; que les murailles tombent et écrasent leurs habitans; Marcellus, défends les lois; Curion, soulève le peuple; Lentulus, anime au combat les fières cohortes; et toi, fils des dieux! tu as le fer à la main, et tu balances! Pompée! tu ne brises pas ces portes! tu ne renverses pas ces murailles! tu n'enlèves pas ces trésors! Tu ne peux défendre Rome et le Capitole! cours à Pharsale, abreuve de sang humain les plaines de Thessalie.

O vaine et courte prospérité! ô digne récompense d'une gloire coupable! Un sort également rigoureux est le partage des vaincus et du vainqueur. Ils périssent tous, atteints par le fer, accablés sous des monceaux d'armes et par les coups de la sombre Enyo. Crassus trouve la mort aux champs du Parthe; Pompée, aux bords africains; le sang de Jules inonde son ingrate patrie; ainsi la mort même ne peut les réunir; et comme si la terre eût craint de chanceler sous leurs grands sepulcres, la terre a dispersé leurs cendres.

Pétrone.

§ XXXV. *Supériorité de la monarchie sur l'état populaire.*

Si l'amour du pays doit ici prévaloir,
C'est son bien seulement que vous devez vouloir;
Et cette liberté, qui lui semble si chère,
N'est pour Rome, Seigneur, qu'un bien imaginaire,

Plus nuisible qu'utile et qui n'approche pas
De celui qu'un bon prince apporte à ses états.
Avec ordre et raison les honneurs il dispense,
Avec discernement punit et récompense,
Et dispose de tout en juste possesseur,
Sans rien précipiter, de peur d'un successeur.
Mais, quand le peuple est maître, on n'agit qu'en tumulte;
La voix de la raison jamais ne se consulte :
Les honneurs sont vendus aux plus ambitieux,
L'autorité livrée aux plus séditieux.
Ces petits souverains qu'il fait pour une année,
Voyant d'un temps si court leur puissance bornée,
Des plus heureux desseins font avorter le fruit,
De peur de le laisser à celui qui les suit.
Comme ils ont peu de part au bien dont ils ordonnent,
Dans le champ du public largement ils moissonnent,
Assurés que chacun leur pardonne aisément,
Espérant à son tour un pareil traitement.
Le pire des états c'est l'état populaire.

CORNEILLE, Cinna.

~~~~~~

CHAPITRE II.

Respect, Obéissance et amour que l'on doit au prince.

----

§ Ier. *Respect que l'on doit avoir pour les princes lorsque l'on parle d'eux.*

Alors Télémaque ne put s'empêcher de témoigner à Mentor quelque surprise, et même quelque mépris pour la conduite d'Idoménée. Mais Mentor l'en reprit d'un ton sévère. Êtes-vous étonné, lui dit-il, de ce que les hommes les plus estimables sont encore des hommes, et montrent encore quelques restes des foiblesses de l'humanité parmi les piéges innombrables et les embarras de la royauté? Idoménée, il est vrai, a été nourri dans des idées de faste et de hauteur; mais quel philosophe pourroit se défendre de la flatterie, s'il avoit été en sa place? Il est vrai qu'il s'est laissé trop prévenir par ceux qui ont eu sa confiance; mais les plus sages rois sont les plus souvent trompés, quelques précautions qu'ils prennent pour ne l'être pas. Un roi ne peut se passer des ministres qui le soulagent, et en qui il se confie, puisqu'il ne peut tout faire. D'ailleurs, un roi connoît beaucoup moins que les particuliers les hommes qui l'environnent; on est toujours masqué auprès de lui; on épuise toutes sortes d'artifices pour le tromper. Hélas! cher Télémaque, vous ne l'éprouverez que trop! On ne

I.   34

trouve point dans les hommes, ni les vertus, ni les talens qu'on y cherche. On a beau les étudier et les appro-
fondir, on s'y mécompte tous les jours. On ne vient
même jamais à bout de faire des meilleurs hommes ce
qu'on auroit besoin d'en faire pour le public. Ils ont
leurs entêtemens, leurs incompatibilités, leurs jalousies.
On ne les persuade, ni on ne les corrige guère.

Plus on a de peuples à gouverner, plus il faut de ministres, pour faire par eux ce qu'on ne peut faire soi-
même; et plus on a besoin d'hommes à qui on confie
l'autorité, plus on est exposé à se tromper dans de tels
choix. Tel critique aujourd'hui impitoyablement les rois,
qui gouverneroit demain moins bien qu'eux, et qui feroit
les mêmes fautes, avec d'autres infiniment plus grandes,
si on lui confioit la même puissance. La condition privée, quand on y joint un peu d'esprit pour bien parler,
couvre tous les défauts naturels, relève des talens éblouis-
sans, et fait paroître un homme digne de toutes les places
dont il est éloigné; mais c'est l'autorité qui met tous les
talens à une rude épreuve, et qui découvre de grands
défauts.

La grandeur est comme certains verres qui grossis-
sent tous les objets. Tous les défauts paroissent croître
dans ces hautes places, où les moindres choses ont de
grandes conséquences, où les plus légères fautes ont de
violens contre-coups. Le monde entier est occupé à
observer un seul homme à toute heure, et à le juger
en toute rigueur. Ceux qui le jugent n'ont aucune expérience de l'état où il est : ils n'en sentent point les difficultés, et ils ne veulent plus qu'il soit homme, tant ils

exigent de perfections de lui. Un roi, quelque bon et sage qu'il soit, est encore homme : son esprit a des bornes et sa vertu en a aussi. Il a de l'humeur, des passions, des habitudes, dont il n'est pas tout-à-fait le maître. Il est obsédé par des gens intéressés et artificieux ; il ne trouve point les secours qu'il cherche. Il tombe chaque jour dans quelque mécompte, tantôt par ses passions et tantôt par celles de ses ministres. A peine a-t-il réparé une faute qu'il retombe dans une autre. Telle est la condition des rois les plus éclairés et les plus vertueux.

Les plus longs et les meilleurs règnes sont trop courts et trop imparfaits pour réparer à la fin ce qu'on a gâté sans le vouloir dans les commencemens. La royauté porte avec elle toutes ses misères. L'impuissance humaine succombe sous un fardeau si accablant. Il faut plaindre les rois et les excuser. Ne sont-ils pas à plaindre d'avoir tant d'hommes à gouverner dont les besoins sont infinis, et qui donnent tant de peines à ceux qui veulent les bien gouverner ? Pour parler franchement, les hommes sont fort à plaindre d'avoir à être gouvernés par un roi qui n'est qu'homme et semblable à eux; car il faudroit des dieux pour redresser les hommes. Mais les rois ne sont pas moins à plaindre n'étant qu'hommes, c'est-à-dire, foibles et imparfaits, d'avoir à gouverne cette multitude innombrable d'hommes corrompus et trompeurs.

Télémaque répondit avec vivacité : Idoménée a perdu par sa faute le royaume de ses ancêtres en Crète, et, sans vos conseils, il en auroit perdu un second à Sa-

lente. J'avoue, reprit Mentor, qu'il a fait de grandes
fautes; mais cherchez dans la Grèce et dans tous les
autres pays les mieux policés, un roi qui n'en ait point
fait d'inexcusables. Les plus grands hommes ont, dans
leur tempérament et dans le caractère de leur esprit,
des défauts qui les entraînent; les plus louables sont,
ceux qui ont le courage de reconnoître et de réparer
leurs égaremens. Pensez-vous qu'Ulysse, le grand
Ulysse, votre père, qui est le modèle des rois de la
Grèce, n'ait pas aussi ses foiblesses et ses défauts? Si
Minerve ne l'eût conduit pas à pas, combien de fois
auroit-il succombé dans les périls et dans les embarras
où la fortune s'est jouée de lui? Combien de fois Minerve l'a-t-elle retenu ou redressé pour le conduire toujours à la gloire par le chemin de la vertu? N'attendez
pas même, quand vous le verrez régner avec tant de
gloire à Ithaque, de le trouver sans imperfections; vous
lui en verrez sans doute. La Grèce, l'Asie et toutes les
îles des mers, l'ont admiré malgré ses défauts; mille
qualités merveilleuses les font oublier. Vous serez trop
heureux de pouvoir l'admirer aussi, et de l'étudier sans
cesse comme votre modèle.

Accoutumez-vous, ô Télémaque, à n'attendre des
plus grands hommes que ce que l'humanité est capable
de faire. La jeunesse sans expérience se livre à une critique présomptueuse, qui la dégoûte de tous les modèles qu'elle a besoin de suivre, et qui la jette dans
une indocilité incurable; non-seulement vous devez
aimer, respecter, imiter votre père, quoiqu'il ne soit
point parfait; mais encore vous devez avoir une haute

estime pour Idoménée, malgré tout ce que j'ai repris
en lui. Il est naturellement sincère, droit, équitable,
libéral, bienfaisant; sa valeur est parfaite; il déteste la
fraude quand il la connoît, et qu'il suit librement la véritable pente de son cœur. Tous ses talens extérieurs sont
grands et proportionnés à sa place; sa simplicité à avouer
son tort; sa douceur, sa patience pour se laisser dire
par moi les choses les plus dures; son courage contre
lui-même pour réparer publiquement ses fautes, et
pour se mettre par là au-dessus de toute la critique des
hommes, montre une âme véritablement grande. Le
bonheur ou le conseil d'autrui peut préserver de certaines fautes un homme très-médiocre; mais il n'y a
qu'une vertu très-extraordinaire qui puisse engager un
roi si long-temps séduit par la flatterie à réparer son
tort. Il est bien plus glorieux de se relever ainsi, que de
n'être jamais tombé.

Idoménée a fait les fautes que presque tous les rois
font; mais presque aucun roi ne fait, pour se corriger,
ce qu'il vient de faire. Pour moi, je ne pouvois me las-
ser de l'admirer dans les momens même où il me per-
mettoit de le contredire. Admirez-le aussi, mon cher
Télémaque; c'est moins pour sa réputation que pour
votre utilité que je vous donne ce conseil.

Mentor fit sentir à Télémaque, par ce discours,
combien il est dangereux d'être injuste en se laissant
aller à une critique rigoureuse contre les autres hommes,
et surtout contre ceux qui sont chargés des embarras et
des difficultés du gouvernement.

FÉNÉLON, *Télémaque.*

Un roi vous semble heureux , et sa condition
Est douce au sentiment de votre ambition ;
Il dispose à son gré des fortunes humaines.
Mais comme les douceurs en savez-vous les peines ?
A quelque heureuse fin que tendent ses projets ,
Jamais il ne fait bien au gré de ses sujets :
Il passe pour cruel s'il garde la justice ;
S'il est doux, pour timide et partisan du vice ;
S'il est guerrier, on croit qu'il est ambitieux ,
Et s'il est pacifique , il n'est pas courageux ;
S'il pardonne , il est mou ; s'il se venge , barbare ;
S'il donne , il est prodigue , et s'il épargne , avare.

Rotrou.

§ II. *Respect dû au prince.*

Ne parlez point mal du prince du peuple. Cette parole de l'Écriture doit s'entendre de tous les supérieurs..... L'honneur leur est dû, et il est utile qu'ils soient honorés; et comme le commun du peuple n'a pas assez de lumière ni d'équité pour condamner les défauts sans mépriser ceux en qui il les remarque, on est obligé de demeurer en une extrême retenue, en parlant des grands et de tous ceux à qui l'honneur est nécessaire. C'est pourquoi c'est une chose très-contraire à la véritable piété, que la liberté que le commun se donne de décrier la conduite de ceux qui gouvernent. Car outre qu'on en parle souvent témérairement et contre la vérité, parce qu'on n'est pas toujours assez informé, on en parle presque toujours avec injustice, parce qu'on imprime dans les autres par ces sortes de discours une disposition contraire à celle que Dieu les oblige d'avoir pour ceux dont il se sert pour les gouverner.

NICOLE, *de la Grandeur.*

§ III. *Même sujet.*

Les rois de Perse jouissent d'une autorité absolue, et cimentée par le respect des peuples accoutumés à les révérer comme les images vivantes de la Divinité. Leur naissance est un jour de fête. A leur mort, pour annoncer qu'on a perdu le principe de la lumière et des lois, on a soin d'éteindre le feu sacré et de fermer les tribunaux de justice. Pendant leur règne, les particuliers n'offrent point de sacrifices sans adresser des vœux au ciel pour le souverain, ainsi que pour la nation. Tous, sans excepter les princes tributaires, les gouverneurs des provinces, et les grands qui résident à la porte, se disent les esclaves du roi ; expression qui marque aujourd'hui une extrême servitude, mais qui, du temps de Cyrus et de Darius, n'étoit qu'un témoignage de sentiment et de zèle.

BARTHÉLEMY.

§ IV. *De l'obéissance que l'on doit aux princes.*

Le sage Fleury, en parlant des premiers chrétiens, dit : Leur patience éclatoit principalement à l'égard des princes et des magistrats du siècle. On ne les entendit jamais se plaindre du gouvernement, ou parler avec mépris des puissances. Ils leur rendoient tout l'honneur et toute l'obéissance qui ne les engageoient à aucune idolâtrie; ils payoient les tributs, non-seulement sans résistance, mais sans murmure, et, plutôt que de frauder, ils donnoient le travail de leurs mains pour y subvenir.

Loin d'exciter des séditions et des révoltes, ils n'eurent jamais de part à toutes les conspirations qui se formèrent contre les empereurs pendant ces trois siècles, quelque méchans que fussent les empereurs, quelque cruelles que fussent les persécutions. Les chrétiens furent les seuls qui ne cherchèrent point à se défaire de Néron, de Domitien, de Commode, de Caracalla et de tant d'autres tyrans. Ces gens poussés à bout par tant d'injustices et de cruautés inouies, ne songèrent jamais à prendre les armes pour leur défense, quoiqu'ils fussent en plus grand nombre qu'aucune des nations qui faisoient la guerre aux Romains. Bien plus, tant de soldats chrétiens dont les armées romaines étoient remplies, ne se servirent jamais des armes qu'ils avoient en main, que suivant les ordres de leurs chefs; et l'on vit des légions entières, comme celle de saint Maurice, se laisser massacrer sans résistance, plutôt que de manquer à ce qu'ils devoient à Dieu ou à César.

A peine purent-ils se résoudre à ouvrir la bouche pour se défendre, et à publier quelques réponses contre les horribles calomnies dont on les chargeoit; ils se contentèrent pendant près d'un siècle de souffrir, à l'exemple de leur divin maître qui ne répondoit rien à ses accusateurs, et se livroit sans résistance à celui qui le jugeoit injustement. Leurs bonnes actions étoient toute leur justification. Ce ne fut que du temps de l'empereur Adrien qu'ils commencèrent à écrire quelques apologies, mais

si respectueuses, et toutefois si fermes et si graves,
qu'il étoit aisé de voir qu'elles ne venoient que d'un zèle
sincère pour la vérité.

Cette patience invincible força à la fin toutes les puissances de se soumettre à l'Évangile, etc.

FLEURY.

§ V. *Le respect, la fidélité et l'obéissance que l'on doit aux
rois, ne doivent être altérés par aucun prétexte.*

C'est-à-dire qu'on les doit toujours respecter, toujours
servir, quels qu'ils soient, bons ou méchans : « Obéis-
» sez à vos maîtres, non-seulement quand ils sont
» bons et modérés, mais encore quand ils sont durs et
» fâcheux. »

L'état est en péril, et le repos public n'a plus rien
de ferme, s'il est permis de s'élever pour quelque cause
que ce soit contre les princes.

La sainte onction est sur eux : et le haut ministère
qu'ils exercent au nom de Dieu, les met à couvert de
toute insulte.

Nous avons vu David, non-seulement refuser d'attenter
sur la vie de Saül, mais trembler pour avoir osé lui
couper le bord de sa robe, quoique ce fût à bon dessein :
« Que j'ose lever la main contre l'oint du Seigneur ! à
» Dieu ne plaise. Et le cœur de David fut frappé, parce
» qu'il avoit coupé le bord de la cotte d'armes de Saül. »

Les paroles de saint Augustin sur ce passage sont
remarquables : « Vous m'objectez, dit-il à Pétilien,
» évêque donatiste, que celui qui n'est pas innocent

» ne peut avoir la sainteté. Je vous demande, si Saül
» n'avoit pas la sainteté de son sacrement et de l'onction
» royale, qu'est-ce qui causoit en lui de la vénération à
» David? Car c'est à cause de cette onction sainte et
» sacrée, qu'il l'a honoré durant sa vie, et qu'il a vengé
» sa mort. Et son cœur frappé trembla, quand il coupa
» le bord de la robe de ce roi injuste. Vous voyez donc
» que Saül, qui n'avoit pas l'innocence, ne laissoit pas
» d'avoir la sainteté; non la sainteté de vie, mais la
» sainteté du sacrement divin, qui est saint même dans
» les hommes mauvais. »

Il appelle sacrement l'onction royale, ou parce qu'avec
tous les pères il donne ce nom à toutes les cérémonies
sacrées, ou parce qu'en particulier l'onction royale des
rois dans l'ancien peuple, étoit un signe sacré institué
de Dieu, pour les rendre capables de leur charge, et
pour figurer l'onction de Jésus-Christ même.

Mais ce qu'il y a ici de plus important, c'est que
saint Augustin reconnoît après l'Écriture une sainteté
inhérente au caractère royal, qui ne peut être effacée
par aucun crime.

C'est, dit-il, cette sainteté que David injustement
poursuivi à mort par Saül; David sacré lui-même pour
lui succéder, a respectée dans un prince réprouvé de
Dieu : car il savoit que c'étoit à Dieu seul à faire justice
des princes, et que c'est aux hommes à respecter le
prince tant qu'il plaît à Dieu de le conserver.

Le caractère royal est saint et sacré, même dans les
princes infidèles; et nous avons vu que Cyrus est appelé
par Isaïe l'oint du Seigneur.

Nabuchodonosor étoit impie et orgueilleux jusqu'à vouloir s'égaler à Dieu, et jusqu'à faire mourir ceux qui lui refusoient un culte sacrilége ; et néanmoins Daniel lui dit ces mots : « Vous êtes le roi des rois, et » le Dieu du ciel vous a donné le royaume et la puis-» sance, et l'empire et la gloire. »

C'est pourquoi le peuple de Dieu prioit pour la vie de Nabuchodonosor, de Baltazar et d'Assuérus.

Rien n'a jamais égalé l'impiété de Manassès, qui pécha et fit pécher Juda contre Dieu, dont il tâcha d'abolir le culte : persécutant les fidèles serviteurs de Dieu, et faisant regorger Jérusalem de leur sang. Et cependant Isaïe et les saints prophètes, qui le repre-noient de ses crimes, jamais n'ont excité contre lui le moindre tumulte.

Cette doctrine s'est continuée dans la religion chré-tienne.

C'étoit sous Tibère, non-seulement infidèle, mais encore méchant, que notre Seigneur dit aux Juifs : Rendez à César ce qui est à César.

Saint Paul appelle à César, et reconnoît sa puissance.

Il fait prier pour les empereurs, quoique l'empereur qui régnoit du temps de cette ordonnance fût Néron, le plus impie et le plus méchant de tous les hommes.

Il donne pour but à cette prière la tranquillité publique, parce qu'elle demande qu'on vive en paix, même sous les princes méchans et persécuteurs.

Saint Pierre et lui commandent aux fidèles d'être soumis aux puissances.

En conséquence de cette doctrine apostolique, les

premiers chrétiens, quoique persécutés durant trois cents ans, n'ont jamais causé le moindre mouvement dans l'empire. Nous avons appris leurs sentimens par Tertullien, et nous les voyons dans toute la suite de l'histoire ecclésiastique.

Ils continuoient à prier pour les empereurs, même au milieu des supplices auxquels ils les condamnoient injustement : « Courage, dit Tertullien, arrachez, ô » bons juges, arrrachez aux chrétiens une âme qui » répand des vœux pour l'empereur. »

BOSSUET.

---

§ VI. *Les sujets doivent au prince une entière obéissance.*

Si le prince n'est ponctuellement obéi, l'ordre public est renversé, et il n'y a plus d'unité, par conséquent plus de concours, ni de paix dans un état.

C'est pourquoi nous avons vu, que quiconque désobéit à la puissance publique est jugé digne de mort. « Qui sera orgueilleux, et refusera d'obéir au comman- » dement du pontife, et à l'ordonnance du juge, il » mourra et vous ôterez le mal du milieu d'Israël. »

C'est pour empêcher ce désordre que Dieu a ordonné les puissances ; et nous avons ouï saint Paul dire en son nom : « Que toute âme soit soumise aux puissances » supérieures ; car toute puissance est de Dieu : il n'y » en a point que Dieu n'ait ordonnée. Ainsi qui résiste » à la puissance résiste à l'ordre de Dieu.

» Avertissez-les d'être soumis aux princes et aux puis-

» sauces; de leur obéir ponctuellement; d'être prêts à
» toute bonne œuvre. »

Dieu a fait les rois et les princes ses lieutenans sur la
terre, afin de rendre leur autorité sacrée et inviolable.
C'est ce qui a fait dire au même saint Paul : « Qu'ils
» sont ministres de Dieu; » conformément à ce qui est
dit dans le livre de la Sagesse : « Que les princes sont
» ministres de son royaume. »

De là saint Paul conclut : « Qu'on leur doit obéir
» par nécessité, non-seulement par la crainte de la co-
» lère ; mais encore par l'obligation de la conscience. »

Saint Pierre a dit aussi : « Soyez soumis pour l'a-
» mour de Dieu à l'ordre qui est établi parmi les
» hommes. Soyez soumis au roi, comme à celui qui a
» la puissance suprême; et aux gouverneurs comme
» étant envoyés de lui, parce que c'est la volonté de
» Dieu. »

. A cela se rapporte, comme nous avons déjà vu, ce
que disent ces deux apôtres : « Que les serviteurs doi-
» vent obéir à leurs maîtres quand même ils seroient
» durs et fâcheux, non à l'œil et pour plaire aux
» hommes ; mais comme si c'étoit à Dieu. »

Tout ce que nous avons vu pour montrer que la puissance des rois est sacrée, confirme la vérité de ce que
nous disons ici : et il n'y a rien de mieux fondé sur la
parole de Dieu, que l'obéissance qui est due par principe de religion et de conscience aux puissances légitimes.

Au reste, quand Jésus-Christ dit aux Juifs : « Ren-
» dez à César, ce qui est dû à César, » il n'examina

pas comment étoit établie la puissance des Césars : c'est assez qu'il les trouvât établis et régnans ; il vouloit qu'on respectât dans leur autorité l'ordre de Dieu, et le fondement du repos public.

BOSSUET.

§ VII. *Les sujets n'ont à opposer à la violence des princes, que des remontrances respectueuses, sans mutinerie et sans murmure.*

Les remontrances pleines d'aigreur et de murmure sont un commencement de sédition qui ne doit pas être souffert. Ainsi les Israélites murmuroient contre Moïse, et ne lui ont jamais fait une remontrance tranquille; mais Dieu, pour établir l'ordre, fit de grands châtimens de ces séditieux.

Quand je dis que ces remontrances doivent être respectueuses, j'entends qu'elles le soient effectivement, et non-seulement en apparence, comme celles de Jéroboam et des dix tribus qui dirent à Roboam : « Votre » père nous a imposé un joug insupportable ; diminuez » un peu un joug si pesant, et nous vous serons fi- » dèles sujets. »

Il y avoit dans ces remontrances quelque marque extérieure de respect, en ce qu'ils ne demandoient qu'une petite diminution, et promettoient d'être fidèles. Mais faire dépendre leur fidélité de la grâce qu'ils demandoient, c'étoit un commencement de mutinerie.

On ne voit rien de semblable dans les remontrances que les chrétiens persécutés faisoient aux empereurs,

Tout y est soumis, tout y est modeste ; la vérité de Dieu y est dite avec liberté ; mais ces discours sont si éloignés des termes séditieux, qu'encore aujourd'hui on ne peut les lire, sans se sentir porté à l'obéissance.

L'impératrice Justine, mère et tutrice de Valentinien II, voulut obliger saint Ambroise à donner une église aux Arriens qu'elle protégeoit, dans la ville de Milan, résidence de l'empereur. Tout le peuple se réunit avec son évêque, et, assemblé à l'église, il attendoit l'événement de cette affaire. Saint Ambroise ne sortit jamais de la modestie d'un sujet et d'un évêque. Il fit ses remontrances à l'empereur. « Ne croyez pas, lui » disoit-il, que vous ayez pouvoir d'ôter à Dieu ce qui » est à lui. Je ne puis pas vous donner l'église que vous » demandez ; mais, si vous la prenez, je ne dois pas ré- » sister. Et encore, si l'empereur veut avoir les biens » de l'église, il peut les prendre ; personne de nous ne » s'y oppose : qu'il nous les ôte s'il veut ; je ne les donne » pas ; mais je ne les refuse pas. »

Il contenoit le peuple assemblé tellement dans le respect, qu'il n'échappa jamais une parole insolente : on chantoit les louanges de Dieu, on attendoit son secours. Voilà une résistance digne d'un chrétien et d'un évêque.

Cependant, parce que le peuple étoit assemblé avec son pasteur, on disoit au palais : « Que ce saint pasteur » aspiroit à la tyrannie. » Il répondit : « J'ai une dé- » fense ; mais dans les prières des pauvres. Ces aveugles » et ces boiteux, ces estropiés et ces vieillards, sont

» plus forts que les soldats les plus courageux. » Voilà
les forces d'un évêque, voilà son armée.

Il avoit encore d'autres armes, la patience et les
prières qu'il faisoit à Dieu. « Puisqu'on appelle cela une
» tyrannie, j'ai des armes, disoit-il, j'ai le pouvoir
» d'offrir mon corps en sacrifice. Nous avons notre ty-
» rannie et notre puissance ; la puissance d'un évêque
» est sa foiblesse. Je suis fort quand je suis foible, disoit
» saint Paul. »

En attendant la violence dont l'église étoit menacée,
le saint évêque étoit à l'autel, demandant à Dieu avec
larmes, qu'il n'y eût point de sang répandu, ou du
moins qu'il plût à Dieu de se contenter du sien. Je
commençai, dit-il, à pleurer amèrement en offrant le
sacrifice, priant Dieu de nous aider de telle sorte, qu'il
n'y eût point de sang répandu dans la cause de l'église ;
qu'il n'y eût du moins que le mien qui fût versé pour
le peuple.

Dieu écouta des prières si ardentes : l'église fut victo-
rieuse, et il n'en coûta le sang à personne.

Peu de temps après, Justine et son fils, presqu'abandonnés de tout le monde, eurent recours à saint Ambroise, et ne trouvèrent de fidélité ni de zèle pour leur
service, qu'en cet évêque qui s'étoit opposé à leurs desseins, dans la cause de Dieu et de l'église.

Voilà ce que peuvent les remontrances respectueuses,
voilà ce que peuvent les prières. Ainsi faisoit la reine
Esther, ayant conçu le dessein de fléchir Assuérus son
mari. Après qu'il eut résolu de sacrifier tous les Juifs à
la vengeance d'Aman, elle fit dire à Mardochée : « As-

» semblez tous les Juifs que vous trouverez à Suse, et
» priez pour moi. Ne mangez, ni ne buvez pendant
» trois jours et trois nuits ; je jeûnerai de même avec
» mes femmes : après je m'exposerai à perdre la vie,
» et je parlerai au roi contre la loi sans attendre qu'il
» m'appelle.

» Quand elle parut devant le roi, les yeux étincelans
» de ce prince témoignèrent sa colère ; mais Dieu, se
» ressouvenant des prières d'Esther, et de celles des
» Juifs, changea la fureur du roi en douceur. » Et
les Juifs furent délivrés à la considération de la reine.

Ainsi, quand le prince des apôtres fut arrêté prisonnier par Hérode, toute l'église prioit pour lui sans relâche, et Dieu envoya son ange pour le délivrer. Voilà
les armes de l'église : des vœux et des prières persévé-
rantes.

Saint Paul prisonnier pour Jésus-Christ n'a que ce
secours et ces armes. « Préparez-moi un logement, car
» j'espère que Dieu me donnera à vos prières. » En
effet, il sortit de prison.

Que si Dieu n'écoute pas les prières de ses fidèles ;
si, pour éprouver et pour châtier ses enfans, il permet
que la persécution s'échauffe contre eux, ils doivent
alors se ressouvenir que Jésus - Christ les a envoyés
comme des brebis au milieu des loups.

Voilà une doctrine vraiment sainte, vraiment digne
de Jésus-Christ et de ses disciples.

BOSSUET.

§ V I I I. *Il n'y a point de force coactive contre le prince.*

On appelle force coactive, une puissance pour contraindre à exécuter ce qui est ordonné légitimement.
Au prince seul appartient le commandement légitime;
à lui seul appartient aussi la force coactive.

C'est aussi pour cela que saint Paul ne donne le glaive
qu'à lui seul. « Si vous ne faites pas bien, craignez ;
» car ce n'est pas en vain qu'il a le glaive. »

Il n'y a dans un état que le prince qui soit armé ;
autrement tout est en confusion, et l'état tombe en
anarchie. Saint Ambroise dit sur ces mêmes paroles :
» *J'ai péché contre vous seul;* il étoit roi ; il n'étoit as-
» sujetti à aucunes lois, parce que les rois sont affran-
» chis des peines qui lient les criminels. Car l'autorité
» du commandement ne permet pas que les lois les
» condamnent au supplice. »

Quand la souveraine puissance fut accordée à Simon
le Machabée, on exprima en ces termes le pouvoir qui
lui fut donné : « Qu'il seroit le prince, et le capitaine
» général de tout le peuple, et qu'il auroit soin des
» saints (c'est ainsi qu'on appeloit les Juifs) : et qu'il
» établiroit les directeurs de tous les ouvrages publics,
» et de tout le pays ; et les gouverneurs qui commande-
» roient les armes et les garnisons ; et que ce seroit à
» lui de prendre soin du peuple : et que tout le monde
» recevroit ses ordres; et que tous les actes et décrets
» publics seroient écrits en son nom ; et qu'il porteroit
» la pourpre et l'or; et qu'aucun du peuple ni des prêtres
» ne feroit contre ses ordres, ni ne s'y pourroit op-

» poser, ni ne tiendroit d'assemblée sans sa permission;
» ni ne porteroit la pourpre ou la boucle d'or qui est
» la marque du prince; et que quiconque feroit au
» contraire, seroit criminel. Le peuple consentit à ce
» décret, et Simon accepta la puissance souveraine à
» ces conditions. Et il fut dit que cette ordonnance se-
» roit gravée en cuivre, et affichée au parvis du temple
» au lieu le plus fréquenté; et que l'original en de-
» meureroit dans les archives publiques entre les mains
» de Simon et de ses enfans. »

Voilà ce qui se peut appeler la loi royale des Juifs,
où tout le pouvoir des rois est excellemment expliqué.
Au prince seul appartient le soin général du peuple :
c'est là le premier article et le fondement de tous les
autres : à lui les ouvrages publics; à lui les places
et les armes; à lui les décrets et les ordonnances; à lui
les marques de distinction; nulle puissance que dé-
pendante de la sienne; nulle assemblée que par son
autorité.

C'est ainsi que, pour le bien d'un état, on en réunit
en un toute la force. Mettre la force hors de là, c'est
diviser l'état; c'est ruiner la paix publique; c'est faire
deux maîtres contre cet oracle de l'Évangile : « Nul ne
» peut servir deux maîtres. »

Le prince est par sa charge le père du peuple; il est
par sa grandeur au-dessus des petits intérêts; bien plus,
toute sa grandeur et son intérêt naturel, c'est que le
peuple soit conservé, puisqu'enfin, le peuple manquant,
il n'est plus prince. Il n'y a donc rien de mieux, que
de laisser tout le pouvoir de l'état à celui qui a le plus

d'intérêt à la conservation et à la grandeur de l'état même.

BOSSUET.

§ IX. *Quand le prince a jugé, il n'y a point d'autre jugement.*

Les jugemens souverains sont attribués à Dieu même. Quand Josaphat établit des juges pour juger le peuple : « Ce n'est pas, disoit-il, au nom des hommes » que vous jugez, mais au nom de Dieu ».

C'est ce qui a fait dire à l'Ecclésiastique : « Ne jugez » point contre le juge » ; à plus forte raison contre le souverain juge, qui est le roi. Et la raison qu'il en apporte : c'est qu'il juge selon la justice. Ce n'est pas qu'il y juge toujours, mais c'est qu'il est réputé y juger ; et que personne n'a droit de juger, ni de revoir après lui.

Il faut donc obéir aux princes comme à la justice même ; sans quoi il n'y a point d'ordre, ni de fin dans les affaires.

Ils sont des dieux, et participent en quelque façon à l'indépendance divine. « J'ai dit : Vous êtes des dieux, et » vous êtes tous enfans du Très-Haut. »

Il n'y a que Dieu qui puisse juger de leurs jugemens et de leurs personnes. Dieu a pris sa séance dans l'assemblée des dieux ; et, assis au milieu, il juge les dieux.

C'est pour cela que saint Grégoire, évêque de Tours, disoit au roi Chilpéric, dans un concile : « Nous vous » parlons ; mais vous nous écoutez si vous voulez. Si

» vous ne voulez pas, qui vous condamnera, sinon
» celui qui a dit, qu'il étoit la justice même ? »

De là vient que celui qui ne veut pas obéir au prince
n'est pas renvoyé à un autre tribunal, mais il est condamné irrémissiblement à mort, comme l'ennemi du
repos public et de la société humaine. « Qui sera or-
» gueilleux et ne voudra pas obéir au commandement
» du pontife et à l'ordonnance du juge, mourra, et
» vous ôterez le mal du milieu de vous. » Et encore :
« Qui refusera d'obéir à tous vos ordres, qu'il meure. »
C'est le peuple qui parle ainsi à Josué.

BOSSUET.

§ X. *Le prince ne doit rendre compte à personne de ce qu'il*
ordonne.

« Observez les commandemens qui sortent de la
» bouche du roi, et gardez le serment que vous lui
» avez prêté. Ne songez pas échapper de devant sa face,
» et ne demeurez pas dans de mauvaises œuvres, parce
» qu'il fera tout ce qu'il voudra ; la parole du roi est
» puissante, et personne ne lui peut dire : Pourquoi
» faites-vous ainsi ? Qui obéit n'aura point de mal. »

Sans cette autorité absolue, il ne peut ni faire le
bien, ni réprimer le mal : il faut que sa puissance soit
telle, que personne ne puisse espérer de lui échapper ;
et enfin la seule défense des particuliers contre la puissance publique, doit être leur innocence.

Voulez-vous ne craindre point la puissance ? faites le
bien.

BOSSUET.

§ X I. *Le prince ne peut être jugé que par celui qui juge les justices mêmes.*

C'est à peu près ce que dit Marc-Aurèle : « Les magistrats sont les juges des particuliers ; les princes, ceux des magistrats ; mais il n'y a que Dieu qui soit le juge des princes. »

L'empereur Valentinien répondit aux soldats qui, après l'avoir fait empereur, lui demandoient quelque chose qu'il n'approuvoit point : « Il dépendoit de vous, soldats, de me choisir ou non pour empereur ; mais depuis que vous m'avez élu, ce que vous me demandez dépend de moi et non pas de vous ; c'est à vous d'obéir comme étant mes sujets, et à moi de voir ce que j'ai à faire. »

§ XII. *Le prince doit contenir les grands comme les petits.*

Salomon, dès le commencement de son règne, parle ferme à Adonias son frère. Aussitôt que Salomon eut été couronné, Adonias lui envoya dire : « Que le » roi Salomon me jure qu'il ne fera point mourir son » serviteur. » Salomon répondit : « S'il fait son devoir, » il ne perdra pas un seul cheveu, sinon il mourra. »

Dans la suite, Adonias cabala pour se faire roi, et Salomon le fit mourir.

Il fit dire au grand-prêtre Abiathar qui avoit suivi le parti d'Adonias : « Retirez-vous à la campagne dans » votre maison : vous méritez la mort ; mais je vous » pardonne, parce que vous avez porté l'arche du Sei-

» gneur devant mon père David, et que vous l'avez fidè-
» lement servi. »

Sa dignité et ses services passés lui sauvèrent la vie ;
mais il lui en coûta la souveraine sacrificature, et il fut
banni de Jérusalem.

Joab, le plus grand capitaine de son temps, et le
plus puissant homme du royaume, étoit aussi du même
parti. Ayant appris que Sálomon l'avoit su, il se réfugia
au coin de l'autel, où Salomon ordonna à Banaïas de le
tuer. Ainsi, dit-il, vous éloignerez de moi et de la
maison de mon père le sang innocent que Joab a répandu, en tuant deux hommes de bien et qui valoient
mieux que lui, Abner fils de Ner, et Amasa fils de
Jether : et leur sang retombera sur sa tête.

L'autel n'est pas fait pour servir d'asile aux assas-
sins ; et l'autorité royale doit se faire sentir aux méchans, quelque grands qu'ils soient.

Le repos public oblige les rois à tenir tout le monde
en crainte, et plus encore les grands que les particuliers, parce que c'est du côté des grands qu'il peut arriver de plus grands troubles.

BOSSUET.

§ XIII. *La personne des rois est sacrée.*

Il faut regarder les rois comme des choses sacrées, et
qui néglige de les garder est digne de mort : « Vive le
« Seigneur ! dit David aux capitaines de Saül, vous êtes
» des enfans de mort, vous tous qui ne gardez pas votre
» maître, l'oint du Seigneur ».

Qui garde la vie du prince, met la sienne en la garde
de Dieu même : « Comme votre vie a été chère et pré-
» cieuse à mes yeux, dit David au roi Saül, ainsi soit
» chère ma vie devant Dieu même, et qu'il daigne me
» délivrer de tout péril. »

Dieu lui met deux fois entre les mains Saül qui
remuoit tout pour le perdre; ses gens se pressent de se
défaire de ce prince injuste et impie; mais cette proposition lui fait horreur : « Dieu, dit-il, soit à mon
» secours, et qu'il ne m'arrive pas de mettre ma main
» sur mon maître, l'oint du Seigneur. »

Loin d'attenter sur sa personne, il est même saisi de
frayeur pour avoir coupé un bout de son manteau,
encore qu'il ne l'eût fait que pour lui montrer combien
religieusement il l'avoit épargné. Le cœur de David fut
saisi, parce qu'il avoit coupé le bord du manteau de
Saül : tant la personne du roi lui paroît sacrée, et tant
il craint d'avoir violé par la moindre irrévérence le respect qui lui étoit dû.

BOSSUET.

§ XIV. *On doit obéir au prince par principe de religion et
de conscience.*

Saint Paul, après avoir dit que le prince est le ministre
de Dieu, conclut ainsi : « Il est donc nécessaire que vous
» lui soyez soumis, non-seulement par la crainte de sa
» colère, mais encore par l'obligation de votre cons-
» cience. »

Et encore : « Serviteurs, obéissez en toutes choses à

» vos maîtres temporels, ne les servant point à l'œil,
» comme pour plaire à des hommes, mais en simplicité
» de cœur et dans la crainte de Dieu. Faites de bon cœur
» tout ce que vous faites, comme servant Dieu et non
» pas les hommes, assurés de recevoir de Dieu même
» la récompense de vos services. »

Si l'apôtre parle ainsi de la servitude, état contre la
nature, que devons-nous penser de la sujétion légitime
aux princes et aux magistrats protecteurs de la liberté
publique !

C'est pourquoi saint Pierre dit : « Soyez donc soumis
» pour l'amour de Dieu à l'ordre qui est établi parmi
» les hommes. Soyez soumis au roi comme à celui
» qui a la puissance suprême; et à ceux à qui il
» donne son autorité, comme étant envoyés de lui
» pour la louange des bonnes actions et la punition des
» mauvaises. »

Il y a donc quelque chose de religieux dans le respect
qu'on rend au prince. Le service de Dieu et le respect
pour les hommes sont choses unies; et saint Pierre met
ensemble ces deux devoirs : « Craignez Dieu, honorez
» le roi ».

Aussi Dieu a-t-il mis dans les princes quelque chose
de divin. J'ai dit : « Vous êtes des dieux, et vous êtes
» tous enfans du Très-Haut. » C'est Dieu même que
David fait parler ainsi.

Que dirai-je davantage de notre religion et de notre
piété pour l'empereur, que nous devons respecter comme
celui que notre Dieu a choisi? en sorte que je puis dire

I.   37

que César est plus à nous qu'à vous, parce que c'est notre Dieu qui l'a établi.

C'est dans l'esprit du christianisme de faire respecter les rois avec une espèce de religion, que le même Tertullien appelle très-bien la religion de la seconde majesté.

Cette seconde majesté n'est qu'un écoulement de la première, c'est-à-dire de la divine, qui, pour le bien des choses humaines, a voulu faire rejaillir quelque partie de son éclat sur les rois.

Bossuet.

§ XV. *Dieu inspire l'obéissance aux peuples.*

Dieu, qui tient en bride les flots de la mer, est le seul qui peut aussi tenir sous le joug l'humeur indocile des peuples. Et c'est pourquoi David lui chantoit : « Béni » soit le Seigneur mon Dieu, mon protecteur en qui » j'espère; qui soumet mon peuple à ma puissance! »

Il agit dans les cœurs des nouveaux sujets qu'il avoit donnés à Saül : et une partie de l'armée dont Dieu toucha le cœur, suivit Saül.

En inspirant l'obéissance aux sujets, il met aussi dans le cœur du prince une confiance secrète, qui le fait commander sans crainte : « Et Dieu donna à Saül un » autre cœur. » Lui qui se regardoit auparavant comme le dernier de tout le peuple d'Israël, prend en main le commandement et des peuples et des armées : il sent en lui-même toute la force qu'il falloit pour agir en maître.

Après que le prophète envoyé de Dieu eut parlé à Jéhu pour le faire roi, les seigneurs lui demandèrent : « Que » vouloit cet insensé? Et il leur dit : Le connoissez-vous, » et savez-vous ce qu'il m'a dit? Ils lui répondirent : » Tout ce qu'il aura dit est faux; mais ne laissez pas de » nous le raconter. » Voilà ce qu'ils dirent, peu disposés, comme on le voit, à en croire le prophète. Mais Jéhu ne leur eut pas plutôt rapporté que ce prophète l'avoit sacré roi, que tous aussitôt prirent leurs manteaux, les étendant sous ses pieds en forme de tribunal, et firent sonner la trompette, et crièrent : « Jéhu est roi. » Et ils oublièrent Joram, leur roi légitime, pour qui ils venoient d'exposer leur vie dans une bataille sanglante contre le roi de Syrie, et dans le siège de Ramot Galaad. Tant Dieu changea promptement les cœurs !

Il faut toujours se souvenir que ces choses si extraordinaires ne servent qu'à manifester ce que Dieu fait ordinairement, d'une manière aussi efficace, quoique plus cachée. En même temps qu'il inspire aux grands de suivre Jéhu par un secret jugement de sa providence, il se répand dans le peuple un esprit de soulèvement universel, et rien ne se soutient plus dans le royaume. Jéhu marche avec sa troupe conjurée à Jezraël où étoit le roi. Comme on le vit arriver, Joram envoie pour lui demander, s'il venoit en esprit de paix? « De quelle » paix me parlez-vous, dit-il à celui qui lui faisoit ce » message? Passez ici et suivez-moi. » Joram en envoya un autre pour faire la même demande : il reçut la même réponse, et il imita le premier en se joignant à Jéhu. Le roi, qui ne recevoit aucune réponse, avance en personne avec le roi de Juda, croyant étonner Jéhu par la présence de deux rois unis, dont l'un étoit son souverain. Aussitôt qu'il eut aperçu Jéhu, il lui dit : « Venez-vous » en paix? Quelle paix y a-t-il pour vous? répliqua-t-il. » Et en même temps il banda son arc, et perça d'un » coup de flèche le cœur de Joram, qui tomba mort à » ses pieds. » Il restoit dans le palais la reine Jésabel, mère de Joram : elle parut à la fenêtre richement parée, les yeux colorés d'un fard exquis. « Qui est celle-là? dit » Jéhu. Et il ordonne aux eunuques de cette princesse » de la précipiter du haut en bas. » Après toute cette sanglante exécution, il envoie des ordres à Samarie, de faire mourir les enfans du roi : et tous les grands du royaume résolurent de les faire mourir au nombre de soixante et dix, dont ils portèrent les têtes à Jéhu; et il envahit le royaume sans résistance. Dieu vengea par ce moyen les impiétés d'Achab et de Jézabel, sur eux et sur leur maison.

Voilà l'esprit de révolte qu'il envoie quand il veut renverser les trônes. Sans autoriser les rébellions, Dieu les permet, et punit les crimes par d'autres crimes, qu'il châtie aussi en son temps : toujours terrible et toujours juste.

BOSSUET.

§ XVI. *La religion chrétienne fait un devoir de prier pour les rois.*

C'est une des premières lois de la religion que de prier pour les princes : je vous conjure avant toutes choses, dit saint Paul à Timothée, que l'on fasse des supplications, des prières, des demandes et des actions de grâces pour tous les hommes, pour les rois.

Les princes étoient alors infidèles, ennemis de toute piété; mais leur conversion étoit promise aux prières de l'église, et elle en devoit être le fruit. Leurs cruautés contre elle ne diminuoient point sa charité, et elles servoient au contraire à redoubler ses instances : nous demandons, dit Tertullien, la conservation et le salut des empereurs au Dieu éternel, au Dieu vivant et véritable, de qui seul ils dépendent, et à l'égard de qui ils sont les seconds, et après qui ils sont les premiers. Nous demandons pour eux une longue vie, que l'état soit en paix, que les officiers du palais soient fidèles, que les armées se comportent avec courage, que le sénat demeure dans le devoir, que le temple soit réglé, que l'univers soit tranquille, et généralement tout ce que le prince peut désirer, et comme particulier et comme empereur. Ouvrez nos livres, continue Tertullien, ces livres où la parole de Dieu est écrite, et vous y verrez qu'il est expressément recommandé de prier pour les rois, pour les princes et pour toutes les puissances. Ainsi que faites-vous en nous ôtant la vie, sinon de vous priver de ceux qui offrent à Dieu de continuelles prières pour vous ? Continuez, ô juges qui vous croyez bien sages et bien prudens, à arracher par des supplices une âme qui en expirant invoque encore Dieu pour l'empereur.

Le même Tertullien dit ailleurs : Nous formons un seul corps, dont la persuasion de la même religion, la conformité des mêmes règles, l'espérance des mêmes biens sont les liens et l'unité. Nous nous unissons tous comme un seul bataillon, pour appuyer auprès de Dieu, par cette union, les prières que nous lui faisons : et cette violence lui est agréable. C'est ainsi que nous prions pour les empereurs, pour leurs ministres, pour la tranquillité de l'état, pour la durée de l'empire.

L'efficacité de ces prières doit être bien grande, puisque l'Écriture nous apprend que si dix justes s'étoient trouvés dans une ville coupable, la miséricorde de Dieu l'eût épargnée à cause d'eux, et que si un seul se fût trouvé dans Jérusalem au temps de Jérémie, elle n'auroit pas été réduite en cendres par le roi de Babylone. Faites une recherche exacte dans toutes les rues de Jérusalem, dit le Seigneur : voyez et considérez, cherchez dans toute ses places, si vous trouverez un seul homme qui agisse selon la justice et qui cherche la vérité, et je pardonnerai à toute la ville.

C'est pour les élus que le monde subsiste. C'est eux que Dieu a principalement en vue dans la conduite des royaumes : et quand il n'a plus de serviteurs dans une ville ou dans un état, il en retire sa protection, et les suites d'un tel abandon ne peuvent être que très-funestes. Il est donc avantageux pour les princes de faire fleurir dans leurs empires la vertu et la religion, de les mettre en honneur et de multiplier, autant qu'ils pourront, les justes, puisque c'est eux qui suspendent la colère de Dieu et qui attirent sa miséricorde sur le reste du peuple.

DUGUET.

§ XVII. *La religion chrétienne fait une obligation de payer les tributs.*

Elle seule assure au prince les tributs, dont on chercheroit à s'exempter par mille voies que l'on croiroit permises, et qu'on ne paieroit que parce qu'on y seroit contraint : car il n'y a que la religion qui gouverne les hommes par la conscience ; et il n'y a que la religion qui fasse un devoir de conscience de payer exactement les tributs. Si l'apôtre ne disoit pas : « Il est nécessaire que vous vous soumettiez, non-seulement par la crainte du châtiment, mais aussi par le devoir de la conscience; rendez à chacun ce qui lui est dû : le tribut à qui vous devez le tribut; les impôts à qui vous devez les impôts, » combien y auroit-il de personnes à qui ces vérités demeureroient inconnues, et qui regarderoient comme une liberté naturelle, celle qu'ils se procureroient par une infinité de moyens !

Aujourd'hui même que la doctrine des apôtres est proposée à tout le monde comme une règle indispensable, combien est-il rare qu'on l'observe, qu'on en sente la justice, qu'on ne s'y soumette pas en murmurant ! Que seroit-ce donc si cette lumière étoit éteinte, et si l'on ne voyoit dans l'imposition des tributs que l'autorité seule d'un homme, et les seules menaces de sa colère ?

Vous devez vous apercevoir, disoit Tertullien aux empereurs, combien, depuis la religion chrétienne, les revenus publics sont augmentés par notre fidélité à payer les tributs. Nous croirions faire un larcin, que de n'avoir pas sur ce point une entière exactitude ; et ce ne seroit pas, selon nous, conserver notre bien ; ce seroit voler le public.

Quelle consolation ne seroit-ce pas pour un prince, si tous ses sujets étoient aussi fidèles et aussi religieux que les premiers chrétiens à s'acquitter des charges publiques ; s'ils faisoient une action de religion, de ce qui n'est pour les autres qu'une pure nécessité ; s'ils convertissoient en oblation volontaire, ce qui coûte aux autres tant de gémissemens et de larmes!

DUGUET.

§ XVIII. On doit le tribut au prince.

Si l'on doit exposer sa vie pour sa patrie et pour son prince, à plus forte raison doit-on donner une partie de son bien pour soutenir les charges publiques ; et c'est ce qu'on appelle ici le tribut.

Saint Jean-Baptiste l'enseigne. Les publicains (c'étoient eux qui recevoient les impôts et les revenus publics) vinrent à lui pour être baptisés, et lui demandoient : Maître, que ferons-nous pour être sauvés ? Il ne leur dit pas : « Quittez vos emplois, car ils sont » mauvais et contre la conscience ; mais il leur dit : » N'exigez pas plus qu'il ne vous est ordonné. »

Notre Seigneur le décide. Les pharisiens croyoient que le tribut qu'on payoit par tête à César dans la Judée ne lui étoit pas dû. Ils se fondoient sur un prétexte de religion, disant que le peuple de Dieu ne devoit point payer de tribut à un prince infidèle. Ils voulurent

voir ce que diroit Notre-Seigneur sur ce sujet, parce
que s'il parloit pour César, ce leur étoit un moyen de
le décrier parmi le peuple ; et s'il parloit contre César,
ils le déféreroient aux Romains. Ainsi, ils lui envoyèrent
leurs disciples, qui lui demandèrent : Est-il permis de
payer le tribut qu'on exige par tête pour César ? Jésus,
connoissant leur malice, leur dit : « Hypocrites, pour-
» quoi tâchez-vous de me surprendre ? Montrez-moi
» une pièce de monnoie. » Ils lui donnèrent un denier ;
et Jésus leur dit : « De qui est cette image et cette ins-
» cription ? De César, lui dirent-ils. Alors il leur dit :
» Rendez donc à César ce qui est à César, et à Dieu
» ce qui est à Dieu. »

Comme s'il eût dit : Ne vous servez plus du prétexte
de la religion pour ne point payer le tribut. Dieu a ses
droits séparés de ceux du prince. Vous obéissez à César ;
la monnoie dont vous vous servez dans votre commerce, c'est César qui l'a fait battre : s'il est souverain,
reconnoissez sa souveraineté en lui payant le tribut qu'il
impose.

Ainsi, les tributs qu'on paie au prince, sont une reconnoissance de l'autorité suprême ; et on ne les peut
refuser sans rébellion.

Saint Paul l'enseigne expressément. « Le prince est
» ministre de Dieu, vengeur des mauvaises actions.
» Soyez lui donc soumis par nécessité, non-seulement
» par la crainte de la colère du prince, mais encore par
» l'obligation de votre conscience. C'est pourquoi vous
» lui payez tribut ; car ils sont ministres de Dieu servant
» pour cela. Rendez donc à chacun ce que vous lui

» devez ; le tribut à qui est dû le tribut ; la taille à qui
» elle est due ; la crainte à qui elle est due ; et l'honneur
» à qui est dû l'honneur. »

On voit par ces paroles de l'apôtre, qu'on doit payer
le tribut au prince religieusement et en conscience,
comme on lui doit rendre l'honneur et la sujétion qui
est due à son ministère.

Et la raison fait voir que tout l'état doit contribuer
aux nécessités publiques, auxquelles le prince doit
pourvoir.

Sans cela, il ne peut ni soutenir, ni défendre les particuliers, ni l'état même. Le royaume sera en proie,
les particuliers périront dans la ruine de l'état. De sorte
qu'à vrai dire, le tribut n'est autre chose qu'une petite
partie de son bien qu'on paie au prince, pour lui donner moyen de sauver le tout.

La religion n'entre point dans les manières d'établir
les impôts publics, que chaque nation connoît.

BOSSUET.

§ XIX. *Le peuple doit craindre le prince; mais le prince ne*
doit craindre que de faire le mal.

La crainte est un frein nécessaire aux hommes, à
cause de leur orgueil et de leur indocilité naturelle.

Il faut donc que le peuple craigne le prince ; mais si
le prince craint le peuple, tout est perdu. La mollesse
d'Aaron, à qui Moïse avoit laissé le commandement
pendant qu'il étoit sur la montagne, fut cause de l'ado-
ration du veau d'or. « Que vous a fait ce peuple, lui

» dit Moïse , et pourquoi l'avez-vous induit à un si
» grand mal ? »

Il impute le crime à Aaron qui ne l'avoit pas réprimé , quoiqu'il en eût le pouvoir.

Remarquez ces termes : « Que vous a fait ce peuple
» pour l'induire à un si grand mal ? » C'est être ennemi
du peuple, que de ne lui résister pas dans ces occasions.

Aaron lui répondit : « Que monseigneur ne se fâche
» point contre moi ; vous savez que ce peuple est en-
» clin au mal : ils me sont venus dire : Faites des dieux
» qui nous précèdent ; car nous ne savons ce qu'est de-
» venu Moïse qui nous a tirés de l'Égypte. »

Quelle excuse à un magistrat souverain de craindre
de fâcher le peuple ! « Dieu ne la reçoit pas , et irrité
» au dernier point contre Aaron , il voulut l'écraser ;
» mais Moïse pria pour lui. »

Saül pense s'excuser sur le peuple, de ce qu'il n'a pas
exécuté les ordres de Dieu. Vaine excuse que Dieu rejette ; car il étoit établi pour résister au peuple, lorsqu'il
se portoit au mal. « Écoutez, lui dit Samuel, ce que
» le Seigneur a prononcé contre vous. Vous avez rejeté
» sa parole, il vous a aussi rejeté , et vous ne serez pas
» roi. » Saül dit à Samuel : « J'ai péché d'avoir déso-
» béi au Seigneur et à vous en craignant le peuple ,
» et cédant à ses discours. »

Le prince doit repousser avec fermeté les importuns
qui lui demandent des choses injustes. La crainte de
fâcher, poussée trop avant, dégénère en une foiblesse
criminelle. Il y en a qui perdent leur âme par une mau-

vaise honte : l'imprudent qu'ils n'osent refuser les fait
périr.

Bossuet.

§ X X. *Un homme de bien préfère la vie du prince à la sienne,
et s'expose pour le sauver.*

Nous l'avons vu : le peuple va combattre, il ne se
soucie pas de son péril, pourvu que le prince soit en
sûreté.

La manière dont on fait la garde autour du prince à
la ville et à la campagne le fait voir. Quand David en-
tra de nuit dans la tente de Saül : « Il fallut passer au
» travers d'Abner, et de tout le peuple qui reposoit
» autour de lui. » Et David ayant pris la coupe du roi
et sa pique, pour montrer qu'il avoit été le maître de
sa vie, crie de loin à Abner et à tout le peuple : « Ab-
» ner, êtes-vous un homme ? Pourquoi gardez-vous si
» mal le roi votre maître ? quelqu'un est entré dans sa
» tente pour le tuer ? Vive le Seigneur ! vous méritez
» tous la mort, vous tous qui gardez si mal le roi votre
» maître, l'oint du Seigneur ? Regardez où est sa pique
» et sa coupe. »

Le peuple doit garder les princes ; le peuple campe
autour de lui ; il faut avoir enfoncé tout le camp, avant
qu'on puisse venir au prince ; on doit veiller afin que
le prince repose en sûreté : qui néglige de le garder est
digne de mort.

Quand le roi étoit à la ville, le peuple, et les grands
même couchoient à sa porte. Urie (quoiqu'il fût

homme de commandement) couchoit à la porte du palais royal , avec les autres serviteurs du roi son maître.

Durant la rébellion d'Absalon, Ethaï Gethéen marchoit devant lui à la tête de six cents hommes de Geth, tous braves soldats. C'étoient des troupes étrangères, dont David vouloit éprouver la fidélité, et il dit à Ethaï : « Pourquoi venir avec nous ? retournez et attachez- » vous au nouveau roi. Vous êtes étranger et vous » êtes sorti de votre pays : vous arrivâtes hier, et dès » aujourd'hui vous marcherez avec nous ? Pour moi, » j'irai où je dois aller ; mais vous, allez, remenez vos » frères, et le Seigneur récompensera la fidélité et la » reconnoissance que vous m'avez témoignées. » Ethaï répondit au roi : « Vive le Seigneur ! et vive le roi mon » maître ! en quelque lieu que vous soyez, ô roi, mon » seigneur, j'y serai avec vous; et je ne vous quitterai, » ni à la vie, ni à la mort : David lui dit : Venez. »

A la réponse qu'il lui fit, il le connut pour un homme qui savoit ce que c'étoit de servir les rois.

BOSSUET.

§ XXI. *La mort du prince est une calamité publique : et les gens de bien la regardent comme un châtiment de Dieu sur tout le peuple.*

Quand la lumière est éteinte, tout est en ténèbres, tout est en deuil.

C'est toujours un malheur public, lorsqu'un état

change de main ; à cause de la fermeté d'une autorité établie, et de la foiblesse d'un règne naissant.

C'est une punition de Dieu pour un état, lorsqu'il change souvent de maître. « Les péchés de la terre, dit » le Sage, sont cause que les princes sont multipliés : » la vie du conducteur est prolongée afin que la sagesse » et la science abonde. » C'est un malheur à un état, d'être privé des conseils et de la sagesse d'un prince expérimenté, et d'être soumis à de nouveaux maîtres, qui souvent n'apprennent à être sages qu'aux dépens du peuple.

Ainsi quand Josias eut été tué dans la bataille de Mageddo, toute la Judée et tout Jérusalem le pleurèrent, principalement Jérémie dont tous les musiciens et les musiciennes chantent encore à présent les lamentations sur la mort de Josias.

Et ce ne sont pas seulement les bons princes, comme Josias, dont la mort est réputée un malheur public ; le même Jérémie déplore encore la mort de Sédécias, la ruine de Jérusalem où Sédécias, fait prisonnier, eut les yeux crevés. Un roi captif, un roi dépouillé de ses états, et même privé de la vue, est regardé comme le soutien et la consolation de son peuple captif avec lui. Ce reste de majesté sembloit encore répandre un certain éclat sur la nation désolée ; et le peuple, touché des malheurs de son prince, les déplore plus que les siens propres.

Le prophète regarde les malheurs du prince comme un malheur public, et un châtiment de Dieu sur tout le peuple : même le malheur d'un prince méchant ; car il ne perd pas par ses crimes la qualité d'oint du Seigneur, et la sainte onction qui l'a consacré le rend toujours vénérable.

C'est pourquoi David pleure avec tout le peuple la mort de Saül quoique méchant. « Tes princes sont » morts sur tes montagnes, ô Israël ! Comment les » forts ont - ils été tués ? Ne portez point cette nou- » velle dans Geth : ne l'annoncez point dans les rues » d'Ascalon, de peur que les femmes des Philistins ne » s'en réjouissent ; de peur que ce ne soit un sujet de » joie aux filles des incirconcis. Montagnes de Gelboë, » que la rosée ni la pluie ne distillent plus sur vous, » que vos champs stériles ne portent plus de quoi offrir » des prémices ; puisque sur vous sont tombés les bou- » cliers des forts, le bouclier de Saül, comme s'il n'a- » voit pas été oint de l'huile sacrée. » Et le reste que nous avons déjà rapporté.

C'est ainsi que la mort du prince, quoique méchant, quoique réprouvé, fait la joie des ennemis de l'état, et la douleur de ses sujets. Tout le pleure ; tout est en deuil pour sa mort, et il faut que les choses les plus insensibles, comme les montagnes, et enfin que toute la nature s'en ressente.

BOSSUET.

§ XXII. *Les princes sont faits pour être aimés.*

Salomon s'assit dans le trône du Seigneur, et il plut à tous, et tout le monde lui obéit.

On ne connoît pas ce jeune prince : il se montre et

gagne les cœurs par la seule vue. Le trône du Seigneur où il est assis fait qu'on l'aime naturellement, et rend l'obéissance agréable.

De cet attrait naturel des peuples pour leurs princes, naît la mémorable dispute entre ceux de Juda, et les autres Israélites, à qui serviroit mieux le roi. Ces derniers vinrent à David, et lui dirent : « Pourquoi nos » frères de Juda nous ont-ils dérobé le roi, et l'ont-ils » ramené à sa maison, comme si c'étoit à eux seuls de » le servir ? Et ceux de Juda répondirent : C'est que le » roi m'est plus proche qu'à vous, et qu'il est de notre » tribu, pourquoi vous fâchez-vous ? L'avons - nous » fait par intérêt ? nous a-t-on donné des présens ou » quelque chose pour subsister ? Et ceux d'Israël ré- » pondirent : Nous sommes dix fois plus que vous , et » nous avons plus de part que vous en la personne du » roi : vous nous avez fait injure de ne nous avertir pas » les premiers pour ramener notre roi. Ceux de Juda » répondirent durement à ceux d'Israël. »

Chacun veut avoir le roi, chacun passionné pour lui envie aux autres la gloire de le posséder : il en arriveroit quelque sédition, si le prince, qui en effet est un bien public, ne se donnoit également à tous.

Il y a un charme pour les peuples dans la vue du prince ; et rien ne lui est plus aisé que de se faire aimer avec passion. La vie est dans la gaîté du visage du roi, et sa clémence est comme la pluie du soir ou de l'arrière saison ; la pluie qui vient alors rafraîchir la terre dessé- chée par l'ardeur du jour ou de l'été, n'est pas plus agréable qu'un prince, qui tempère son autorité par la

douceur ; et son visage ravit tout le monde quand il est
serein.

Job explique admirablement ce charme secret du
prince : « Ils attendoient mes paroles comme la rosée,
» et ils y ouvroient leur bouche comme on fait à la
» pluie du soir. Si je leur souriois, ils avoient peine à
» le croire, et ils ne laissoient point tomber à terre les
» rayons de mon visage. » Après le grand chaud du
jour ou de l'été, c'est-à-dire, après le trouble et l'afflic-
tion, ses paroles étoient consolantes ; les peuples
étoient ravis de le voir passer ; et, heureux d'avoir un
regard, ils le recueilloient comme quelque chose de
précieux.

BOSSUET.

§ XXIII. *Le prince doit être aimé comme un bien public,
et sa vie est l'objet des vœux de tout le peuple.*

De là ce cri de : Vive le roi! qui a passé du peuple de
Dieu à tous les peuples du monde. A l'élection de Saül,
au couronnement de Salomon, au sacre de Joas, on entend ce cri de tout le peuple : Vive le roi! vive le roi!
vive le roi David! vive le roi Salomon!

Quand on abordoit les rois, on commençoit par ces
vœux : O roi, vivez à jamais! Dieu conserve votre vie, ô
roi, monseigneur!

Le prophète Baruch commande, pendant la captivité,
à tout le peuple de prier pour la vie du roi Nabuchodonosor et pour la vie de son fils Baltasar.

Tout le peuple offroit des sacrifices au Dieu du ciel, et prioit pour la vie du roi et celle de ses enfans.

Saint Paul nous a commandé de prier pour les puissances, et a mis dans leur conservation celle de la tranquillité publique.

On juroit par la vie du roi, comme par une chose sacrée; et les chrétiens, si religieux à ne point jurer par les créatures, ont révéré ce serment, adorant les ordres de Dieu dans le salut et la vie des princes.

Le prince est un bien public que chacun doit être jaloux de se conserver. « Pourquoi nos frères de Juda » nous ont-ils dérobé le roi, comme si c'étoit à eux seuls » de le garder ? »

De là ces paroles déjà remarquées : Le peuple dit à David : « Vous ne combattrez pas avec nous ; il vaut » mieux que vous demeuriez dans la ville pour nous » sauver tous. »

La vie du prince est regardée comme le salut de tout le peuple : c'est pourquoi chacun est soigneux de la vie du prince, comme de la sienne, et plus que de la sienne.

« L'oint du Seigneur, que nous regardions comme » le souffle de notre bouche, c'est-à-dire, qui nous » étoit cher comme l'air que nous respirons : » c'est ainsi que Jérémie parle du roi.

Les gens de David lui dirent : « Vous ne viendrez » plus avec nous à la guerre, pour ne point éteindre » la lumière d'Israël. »

Voyez comme on aime le prince ! il est la lumière de tout le royaume. Qu'est-ce qu'on aime davantage que la lumière ? Elle fait la joie et le plus grand bien de l'univers.

Ainsi un bon sujet aime son prince comme le bien public; comme le salut de tout l'état; comme l'air qu'il respire; comme la lumière de ses yeux; comme sa vie et plus que sa vie.

BOSSUET.

§ XXIV. *Amour des Français pour leurs rois.*

De tout temps on a remarqué dans les Français un amour singulier pour leurs maîtres; ce n'est pas seulement une fidélité, un attachement réfléchi et sincère : c'est une passion bien réelle, capable des plus grandes choses. Nos annales en offrent des preuves sans nombre. A la bataille de Pavie, Jean, le sénéchal, gentilhomme de la chambre, voyant un arquebusier viser le prince, se jeta au-devant du coup; il fut tué, sacrifiant ainsi sa vie pour celle de son maître. C'est là que François 1er. vit toute sa noblesse expirer à ses côtés : ces gentilshommes, qui n'avoient vu que leur père dans leur souverain, sembloient encore lui faire un rempart de leurs cadavres, après l'avoir défendu avec courage, tant qu'il leur étoit resté un peu de force.

Essais historiques sur Paris.

Un ambassadeur d'Espagne, accoutumé à l'étiquette de la cour de Madrid, parut autrefois tout surpris, en venant au Louvre, de voir Henri IV environné de courtisans qui le pressoient fort. Il faudroit les voir un jour de bataille, lui dit ce bon prince ; ils me pressent bien encore davantage.

Quand le roi d'Angleterre, en 1124, s'unit à l'empereur Henry v, pour attaquer la France, tout devint soldat : nobles, bourgeois, religieux et prêtres. Suger, abbé de Saint-Denis, marcha lui-même à la tête de ses moines ; les comtes de Champagne et de Troye, ennemis déclarés du roi, se rangèrent des premiers sous les bannières de la couronne. L'empereur effrayé d'un empressement aussi général repassa promptement la Moselle et le Rhin ; la guerre finit avant qu'elle ne fût commencée, mais toute l'armée vouloit poursuivre l'ennemi de la France que, déjà, l'on nommoit, à cette époque, *la maîtresse et la reine de l'univers*.

Le même amour s'est renouvelé plusieurs fois. Après la prise de Damiette, Louis ix ayant vu ses succès s'évanouir, obligé de fuir à son tour devant les Sarrasins, s'étoit retiré dans une petite ville que Joinville appelle Casel. Les ennemis y arrivèrent presque aussitôt que le saint roi. Gaucher de Châtillon défendit seul l'entrée d'une rue par où ils cherchoient à pénétrer jusqu'à la maison où saint Louis étoit couché ; Châtillon s'élançoit sur eux avec une bravoure incroyable ; son bouclier, sa cuirasse, son corps même étoient hérissés de flèches qu'on faisoit pleuvoir sur lui, car on n'osoit l'approcher ; il s'écartoit de temps en temps pour les en arracher, et rechargeoit ensuite avec une nouvelle ardeur, en criant de toute sa force : « A Châtillon, chevaliers ! à Châ- » tillon ! et où sont mes prudhommes ? » Il crioit en vain, personne ne l'entendit ; on ne put venir à son secours, il fut accablé par le nombre ; mais du moins il n'y eut que le moment de sa mort qui put devenir le signal de la prise du roi.

<hr />

§ XXV. *Exemple de fidélité d'un sujet tombé dans la disgrâce par l'effet de la calomnie.*

Lettre de M. Arnauld à son neveu, M. de Pomponne, ministre d'état.

20 décembre 1693.

Quelle agréable surprise pour moi, mon cher neveu, d'apprendre que sa majesté, ayant su que j'avois été malade, a eu la bonté de vous demander comment je me portois, et de s'informer de mon âge ! Il vous a été facile de juger combien je devois avoir eu de joie d'une telle nouvelle, puisque vous connoissez mieux que personne quel est mon cœur pour un si bon prince, et combien je suis touché, non-seulement de ce qui me peut venir de sa part, mais plus encore de ce qui peut regarder ou la conservation de sa personne, ou la prospérité de son règne. C'est sur quoi je n'ai jamais pu me contraindre en quelque pays que je me sois rencontré depuis plus de quatorze ans ; et ceux qui trouvoient de l'excès dans ce qui en éclatoit au-dehors, étoient bien éloignés de comprendre ce que j'en retenois au-dedans. Je vous laisse donc à penser quelle a dû être ma peine, lorsque je me suis vu durant tant d'années traité de rebelle et de brouillon dans des écrits publics, et que j'ai su que l'on s'efforçoit d'inspirer contre moi à sa majesté des pensées bien contraires à la tendresse de père qu'elle a pour ses sujets, et à celle, si je l'ose dire, que j'ai toujours sentie pour elle. Ainsi ce que l'on me mande de votre part me rend la vie et me rajeunit de dix ans. Au moins semble-t-il qu'il m'a levé de dessus le cœur un poids de cent livres, et je commence à respirer. Car, après ce témoignage de la bonté de mon roi, je ne puis m'empêcher d'avoir cette confiance que Dieu a dissipé les mauvaises impressions qu'on lui avoit données de ma fidélité, en me peignant dans son esprit comme un homme de cabale, opposé à ses intérêts. Ce portrait assurément ne me ressemble point du tout, et tous ceux qui me connoissent savent que sa majesté n'a point de sujet ni plus fidèle que moi, ni plus amoureux de la gloire de son règne, ni plus ardent pour tout ce qui est de ses véritables intérêts.

La personne qui m'a écrit de votre part, ajoute d'elle-même que je devrois penser tout de bon à mon retour. Elle a raison de croire que ma patrie ne m'est pas indifférente. Je crois même que le désir d'aller finir mes jours dans le royaume où j'ai eu le bonheur de naître, fait partie de l'estime et de la vénération que je dois avoir et que j'ai toujours eue pour mon roi. Aussi n'en suis-je sorti que par une sorte de nécessité. Je puis dire que je ne l'ai fait en partie que pour épargner à sa majesté le chagrin que je voyois qu'on lui causoit tous les jours par les faux rapports qu'on lui faisoit de moi, et pour m'épargner à moi-même la douleur de me voir par-là exposé à encourir sa disgrâce. Vous savez ce que j'en écrivis à M. le chancelier en lui rendant compte de ma retraite, afin qu'il pût dans l'occasion en informer le roi. Vous jugez donc bien que je ne manque pas d'inclination pour mon retour, ni même d'espérance, voyant, si je ne me

flatte pas trop, que sa majesté a repris pour moi les premiers sentimens de bonté qu'elle avoit autrefois.....
Mais je souhaiterois n'avoir obligation de cette grâce qu'au roi seul, et que sa majesté eût la bonté de m'en faire encore une autre, en voulant bien que ce fût à elle seule que je rendisse compte de ma conduite par l'entremise d'un de ses ministres. Je suis assuré que, quand le roi en sera ainsi instruit par lui-même, il n'y trouvera rien qui ne soit digne d'un fidèle et zélé sujet.....

Je finis, mais sans presque savoir comment je le dois faire ; car il m'est bien dur, sentant aussi vivement que je fais, cette marque de la bonté de mon roi, de supprimer à son égard les sentimens de reconnoissance que j'en ai ; et je crains d'ailleurs qu'il ne soit contre ce profond respect que je dois à sa majesté de vous prier de les lui faire connoître. Vous ferez, s'il vous plaît, ce que vous jugerez qui convient et à vous et à moi.

§ XXVI. *Belles paroles du duc de Mayenne sur la fidélité et l'amour qu'on doit à son prince.*

Lorsque Henri IV eut triomphé de la ligue et conquis son propre royaume, plusieurs grands seigneurs rentrèrent de bonne foi dans leur devoir ; mais quelquesuns n'en furent pas moins divisés entre eux, ni moins prêts à se soulever contre l'autorité suprême. C'est ce qu'on vit principalement après la mort de ce grand roi qui avoit su contenir tous les partis. Le bien de l'état n'étoit plus l'âme du conseil ; chacun y envisageoit la

situation de la France sous les rapports qu'elle avoit avec
ses propres affaires. On y avoit oublié ces sages maximes
que le duc de Mayenne avoit prononcées devant les
courtisans assemblés : « Il faut que nous servions fidè-
lement notre roi, sans condition , sans importunité et
sans demande ; car il est très-mal séant de vouloir tirer
profit de la minorité de sa majesté , lorsque le seul devoir, empreint de Dieu sur les âmes de ses bons sujets ,
nous oblige tous à lui rendre service. » Il se repentoit
sans doute alors de n'avoir pas toujours suivi ces grands
principes et de s'être laissé long-temps séduire, non-seulement par sa propre ambition qu'il déguisoit sous le
spécieux prétexte de venger la mort de ses frères tués à
Blois, mais par les mauvais conseils d'une femme intri-
gante et encore plus ambitieuse que son mari, et dont
les sollicitations pressantes furent sans doute cause que
Mayenne ne fit sa paix que fort tard (en 1599.) Mais
lorsqu'il l'eut faite, sa conduite ne se démentit plus ;
et Henri, qui se réconcilia sincèrement avec lui, ne
balança point à lui donner sa confiance et le gouvernement de l'Isle-de-France.

CHAPITRE IV.

Attributs du prince.

§ Ier. *Portrait d'un grand roi.*

Que de dons du ciel ne faut-il pas pour bien régner !
Un air d'empire et d'autorité : un visage qui remplisse
la curiosité des peuples empressés de voir le prince, et
qui conserve le respect dans un courtisan : une parfaite
égalité d'humeur : l'esprit facile , insinuant : le cœur
ouvert , sincère, et dont on croit voir le fond, et ainsi
très-propre à se faire des amis, des créatures et des
alliés : être secret toutefois, profond et impénétrable
dans ses motifs et dans ses projets : du sérieux et de la
gravité dans le public : de la brièveté , jointe à beaucoup
de justesse et de dignité , soit dans les réponses aux
ambassadeurs des princes, soit dans les conseils : une
manière de faire des grâces, qui est comme un second
bienfait : le choix des personnes que l'on gratifie : le
discernement des esprits, des talens et des complexions
pour la distribution des postes et des emplois : le choix
des généraux et des ministres : un jugement ferme, solide , décisif dans les affaires , qui fait que l'on connoît
le meilleur parti et le plus juste : un esprit de droiture
et d'équité qui fait qu'on le suit jusqu'à prononcer quelquefois contre soi-même en faveur du peuple, des alliés,
des ennemis : une mémoire heureuse et très-présente

qui rappelle les besoins des sujets, leurs visages, leurs
noms, leurs requêtes : une vaste capacité qui s'étende
non-seulement aux affaires du dehors, au commerce,
aux maximes de l'état, aux vues de la politique, au re-
culement des frontières par la conquête de nouvelles
provinces, et à leur sûreté par un grand nombre de
forteresses inaccessibles ; mais qui sache aussi se renfer-
mer au-dedans, et comme dans les détails de tout un
royaume : qui en bannisse un culte faux, suspect et
ennemi de la souveraineté, s'il s'y rencontre : qui abo-
lisse des usages cruels et impies, s'ils y règnent : qui
réforme les lois et les coutumes, si elles étoient remplies d'abus : qui donne aux villes plus de sûreté et plus
de commodités par le renouvellement d'une exacte po-
lice, plus d'éclat et plus de majesté par des édifices
somptueux : punir sévèrement les vices scandaleux :
donner, par son autorité et par son exemple, du crédit
à la piété et à la vertu : ménager ses peuples comme ses
enfans : être toujours occupé de la pensée de les soulager, de rendre les subsides légers, et tels qu'ils se lèvent sur les provinces sans les appauvrir : de grands
talens pour la guerre : être vigilant, appliqué, laborieux :
avoir des armées nombreuses, les commander en personne, être froid dans le péril, ne ménager sa vie que
pour le bien de son état : aimer le bien de son état et sa
gloire plus que sa vie : une puissance très-absolue, qui
ne laisse point d'occasion aux brigues, à l'intrigue et à
la cabale ; qui ôte cette distance infinie qui est quelquefois entre les grands et les petits, qui les rapproche, et
sous laquelle tous plient également : une étendue de

connoissances qui fait que le prince voit tout par ses
yeux, qu'il agit immédiatement et par lui-même, que
ses généraux ne sont, quoiqu'éloignés de lui, que ses
lieutenans, et ses ministres que ses ministres : une profonde sagesse qui sait déclarer la guerre, qui sait vaincre
et user de la victoire, qui sait faire la paix, qui sait la
rompre, qui sait quelquefois, et selon les divers intérêts, contraindre les ennemis à la recevoir ; qui donne
des règles à une vaste ambition, et sait jusqu'où l'on
doit conquérir : au milieu des ennemis couverts ou déclarés, se procurer le loisir des jeux, des fêtes, des spectacles ; cultiver les arts et les sciences ; former et exécuter des projets d'édifices surprenans : un génie enfin
supérieur et puissant, qui se fait aimer et révérer des
siens, craindre des étrangers ; qui fait d'une cour, et
même de tout un royaume, comme une seule famille
unie parfaitement sous un même chef, dont l'union et
la bonne intelligence est redoutable au reste du monde.
Ces admirables vertus me semblent renfermées dans
l'idée du souverain. Il est vrai qu'il est rare de les voir
réunies dans un même sujet : il faut que trop de choses
concourent à la fois, l'esprit, le cœur, les dehors, le
tempérament ; et il me paroît qu'un monarque qui les
rassemble toutes en sa personne, est bien digne du nom
de *Grand*.

La Bruyère.

§ II. *Portrait d'un homme qui réunit tous les genres de mérite.*

De quelque manière que nous jugions des choses, et quelque idée que nous nous formions des hommes, il est rare de trouver dans le monde un vrai mérite; encore plus rare d'y trouver un mérite parfait; et souverainement rare, ou plutôt rare jusqu'au prodige, d'y trouver un mérite universel, c'est-à-dire tous les genres de mérite assemblés et réunis dans un seul sujet.

On voit tous les jours dans le monde des hommes avec peu de mérite, aidés du hasard et de la fortune, ne laisser pas de s'acquérir de la gloire et faire de grandes actions, sans en être eux-mêmes plus grands. On voit dans le monde des hommes d'un mérite distingué, mais d'un mérite borné. On y voit des braves, mais dont les autres qualités ne répondent pas à la valeur; de grands capitaines, mais hors de là de petits génies. On y voit des esprits élevés, mais en même temps des âmes basses; de bonnes têtes, mais de méchans cœurs. On y voit des sujets, dont le mérite, quoique vrai, n'a pas le bonheur de plaire; et qui, avec tout le talent dont le ciel les a pourvus, n'ont pas celui de se faire aimer. On y voit des hommes qui brillent dans le mouvement et dans l'action, mais que le repos obscurcit et anéantit; qu'un grand théâtre fait valoir, mais qui dans la retraite ne sont plus que l'ombre de ce qu'ils ont été.

Où voit-on la réunion de toutes ces choses: c'est-à-dire ensemble et dans le même homme une gloire éclatante fondée sur un mérite infini; de grandes actions faites par des principes encore plus grands; un courage invincible pour la guerre, et une intelligence supérieure et dominante pour le gouvernement de l'état; un esprit vaste, pénétrant, sublime, n'ignorant rien et né pour décider de tout? Où voit-on un homme également aimable et redoutable, également aimé et admiré; un homme l'honneur de sa nation, la terreur des ennemis, l'ornement de la cour, l'admiration des savans, l'amour et les délices des honnêtes gens; un homme aussi grand dans le conseil qu'à la tête des armées, aussi comblé de gloire réduit à lui-même que remportant des victoires et donnant des combats? Où voit-on, dis-je, tout cela, et dans un éminent degré?

Nous le voyons, et je ne sais si nous le reverrons jamais. Des siècles ne suffiroient pas pour en produire un second exemple; et notre siècle est le siècle heureux où cet exemple a paru. Mais l'idée que j'en donne est trop singulière pour pouvoir convenir ni être appliquée à nul autre qu'au prince incomparable que j'ai prétendu vous désigner: et je ne crains pas que, remplis de cette idée, vous ayez pu vous y méprendre ni en imaginer un autre que lui.

Comme il étoit né pour la guerre, il ne lui fallut point d'apprentissage pour le former. La supériorité de son génie lui tint lieu d'art et d'expérience, et il commença par où les conquérans les plus fameux auroient tenu à gloire de finir.... Mais ce n'est pas tout, et je ne crains point d'amplifier ni d'exagérer quand j'ajoute que ses succès n'ont été que la moindre partie de sa gloire; et que le principe de ses actions étoit encore plus propre

à le flatter que ses actions mêmes. J'appelle le principe
de tant d'héroïques actions, ce génie transcendant et
du premier ordre que Dieu lui a donné pour toutes les
parties de l'art militaire ; et qui dans les siècles où l'admiration , se tournant en idolâtrie, produisoit des divinités, l'auroit fait passer pour le dieu de la guerre, tant
il avoit d'avantage au-dessus de tous ceux qui s'y distinguoient. J'appelle le principe de ces grands exploits
cette ardeur martiale qui, sans témérité ni emportement,
lui fait tout oser et tout entreprendre; ce feu qui , dans
l'exécution , lui rend tout possible et tout facile; cette
fermeté d'âme, que jamais nul obstacle n'arrête, que
jamais nul péril n'épouvante, que jamais nulle résistance
ne lasse ni ne rebute ; cette vigilance que rien ne sur-
prend ; cette prévoyance à laquelle rien n'échappe ; cette
étendue de pénétration avec laquelle, dans les plus ha-
sardeuses occasions, il envisage d'abord tout ce qui peut
ou troubler ou favoriser l'événement des choses; cette
promptitude à prendre son parti, qu'on n'accusa jamais en lui de précipitation , et qui, sans avoir les inconvéniens de la lenteur des autres, en a toute la maturité; cette science qu'il pratique si bien, et qui le rend
habile à profiter des conjonctures ; à prévenir les desseins des ennemis presqu'avant qu'ils soient conçus, et
à ne pas perdre en vaines délibérations ces momens heureux qui décident du sort des armes ; cette activité que
rien ne peut égaler, et qui dans un jour de bataille le
partageant, pour ainsi dire, et le multipliant, fait
qu'il se trouve partout, qu'il supplée à tout, qu'il rallie
tout, qu'il maintient tout, soldat et général à la fois;

et par sa présence, inspirant à tout un corps d'armée et jusqu'aux derniers membres qui la composent son courage et sa valeur; ce sang-froid qu'il sait si bien conserver dans la chaleur du combat; cette tranquillité dont il n'est jamais plus sûr que quand on en est aux mains et dans l'horreur de la mêlée; cette modération et cette douceur pour les siens, qui est émue; cet inflexible oubli de sa personne qui n'écoute jamais la remontrance, et auquel constamment déterminé il se fait toujours un devoir de prodiguer sa vie, et un jeu de braver la mort.

Les héros qu'a vantés l'ancienne Rome, et ceux qui avant lui s'étoient distingués sur le théâtre de la France, possédoient plus ou moins de ces qualités; l'un excelloit dans la conduite des siéges, l'autre dans l'art des campemens; celui-ci étoit bon pour l'attaque et celui-là pour la défense : mais l'universalité jointe à l'éminence des vertus guerrieres est le caractère de distinction de *l'invincible*.

Joignez à la gloire des armes celle de l'esprit, qui donne dans sa personne tant de lustre à la qualité même de héros. Car il n'est pas, si j'ose me servir de ce terme, de ces héros incultes, qui de la bravoure et de la science de la guerre, se font un titre à un droit d'ignorance pour tout le reste. Avec le magnanime et l'héroïque, il sait accorder tout le brillant et tout le sublime des talens de l'esprit. Quelle capacité plus vaste, quel discernement plus exquis, quel goût plus fin, quelle compréhension plus vive, quelle manière de penser et de s'énoncer plus juste et plus noble? Qu'ignore-t-il? Et dans l'immensité des choses dont il a acquis la connois-

sance, que ne sait-il pas exactement ? Depuis le cèdre
jusqu'à l'hysope, c'est-à-dire depuis les traits les plus ins-
tructifs et les plus relevés de l'histoire, jusqu'aux moindres secrets de la mécanique, de quoi n'est-il pas instruit?
Que n'a-t-il pas lu et dévoré ? profane et sacré, antique
et moderne, de quoi ne parle-t-il pas, et ne juge-t-il
pas en maître ?

BOURDALOUE.

§ III. *Portrait du magnanime.*

Une des choses qui distingue plus honorablement
les grands écrivains du siècle de Louis XIV, c'est l'a-
mour de la patrie qui se montre dans tous leurs écrits.
Quand on aime son pays, il est naturel de louer le souverain qui en augmente l'éclat et la gloire. On trouve
un modèle de cette louange ingénieuse et délicate
dans le portrait du magnanime de mademoiselle de
Scudéry. Ce portrait est si frappant que l'on croiroit
qu'il a été fait dans un moment d'inspiration. Le
voici :

« Il me paroît qu'une des plus essentielles marques du
magnanime, est une certaine confiance au-dessus de
la raison, qui lui fait entreprendre les choses les plus
difficiles, sans craindre de n'y pas réussir, et qui le fait
parler quelquefois comme s'il étoit assuré des événemens. Si, pour de grandes entreprises, il n'y avoit pas
de grands préparatifs, une longue méditation, une infinité de choses extraordinaires assemblées pour ces
événemens extraordinaires, ce ne seroit pas *magnani-*

mité, ce ne seroit qu'une hardiesse téméraire. Mais si, avec tout cet assemblage et tous ces préparatifs, il n'y avoit pas aussi beaucoup de hasards à courir ; si un jour, une heure de plus ou de moins, un accident fortuit, ne pouvoient pas renverser toute la machine, ce ne seroit pas non plus *magnanimité*, ce ne seroit qu'habileté simple. On ne peut pas être un homme extraordinaire en ces sortes de choses, sans une confiance en soi-même, qui est plutôt inspirée que naturelle. C'est Dieu qui transporte les empires ; les conquérans sentent une main qui les mène, qui les conduit et qui les assure ; ils semblent être d'accord avec le ciel, avec le danger, avec la mort même ; elle n'oseroit les approcher. »

Nous remarquerons ici que cette dernière phrase est assez semblable à ce qu'avoit déjà dit Bossuet dans son discours sur l'histoire universelle : Dieu tient du plus haut des cieux les rênes de tous les royaumes ; il a tous les cœurs en sa main ; tantôt il retient les passions, tantôt il leur lâche la bride ; et par là, il remue tout le genre humain. Veut-il faire des conquérans ? Il fait marcher l'épouvante devant eux, et il inspire à eux et à leurs soldats une hardiesse invincible. Veut-il faire des législateurs ? Il leur envoie son esprit de sagesse et de prévoyance ; il leur fait prévenir les maux qui menacent les états, et poser les fondemens de la tranquillité publique. »

M. de Scudéry.

✦✦✦✦✦✦✦✦✦✦

§ I V. *La magnanimité, la magnificence et toutes les grandes*
vertus conviennent à la majesté.

A la grandeur conviennent les choses grandes ; à la
grandeur la plus éminente, les choses les plus grandes,
c'est-à-dire, les grandes vertus.

Le prince doit penser de grandes choses. Le prince
pensera des choses dignes d'un prince.

Taisez – vous, pensées vulgaires : cédez aux pensées
royales.

Les pensées royales sont celles qui regardent le bien
général ; les grands hommes ne sont pas nés pour eux-
mêmes : les grandes puissances que tout le monde
regarde, sont faites pour le bien de tout le monde.

Le prince est par sa charge, entre tous les hommes,
le plus au-dessus des petits intérêts, le plus intéressé au
bien public : son vrai intérêt est celui de l'état. Il ne
peut donc prendre des desseins trop nobles, ni trop
au-dessus des petites vues et des pensées particulières.

Voilà la véritable magnanimité, que les louanges
n'enflent point, que le blâme n'abat point, que la seule
vérité touche.

On abandonne avec joie toute sa fortune à la conduite
d'un tel prince.

En effet, David n'étoit plein que de grandes choses,
de Dieu, et du bien public.

Combien est-il au-dessus du ressentiment et des
injures ! Nous avons admiré sa joie quand Abigaïl
l'empêcha de se venger de sa propre main. Nous l'avons
vu épargner et défendre contre les siens Saül son per-

sécuteur, quoiqu'il sût qu'en se vengeant il s'assuroit la couronne, dont la succession lui appartenoit. Quelle hauteur de courage de se mettre si aisément au-dessus de la douceur de régner, et de celle de la vengeance!

Quand Saül et Jonathas furent tués, David les pleure tous deux; David chante leur louange. Ce n'est pas seulement Jonathas, son intime ami, dont il déplore la perte : il pleure son persécuteur. « Saül et Jonathas, » tous deux aimables et couverts de gloire, toujours » unis dans leur vie, n'ont pas été séparés à la mort. » Filles d'Israël, pleurez Saül qui vous habilloit de » pourpre, par qui vous aviez des parures d'or » Et le reste.

Il ne tait point les vertus d'un prédécesseur injuste, qui a fait tout ce qu'il a pu pour le perdre : il les célèbre, il les immortalise par une poésie incomparable.

Il ne pleure pas seulement Saül; il le venge et punit de mort celui qui s'étoit vanté de l'avoir tué. « Je l'ai » percé de mon épée, disoit ce traître, après lui avoir » ôté le diadème de dessus la tête et le bracelet qu'il » avoit au bras, pour vous apporter ces marques royales » à vous, monseigneur. »

Ces riches présens ne sauvèrent pas ce parricide : « Pourquoi n'as-tu pas craint de mettre la main sur » l'oint du Seigneur ? »

Que ce soit, si vous voulez, l'intérêt de la royauté qui lui ait fait venger son prédécesseur, toujours est-ce un sentiment au-dessus des pensées vulgaires : que David, banni, loin des témoignagnes de la joie d'une mort qui le délivroit d'un si puissant ennemi et lui mettoit le diadème sur la tête, la venge sur l'heure, et assure le repos public avec la vie des rois.

Il avoit encore un redoutable ennemi, c'étoit un fils de Saül qui partageoit le royaume : il sembloit que la politique le pouvoit porter à ménager davantage celui qui le défit de Saül ; mais ce grand courage ne veut point être délivré de ses ennemis par des attentats et par des crimes.

En effet, quelque temps après, des méchans lui apportèrent la tête de ce second ennemi : « Voilà, lui » dirent-ils, la tête d'Isboseth, fils de Saül, qui en » vouloit à votre vie ; mais le Seigneur vous en a vengé. » David dit : « Vive le Seigneur qui m'a délivré de tout » péril ; j'ai fait mourir celui qui croyoit m'apporter » une nouvelle agréable en m'annonçant la mort de » Saül : il trouva la mort lui-même au lieu de la ré-» compense qu'il espéroit. Combien plus vous dois-je » ôter de la terre, vous qui avez tué dans son lit un » homme innocent ! »

Il le fit mourir aussitôt, et fit attacher en lieu public leurs mains sanguinaires, et leurs pieds qui avoient couru au meurtre, afin que tout Israël connût qu'il ne vouloit point de tels services.

Bossuet.

§ V. *Ce que c'est que la majesté.*

Le prince, en tant que prince, n'est pas regardé comme un homme particulier : c'est un personnage public, tout l'état est en lui, la volonté de tout le peuple est renfermée dans la sienne. Comme en Dieu est réunie toute perfection et toute vertu, ainsi toute la puissance des particuliers est réunie en la personne du prince. Quelle grandeur qu'un seul homme en contienne tant !

La puissance de Dieu se fait sentir en un instant de l'extrémité du monde à l'autre : la puissance royale agit en même temps dans tout le royaume. Elle tient tout le royaume en état, comme Dieu y tient tout le monde.

Que Dieu retire sa main, le monde retombera dans le néant; que l'autorité cesse dans le royaume, tout sera en confusion.

Considérez le prince dans son cabinet. De là partent les ordres qui font aller de concert les magistrats et les capitaines, les citoyens et les soldats, les provinces et les armées par mer et par terre. C'est l'image de Dieu, qui, assis dans son trône au plus haut des cieux, fait aller toute la nature.

« Quel mouvement se fait, dit saint Augustin, au » seul commandement de l'empereur ! Il ne fait que » remuer les lèvres, il n'y a point de plus léger mouve- » ment, et tout l'empire se remue. C'est, dit-il, » l'image de Dieu qui fait tout par sa parole. Il a dit, » et les choses ont été faites; il a commandé, et elles » ont été créées. »

Les méchans ont beau se cacher, la lumière de Dieu les suit partout, son bras va les atteindre jusqu'au haut des cieux et jusqu'au fond des abîmes. « Où irai-je » devant votre esprit, et où fuirai-je devant votre face ? » Si je monte au ciel, vous y êtes; si je me jette au fond

» des enfers, je vous y trouve ; si je me lève le matin,
» et que j'aille me retirer sur les mers les plus éloignées,
» c'est votre main qui me mène là, et votre main droite
» me tient. Et j'ai dit : Peut-être que les ténèbres me
» couvriront ; mais la nuit a été un jour autour de moi.
» Devant vous les ténèbres ne sont pas ténèbres, la
» nuit est éclairée comme le jour : l'obscurité et la
» lumière ne sont qu'une même chose. Les méchans
» trouvent Dieu partout, en haut et en bas, nuit et
» et jour ; quelque matin qu'ils se lèvent, il les prévient ;
» quelque loin qu'ils s'écartent, sa main est sur eux. »

Ainsi Dieu donne au prince de découvrir les trames
les plus secrètes. Il a des yeux et des mains partout. Nous
avons vu que les oiseaux du ciel lui rapportent ce qui se
passe. Il a même reçu de Dieu, par l'usage des affaires,
une certaine pénétration qui fait penser qu'il devine.
A-t-il pénétré l'intrigue ? Ses longs bras vont prendre
ses ennemis aux extrémités du monde : ils vont les
déterrer au fond des abîmes. Il n'y a point d'asile assuré
contre une telle puissance.

Enfin ramassez ensemble les choses si grandes et si
augustes que nous avons dites sur l'autorité royale. Voyez
un peuple immense réuni en une seule personne :
voyez cette puissance sacrée, paternelle et absolue :
voyez la raison secrète qui gouverne tout le corps de
l'état renfermé dans une seule tête : vous voyez l'image
de Dieu dans les rois, et vous avez l'idée de la majesté
royale.

Elle est si grande cette majesté, qu'elle ne peut être
dans le prince comme dans sa source : elle est empruntée

de Dieu qui la lui donne pour le bien des peuples, à qui il est bon d'être contenus par une force supérieure.

Je ne sais quoi de divin s'attache au prince, et inspire la crainte au peuple. « Que le roi ne s'oublie pas pour » cela lui-même. Je l'ai dit : c'est Dieu qui parle ; je » l'ai dit, vous êtes des Dieux, et vous êtes tous enfans » du Très-Haut ; mais vous mourrez comme des hommes, » et vous tomberez comme les grands. Je l'ai dit, vous » êtes des Dieux » ; c'est-à-dire, vous avez dans votre autorité, vous portez sur votre front, un caractère divin. Vous êtes les enfans du Très-Haut : c'est lui qui a établi votre puissance pour le bien du genre humain. Mais, ô Dieux de chair et de sang : vous mourrez comme des hommes, vous tomberez comme les grands. La grandeur sépare les hommes pour un peu de temps ; une chute commune à la fin les égale tous.

BOSSUET.

§ VI. *Il y a des dépenses de nécessité ; il y en a de splendeur et de dignité.*

On peut ranger parmi ces dépenses de nécessité, toutes celles qu'il faut pour la guerre, comme la fortification des places, les arsenaux, les magasins et les munitions.

Les dépenses de magnificence et de dignité, ne sont pas moins nécessaires à leurs manières, pour le soutien de la majesté, aux yeux des peuples et des étrangers.

Ce seroit une chose infinie de raconter les magnificences de Salomon.

Treize ans entiers furent employés à bâtir le palais
du roi dans Jérusalem, avec les bois, les pierres, les
marbres et les matériaux les plus précieux, comme avec
la plus belle et la plus riche architecture qu'on eût
jamais vue. On l'appeloit le Liban, à cause de la multitude des cèdres qu'on y posa, en hautes colonnes
comme une forêt, dans de vastes et de longues galeries,
et avec un ordre merveilleux. On y admiroit en particulier le trône royal où tout resplendissoit d'or, avec la
superbe galerie où il étoit érigé. Le siége en étoit
d'ivoire, revêtu de l'or le plus pur ; les six degrés par où
l'on montoit au trône, et les escabeaux où posoient les
pieds, étoient du même métal ; les ornemens qui l'en-
vironnoient étoient aussi d'or massif.

Salomon bâtit en même temps le palais de la reine sa
femme, fille du roi Pharaon, où tout étinceloit de
pierreries, et où avec la magnificence on voyoit reluire
une propreté exquise.

Ce prince appela pour ces beaux ouvrages, tant de
son royaume que des pays étrangers, les ouvriers les
plus renommés pour le dessin, pour la sculpture, pour
l'architecture ; dont les noms sont consacrés à jamais
dans les registres du peuple de Dieu, c'est-à-dire dans les
Saints Livres.

Les tables, et les officiers de la maison du roi pour la
chasse, pour les nourritures, pour tout leur service,
dans leur nombre comme dans leur ordre, répondoient
à cette magnificence.

Le roi étoit servi en vaisselle d'or. Tous les vases de
la maison du Liban étoient de fin or. Et le Saint-Esprit

ne dédaigne pas de descendre dans tout ce détail, parce qu'il servit, dans ce temps de paix, à faire admirer et craindre, au dedans et au dehors, la puissance d'un si grand roi.

Une grande reine, attirée par la réputation de tant de merveilles, vint les voir dans le plus superbe appareil, et avec des chameaux chargés de toutes sortes de richesses. Mais quoiqu'accoutumée à la grandeur où elle étoit née, elle demeuroit éperdue à l'aspect de tant de magnificences de la cour de Salomon. Ce qu'il y eut de plus remarquable dans son voyage, c'est qu'elle admira la sagesse du roi plus que toutes ses autres grandeurs ; et qu'il arriva, ce qui arrive toujours à l'approche des grands hommes, qu'elle reconnut dans Salomon un mérite qui surpassoit sa réputation.

Les présens qu'elle lui fit en or, en pierreries et en parfums les plus exquis, furent immenses, et demeurèrent cependant beaucoup au-dessous de ceux que Salomon lui rendit. Par où le Saint-Esprit nous fait entendre, qu'on doit trouver dans les grands rois une grandeur d'âme qui surpasse tous leurs trésors, et que c'est là ce qui fait véritablement une âme royale.

Les grands ouvrages de Josaphat, d'Osias, d'Ezéchias et des autres grands rois de Juda ; les villes, les aquéducs, les bains publics et les autres choses qu'ils firent, non-seulement pour la sûreté et pour la commodité publique, mais encore pour l'ornement du palais et du royaume, sont marqués avec soin dans l'Écriture. Elle n'oublie pas les meubles précieux qui paroient leur palais, et ceux qu'ils y faisoient garder : non plus que

I.   42

les cabinets des parfums, les vaisseaux d'or et d'argent, tous les ouvrages exquis, et les curiosités qu'on y ramassoit.

Dieu défendoit l'ostentation que la vanité inspire, et la folle enflure d'un cœur enivré de ses richesses : mais il vouloit cependant que la cour des rois fût éclatante et magnifique pour imprimer aux peuples un certain respect.

Et encore aujourd'hui, au sacre des rois, comme on a déjà vu, l'église fait cette prière : « Puisse la dignité » glorieuse, et la majesté du palais, faire éclater aux » yeux de tous la grande splendeur de la puissance » royale, en sorte que la lumière, semblable à celle d'un » éclair, en rayonne de tous côtés. » Toutes paroles choisies pour exprimer la magnificence d'une cour royale, qui est demandée à Dieu comme un soutien nécessaire de la royauté.

BOSSUET.

§ VII. *Les rois sont, pour leurs peuples, la source de la justice.* *Exemple de Trajan.*

Trajan alloit à cheval à la tête de son armée ; une veuve dont le fils, jeune homme qui donnoit les plus grandes espérances, et qui venoit d'être cruellement assassiné, se présenta devant l'empereur pour demander justice : « Quoi ! lui dit-elle, avec une liberté dont Trajan n'étoit pas capable de s'offenser, vous gouvernez, et je reçois une injure aussi atroce ! — *Je vous rendrai justice à mon retour.* — Eh ! si vous ne revenez pas ? — *Ce sera mon suc-*

cesseur qui vous la rendra. — Les bienfaits d'autrui
ne sont point les nôtres; vous avez contracté une dette
à mon égard (*tu mihi debitor es*), et vous ne serez
récompensé que de ce que vous aurez fait; ne point
rendre ce que l'on doit, c'est un crime. Votre successeur répondra de ce qui se passera sous son règne. La
justice d'un autre ne vous sauvera point, et votre successeur pourra se regarder comme heureux, s'il s'ac-
quitte de ses propres devoirs. » Trajan, frappé de cette
noble remontrance, descendit aussitôt de cheval, examina l'affaire avec la plus grande attention, et rendit à
la veuve éplorée toute la justice qu'elle demandoit.

Jean de Sarisbéry.

§ VIII. *Le peuple doit se tenir en repos sous l'autorité du
prince.*

C'est ce qui paroît dans l'apologue où les arbres se
choisissent un roi. Ils s'adressent à l'olivier, au figuier et
à la vigne. Ces arbres délicieux, contens de leur abondance naturelle, ne voulurent pas se charger des soins
du gouvernement. « Alors tous les arbres dirent au
« buisson : Venez et régnez sur nous. » Le buisson est
accoutumé aux épines et aux soins; il est le seul qui
naisse armé; il a sa garde naturelle dans ses épines : par
là il pouvoit paroître digne de régner. Aussi le fait-on
parler comme il appartient à un roi. Il répondit aux arbres qui l'avoient élu : « Si vous me faites vraiment
» votre roi, reposez-vous sous mon ombre; sinon, il

» sortira du buisson un feu qui dévorera les cédres du
» Liban. »

Aussitôt qu'il y a un roi, le peuple n'a plus qu'à
demeurer en repos sous son autorité. Que si le peuple
impatient se remue, et ne veut pas se tenir tranquille
sous l'autorité royale, le feu de la division se mettra
dans l'état, et consumera le buisson avec tous les autres arbres, c'est-à-dire, le roi et les peuples : les cédres
du Liban seront brûlés ; avec la grande puissance qui
est la royale, les autres puissances seront renversées,
et tout l'état ne sera plus qu'une même cendre.

« Quand un roi est autorisé, chacun demeure en
» repos et sans crainte sous sa vigne et sous son figuier,
» d'un bout du royaume à l'autre. »

Tel étoit l'état du peuple juif sous Salomon, et de
même sous Simon le Machabée. Chacun cultivoit sa
terre en paix. « Les vieillards, assis dans les rues, par-
» loient ensemble du bien public ; et les jeunes gens se
» paroient et prenoient l'habit militaire. Chacun, assis
» sous sa vigne et sous son figuier, vivoit sans crainte. »

Pour jouir de ce repos, il ne faut pas seulement la
paix au dehors, il faut la paix au dedans sous l'autorité
d'un prince absolu.

Bossuet.

§ IX. *Le prince doit savoir ce qui se passe au dedans et au
dehors de son royaume.*

Ce soldat à qui Joab son général commandoit quelque chose contre les ordres du roi, lui répondit :

« Quelque somme que vous me donnassiez, je ne
» ferois pas ce que vous me dites; car le roi l'a dé-
» fendu : et, quand je ne craindrois pas ma propre
» conscience, le roi le sauroit, et pourriez-vous me
» protéger ? »

Amasias, roi de Juda, enflé de la victoire nouvellement remportée sur les Iduméens, voulut mesurer ses
forces avec le roi d'Israël plus puissant que lui. Joas,
roi d'Israël, lui fit dire : « Le chardon du Liban voulut
» marier son fils avec la fille du cédre ; et les bêtes qui
» étoient dans le bois de cette montagne, en passant,
» écrasèrent le chardon. Vous avez défait les Iduméens,
» et votre cœur s'est élevé. Contentez-vous de la gloire
» que vous avez acquise, et demeurez en repos. Pour-
» quoi voulez-vous périr, vous et votre peuple ? Ama-
» sias n'acquiesça pas à ce conseil; il marcha contre
» Joas, il fut battu et pris. Joas abattit quatre cents
» coudées des murs de Jérusalem, et enleva les trésors
» de la maison du Seigneur et de la maison du roi. » Si
Amasias eût connu les forces de ses voisins, il n'auroit
pas cru qu'il pût vaincre un roi plus puissant que lui,
parce qu'il en avoit vaincu un plus foible ; et cette ignorance causa sa ruine.

Au contraire, Judas le Machabée, pour avoir parfaitement connu la conduite et les conseils des Romains,
leur puissance et leur manière de faire la guerre, enfin
leur secrètes jalousies contre les rois de Syrie, s'en fit
des protecteurs assurés, qui donnèrent moyen aux Juifs
de secouer le joug des Gentils.

Que le prince soit donc averti, et n'épargne rien pour

cela. C'est à lui principalement que s'adresse cette parole du sage : *Achetez la vérité.*

BOSSUET.

<div align="center">~~~~~~~~~~~~</div>

§ X. *Le prince établit des tribunaux : il en nomme les sujets avec grand choix, et les instruit de leurs devoirs.*

Ainsi l'avoit pratiqué Moïse lui-même, de peur de se consumer par un travail inutile.

C'est de quoi il rend compte au peuple en ces termes : « Je ne puis pas terminer seul toutes vos affaires, » ni vos procès. Choisissez parmi vous des hommes » sages et habiles, dont la conduite soit approuvée. Et j'ai » tiré de vos tribus des gens sages, nobles et connus, et » je les ai établis vos juges, en leur disant : Écoutez le » peuple, et prononcez ce qui sera juste entre le citoyen » ou l'étranger, sans distinction de personnes, jugeant » le petit comme le grand, parce que c'est le jugement » du Seigneur qui n'a nul égard aux personnes ; et vous » me rapporterez ce qui sera de plus difficile. »

On voit trois choses dans ces paroles de Moïse. En premier lieu, l'établissement des juges sous le prince ; en second lieu, leur choix et les qualités dont ils doivent être ornés ; en troisième lieu, la réserve des affaires les plus difficiles au prince même.

Ces juges étoient établis dans toutes les villes et dans chaque tribu ; et Moïse l'avoit ainsi ordonné.

A cet exemple, nous avons vu les tribunaux établis par Josaphat, prince zélé pour la justice, s'il en fut jamais parmi les rois de Juda, et sur le trône de David.

Ces tribunaux étoient de deux sortes. Il y avoit ceux de toutes les villes particulières; et il y en avoit un premier dans la capitale du royaume, et sous les yeux du roi, à l'exemple et peut-être pour perpétuer le grand sénat des Soixante-Dix, que Moïse avoit établi.

Nous avons aussi remarqué le soin qu'il prenoit de les instruire en personne, à l'exemple de Moïse, ce qui avoit deux bons effets ; le premier, de faire sentir la capacité du prince, ce qui tenoit tout le monde dans le devoir ; et le second, de graver plus profondément dans les cœurs les règles de la justice. Dans la suite, on voit subsister parmi les Juifs ces deux sortes de tribunaux.

Dans les actions solennelles où il s'agissoit de quelque grand bien de l'état, les bons rois, comme Josias, ramassoient ensemble les sénateurs, tant des villes de Juda que ceux de Jérusalem. Il apprenoit, de leur concours, ce qu'il falloit faire pour le bien commun, et de l'état en général, et des villes en particulier.

Bossuet.

§ XI. *Le prince doit la justice et il est lui-même le premier juge.*

« Faites-nous des rois qui nous jugent, comme en ont les autres nations. C'est l'idée des peuples, lorsqu'ils demandent des rois à Samuel; et ainsi le nom de roi est un nom de juge.

Quand Absalon aspiroit à la royauté, il alloit à la porte des villes et dans les chemins publics, interrogeant ceux qui venoient de tous côtés au jugement du roi, et

leur disant : « Vous me paroissez avoir raison ; mais il
» n'y a personne préposé par le roi pour vous enten-
» dre ; et il ajoutoit : Qui m'établira juge sur la terre,
» afin que tous ceux qui ont des affaires viennent à moi,
» et que je juge justement ? Il n'osoit dire : Qui me fera
» roi? la rébellion eût été trop déclarée ; mais c'étoit le
» nom de roi qu'il demandoit sous celui de juge. »

Il décrioit le gouvernement du roi son père, en disant
qu'il n'y avoit point de justice : c'étoit une calomnie ;
et, loin de négliger la justice, David la rendoit lui-
même avec un soin merveilleux. Il régnoit sur Israël ;
et, dans les jugemens, il faisoit justice à tout son
peuple.

Nathan vint à David lui porter la plainte du pauvre,
à qui un riche injuste avoit enlevé une brebis qu'il aimoit ; et David irrité reçut la plainte. C'étoit une parabole ; mais puisque la parabole se tire des choses les
plus usitées, celle-ci montre la coutume de porter aux
rois les plaintes des particuliers ; et David rendit justice,
en disant : Il rendra la brebis au quadruple.

« Je suis une femme veuve, et j'avois deux fils, disoit
» au même David cette femme de Thécué, qui, s'étant
» querellés à la campagne sans que personne les pût
» séparer, l'un a frappé l'autre, et il en est mort ; et la
» famille poursuit son frère, pour le faire punir de
» mort. Ils me ravissent mon seul héritier, et cherchent
» à éteindre la seule étincelle qui me reste sur la terre
» pour faire revivre le nom de mon mari. Et le roi lui
» répondit : Allez en repos à votre maison, et j'ordon-
» nerai ce qu'il faudra en votre faveur. »

On sait le jugement de Salomon, qui lui attira dans tout le peuple cette crainte respectueuse, qui fait obéir les rois et qui établit leur empire.

BOSSUET.

§ XII. *Pouvoir du souverain sur les ministres de la religion.*

Malheur aux nations où les lois opposées
Embrouillent de l'état les rênes divisées !
Le sénat des Romains, ce conseil de vainqueurs,
Présidoit aux autels et gouvernoit les mœurs.
Je ne demande pas que dans sa capitale
Un roi, portant en main la crosse épiscopale,
Au sortir du conseil allant en mission,
Donne au peuple contrit sa bénédiction ;
Toute église a ses lois, tout peuple a son usage.
Mais je prétends qu'un roi, que son devoir engage
A maintenir la paix, l'ordre, la sûreté,
Ait sur tous ses sujets égale autorité :
Ils sont tous ses enfans ; cette famille immense
Dans ses soins paternels a mis sa confiance.
Le marchand, l'ouvrier, le prêtre, le soldat,
Sont tous également les membres de l'état.
De la religion l'appareil nécessaire
Confond aux yeux de Dieu le grand et le vulgaire ;
Mais la loi de l'état, par un autre lien,
Confond aussi le prêtre avec le citoyen.
La loi dans tout l'état doit être universelle.

VOLTAIRE.

§ XIII. *Éloge et prééminence des rois de France.*

Le pape saint Grégoire a donné dès les premiers siècles cet éloge singulier à la couronne de France, qu'elle
est autant au-dessus des autres couronnes du monde
que la dignité royale surpasse les fortunes particulières.
« *Quantò cæteros homines regia dignitas antece-
dit, tantò cæterarum gentium regna regni vestri
profectò culmen excellit.* Lib. IV. » Que s'il a parlé
en ces termes du temps du roi Childebert, et s'il a élevé
si haut la race de Mérovée, jugez ce qu'il auroit dit
aujourd'hui.

BOSSUET.

~~~~~~~~~~~~~~

§ XIV. *Prééminence du roi de France sur tous les autres rois.*

Le père Senault, dans son *Monarque accompli*,
après avoir dit que l'Écriture sainte nous apprend que
le fils aîné étoit le seigneur de ses frères, qu'il portoit
le nom de la famille, qu'il avoit la plus notable partie
dans la succession, et qu'il recevoit de la bouche de
son père mourant des bénédictions particulières,
ajoute : Il me sera bien facile de prouver que nos
monarques possèdent ces avantages, puisque tous les
autres rois les considèrent sinon comme leurs seigneurs, au moins comme leurs aînés, et qu'il s'est trouvé des rois de Galice et des Asturies (Alphonse-le-
Chaste) qui se sont appelés leurs redevables et leurs sujets. Mathieu Paris, célèbre historien anglais, a écrit

en 1250, dans la vie de Henri III, roi d'Angleterre, que les rois de France passoient pour les premiers de tous les rois, et que ceux d'Angleterre les considéroient comme les chefs de toute la chrétienté. Il rapporte que les rois de France, d'Angleterre et de Navarre, mangeant ensemble, le roi de France qui est., selon cet auteur, le roi des rois de la terre, étoit assis au milieu d'eux; que, voulant faire l'honneur de la maison, parce qu'il étoit dans son royaume, et mettre le roi d'Angleterre entre lui et le roi de Navarre, le premier s'y opposa et lui dit que ce lieu lui étoit dû parce qu'il étoit son seigneur, et qu'il le seroit toujours.

Ce passage, continue le père Senault, m'oblige de faire ici deux ou trois réflexions considérables : « La première est, qu'au jugement de cet auteur, qui n'aimoit pas trop la France, notre roi est le premier roi du monde, et, pour me servir de ses propres termes, il est le roi de tous les rois de la terre (*qui terrestrium rex regum est.*) La seconde, que notre roi marche devant les autres rois dans son état même; que le roi d'Angleterre lui cède le rang, quoiqu'il le dispute à tous les autres, et qu'il déclare hautement qu'il le reconnoît pour son seigneur et qu'il le reconnoîtra toujours.

En effet nos rois tiennent le premier rang dans toutes les assemblées publiques; et leurs ambassadeurs, qui représentent leurs personnes, précèdent ceux de tous les autres souverains. Il ne s'est point passé de siècle depuis la naissance de la monarchie française qui n'ait fourni quelque nouveau témoignage de leur préséance. Un des plus savans hommes de ce siècle (Jérôme Bignon),

dans le traité qu'il a fait de l'excellence de nos rois, a
remarqué que lorsque Clovis, après sa conversion, eut
envoyé une couronne d'or à Rome, le pape Symmaque,
qui régnoit pour lors, l'appela par excellence le règne
(*Regnum*), comme lui ayant été envoyé par le premier
roi de l'Europe et le fils aîné de l'église.

§ XV. *Beau caractère d'un monarque, et peinture de la
royauté tutélaire.*

A TRAJAN.

La première fois que Timothée fit entendre les sons
de sa flûte en présence d'Alexandre, ce grand musicien
eut soin, dit-on, d'assortir ses airs au caractère de ce
prince, et fit voir en cela autant de pénétration que
d'habileté dans son art. Il ne choisit point quelqu'un de
ces airs tendres et efféminés, ni de ceux qui inspirent
la nonchalance et la mollesse. Il joua sans doute sur ce
mode guerrier qu'on appelle le mode de Minerve ; et
Alexandre se trouva tellement ému par les tons puissans
de cette modulation, que, semblable à ceux qui sont
possédés de quelque Dieu, il se leva avec transport pour
courir aux armes.

L'effet de cette harmonie doit être moins attribué au
pouvoir de la musique, qu'au caractère de ce monarque
plein de courage et de feu. Jamais Timothée, ni aucun
des musiciens qui l'ont suivi ; jamais Marsyas ni Olym-
pus ne seroient venus à bout d'arracher Sardanapale de
son lit, ni d'auprès de ses femmes. Minerve elle-même
auroit eu beau jouer les mêmes airs que Timothée,

jamais Sardanapale n'auroit couru aux armes ; et , s'il s'étoit levé , c'eût été pour danser ou pour fuir : tant l'abus du pouvoir et les délices avoient affoibli l'âme de ce prince méprisable.

Je ne dois pas rester au-dessous d'un joueur de flûte , ni employer des expressions moins nobles , moins puissantes que ne le furent ses sons. Je ne dois pas non plus me borner à un but unique. Mes discours doivent également élever l'âme et l'éclairer ; réveiller les vertus guerrières et l'amour de la sagesse ; favoriser le pouvoir des lois et les droits du souverain. Mes discours doivent être tels sans doute , puisque je les adresse à un prince qui veut régner avec autorité , mais selon les lois ; qui doit se signaler par son courage , mais qui ne doit pas moins se signaler par sa justice.

Quel sujet digne de vous oserai-je donc traiter ? quels discours pourrai-je produire qui méritent votre attention? moi, qui ai si long-temps mené une vie errante ; qui n'ai de philosophie que celle que je me suis faite moi-même ; qui, obligé de me livrer à des travaux pénibles, récitois, il est vrai , de temps en temps quelques discours , mais pour ma propre consolation , et pour celle de ceux qui par hasard m'écoutoient , semblable à ces ouvriers qui transportent ou meuvent des fardeaux pesans , et qui , sans être musiciens ni chanteurs , chantent cependant tout bas pour se soulager en quelque sorte.

Choisissons au moins , parmi les sujets les plus importans et les plus utiles que la philosophie peut fournir, le sujet le plus convenable et le plus intéressant. Traçons d'un pinceau rapide le caractère et les vertus d'un bon roi, d'un monarque, qui, selon l'expression d'Homère, *tient son sceptre et ses droits des mains de Jupiter même, pour le bonheur de ses sujets.*

En présentant le portrait du bon roi, on reconnoîtra le prince qui nous gouverne, et qui a le mérite de ressembler au modèle que j'en tracerai.

Le bon roi donne aux Dieux ses premiers soins ; il donne les seconds aux hommes. Il honore, il chérit les bons ; mais ses attentions s'étendent sur tous. Y a-t-il quelqu'un qui veille mieux sur le troupeau, qui rende de plus grands et de plus agréables services aux brebis, que le berger ? à plus forte raison y a-t-il quelqu'un qui doive chérir davantage les hommes, que celui qui les commande, et qui se voit le principal objet de leurs respects ?

Les troupeaux connoissent et chérissent leurs bergers ; les chiens aiment les chasseurs et les gardent. Si ces êtres, qui ne sont susceptibles ni de raisonnement ni de reconnoissance, ne laissent pas de connoître et d'aimer les personnes qui prennent soin d'eux, seroit-il possible que l'homme, de tous les animaux le plus intelligent et le plus sensible, méconnût ses bienfaiteurs, ou ne les payât que d'ingratitude? Non sans doute: aussi le monarque, ami des hommes, s'attire non-seulement l'attachement des peuples, mais commande encore leur amour.

Un tel prince, persuadé de cette vérité, laisse voir à tous ses sujets une âme uniquement occupée de leurs intérêts. Il a plus d'ardeur pour le travail qu'on n'en a pour les richesses et pour les plaisirs. Il sait que le travail, entre autres avantages qu'il procure à ceux qui s'y

livrent, les met de plus en plus en état de le soutenir.

Ce n'est qu'à un prince de ce caractère qu'il est permis
de donner à ses soldats le nom de camarades; d'accorder
à ceux qui vivent avec lui le nom d'amis, sans abuser du
nom d'amitié.

Il trouve plus de plaisir à répandre ses bienfaits, qu'on
n'en trouve à les recevoir; et ce plaisir est le seul dont
il soit insatiable. Il regarde ses autres actions comme des
actes nécessaires que son rang exige : ses bienfaits sont
ses seuls actes volontaires, les seuls qui font sa félicité.
Il ne se ménage point quand il fait le bien. Il en trouve
dans lui une source inépuisable qu'il ne craint point de
tarir. Au contraire, par sa nature, il ne peut jamais faire
le mal, de même que le soleil ne peut jamais produire
les ténèbres.

Ceux qui le voient et qui vivent auprès de lui, ne
veulent jamais le quitter. Ceux qui en entendent parler
désirent plus ardemment de le voir, que les enfans qui
ne connoissent point leurs pères n'aspirent à les rencon-
trer. Ses ennemis le redoutent, et aucun d'eux n'ose
s'avouer son ennemi. Ses amis se croient en assurance,
et ceux qui lui appartiennent de près sont dans la plus
parfaite sécurité. Il sait la guerre, et est toujours en état
de la faire. Il connoît cette maxime, que ceux qui peuvent
le mieux conserver la paix, sont ceux qui sont le mieux
préparés à la guerre.

Il aime également ses ministres, ses citoyens, son
armée. Tout prince qui dédaigne ses soldats, qui ne
voit jamais, ou ne voit que rarement des hommes qui

affrontent les fatigues et les dangers pour défendre son
pouvoir; qui au contraire s'occupe uniquement de flatter
une vile multitude sans tête et sans bras, fait précisément
ce que feroit un berger qui ne connoîtroit pas les animaux fidèles qui lui aident à garder son troupeau. Un
prince qui n'exerce point ses soldats, qui ne les fait point
travailler, qui les fait vivre dans la mollesse, est semblable à un pilote qui n'occuperoit ses matelots pendant les jours entiers que de chants et de plaisirs, sans
s'embarrasser du péril des passagers et du navire.

Un bon roi sait, par ses actions, dissiper cette préven-
tion calomnieuse qui reproche aux souverains de n'avoir
point d'amis. Il distingue avec soin ceux dont la fidélité
constante ne s'est jamais démentie. Il regarde l'attachement qu'on lui prouve comme le plus précieux et le plus
utile des trésors.

Quelle personne en effet peut dans l'occasion s'employer avec plus d'ardeur qu'un véritable ami? quelles
louanges nous flattent plus que celles que nos amis nous
donnent? de qui entendons-nous les vérités avec moins
de chagrin? quelles gardes, quelles défenses, quelles
armes plus puissantes et plus sûres que celles de l'amitié?
Autant on a d'amis, autant on multiplie ses yeux pour
voir ce qu'on veut connoître; autant on se procure
d'oreilles pour ouïr ce qu'on doit entendre; autant on
a d'esprit pour réfléchir sur ses intérêts. L'amitié procure le même avantage que si la divinité unissoit à un
seul corps plusieurs âmes chargées uniquement d'en
prendre soin. Qui ne jugera qu'un tel prince doit être
heureux, et passer des jours fortunés? qui n'accourroit

pour le voir, pour jouir des avantages qu'annonce un aussi beau, un aussi excellent caractère ? Que peut-on voir de plus merveilleux qu'un prince généreux et occupé, qu'un prince qui veut faire du bien à tous, et qui le peut ? Quelle vie plus en sûreté que celle que tout le monde cherche unanimement à conserver ? enfin quel mortel plus fortuné qu'un prince qui, étant homme de bien, est reconnu pour tel par tous ceux qui lui ressemblent ?

J'ai tracé les principaux traits d'un bon roi. Prince, si vous y reconnoissez les vôtres, applaudissez-vous d'un si beau, d'un si heureux naturel ; applaudissons-nous d'en partager l'avantage.

Après ce que je viens de dire, daignez, prince, écouter une fable, ou plutôt, sous le voile d'une fable, un discours plein de sagesse et tout divin. J'espère que non-seulement il ne vous paroîtra pas hors de place, mais que vous vous le rappelerez par la suite avec plaisir. Je l'ai autrefois entendu de la bouche d'une femme d'Élide, ou d'Arcadie, qui me racontoit quelques traits de la vie d'Hercule.

Tandis que j'étois errant et fugitif (et j'ai sans doute de grandes grâces à rendre aux Dieux de m'avoir épargné par là le spectacle de bien des forfaits), je traversois comme je pouvois de vastes pays, déguisé sous de vils habits, tantôt parmi les Grecs, tantôt parmi les Barbares, tel qu'Ulysse est peint dans Homère, deman- » dant pour tout mêts quelques restes de pain. » Parvenu dans le Péloponnèse, j'évitois avec soin les villes. Je me tenois dans les campagnes, où se conservent quantité de traditions, et je vivois parmi les chasseurs et les bergers, heureux mortels, dont les mœurs sont simples et pures.

Un jour, m'acheminant d'Aérée vers Pise, le long du fleuve Alphée, je m'écartai un peu de la route, et je m'engageai dans une espèce de forêt fort rude à tra-verser, coupée de plusieurs sentiers pratiqués pour les troupeaux de bœufs et de moutons. Ne rencontrant personne à qui je pusse m'informer du chemin, je m'é-garai : j'errois dans le plus chaud du jour, lorsque j'aper-çus sur une éminence quelques chênes pressés qui formoient un petit bois touffu. J'y allai, pour tâcher de découvrir de ce lieu quelque route ou quelque maison.

J'y trouvai des pierres entassées au hasard, des peaux de victimes suspendues aux arbres, des bâtons et des houlettes qui paroissoient être les offrandes de quelques bergers. Un peu plus loin, étoit assise une femme de grande taille, d'un âge avancé, mais d'une santé vigou-reuse : elle étoit vêtue d'habits champêtres ; quelques boucles de cheveux blonds lui pendoient sur les épaules. Je lui fis des questions sur tout ce que je voyois, et elle me répondit avec douceur et avec bonté, en langage dorien.

Elle m'apprit que le lieu où je me trouvois étoit con-sacré à Hercule ; que, pour elle, elle avoit un fils qui étoit berger ; qu'elle étoit aussi bergère ; qu'elle avoit reçu de la mère des dieux le don de prédire l'avenir, et que tous les bergers et les laboureurs du voisinage

venoient la consulter sur la multiplication et la conservation de leurs grains et de leurs troupeaux.

Vous-même, ajouta-t-elle, puisque vous êtes venu
ici, non sans une permission particulière des Dieux, je
ne souffrirai pas que vous y soyez venu en vain. Sur-le-
champ elle me prédit que l'instant approchoit où j'al-
lois terminer mes courses et mes malheurs. Vos malheurs
vont finir, me dit-elle, avec ceux de tous les hommes.
En disant cela, elle ne ressembloit point aux personnes
qu'on dit que quelque Dieu possède. Sa respiration
n'étoit point forcée, sa tête ne s'agitoit point; elle
n'affectoit point un regard effrayant; elle paroissoit
pleine de douceur et parfaitement maîtresse d'elle-
même.

Un jour, continua-t-elle, vous vous trouverez
auprès d'un prince puissant, souverain d'une vaste
étendue de pays et d'un grand nombre de peuples :
n'hésitez pas à lui raconter la fable que je vais vous
dire.

Écoutez donc avec toute l'attention et toute l'appli-
cation possibles.

Il s'agit du Dieu à qui ce lieu est consacré. Il étoit fils
de Jupiter et d'Alcmène, comme tout le monde sait.
Non-seulement il étoit roi d'Argos, mais, ce que tout
le monde ne sait pas, de toute la Grèce, de toute la
terre depuis l'Orient jusqu'à l'Occident, et de tous les
peuples qui lui ont consacré des temples. Il avoit été
élevé avec des mœurs simples, et on ne l'avoit point
formé aux raffinemens, aux ruses, aux fourberies des
méchans.

On dit encore d'ordinaire qu'Hercule alloit, ne portant qu'une peau de lion et une massue. Ce qui a fait dire cela, c'est qu'Hercule se soucioit peu de l'or, de l'argent, des habits; il n'en faisoit cas qu'autant qu'ils servoient de matière à sa générosité, à ses largesses. Il donnoit souvent de nombreux troupeaux, des trésors immenses, des terres, des villes, des royaumes entiers. Il étoit persuadé qu'il étoit toujours le seul maître de tout; qu'au fond les autres ne possédoient rien en propre, et que, loin de perdre ce qu'il donnoit, il gagnoit de plus par ses libéralités l'attachement de ceux qui les recevoient.

On se trompe aussi quand on dit qu'il marchoit seul et sans troupes. On ne peut sans armée forcer des villes, chasser des tyrans, faire partout respecter ses ordres. Mais comme il exécutoit par lui-même; que les forces de son corps répondoient à la grandeur de son courage; qu'il avoit la plus grande part aux travaux, on a débité qu'il agissoit seul, et que sans autre secours il venoit à bout de tout ce qu'il entreprenoit.

Le Dieu son père prit de lui tous les soins possibles. Il lui inspira de nobles désirs; il le porta à rechercher le commerce des sages. Quand Jupiter vit que son fils étoit capable de se commander à lui-même; qu'il méprisoit la mollesse et la cupidité; qu'enfin il n'ambitionnoit que de se distinguer par le nombre de ses exploits et de ses bienfaits, ce Dieu, quoiqu'il connût toute la grandeur d'âme d'Hercule, sentit cependant qu'Hercule étoit toujours homme; qu'il trouveroit sur la terre de fréquens exemples de mollesse et de dérèglemens , et qu'il pourroit se trouver entraîné malgré lui , contre son propre naturel et ses propres penchans.

Sur ces réflexions , Jupiter fit partir Mercure après l'avoir instruit de ce qu'il avoit à faire. Mercure se rendit à Thèbes, auprès du jeune Hercule qu'on y élevoit, lui dit qui il étoit, et pourquoi il étoit envoyé ; ensuite le prenant avec lui , il le conduisit par un chemin caché et inaccessible aux mortels , jusqu'à ce qu'il fût parvenu sur le sommet d'une montagne fort escarpée , entourée de tous côtés de précipices affreux , et du gouffre profond d'un fleuve qui battoit au pied , avec un bruit qui retentissoit au loin.

Cette montagne étoit si élevée , que ceux qui la considéroient d'en-bas n'y distinguoient qu'un sommet : cependant, du même pied , s'élevoit une double cime , dont l'une étoit séparée de l'autre par une fort grande distance. L'une s'appeloit le château de la Royauté, et étoit consacrée à Jupiter roi ; l'autre , où habitoit la Tyrannie, se nommoit le château de Typhon. Chacune de ces cimes avoit un chemin par lequel on y montot. Celui qui conduisoit à la première étoit un chemin large et sûr , par lequel on pouvoit monter sans péril et sans incommodité , même en char, si le plus grand des Dieux accordoit à quelqu'un cette faveur. Le chemin qui conduisoit à l'autre cime étoit étroit, tortueux, difficile ; de façon que la plupart de ceux qui tentoient d'y marcher tomboient dans des précipices , et étoient emportés par le courant du fleuve, sans doute pour s'être engagés dans une route illicite.

Ces deux cimes, comme je l'ai dit, paroissoient réunies en une seule, aux yeux de ceux qui les regardoient de loin ; mais la première s'élevoit bien au-dessus des nuées, dans l'air pur et serein. L'autre, plus basse, plus basse ne montoit pas plus haut que la région où s'assemblent les nuages, et étoit plongée dans l'obscurité et les ténèbres.

Mercure, ayant conduit Hercule sur cette montagne, lui expliqua ce que c'étoit. Hercule, jeune et curieux, voulut voir de près les deux cimes qu'on lui montroit. Suivez-moi donc, lui dit Mercure, afin que vous aperceviez de vos propres yeux des différences cachées aux mortels insensés. Il lui fit voir d'abord sur la cime la plus élevée une femme d'une taille majestueuse et d'une figure charmante, assise sur un trône éclatant, vêtue d'une robe blanche, tenant dans sa main un sceptre qui n'étoit ni d'or, ni d'argent, mais d'une matière bien plus pure et bien plus brillante. Elle étoit tout-à-fait telle qu'on peint Junon.

Son aspect étoit à la fois plein de grâce et de majesté. Il inspiroit de la confiance aux gens de bien, et les méchans ne pouvoient le soutenir, non plus que des yeux foibles ne peuvent supporter les rayons du soleil. Son air étoit toujours le même ; son visage ne changeoit jamais. On trouvoit auprès d'elle la gloire et le repos le plus tranquille. On voyoit de toutes parts des fruits en abondance, des animaux vigoureux de toute espèce, des monceaux prodigieux d'or, d'airain et de fer. La déesse étoit peu touchée de l'or. Elle le voyoit avec indifférence, et lui préféroit les fruits et les animaux.

Sitôt qu'Hercule l'aperçut, le respect le fit rougir. Il lui rendit des hommages tels qu'un fils bien né les doit à une tendre mère ; puis il demanda à Mercure quelle étoit cette divinité. Vous voyez la Royauté, lui répondit-il, fille de Jupiter, le souverain roi. Hercule charmé s'enhardit auprès d'elle ; et demandant de rechef quelles étoient les femmes dont elle étoit entourée : Qu'elles sont belles ! s'écria-t-il ; qu'elles ont de majesté et de noblesse !

Celle, lui dit Mercure, qui est assise à droite, dont le regard annonce tant de douceur et de fermeté, c'est la Justice ; et c'est celle de toutes qui a le plus de beauté et le plus d'éclat. Auprès d'elle est Eunomie, qui lui ressemble tout-à-fait, et qui n'est guère moins belle. De l'autre côté, cette femme dont l'air est si agréable, qui est vêtue si galamment, et qui sourit avec tant de grâce, c'est la Paix. Cet homme qui paroît plein de force et de courage, qui porte des cheveux blancs, qui a devant lui un sceptre, et qui est debout auprès de la déesse, on le nomme Nomos ; on l'appelle aussi Logos-Orthos. Il est son ministre et son conseil, et les autres n'osent rien entreprendre ni rien résoudre sans lui.

Hercule voyoit et écoutoit toutes ces choses avec tant de plaisir et d'attention, qu'il ne les oublia jamais. Descendant de cette cime, et se trouvant près du chemin de la seconde : Venez, lui dit Mercure, venez voir cette autre déesse, odieuse protectrice de ces tyrans populaires, dont l'hydre à plusieurs têtes n'est que la trop véritable image, divinité sanglante, pour laquelle tant d'hommes sont passionnés ; pour laquelle ils commettent tant de forfaits; pour laquelle ils s'égorgent misérablement les uns les autres, et se dressent tant de piéges; les fils à leurs pères, les pères à leurs enfans, les frères à leurs frères. Insensés ! ils désirent comme un bonheur le plus grand des maux : le pouvoir séparé de la sagesse.

Il lui fit d'abord remarquer ce qu'on découvroit à l'entrée du chemin. Il n'en paroissoit qu'un bien ouvert, et presque semblable au premier dont j'ai parlé; mais il étoit fort dangereux, et aboutissoit aux précipices. Il y avoit cependant quantité de petits sentiers tortueux et obscurs. Mais la montagne étoit escarpée tout autour, et creusée en dessous, je pense même jusques sous le trône. Toutes les routes, tous les sentiers, étoient arrosés de sang, et couverts de morts. Ce ne fut par aucun de ces chemins que Mercure conduisit Hercule, mais par un autre qui n'étoit point souillé; sans doute parce qu'il ne montoit sur cette cime qu'en qualité de spectateur.

Lorsqu'ils furent parvenus au sommet, ils trouvèrent la déesse de la tyrannie qui affectoit d'être assise sur un trône fort haut. Elle se composoit et faisoit tous ses efforts pour ressembler à la Royauté. Elle s'imaginoit avoir un trône bien plus élevé et plus précieux. Il étoit bien plus chargé de sculpture, d'ornemens d'or, d'ivoire, d'ambre, d'ébène, et point de toutes couleurs. Mais sa base peu solide étoit mal affermie, et il étoit mobile et chancelant.

D'ailleurs rien n'étoit disposé dans un bel ordre. Tout ressentoit l'orgueil, l'ostentation et la mollesse. Elle portoit plusieurs sceptres, et avoit sur la tête plusieurs thiares et plusieurs diadèmes. Elle affectoit les manières de la déesse de la royauté : mais, au lieu d'un gracieux sourire, son rire forcé avoit quelque chose de bas et d'amer. Son coup d'œil n'avoit rien de noble, il étoit dur et sauvage. Pour faire paroître de la majesté, elle ne daignoit pas fixer les yeux sur ceux qui l'approchoient; elle les traitoit avec hauteur et avec mépris; et, comme elle n'avoit d'égards pour personne, elle étoit odieuse à tous.

Elle ne pouvoit rester assise tranquillement. Elle jetoit à tout moment des regards inquiets autour d'elle, et se levoit souvent de son trône. Elle cachoit bassement son or dans son sein, puis tout à coup, saisie de crainte, elle le répandoit avec profusion : l'instant d'après elle se saisissoit avidement de celui que portoient ceux qui se présentoient, quelque peu qu'ils en eussent.

Ses habits étoient de plusieurs sortes. Elle en avoit de couleur de pourpre, de rouges, de jaunes. Elle avoit aussi quelques ajustemens blancs. Sa robe étoit déchirée en plusieurs endroits. On apercevoit sur son teint mille couleurs différentes; celles de la crainte, de l'inquiétude, de la défiance, de la fureur. Tantôt elle paroissoit abattue par le chagrin, tantôt animée par la joie. Quelquefois elle s'abandonnoit à des rires indécens, puis retournoit tout à coup aux gémissemens et aux larmes.

On voyoit auprès d'elle une troupe de femmes qui ne

I.   45

ressembloient en rien à celles dont j'ai dit que la déesse
de la royauté étoit entourée. C'étoient la Cruauté, la Violence, l'Injustice et la Confusion. Toute cette troupe
conjurée contre elle cherchoit à la précipiter dans les
plus affreux malheurs. Au lieu de l'Amitié, elle avoit à
ses côtés la servile et lâche Flatterie, qui ne lui dressoit
pas moins de piéges que les autres, et qui travailloit avec
encore plus d'ardeur à la perdre.

Après qu'Hercule eut suffisamment considéré toutes
ces choses, Mercure lui demanda lesquelles il jugeoit
préférables, laquelle des deux déesses lui plaisoit le plus.
La première des deux, répondit-il, me charme et m'en-
chante; elle me paroît véritablement une déesse digne
d'être l'objet des hommages, et le modèle des mortels.
Mais cette autre me fait horreur, et me paroît si scélé-
rate, que je la précipiterois du haut de ce rocher, et
que j'en délivrerois la terre.

Mercure applaudit à ce discours, et en rendit compte
à Jupiter, qui confia à Hercule l'empire de l'univers, le
jugeant digne d'un tel pouvoir. Depuis ce temps, toutes
les fois qu'Hercule rencontra quelque part, soit chez
les Grecs, soit chez les Barbares, la Tyrannie et les
tyrans, il les punit et les détruisit; mais partout où il
rencontra la Royauté et les rois, il les combla d'honneurs,
et les prit sous sa protection. C'est pour cela qu'on l'a
nommé le protecteur du genre humain; non parce qu'il
a exterminé des monstres (car quel grand dommage
auroit fait au monde un lion ou un sanglier?) mais
parce qu'il a châtié les hommes vicieux et méchans,
parce qu'il a renversé, brisé le pouvoir des tyrans

superbes, et que, pour le repos du monde, il a composé de leurs territoires épars une imposante et vaste monarchie. Voilà ce qu'il a fait jusqu'à ce jour, voilà ce qu'il feroit encore s'il n'eût trouvé superflu d'être le protecteur et le défenseur de la Souveraineté, depuis l'instant où vous êtes parvenu à l'empire.

FIN DU PREMIER VOLUME.

TABLE DES MATIÈRES

DU PREMIER VOLUME.

364

FIN DE LA TABLE DU PREMIER VOLUME.

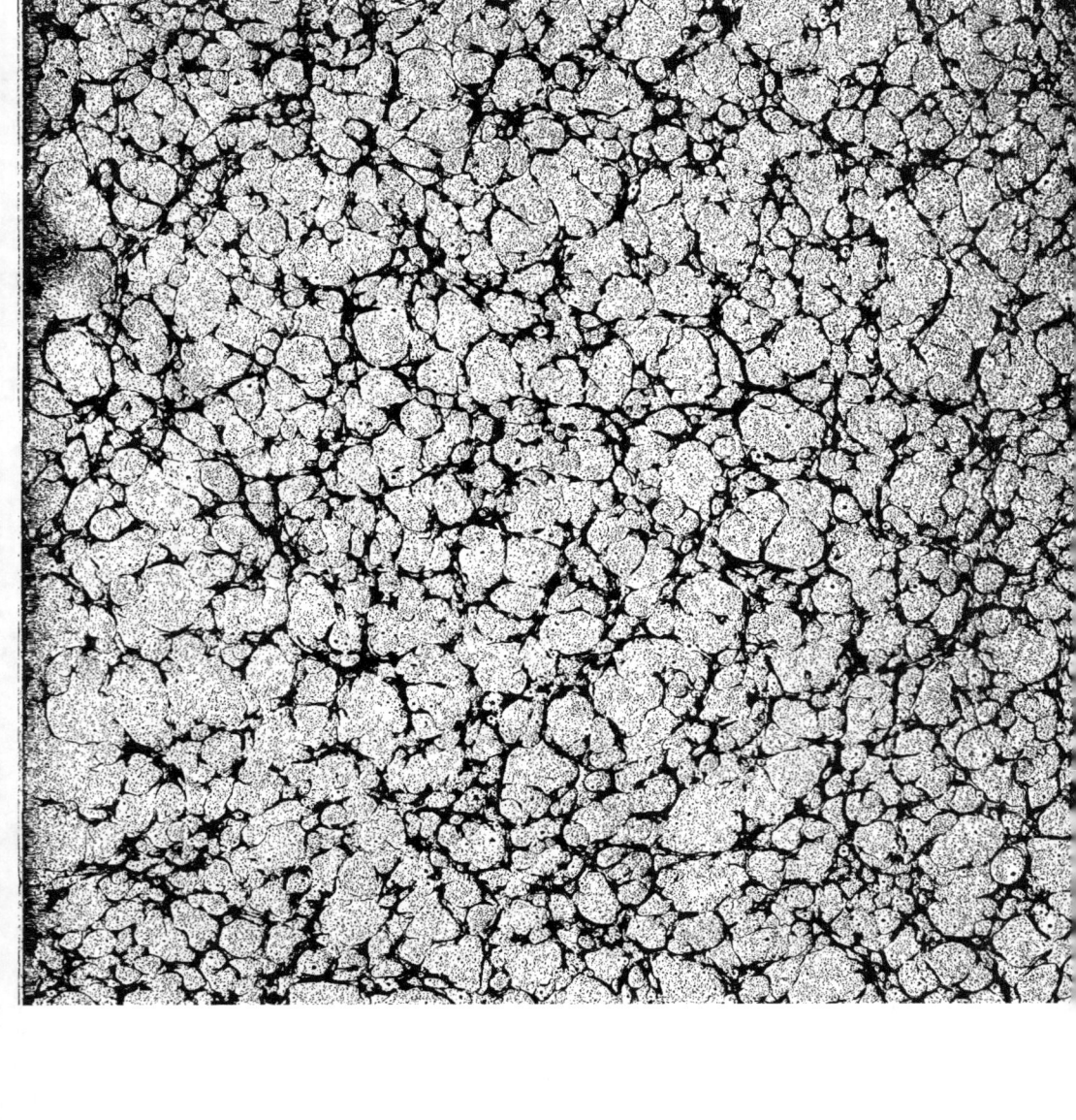

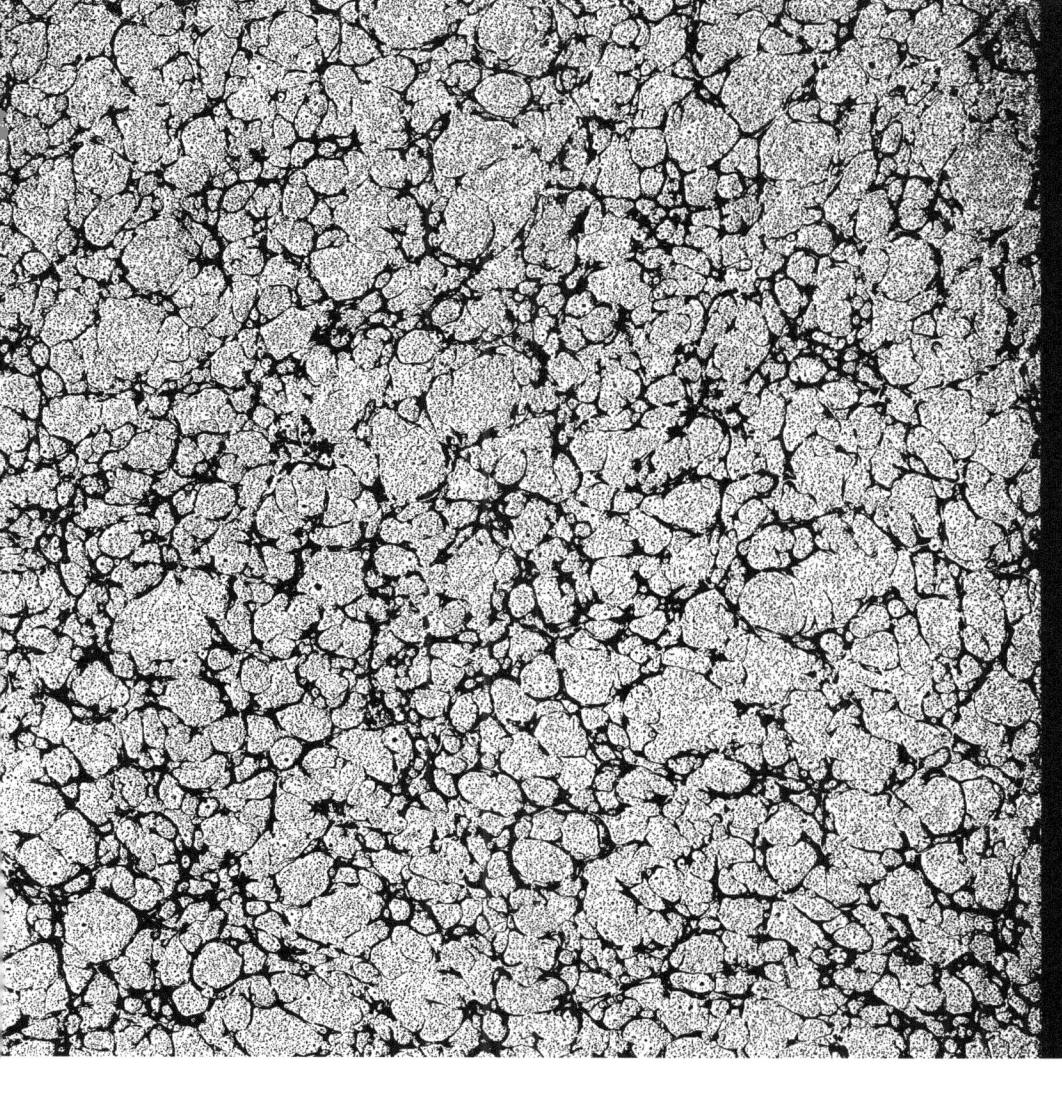